[明] 冯梦龙 著

周鑫 注译

古代女子图鉴

北方文艺出版社

图书在版编目（CIP）数据

古代女子图鉴 /（明）冯梦龙著；周鑫注译. ——
哈尔滨：北方文艺出版社，2023.5

ISBN 978-7-5317-5731-3

Ⅰ.①古… Ⅱ.①冯… ②周… Ⅲ.①话本小说－小
说集－中国－明代 Ⅳ.①I242.3

中国版本图书馆 CIP 数据核字（2022）第 190974 号

古代女子图鉴
Gǔdài Nǚzi Tujian

作 者/［明］冯梦龙　　　　　　　译 者/周 鑫
责任编辑/李正刚　常 青　　　　　策划编辑/石 婷
装帧设计/即刻设计　　　　　　　出版统筹/罗婷婷　庄本婷

出版发行/北方文艺出版社　　　　邮 编/150008
发行电话/(0451)86825533　　　　经 销/新华书店
地　址/哈尔滨市南岗区宣庆小区 1 号楼　网 址/www.bfwy.com
印　刷/三河市天润建兴印务有限公司　开 本/880mm×1230mm　1/32
字　数/220 千　　　　　　　　　　印 张/11
版　次/2023 年 5 月第 1 版　　　　印 次/2023 年 5 月第 1 次印刷

书　号/ISBN 978-7-5317-5731-3　　定 价/59.80 元

目录

夕陽消柳外

瞑色暗花間

第一卷 女之耽兮，不可脫也

时移世易，女性早已可以自主决定在感情关系中的去留，但现在依然有很多女性处在让自己痛苦消耗的关系里没有抽身，及时止损才能更好出发。

白娘子永镇雷峰塔

山外青山楼外楼，西湖歌舞几时休？

暖风薰得游人醉，直把杭州作汴州。

话说西湖景致，山水鲜明。晋朝咸和年间①，山水大发，汹涌流入西门。忽然水内有牛一头见，浑身金色。后水退，其牛随行至北山，不知去向，哄动杭州市上之人，皆以为显化②。所以建立一寺，名曰金牛寺。西门，即今之涌金门③，立一座庙，号金华将军。当时有一番僧，法名浑寿罗，到此武林郡云游，玩其山景，道："灵鹫山前小峰一座，忽然不见，原来飞到此处。"当时人皆不信。僧言："我记得灵鹫山前峰岭，唤做灵鹫岭。这山洞里有个白猿，看我呼出为验。"果然呼出白猿来。山前有一亭，今唤做冷泉亭。又有一座孤山，生在西湖中。先曾有林和靖先生在此山隐居④，使人搬挑泥石，砌成一条走路，东接断桥，西接栖霞岭，因此唤作孤山路。又唐时有刺史白乐天，筑一条路，南至翠屏山，北至栖霞岭，唤做白公堤，不时被山水冲倒，不只一番，用官钱修理。后宋时，苏东坡来做太守，因见有这两条路被水冲坏，就买木石，起人夫，筑得坚固。六桥上朱红栏杆，堤上栽种桃柳，到春景融和，端的十分好景，堪描

① 咸和：326—334，东晋晋成帝司马衍所用年号。

② 显化：在此指神佛的化身。

③ 涌金门：古代杭州西城门之一，五代吴越王钱元瓘引西湖水入城，在此开凿涌金池，筑此门，传说为西湖金牛涌现之地，故名涌金门。

④ 林和靖：北宋著名隐逸诗人，隐居西湖孤山，终生不仕不娶，喜植梅养鹤，自谓"以梅为妻，以鹤为子"，人称"梅妻鹤子"。

入画。后人因此只唤做苏公堤。又孤山路畔，起造两条石桥，分开水势，东边唤做断桥，西边唤做西宁桥。真乃：

> 隐隐山藏三百寺，依稀云锁二高峰。

说话的，只说西湖美景，仙人古迹。俺今日且说一个俊俏后生，只因游玩西湖，遇着两个妇人，直惹得几处州城，闹动了花街柳巷。有分教才人把笔，编成一本风流话本。单说那子弟①，姓甚名谁？遇着甚般样的妇人？惹出甚般样事？有诗为证：

> 清明时节雨纷纷，路上行人欲断魂。
>
> 借问酒家何处有，牧童遥指杏花村。

话说宋高宗南渡，绍兴年间，杭州临安府过军桥黑珠巷内，有一个宦家②，姓李名仁。见做南廊阁子库募事官③，又与邵太尉管钱粮。家中妻子有一个兄弟许宣，排行小乙。他爹曾开生药店，自幼父母双亡，却在表叔李将仕家生药铺做主管④，年方二十二岁。那生药店开在官巷口。忽一日，许宣在铺内做买卖，只见一个和尚来到门首，打个问讯道："贫僧是保叔塔寺内僧⑤，前日已送馒头并卷子在宅上⑥。今清明节近，追修祖宗⑦，望小乙官到寺烧香，勿误！"许宣道："小子准来。"和尚相别去了。许宣至晚归姐夫家去。

原来许宣无有老小，只在姐姐家住，当晚与姐姐说："今日保叔

---

① 子弟：泛指年轻的后辈。

② 宦家：仕宦当官的人家。

③ 南廊阁子库：南宋时期的国库。募事官：库房值班当差的小吏。

④ 将仕：官名"将仕郎"的简称。后用以尊称无官职的生意人。

⑤ 保叔塔寺：位于杭州西湖，相传为五代时吴越王钱俶的宰相吴延爽所建，后毁。宋时僧永保募修。保有戒行，人呼师叔，遂称保叔塔。

⑥ 卷子：北方的一种面食品，将面制成薄片，涂上油盐、葱花等，再卷起蒸熟。

⑦ 追修：追念、追悼。

塔和尚来请烧箴子^①，明日要荐祖宗，走一遭了来。"次日早起买了纸马、蜡烛、经幡、钱垛一应等项^②，吃了饭，换了新鞋袜衣服，把箴子钱马，使条袱子包了，径到官巷口李将仕家来。李将仕见了，问许宣何处去。许宣道："我今日要去保叔塔烧箴子，追荐祖宗，乞叔叔容暇一日。"李将仕道："你去便回。"

许宣离了铺中，入寿安坊、花市街，过井亭桥，往清河街后钱塘门，行石函桥，过放生碑，迤到保叔塔寺。寻见送馒头的和尚，忏悔过疏头^③，烧了箴子，到佛殿上看众僧念经，吃斋罢，别了和尚，离寺迤逦闲走，过西宁桥、孤山路、四圣观，来看林和靖坟，到六一泉闲走。

不期云生西北，雾锁东南，落下微微细雨，渐大起来。正是清明时节，少不得天公应时，催花雨下^④，那阵雨下得绵绵不绝。许宣见脚下湿，脱下了新鞋袜，走出四圣观来寻船，不见一只。正没摆布处^⑤，只见一个老儿，摇着一只船过来。许宣暗喜，认时正是张阿公。叫道："张阿公，搭我则个！"老儿听得叫，认时，原来是许小乙，将船摇近岸来，道："小乙官^⑥，着了雨，不知要何处上岸？"许宣道："涌金门上岸。"这老儿扶许宣下船，离了岸，摇近丰乐楼来。

摇不上十数丈水面，只见岸上有人叫道："公公，搭船则个！"许宣看时，是一个妇人，头戴孝头髻，乌云畔插着些素钗梳，穿一领白绢衫儿，下穿一条细麻布裙。这妇人肩下一个丫鬟，身上穿着

①　箴（yǎn）子：盛装祭祀所用钱纸等物品的竹编容器。
②　经幡：印有佛经的长条形旗子。钱垛（duǒ）：连缀成串的纸钱。
③　忏悔过疏头：疏头为旧时向鬼神祈福的祝文。焚化祝文向祖先祷告。
④　催花雨：花季所降的雨，指春雨。
⑤　摆布：处置、计策。
⑥　官：对年轻男子的敬称。

青衣服，头上一双角髻^①，戴两条大红头须^②，插着两件首饰，手中捧着一个包儿要搭船。那老张对小乙官道："'因风吹火，用力不多'，一发搭了她去。"许宣道："你便叫她下来。"老儿见说，将船傍了岸边。那妇人同丫鬟下船，见了许宣，起一点朱唇，露两行碎玉^③，深深道一个万福。许宣慌忙起身答礼。

　　那娘子和丫鬟舱中坐定了。娘子把秋波频转，瞧着许宣。许宣平生是个老实之人，见了此等如花似玉的美妇人，傍边又是个俊俏美女样的丫鬟，也不免动念。那妇人道："不敢动问官人，高姓尊讳？"许宣答道："在下姓许名宣，排行第一。"妇人道："宅上何处？"许宣答道："寒舍住在过军桥黑珠儿巷，生药铺内做买卖。"那娘子问了一回，许宣寻思道："我也问她一问。"起身道："不敢拜问娘子高姓，潭府何处^④？"那妇人答道："奴家是白三班白殿直之妹^⑤，嫁了张官人，不幸亡过了，见葬在这雷岭。为因清明节近，今日带了丫鬟，往坟上祭扫了方回，不想值雨。若不是搭得官人便船，实是狼狈。"又闲讲了一回。迤逦船摇近岸，只见那妇人道："奴家一时心忙，不曾带得盘缠在身边，万望官人处借些船钱还了，并不有负。"许宣道："娘子自便，不妨，些须船钱不必计较。"还罢船钱，那雨越不住。许宣挽了上岸，那妇人道："奴家只在箭桥双茶坊巷口。若不弃时，可到寒舍拜茶，纳还船钱。"许宣道："小事何消挂怀。天色晚了，改日拜望。"说罢，妇人共丫鬟自去。

　　许宣入涌金门，从人家屋檐下到三桥街，见一个生药铺，正是

---

① 角髻：古代童稚的发髻。状如牛角。
② 头须：扎在发髻上类似穗子的装饰品。
③ 两行碎玉：洁白晶莹的牙齿。
④ 潭府：对他人住宅的尊称。
⑤ 三班：供奉官、左右班殿直为三班。殿直：皇帝侍从武官。

李将仕兄弟的店，许宣走到铺前，正见小将仕在门前。小将仕道："小乙哥晚了，那里去？"许宣道："便是去保叔塔烧筶子，着了雨，望借一把伞则个！"将仕见说，叫道："老陈把伞来，与小乙官去。"不多时，老陈将一把雨伞撑开道："小乙官，这伞是清湖八字桥老实舒家做的。八十四骨，紫竹柄的好伞，不曾有一些儿破，将去休坏了①！仔细，仔细！"许宣道："不必吩咐。"接了伞，谢了将仕，出羊坝头来。

到后市街巷口，只听得有人叫道："小乙官人！"许宣回头看时，只见沈公井巷口小茶坊檐下，立着一个妇人，认得正是搭船的白娘子。许宣道："娘子如何在此？"白娘子道："便是雨不得住，鞋儿都踏湿了，教青青回家，取伞和脚下②。又见晚下来。望官人搭几步则个！"许宣和白娘子合伞到坝头道："娘子到那里去？"白娘子道："过桥投箭桥去。"许宣道："小娘子，小人自往过军桥去，路又近了。不若娘子把伞将去，明日小人自来取。"白娘子道："却是不当，感谢官人厚意！"许宣沿人家屋檐下冒雨回来，只见姐夫家当直王安，拿着钉靴雨伞来接不着③，却好归来。到家内吃了饭。当夜思量那妇人，翻来覆去睡不着。梦中共日间见的一般，情意相浓，不想金鸡叫一声，却是南柯一梦。正是：

　　　　心猿意马驰千里，浪蝶狂蜂闹五更。

到得天明，起来梳洗罢，吃了饭，到铺中，心忙意乱，做些买卖也没心想。到午时后，思量道："不说一谎，如何得这伞来还人？"当时许宣见老将仕坐在柜上，向将仕说道："姐夫叫许宣归早些，要

---

① 将去：拿去。
② 脚下：在此指雨靴。
③ 钉靴：旧式雨靴，因靴底有钉防滑而得此名。

送人情，请暇半日。"将仕道："去了，明日早些来！"许宣唱个喏①，径来箭桥双茶坊巷口，寻问白娘子家里，问了半日，没一个认得。

正踟蹰间，只见白娘子家丫鬟青青从东边走来。许宣道："姐姐，你家何处住？讨伞则个。"青青道："官人随我来。"许宣跟定青青，走不多路，道："只这里便是。"许宣看时，见一所楼房，门前两扇大门，中间四扇看街槅子眼②，当中挂顶细密朱红帘子，四下排着十二把黑漆交椅，挂四幅名人山水古画。对门乃是秀王府墙③。那丫头转入帘子内道："官人请入里面坐。"许宣随步入到里面，那青青低低悄悄叫道："娘子，许小乙官人在此。"白娘子里面应道："请官人进里面拜茶。"许宣心下迟疑。青青三回五次，催许宣进去。许宣转到里面，只见四扇暗槅子窗，揭起青布幕，一个坐起④。桌上放一盆虎须菖蒲⑤，两边也挂四幅美人，中间挂一幅神像，桌上放一个古铜香炉花瓶。那小娘子向前深深的道一个万福，道："夜来多蒙小乙官人应付周全⑥，识荆之初⑦，甚是感激不浅。"许宣："些微何足挂齿！"白娘子道："少坐拜茶。"茶罢，又道："片时薄酒三杯，表意而已。"许宣方欲推辞，青青已自把菜蔬果品流水排将出来⑧。许

·····································

① 唱个喏：躬身合手作揖，同时扬声致敬。为晚辈对长辈，下属对上司的礼节。

② 看街：宋代城市临街房屋，门边多为窗户，透过窗子可见街景。槅（gé）子：上有空栏格子的门或窗。

③ 秀王府：南宋宋孝宗生父死后追封秀王。

④ 坐起：房屋内装修成的一种隔间。

⑤ 菖蒲（chāng pú）：生于沼泽池塘或沟边溪涧，常用作制作盆景。

⑥ 应付：照顾。

⑦ 识荆：敬辞，指初次见面或结识。出自李白《与韩荆州书》中的"生不用封万户侯，但愿一识韩荆州"。韩荆州指当时的荆州长史韩朝宗。

⑧ 流水：在此指如流水一般连接不断。

宣道：“感谢娘子置酒，不当厚扰①。”饮至数杯，许宣起身道：“今日天色将晚，路远，小子告回。”娘子道：“官人的伞，舍亲昨夜转借去了，再饮几杯，着人取来。”许宣道：“日晚，小子要回。”娘子道：“再饮一杯。”许宣道：“饮馔好了，多感，多感！”白娘子道：“既是官人要回，这伞相烦明日来取则个。”许宣只得相辞了回家。

至次日，又来店中做些买卖，又推个事故，却来白娘子家取伞。娘子见来，又备三杯相款。许宣道：“娘子还了小子的伞罢，不必多扰。”那娘子道：“既安排了，略饮一杯。”许宣只得坐下。那白娘子筛一杯酒，递与许宣，启樱桃口，露榴子牙，娇滴滴声音，带着满面春风，告道：“小官人在上，真人面前说不得假话。奴家亡了丈夫，想必和官人有宿世姻缘，一见便蒙错爱，正是你有心，我有意。烦小乙官人寻一个媒证，与你共成百年姻眷，不枉天生一对，却不是好！”许宣听那妇人说罢，自己寻思：“真个好一段姻缘。若取得这个浑家，也不枉了。我自十分肯了，只是一件不谐②：思量我日间在李将仕家做主管，夜间在姐夫家安歇，虽有些少东西，只好办身上衣服。如何得钱来娶老小？”自沉吟不答。只见白娘子道：“官人何故不回言语？”许宣道：“多感过爱，实不相瞒，只为身边窘迫，不敢从命！”娘子道：“这个容易！我囊中自有余财，不必挂念。”便叫青青道：“你去取一锭白银下来。”只见青青手扶栏杆，脚踏胡梯③，取下一个包儿来，递与白娘子。娘子道：“小乙官人，这东西将去使用，少欠时再来取。”亲手递与许宣。许宣接得包儿，打开看时，却是五十两雪花银子。藏于袖中，起身告回，青青把伞来还了

---

① 厚扰：犹言多多打扰。
② 不谐：不和谐，不成。
③ 胡梯：扶梯。

许宣。许宣接得相别，一径回家，把银子藏了。当夜无话。

　　明日起来，离家到官巷口，把伞还了李将仕。许宣将些碎银子买了一只肥好烧鹅、鲜鱼精肉、嫩鸡果品之类提回家来，又买了一樽酒，吩咐养娘丫鬟安排整下。那日却好姐夫李募事在家。饮撰俱已完备，来请姐夫和姐姐吃酒。李募事却见许宣请他，到吃了一惊，道："今日做甚么子坏钞①？日常不曾见酒盏儿面，今朝作怪！"三人依次坐定饮酒。酒至数杯，李募事道："尊舅，没事教你坏钞做甚么？"许宣道："多谢姐夫，切莫笑话，轻微何足挂齿。感谢姐夫姐姐管雇多时②。一客不烦二主人，许宣如今年纪长成，恐虑后无人养育，不是了处③。今有一头亲事在此说起，望姐夫姐姐与许宣主张，结果了一生终身，也好。"姐夫姐姐听得说罢，肚内暗自寻思道："许宣日常一毛不拔，今日坏得些钱钞，便要我替他讨老小？"夫妻二人，你我相看，只不回话。吃酒了，许宣自做买卖。

　　过了三两日，许宣寻思道："姐姐如何不说起？"忽一日，见姐姐问道："曾向姐夫商量也不曾？"姐姐道："不曾。"许宣道："如何不曾商量？"姐姐道："这个事不比别样的事，仓卒不得。又见姐夫这几日面色心焦，我怕他烦恼，不敢问他。"许宣道："姐姐你如何不上紧？这个有甚难处，你只怕我教姐夫出钱，故此不理。"许宣便起身到卧房中开箱，取出白娘子的银来，把与姐姐道："不必推故。只要姐夫做主。"姐姐道："吾弟多时在叔叔家中做主管，积攒得这些私房，可知道要娶老婆④。你且去，我安在此⑤。"

....

　　①　坏钞：花费钱财，指请客、送礼等，客气的说法。
　　②　管雇：即管顾，照顾的意思。
　　③　了处：归宿，结局。指生育子女养老送终。
　　④　可知道：难怪，怪不得。
　　⑤　安：存放。

却说李募事归来，姐姐道："丈夫，可知小舅要娶老婆，原来自攒得些私房，如今教我倒换些零碎使用。我们只得与他完就这亲事则个。"李募事听得，说道："原来如此，得他积得些私房也好。拿来我看。"做妻的连忙将出银子递与丈夫。李募事接在手中，翻来覆去，看了上面凿的字号，大叫一声："苦！不好了，全家是死！"那妻吃了一惊，问道："丈夫有甚么利害之事？"李募事道："数日前邵太尉库内封记锁押俱不动①，又无地穴得入，平空不见了五十锭大银。见今着落临安府提捉贼人②，十分紧急，没有头路得获③，累害了多少人。出榜缉捕，写着字号锭数，'有人捉获贼人银子者，赏银五十两；知而不首④，及窝藏贼人者，除正犯外，全家发边远充军'。这银子与榜上字号不差，正是邵太尉库内银子。即今捉捕十分紧急，正是'火到身边，顾不得亲眷，自可去拨。'明日事露，实难分说。不管他偷的借的，宁可苦他，不要累我。只得将银子出首，免了一家之害。"老婆见说了，合口不得，目睁口呆。当时拿了这锭银子，径到临安府出首。

那大尹闻知这话，一夜不睡。次日，火速差缉捕使臣何立。何立带了伙伴，并一班眼明手快的公人，径到官巷口李家生药店，提捉正贼许宣。到得柜边，发声喊，把许宣一条绳子绑缚了，一声锣，一声鼓，解上临安府来。正值韩大尹升厅，押过许宣当厅跪下，喝声："打！"许宣道："告相公不必用刑，不知许宣有何罪？"大尹焦躁道："真赃正贼，有何理说，还说无罪？邵太尉府中不动封锁，不见了一号大银五十锭。见有李募事出首，一定这四十九锭也在你处。

---

① 封记：封存标记。
② 着落：下落，在此指委派。
③ 头路：头绪、线索。
④ 首：检举告发。

想不动封皮，不见了银子，你也是个妖人！"不要打，喝教："拿些秽血来①！"许宣方知是这事，大叫道："不是妖人，待我分说！"大尹道："且住，你且说这银子从何而来？"许宣将借伞讨伞的上项事，一一细说一遍。大尹道："白娘子是甚么样人？见住何处？"许宣道："凭她说是白三班白殿直的亲妹子，如今见住箭桥边，双茶坊巷口，秀王墙对黑楼子高坡儿内住。"那大尹随即便叫缉捕使臣何立，押领许宣，去双茶坊巷口捉拿本妇前来②。

何立等领了钧旨，一阵做公的径到双茶坊巷口秀王府墙对黑楼子前看时：门前四扇看阶，中间两扇大门，门外避藉陛③，坡前却是垃圾，一条竹子横夹着。何立等见了这个模样，到都呆了。当时就叫捉了邻人，上首是做花的丘大，下首是做皮匠的孙公。那孙公摆忙的吃他一惊④，小肠气发⑤，跌倒在地。众邻舍都走来道："这里不曾有甚么白娘子。这屋在五六年前有一个毛巡检⑥，合家时病死了⑦。青天白日，常有鬼出来买东西，无人敢在里头住。几日前，有个疯子立在门前唱诺。"

何立教众人解下横门竹竿⑧，里面冷清清地，起一阵风，卷出一道腥气来。众人都吃了一惊，倒退几步。许宣看了，则声不得，一

---

① 秽血：肮脏的血，民间认为秽血可以破妖术。

② 本妇：该妇。

③ 避藉陛：指高的台阶。

④ 摆忙：突然。

⑤ 小肠气：即疝气，指人体内的器官离开了自己本来的位置，并且通过人体薄弱部位进入另一部位。

⑥ 巡检：负责地方治安、巡逻的武官。

⑦ 时病：流行病，疫情。

⑧ 横门竹竿：宋代民间常以竹竿封门。

似呆的。做公的数中①，有一个能胆大，排行第二，姓王，专好酒吃，都叫他做好酒王二。王二道："都跟我来！"发声喊一齐哄将入去，看时板壁、坐起、桌凳都有。来到胡梯边，教王二前行，众人跟着，一齐上楼。楼上灰尘三寸厚。众人到房门前，推开房门一望，床上挂着一张帐子，箱笼都有。只见一个如花似玉穿着白的美貌娘子，坐在床上。众人看了，不敢向前。众人道："不知娘子是神是鬼？我等奉临安大尹钧旨，唤你去与许宣执证公事②。"那娘子端然不动。好酒王二道："众人都不敢向前，怎的是了？你可将一坛酒来，与我吃了，做我不着③，捉她去见大尹。"众人连忙叫两三个下去提一坛酒来与王二吃。王二开了坛口，将一坛酒吃尽了，道："做我不着！"将那空坛望着帐子内打将去。不打万事皆休，才然打去，只听得一声响，却是青天里打一个霹雳，众人都惊倒了！起来看时，床上不见了那娘子，只见明晃晃一堆银子。众人向前看了道："好了。"计数四十九锭。众人道："我们将银子去见大尹也罢。"扛了银子，都到临安府。

何立将前事禀复了大尹。大尹道："定是妖怪了。也罢，邻人无罪回家。"差人送五十锭银子与邵大尉处，开个缘由，一一禀复过了。许宣照"不应得为而为之事理"，重者决杖④，免刺⑤，配牢城营做工⑥，满日疏放⑦。

---

① 数中：当中。
② 执证：对证。
③ 做我不着：舍弃一切，不要命。
④ 决杖：处以杖刑。用荆条或棍棒抽击犯人。
⑤ 免刺：免于刺面。刺面：在犯者面部刺字，染黑色作为标记。
⑥ 牢城营：宋代的地方监狱。
⑦ 疏放：释放。

牢城营乃苏州府管下。李募事因出首许宣，心上不安，将邵太尉给赏的五十两银子尽数付与小舅作为盘费。李将仕与书二封，一封与押司范院长①，一封与吉利桥下开客店的王主人。许宣痛哭一场，拜别姐夫姐姐，带上行枷，两个防送人押着，离了杭州，到东新桥，下了航船。不一日，来到苏州。先把书会见了范院长并王主人。王主人与他官府上下使了钱，打发两个公人去苏州府，下了公文，交割了犯人，讨了回文，防送人自回。范院长、王主人保领许宣不入牢中，就在王主人门前楼上歇了。许宣心中愁闷，壁上题诗一首：

> 独上高楼望故乡，愁看斜日照纱窗。
>
> 平生自是真诚士，谁料相逢妖媚娘。
>
> 白白不知归甚处②? 青青岂识在何方？
>
> 抛离骨肉来苏地，思想家中寸断肠！

有话即长，无话即短，不觉光阴似箭，日月如梭，又在王主人家住了半年之上。忽遇九月下旬，那王主人正在门首闲立，看街上人来人往。只见远远一乘轿子，傍边一个丫鬟跟着，道："借问一声，此间不是王主人家么？"王主人汪忙起身道："此间便是。你寻谁人？"丫鬟道："我寻临安府来的许小乙官人。"主人道："你等一等，我便叫他出来。"这乘轿子便歇在门前。王主人便入去，叫道："小乙哥，有人寻你。"许宣听得，急走出来，同主人到门前看时，正是青青跟着，轿子里坐着白娘子。许宣见了，连声叫道："死冤家！自被你盗了官库银子，带累我吃了多少苦，有屈无伸。如今到此地位，又赶来做甚么？可羞死人！"那白娘子道："小乙官人不要

---

① 押司：宋时办理文书，狱讼的地方胥吏。院长：对管理监狱的官吏的敬称。

② 白白：在此指白娘子。对应下联青青。

怪我，今番特来与你分辩这件事。我且到主人家里面与你说。”

白娘子叫青青取了包裹下轿。许宣道：“你是鬼怪，不许入来！”挡住了门不放她。那白娘子与主人深深道了个万福，道：“奴家不相瞒，主人在上，我怎的是鬼怪？衣裳有缝，对日有影。不幸先夫去世，教我如此被人欺负。做下的事，是先夫日前所为，非干我事。如今怕你怨畅我①，特地来分说明白了，我去也甘心。”主人道：“且教娘子人来坐了说。”那娘子道：“我和你到里面对主人家的妈妈说。”门前看的人，自都散了。

许宣人到里面，对主人家并妈妈道：“我为她偷了官银子事，如此如此，因此教我吃场官司。如今又赶到此，有何理说？”白娘子道：“先夫留下银子，我好意把你，我也不知怎的来的？”许宣道：“如何做公的捉你之时，门前都是垃圾，就帐子里一响不见了你？”白娘子道：“我听得人说你为这银子捉了去，我怕你说出我来，捉我到官，妆幌子羞人不好看②。我无奈何，只得走去华藏寺前姨娘家躲了；使人担垃圾堆在门前，把银子安在床上，央邻舍与我说谎。”许宣道：“你却走了去，教我吃官事！”白娘子道：“我将银子安在床上，只指望要好，那里晓得有许多事情？我见你配在这里，我便带了些盘缠，搭船到这里寻你。如今分说都明白了，我去也。敢是我和你前生没有夫妻之分！”那王主人道：“娘子许多路来到这里，难道就去？且在此间住儿日，却理会。”青青道：“既是主人家再三劝解，娘子且住两日，当初也曾许嫁小乙官人。”白娘子随口便道：“羞杀人，终不成奴家没人要？只为分别是非而来。”王主人道：“既然当初许嫁小乙哥，却又回去？且留娘子在此。”打发了轿子，不在

---

① 怨畅：犹怨怅，怨恨。
② 妆幌子：引人注目，丢脸出丑。

话下。

过了数日，白娘子先自奉承好了主人的妈妈。那妈妈劝主人与许宣说合，还定十一月十一日成亲，共百年谐老。光阴一瞬，早到吉日良时。白娘子取出银两，央王主人办备喜筵，二人拜堂结亲。酒席散后，共入纱厨①。白娘子放出迷人声态，颠鸾倒凤，百媚千娇，喜得许宣如遇神仙，只恨相见之晚。正好欢娱，不觉金鸡三唱，东方渐白。正是：

> 欢娱嫌夜短，寂寞恨更长。

自此日为始，夫妻二人如鱼似水，终日在王主人家快乐昏迷缠定。

日往月来，又早半年光景，时临春气融和，花开如锦，车马往来，街坊热闹。许宣问主人家道："今日如何人人出去闲游，如此喧嚷？"主人道："今日是二月半，男子妇人，都去看卧佛，你也好去承天寺里闲走一遭。"许宣见说，道："我和妻子说一声，也去看一看。"许宣上楼来，和白娘子说："今日二月半，男子妇人都去看卧佛，我也看一看就来。有人寻说话，回说不在家，不可出来见人。"白娘子道："有甚好看，只在家中却不好？看他做甚？"许宣道："我去闲耍一遭就回。不妨。"

许宣离了店内，有几个相识，同走到寺里看卧佛。绕廊下各处殿上观看了一遭，方出寺来，见一个先生，穿着道袍，头戴道遥巾，腰系黄丝绦，脚着熟麻鞋，坐在寺前卖药，散施符水。许宣立定了看。那先生道："贫道是终南山道士，到处云游，散施符水，救人病患灾厄，有事的向前来。"那先生在人丛中看见许宣头上一道黑气，必有妖怪缠他，叫道："你近来有一妖怪缠你，其害非轻！我与你二道灵符，救你性命。一道符三更烧，一道符放在自头发内。"许宣接

---

① 纱厨：方顶的纱帐。

了符，纳头便拜，肚内道："我也八九分疑惑那妇人是妖怪，真个是实。"谢了先生，径回店中。

至晚，白娘子与青青睡着了，许宣起来道："料有三更了！"将一道符放在自头发内，正欲将一道符烧化，只见白娘子叹一口气道："小乙哥和我许多时夫妻，尚兀自不把我亲热，却信别人言语，半夜三更，烧符来压镇我！你且把符来烧看！"就夺过符来，一时烧化，全无动静。白娘子道："却如何？说我是妖怪！"许宣道："不干我事。卧佛寺前一云游先生，知你是妖怪。"白娘子道："明日同你去看他一看，如何模样的先生。"

次日，白娘子清早起来，梳妆罢，戴了钗环，穿上素净衣服，吩咐青青看管楼上。夫妻二人，来到卧佛寺前。只见一簇人，团团围着那先生，在那里散符水。只见白娘子睁一双妖眼，到先生面前，喝一声："你好无礼！出家人在我丈夫面前说我是一个妖怪，书符来捉我！"那先生回言："我行的是五雷天心正法①，凡有妖怪，吃了我的符，他即变出真形来。"那白娘子道："众人在此，你且书符来我吃看！"那先生书一道符，递与白娘子。白娘子接过符来，便吞下去。众人都看，没些动静。众人道："这等一个妇人，如何说是妖怪？"众人把那先生齐骂。那先生骂得口睁眼呆，半晌无言，惶恐满面。白娘子道："众位官人在此，他捉我不得。我自小学得个戏术，且把先生试来与众人看。"只见白娘子口内哺哺的，不知念些甚么，把那先生却似有人擒的一般，缩做一堆，悬空而起。众人看了齐吃一惊。许宣呆了。娘子道："若不是众位面上，把这先生吊他一年。"白娘子喷口气，只见那先生依然放下，只恨爹娘少生两翼，飞也似走了。众人都散了。夫妻依旧回来，不在话下。日逐盘缠，都是白

① 五雷天心正法：道教驱妖伏魔的法术，招致天雷降妖除魔。

娘子将出来用度。正是夫唱妇随，朝欢暮乐。

不觉光阴似箭，又是四月初八日，释迦佛生辰。只见街市上人抬着柏亭浴佛^①，家家布施。许宣对王主人道："此间与杭州一般。"只见邻舍边一个小的，叫做铁头，道："小乙官人，今日承天寺里做佛会，你去看一看。"许宣转身到里面，对白娘子说了。白娘子道："甚么好看，休去！"许宣道："去走一遭，散闷则个。"娘子道："你要去，身上衣服旧了不好看，我打扮你去。"叫青青取新鲜时样衣服来。许宣着得不长不短，一似像体裁的。戴一顶黑漆头巾，脑后一双白玉环，穿一领青罗道袍，脚着一双皂靴，手中拿一把细巧百褶描金美人珊瑚坠上样春罗扇，打扮得上下齐整。那娘子吩咐一声，如莺声巧啭道："丈夫早早回来，切勿教奴记挂！"许宣叫了铁头相伴，径到承天寺来看佛会。人人喝采，好个官人。

只听得有人说道："昨夜周将仕典当库内，不见了四五千贯金珠细软物件。见今开单告官，挨查，没捉人处。"许宣听得，不解其意，自同铁头在寺。其日烧香官人子弟男女人等往往来来，十分热闹。许宣道："娘子教我早回，去罢。"转身人丛中，不见了铁头，独自个走出寺门来。只见五六个人似公人打扮，腰里挂着牌儿。数中一个看了许宣，对众人道："此人身上穿的，手中拿的，好似那话儿^②。"数中一个认得许宣的道："小乙官，扇子借我一看。"许宣不知是计，将扇递与公人。那公人道："你们看这扇子扇坠，与单上开的一般！"众人喝声："拿了！"就把许宣一索子绑了，好似：

> 数只皂雕追紫燕，一群饿虎咬羊羔。

----

① 浴佛：相传农历四月八日为释迦牟尼生日，当日寺庙及信众用各种名香浸水洗佛像。

② 那话儿：那件东西。

许宣道:"众人休要错了,我是无罪之人。"众公人道:"是不是,且去府前周将仕家分解①!他店中失去五千贯金珠细软、白玉绦环、细巧百褶扇、珊瑚坠子,你还说无罪?真赃正贼,有何分说!实是大胆汉子,把我们公人作等闲看成。见今头上、身上、脚上,都是他家物件,公然出外,全无忌惮!"许宣方才呆了,半晌不则声。许宣道:"原来如此。不妨,不妨,自有人偷得。"众人道:"你自去苏州府厅上分说。"

次日大尹升厅,押过许宣见了。大尹审问:"盗了周将仕库内金珠宝物在于何处?从实供来,免受刑法拷打。"许宣道:"禀上相公做主,小人穿的衣服物件皆是妻子白娘子的,不知从何而来,望相公明镜详辨则个!"大尹喝道:"你妻子今在何处?"许宣道:"见在吉利桥下王主人楼上。"大尹即差缉捕使臣袁子明押了许宣火速捉来。

差人袁子明来到王主人店中,主人吃了一惊,连忙问道:"做甚么?"许宣道:"白娘子在楼上么?"主人道:"你同铁头早去承天寺里,去不多时,白娘子对我说道:'丈夫去寺中闲耍,教我同青青照管楼上,此时不见回来,我与青青去寺前寻他去也,望乞主人替我照管。'出门去了,到晚不见回来。我只道与你去望亲戚,到今日不见回来。"众公人要王主人寻白娘子,前前后后遍寻不见。袁子明将主人捉了,见大尹回话。大尹道:"白娘子在何处?"王主人细细禀复了,道:"白娘子是妖怪。"大尹一一问了,道:"且把许宣监了!"王主人使用了些钱,保出在外,伺候归结。

且说周将仕正在对门茶坊内闲坐,只见家人报道:"金珠等物都有了,在库阁头空箱子内。"周将仕听了,慌忙回家看时,果然有

① 分解:分辩。

了，只不见了头巾、绦环、扇子并扇坠。周将仕道："明是屈了许宣，平白地害了一个人，不好。"暗地里到与该房说了，把许宣只问个小罪名。

却说邵太尉使李募事到苏州干事，来王主人家歇。主人家把许宣来到这里，又吃官事，一一从头说了一遍。李募事寻思道："看自家面上亲眷，如何看做落①？"只得与他央人情，上下使钱。一日，大尹把许宣一一供招明白，都做在白娘子身上，只做"不合不出首妖怪等事"，杖一百，配三百六十里，押发镇江府牢城营做工。李募事道："镇江去便不妨，我有一个结拜的叔叔，姓李名克用，在针子桥下开生药店。我写一封书，你可去投托他。"许宣只得问姐夫借了些盘缠，拜谢了王主人并姐夫，就买酒饭与两个公人吃，收拾行李起程。王主人并姐夫送了一程，各自回去了。

且说许宣在路，饥食渴饮，夜住晓行，不则一日，来到镇江。先寻李克用家，来到针子桥生药铺内。只见主管正在门前卖生药，老将仕从里面走出来。两个公人同许宣慌忙唱个喏道："小人是杭州李募事家中人，有书在此。"主管接了，递与老将仕。老将仕拆开看了道："你便是许宣？"许宣道："小人便是。"李克用教三人吃了饭，吩咐当直的同到府中，下了公文，使用了钱，保领回家。防送人讨了回文，自归苏州去了。

许宣与当直一同到家中，拜谢了克用，参见了老安人②。克用见李募事书，说道："许宣原是生药店中主管。"因此留他在店中做买卖，夜间教他去五条巷卖豆腐的王公楼上歇。克用见许宣药店中十

---

① 看做落：冷眼旁观，不施援手。

② 安人：命妇的一种封号，宋代自朝奉郎以上，其妻封安人，在此为对他人妻子、母亲的敬称。

分精细，心中欢喜。原来药铺中有两个主管，一个张主管，一个赵主管。赵主管一生老实本分，张主管一生克剥奸诈，倚着自老了，欺侮后辈。见又添了许宣，心中不悦，恐怕退了他，反生奸计，要嫉妒他。

忽一日，李克用来店中闲看，问："新来的做买卖如何？"张主管听了心中道："中我机谋了！"应道："好便好了，只有一件……"克用道："有甚么一件？"老张道："他大主买卖肯做^①，小主儿就打发去了，因此人说他不好。我几次劝他，不肯依我。"老员外说："这个容易，我自吩咐他便了，不怕他不依。"赵主管在傍听得此言，私对张主管说道："我们都要和气。许宣新来，我和你照管他才是。有不是宁可当面讲，如何背后去说他？他得知了，只道我们嫉妒。"老张道："你们后生家，晓得甚么！"天已晚了，各回下处。

赵主管来许宣下处道："张主管在员外面前嫉妒你，你如今要愈加用心，大主小主儿买卖，一般样做。"许宣道："多承指数。我和你去闲酌一杯。"二人同到店中，左右坐下。酒保将要饭果碟摆下，二人吃了几杯。赵主管说："老员外最性直，受不得触^②。你便依随他生性，耐心做买卖。"许宣道："多谢老兄厚爱，谢之不尽。"又饮了两杯，天色晚了。赵主管道："晚了路黑难行，改日再会。"许宣还了酒钱，各自散了。

许宣觉道有杯酒醉了，恐怕冲撞了人，从屋檐下回去。正走之间，只见一家楼上推开窗，将熨斗播灰下来，都倾在许宣头上。立住脚，便骂道："谁家泼男女，不生眼睛，好没道理！"只见一个妇人，慌忙走下来道："官人休要骂，是奴家不是，一时失误了，休

---

① 大主：大宗。

② 触：冲撞、顶撞。

怪！"许宣半醉，抬头一看，两眼相观，正是白娘子。许宣怒从心上起，恶向胆边生，无明火焰腾腾高起三千丈，掩纳不住，便骂道："你这贼贱妖精，连累得我好苦！吃了两场官事！"恨小非君子，无毒不丈夫。正是：

踏破铁鞋无觅处，得来全不费工夫。

许宣道："你如今又到这里，却不是妖怪？"赶将人去，把白娘子一把拿住道："你要官休私休！"白娘子陪着笑面道："丈夫，'一夜夫妻百日恩'，和你说来事长。你听我说：当初这衣服，都是我先夫留下的。我与你恩爱深重，教你穿在身上，恩将仇报，反成吴、越①？"许宣道："那日我回来寻你，如何不见了？主人都说你同青青来寺前看我，因何又在此间？"白娘子道："我到寺前，听得说你被捉了去，教青青打听不着，只道你脱身走了。怕来捉我，教青青连忙讨了一只船，到建康府娘舅家去，昨日才到这里。我也道连累你两场官事，还有何面目见你！你怪我也无用了。情意相投，做了夫妻，如今好端端难道走开了？我与你情似泰山，恩同东海，誓同生死，可看日常夫妻之面，取我到下处，和你百年偕老，却不是好！"许宣被白娘子一骗，回嗔作喜，沉吟了半晌，被色迷了心胆，留连之意，不回下处，就在白娘子楼上歇了。

次日，来上河五条巷王公楼家，对王公说："我的妻子同丫鬟从苏州来到这里。"一一说了，道："我如今搬回来一处过活。"王公道："此乃好事，如何用说。"当日把白娘子同青青搬来王公楼上。次日，点茶请邻舍。第三日，邻舍又与许宣接风。酒筵散了，邻舍各自回去，不在话下。第四日，许宣早起梳洗已罢，对白娘子说："我去拜谢东西邻舍，去做买卖去也。你同青青只在楼上照管，切勿

---

　① 吴、越：春秋后期吴越为世仇，相互征伐，后世以吴越比仇人。

出门!"吩咐已了,自到店中做买卖,早去晚回。不觉光阴迅速,日月如梭,又过一月。

忽一日,许宣与白娘商量,去见主人李员外妈妈家眷。白娘子道:"你在他家做主管,去参见了他,也好日常走动。"到次日,雇了轿子,径进里面请白娘子上了轿,叫王公挑了盒儿,丫鬟青青跟随,一齐来到李员外家。下了轿子。进到里面,请员外出来。李克用连忙来见,白娘子深深道个万福,拜了两拜,妈妈也拜了两拜,内眷都参见了。原来李克用年纪虽然高大,却专一好色,见了白娘子有倾国之姿,正是:

三魂不附体,七魄在他身。

那员外目不转睛,看白娘子。当时安排酒饭管待。妈妈对员外道:"好个伶俐的娘子! 十分容貌,温柔和气,本分老成。"员外道:"便是杭州娘子生得俊俏。"饮酒罢了,白娘子相谢自回。李克用心中思想:"如何得这妇人共宿一宵?"眉头一簇,计上心来,道:"六月十三是我寿诞之日,不要慌,教这妇人着我一个道儿①。"

不觉乌飞兔走,才过端午,又是六月初间。那员外道:"妈妈,十三日是我寿诞,可做一个筵席,请亲眷朋友闲耍一日,也是一生的快乐。"当日亲眷邻友主管人等,都下了请帖。次日,家家户户都送烛面手帕物件来。十三日都来赴筵,吃了一日。次日是女眷们来贺寿,也有廿来个。且说白娘子也来,十分打扮,上着青织金衫儿,下穿大红纱裙,戴一头百巧珠翠金银首饰。带了青青,都到里面拜了生日,参见了老安人。东阁下排着筵席。原来李克用是吃虱子留

---

① 着我一个道儿:道儿,圈套。落入我设下的圈套。

后腿的人①，因见白娘子容貌，设此一计，大排筵席，各各传杯弄盏。酒至半酣，却起身脱衣净手②。李员外原来预先吩咐腹心养娘道："若是白娘子登东③，她要进去，你可另引她到后面僻净房内去。"李员外设计已定，先自躲在后面。正是：

> 不劳钻穴逾墙事，稳做偷香窃玉人。

只见白娘子真个要去净手，养娘便引她到后面一间僻净房内去，养娘自回。那员外心中淫乱，捉身不住④，不敢便走进去，却在门缝里张。不张万事皆休，则一张那员外大吃一惊，回身便走，来到后边，望后倒了：

> 不知一命如何，先觉四肢不举！

那员外眼中不见如花似玉体态，只见房中蟠着一条吊桶来粗大白蛇，两眼一似灯盏，放出金光来。惊得半死，回身便走，一绊一交。众养娘扶起看时，面青口白。主管慌忙用安魂定魄丹服了，方才醒来。老安人与众人都来看了，道："你为何大惊小怪做甚么？"李员外不说其事，说道："我今日起得早了，连日又辛苦了些，头风病发，晕倒了。"扶去房里睡了。众亲眷再入席饮了几杯，酒筵散罢，众人作谢回家。

白娘子回到家中思想，恐怕明日李员外在铺中对许宣说出本相来，便生一条计，一头脱衣服，一头叹气。许宣道："今同出去吃酒，因何回来叹气？"白娘子道："丈夫，说不得！李员外原来假做生日，其心不善。因见我起身登东，他躲在里面，欲要奸骗我，扯

---

① 吃虱子留后腿：虱子这般微小的昆虫，食用时还要留下一条腿下次享用，极言其吝啬。

② 净手：洗干净手，解手的婉辞。

③ 登东：上厕所。

④ 捉身：把持身体。

裙扯裤，来调戏我。欲待叫起来，众人都在那里，怕妆幌子。被我一推倒地，他怕羞没意思，假说晕倒了。这惶恐那里出气！"许宣道："既不曾奸骗你，他是我主人家，出于无奈，只得忍了。这遭休去便了。"白娘子道："你不与我做主，还要做人？"许宣道："先前多承姐夫写书，教我投奔他家。亏他不阻，收留在家做主管，如今教我怎的好？"白娘子道："男子汉！我被他这般欺负，你还去他家做主管？"许宣道："你教我何处去安身？做何生理？"白娘子道："做人家主管，也是下贱之事，不如自开一个生药铺。"许宣道："亏你说，只是那讨本钱？"白娘子道："你放心，这个容易。我明日把些银子，你先去赁了间房子却又说话。"

且说"今是古，古是今"，各处有这般出热的^①。间壁有一个人，姓蒋名和，一生出热好事。次日，许宣问白娘子讨了些银子，教蒋和去镇江渡口马头上，赁了一间房子，买下一付生药厨柜，陆续收买生药，十月前后，俱已完备，选日开张药店，不去做主管。那李员外也自知惶恐，不去叫他。

许宣自开店来，不匡买卖一日兴一日^②，普得厚利。正在门前卖生药，只见一个和尚将着一个募缘簿子道："小僧是金山寺和尚，如今七月初七日是英烈龙王生日，伏望官人到寺烧香，布施些香钱。"许宣道："不必写名。我有一块好降香^③，舍与你拿去烧罢。"即便开柜取出递与和尚。和尚接了道："是日望官人来烧香！"打一个问讯去了^④。白娘子看见道："你这杀才^⑤，把这一块好香与那贼秃去换酒

---

① 出热：热心帮助，出力。
② 不匡：没料到。
③ 降香：一种上等香木，可入药。
④ 问讯：僧尼与人应酬时合十招呼。
⑤ 杀才：该死的。

肉吃！"许宣道："我一片诚心舍与他，花费了也是他的罪过。"

　　不觉又是七月初七日，许宣正开得店，只见街上闹热，人来人往。帮闲的蒋和道："小乙官前日布施了香，今日何不去寺内闲走一遭？"许宣道："我收拾了，略待略待。和你同去。"蒋和道："小人当得相伴。"许宣连忙收拾了，进去对白娘子道："我去金山寺烧香，你可照管家里则个。"白娘子道："'无事不登三宝殿'，去做甚么？"许宣道："一者不曾认得金山寺，要去看一看；二者前日布施了，要去烧香。"白娘子道："你既要去，我也挡你不得，也要依我三件事。"许宣道："那三件？"白娘子道："一件，不要去方丈内去①；二件，不要与和尚说话；三件，去了就回，来得迟，我便来寻你也。"许宣道："这个何妨，都依得。"

　　当时换了新鲜衣服鞋袜，袖了香盒，同蒋和径到江边，搭了船，投金山寺来。先到龙王堂烧了香，绕寺闲走了一遍，同众人信步来到方丈门前。许宣猛省道："妻子吩咐我休要进方丈内去。"立住了脚，不进去。蒋和道："不妨事，她自在家中，回去只说不曾去便了。"说罢，走入去，看了一回，便出来。且说方丈当中座上，坐着一个有德行的和尚，眉清目秀，圆顶方袍，看了模样，确是真僧。一见许宣走过，便叫侍者："快叫那后生进来。"侍者看了一回，人千人万，乱滚滚的，又不认得他，回说："不知他走那边去了？"和尚见说，持了禅杖，自出方丈来，前后寻不见，复身出寺来看，只见众人都在那里等风浪静了落船。那风浪越大了，道："去不得。"正看之间，只见江心里一只船飞也似来得快。

　　许宣对蒋和道："这船大风浪过不得渡，那只船如何到来得快！"正说之间，船已将近。看时，一个穿白的妇人，一个穿青的女子来

————————

　　① 方丈：在此指寺庙住持居住的地方。

到岸边。仔细一认，正是白娘子和青青两个。许宣这一惊非小。白娘子来到岸边，叫道："你如何不归？快来上船！"许宣却欲上船，只听得有人在背后喝道："业畜在此做甚么？"许宣回头看时，人说道："法海禅师来了！"禅师道："业畜，敢再来无礼，残害生灵！老僧为你特来。"白娘子见了和尚，摇开船，和青青把船一翻，两个都翻下水底去了。许宣回身看着和尚便拜："告尊师，救弟子一条草命！"禅师道："你如何遇着这妇人？"许宣把前项事情从头说了一遍。禅师听罢，道："这妇人正是妖怪，汝可速回杭州去，如再来缠汝，可到湖南净慈寺里来寻我①。有诗四句：

> 本是妖精变妇人，西湖岸上卖娇声。
> 汝因不识遭他计，有难湖南见老僧。"

　　许宣拜谢了法海禅师，同蒋和下了渡船，过了江，上岸归家。白娘子同青青都不见了，方才信是妖精。到晚来，教蒋和相伴过夜，心中昏闷，一夜不睡。次日早起，叫蒋和看着家里，却来到针子桥李克用家，把前项事情告诉了一遍。李克用道："我生日之时，她登东，我撞将去，不期见了这妖怪，惊得我死去；我又不敢与你说这话。既然如此，你且搬来我这里住着，别作道理。"许宣作谢了李员外，依旧搬到他家。不觉住过两月有余。

　　忽一日，立在门前，只见地方总甲吩咐排门人等②，俱要香花灯烛迎接朝廷恩赦。原来是宋高宗策立孝宗，降赦通行天下，只除人命大事，其余小事，尽行赦放回家。许宣遇赦，欢喜不胜，吟诗一首，诗云：

---

①　湖南净慈寺：位于西湖南岸的净慈寺，与灵隐寺并称为西湖南北两大寺院。
②　总甲：宋代以二三十户为一甲，推选总甲负责地方劳役、赋税等事务。排门：挨家逐户。

感谢吾皇降赦文，网开三面许更新。

死时不作他邦鬼，生日还为旧土人。

不幸逢妖愁更甚，何期遇宥罪除根。

归家满把香焚起，拜谢乾坤再造恩。

许宣吟诗已毕，央李员外衙门上下打点使用了钱，见了大尹，给引还乡①。拜谢东邻西舍，李员外妈妈合家大小，二位主管，俱拜别了。央帮闲的蒋和买了些土物带回杭州。

来到家中，见了姐夫姐姐，拜了四拜。李募事见了许宣，焦躁道："你好生欺负人！我两遭写书教你投托人，你在李员外家娶了老小，不直得寄封书来教我知道②，直恁的无仁无义！"许宣说："我不曾娶妻小。"姐夫道："见今两日前，有一个妇人带着一个丫鬟，道是你的妻子。说你七月初七日去金山寺烧香，不见回来。那里不寻到？直到如今，打听得你回杭州，同丫鬟先到这里等你两日了。"教人叫出那妇人和丫鬟见了许宣。许宣看见，果是白娘子、青青。许宣见了，目睁口呆，吃了一惊，不在姐夫姐姐面前说这话本③，只得任她埋怨了一通。

李募事教许宣共白娘子去一间房内去安身。许宣见晚了，怕这白娘子，心中慌了，不敢向前，朝着白娘子跪在地下道："不知你是何神何鬼，可饶我的性命！"白娘子道："小乙哥，是何道理？我和你许多时夫妻，又不曾亏负你，如何说这等没力气的话。"许宣道："自从和你相识之后，带累我吃了两场官司。我到镇江府，你又来寻我。前日金山寺烧香，归得迟了，你和青青又直赶来。见了禅师，便跳下江里去了。我只道你死了，不想你又先到此。望乞可怜见，

① 引：路引，古代的通行证。

② 不直得：难道不应该。

③ 话本：在此指事情的始末。

饶我则个！"白娘子圆睁怪眼道："小乙官，我也只是为好，谁想到成怨本^①！我与你平生夫妇，共枕同衾，许多恩爱，如今却信别人闲言语，教我夫妻不睦。我如今实对你说，若听我言语，喜喜欢欢，万事皆休；若生外心，教你满城皆为血水，人人手攀洪浪，脚踏浑波，皆死于非命。"惊得许宣战战兢兢，半晌无言可答，不敢走近前去。青青劝道："官人，娘子爱你杭州人生得好，又喜你恩情深重。听我说，与娘子和睦了，休要疑虑。"许宣吃两个缠不过，叫道："却是苦耶！"只见姐姐在天井里乘凉，听得叫苦，连忙来到房前，只道他两个儿厮闹，拖了许宣出来。白娘子关上房门自睡。

许宣把前因后事，一一对姐姐告诉了一遍。却好姐夫乘凉归房，姐姐道："他两口儿厮闹了，如今不知睡了也未，你且去张一张了来。"李募事走到房前看时，里头黑了，半亮不亮，将舌头舔破纸窗，不张万事皆休，一张时，见一条吊桶来大的蟒蛇，睡在床上，伸头在天窗内乘凉，鳞甲内放出白光来，照得房内如同白日。吃了一惊，回身便走。来到房中，不说其事，道："睡了，不见则声^②。"许宣躲在姐姐房中，不敢出头，姐夫也不问他。过了一夜。

次日，李募事叫许宣出去，到僻静处问道："你妻子从何娶来？实实的对我说，不要瞒我，自昨夜亲眼看见她是一条大白蛇，我怕你姐姐害怕，不说出来。"许宣把从头事，一一对姐夫说了一遍。李募事道："既是这等，白马庙前一个呼蛇戴先生，如法捉得蛇，我同你去接他。"二人取路来到白马庙前，只见戴先生正立在门口。二人道："先生拜揖。"先生道："有何见谕^③？"许宣道："家中有一条大

---

① 怨本：怨恨的根源。
② 则声：发出声响。
③ 见谕：指教，敬辞。

蟒蛇，想烦一捉则个!"先生道:"宅上何处?"许宣道:"过军将桥黑珠儿巷内李募事家便是。"取出一两银子道:"先生收了银子，待捉得蛇另又相谢。"先生收了道:"二位先回，小子便来。"李募事与许宣自回。

那先生装了一瓶雄黄药水①，一直来到黑珠儿巷门，问李募事家。人指道:"前面那楼子内便是。"先生来到门前，揭起帘子，咳嗽一声，并无一个人出来。敲了半晌门，只见一个小娘子出来问道:"寻谁家?"先生道:"此是李募事家么?"小娘子道:"便是。"先生道:"说宅上有一条大蛇，却才二位官人来请小子捉蛇。"小娘子道:"我家那有大蛇? 你差了。"先生道:"官人先与我一两银子，说捉了蛇后有重谢。"白娘子道:"没有，休信他们哄你。"先生道:"如何作耍②?"白娘子三回五次发落不去，焦躁起来，道:"你真个会捉蛇? 只怕你捉它不得!"戴先生道:"我祖宗七八代呼蛇捉蛇，量道一条蛇有何难捉!"娘子道:"你说捉得，只怕你见了要走!"先生道:"不走，不走! 如走，罚一锭白银。"娘子道:"随我来。"到天井内，那娘子转个弯，走进去了。那先生手中提着瓶儿，立在空地上，不多时，只见刮起一阵冷风，风过处，只见一条吊桶来大的蟒蛇，速射将来，正是:

> 人无害虎心，虎有伤人意。

且说那戴先生吃了一惊，望后便倒，雄黄罐儿也打破了，那条大蛇张开血红大口，露出雪白齿，来咬先生。先生慌忙爬起来，只恨爹娘少生两脚，一口气跑过桥来，正撞着李募事与许宣。许宣道:

---

① 雄黄:中药名，有驱虫解毒的作用，民间相传蛇怕雄黄，因其有很浓的刺激性气味，会让蛇畏惧。

② 作耍:开玩笑。

"如何?"那先生道:"好教二位得知……"把前项事,从头说了一遍,取出那一两银子付还李募事道:"若不生这双脚,连性命都没了。二位自去照顾别人。"急急的去了。许宣道:"姐夫,如今怎么处?"李募事道:"眼见实是妖怪了。如今赤山埠前张成家欠我一千贯钱,你去那里静处①,讨一间房儿住下。那怪物不见了你,自然去了。"许宣无计可奈,只得应承。同姐夫到家时,静悄悄的没些动静。李募事写了书贴,和票子做一封②,教许宣往赤山埠去。

只见白娘子叫许宣到房中道:"你好大胆,又叫甚么捉蛇的来!你若和我好意,佛眼相看;若不好时,带累一城百姓受苦,都死于非命!"许宣听得,心寒胆战,不敢则声。将了票子,闷闷不已。来到赤山埠前,寻着了张成。随即袖中取票时,不见了,只叫得苦。慌忙转步,一路寻回来时,那里见!

正闷之间,来到净慈寺前,忽地里想起那金山寺长老法海禅师曾吩咐来:"倘若那妖怪再来杭州缠你,可来净慈寺内来寻我。"如今不寻,更待何时?急入寺中,问监寺道③:"动问和尚,法海禅师曾来上刹也未?"那和尚道:"不曾到来。"许宣听得说不在,越闷,折身便回来长桥堍下④,自言自语道:"'时衰鬼弄人',我要性命何用?"看着一湖清水,却待要跳!正是:

阎王判你三更到,定不容人到四更。

许宣正欲跳水,只听得背后有人叫道:"男子汉何故轻生?死了一万口,只当五千双,有事何不问我!"许宣回头看时,正是法海禅

---

① 静处:静居。
② 票子:欠钱的借据。
③ 监寺:寺院的管理人员,总揽寺院事务,地位仅次于住持。
④ 堍(tù):桥两头靠近平地的地方。

师，背驮衣钵^①，手提禅杖，原来真个才到。也是不该命尽，再迟一碗饭时，性命也休了。许宣见了禅师，纳头便拜，道："救弟子一命则个！"禅师道："这业畜在何处？"许宣把上项事一一诉了，道："如今又直到这里，求尊师救度一命。"禅师于袖中取出一个钵盂，递与许宣道："你若到家，不可教妇人得知，悄悄的将此物劈头一罩，切勿手轻，紧紧的按住，不可心慌，你便回去。"

且说许宣拜谢了禅师回家。只见白娘子正坐在那里，口内喃喃的骂道："不知甚人挑拨我丈夫和我做冤家，打听出来，和他理会！"正是有心等了没心的，许宣张得她眼慢^②，背后悄悄的，望白娘子头上一罩，用尽平生气力纳住，不见了女子之形，随着钵盂慢慢的按下，不敢手松，紧紧的按住。只听得钵盂内道："和你数载夫妻，好没一些儿人情！略放一放！"

许宣正没了结处，报道："有一个和尚，说道：'要收妖怪。'"许宣听得，连忙教李募事请禅师进来。来到里面，许宣道："救弟子则个！"不知禅师口里念的甚么，念毕，轻轻的揭起钵盂，只见白娘子缩做七八寸长，如傀儡人像，双眸紧闭，做一堆儿，伏在地下。禅师喝道："是何业畜妖怪，怎敢缠人？可说备细！"白娘子答道："禅师，我是一条大蟒蛇。因为风雨大作，来到西湖上安身，同青青一处。不想遇着许宣，春心荡漾，按纳不住，一时冒犯天条，却不曾杀生害命。望禅师慈悲则个！"禅师又问："青青是何怪？"白娘子道："青青是西湖内第三桥下潭内千年成气的青鱼。一时遇着，拖她为伴。她不曾得一日欢娱，并望禅师怜悯！"禅师道："念你千年修炼，免你一死，可现本相！"白娘子不肯。禅师勃然大怒，口中念念

---

① 衣钵：佛教僧尼的袈裟与钵盂。
② 眼慢：一时不注意。

有词，大喝道："揭谛何在①？快与我擒青鱼怪来，和白蛇现形，听吾发落！"须臾庭前起一阵狂风。风过处，只闻得豁剌一声响，半空中坠下一个青鱼，有一丈多长，向地拨剌的连跳几跳，缩做尺余长一个小青鱼。看那白娘子时，也复了原形，变了三尺长一条白蛇，兀自昂头看着许宣。禅师将二物置于钵盂之内，扯下褊衫一幅②，封了钵盂口。拿到雷峰寺前，将钵盂放在地下，令人搬砖运石，砌成一塔。后来许宣化缘，砌成了七层宝塔，千年万载，白蛇和青鱼不能出世。

且说禅师押镇了，留偈四句③：

西湖水干，江潮不起，雷峰塔倒，白蛇出世。

法海禅师言偈毕。又题诗八句以劝后人：

奉劝世人休爱色，爱色之人被色迷。

心正自然邪不扰，身端忽有恶来欺？

但看许宣因爱色，带累官司惹是非。

不是老僧来救护，白蛇吞了不留些。

法海禅师吟罢，各人自散。惟有许宣情愿出家，礼拜禅师为师，就雷峰塔披剃为僧④。修行数年，一夕坐化去了⑤。众僧买龛烧化⑥，造一座骨塔⑦，千年不朽，临去世时，亦有诗八句，留以警世，诗曰：

----

① 揭谛：佛教护法神，分别是金头揭谛、银头揭谛、波罗揭谛、波罗僧揭谛、摩诃揭谛。

② 褊（biǎn）衫：一种僧尼服装，斜披在左肩上。

③ 偈（jì）：佛经中的唱词。

④ 披剃：披袈裟，剃光头发，喻指出家为僧。

⑤ 坐化：佛教谓修行高深的人，端坐安然而命终。

⑥ 龛（kān）：供奉神位、佛像等的小阁子。

⑦ 骨塔：装殓骨灰的佛塔。

祖师度我出红尘，铁树开花始见春。

化化轮回重化化，生生转变再生生。

欲知有色还无色，须识无形却有形。

色即是空空即色，空空色色要分明。

宿香亭张浩遇莺莺

闲向书斋阐古今，生非草木岂无情。

佳人才子多奇遇，难比张生遇李莺。

话说西洛有一才子①，姓张名浩，字巨源，自儿曹时清秀异众。既长，才擒蜀锦②，貌莹寒冰③，容止可观，言词简当。承祖父之遗业，家藏镪数万④，以财豪称于乡里。贵族中有慕其门第者，欲结婚姻，虽媒妁日至，浩正色拒之。人谓浩曰："君今冠矣。男子二十而冠，何不求名家令德女子配君⑤？其理安在？"浩曰："大凡百岁姻缘，必要十分美满。某虽非才子，实慕佳人。不遇出世娇姿，宁可终身鳏处⑥。且俟功名到手之日，此愿或可遂耳。"缘此至弱冠之年，犹未纳室⑦。浩性喜厚自奉养⑧，所居连檐重阁，洞户相通，华丽雄壮，与王侯之家相等。浩犹以为隘窄，又于所居之北，创置一园。中有：

风亭月榭，杏坞桃溪⑨，云楼上倚晴空，水阁下临清沚⑩。横塘曲

---

① 西洛：指洛阳。在北宋首都开封以西，故得此名。

② 才擒蜀锦：才华如蜀锦一样华丽出众。

③ 貌莹寒冰：容貌如寒冰一样清俊秀美。

④ 镪（qiāng）：成串的钱。

⑤ 令德：美德。

⑥ 鳏（guān）处：男子无妻独居。

⑦ 纳室：娶妻。

⑧ 厚自奉养：追求优越的享乐生活。

⑨ 坞：四周高而中间凹的地区。

⑩ 清沚（cǐ）：清澈的流水。

岸，露偃月虹桥；朱槛雕栏，叠生云怪石。

烂漫奇花艳蕊，深沉竹洞花房。飞异域佳禽，植上林珍果。绿荷密锁寻芳路，翠柳低笼斗草场①。

浩暇日多与亲朋宴息其间。西都风俗，每至春时，园圃无大小，皆修葺花木，洒扫亭轩，纵游人玩赏，以此递相夸逞，士庶为常。浩闻巷有名儒廖山甫者，学行俱高，可为师范，与浩情爱至密。浩喜园馆新成，花木茂盛。一日，邀山甫闲步其中。行至宿香亭共坐。时当仲春，桃李正芳，牡丹花放，嫩白妖红，环绕亭砌。浩谓山甫曰："淑景明媚，非诗酒莫称韶光②。今日幸无俗事，先饮数杯，然后各赋一诗，咏目前景物。虽园圃消疏，不足以当君之盛作，若得一诗，可以永为壮观。"山甫曰："愿听指挥。"浩喜，即呼小童，具饮器笔砚于前。

酒三行，方欲索题，忽遥见亭下花间，有流莺惊飞而起。山甫曰："莺语堪听，何故惊飞？"浩曰："此无他，料必有游人偷折花耳。邀先生一往观之。"遂下宿香亭，径入花阴，蹑足潜身，寻踪而去。过太湖石畔，芍药栏边，见一垂鬟女子，年方十五，携一小青衣，倚栏而立。但见：

新月笼眉，春桃拂脸，意态幽花未艳，肌肤嫩玉生光。莲步一折，着弓弓扣绣鞋儿；螺髻双垂，插短短紫金钗子。似向东君夸艳态，倚栏笑对牡丹丛。

浩一见之，神魂飘荡，不能自持，又恐女子惊避，引山甫退立花阴下，端详久之，真出世色也③。告山甫曰："尘世无此佳人，想必上

----

① 斗草：民间流行的一种游戏，采草药衍生而成，为端午民俗，民间端午日郊游，采奇花异草互相比赛，以新奇、品种繁多者为胜。

② 韶光：美好的春光。

③ 出世色：凡俗世间没有的美貌。

方花月之妖！"山甫曰："花月之妖，岂敢昼见？天下不乏美妇人，但无缘者自不遇耳。"浩曰："浩阅人多矣，未常见此殊丽。使浩得配之，足快平生。兄有何计，使我早遂佳期，则成我之恩，与生我等矣！"山甫曰："以君之门第才学，欲结婚姻，易如反掌，何须如此劳神？"浩曰："君言未当。若不遇其人，宁可终身不娶；今既遇之，即顷刻亦难挨也。媒妁通问，必须岁月，将无已在枯鱼之肆乎①！"山甫曰："但患不谐，苟得谐，何患晚也？请询其踪迹，然后图之。"

浩此时情不自禁，遂整巾正衣，向前而揖。女子敛袂答礼②。浩启女子曰③："贵族谁家？何因至此？"女子笑曰："妾乃君家东邻也。今日长幼赴亲族家会，惟妾不行，闻君家牡丹盛开，故与青衣潜启隙户至此。"浩闻此语，乃知李氏之女莺莺也，与浩童稚时曾共扶栏之戏。再告女子曰："敝园荒芜，不足寓目，幸有小馆，欲备肴酒，尽主人接邻里之欢，如何？"女曰："妾之此来，本欲见君。若欲开樽，决不敢领。愿无及乱，略诉此情。"浩拱手鞠躬而言曰："愿闻所谕！"女曰："妾自幼年慕君清德，缘家有严亲，礼法所拘，无因与君聚会。今君犹未娶，妾亦垂髫④，若不以丑陋见疏，为通媒妁，

————————————————

① 枯鱼之肆：引用《庄子》"涸辙之鲋"的典故。庄子听到干枯的车沟里的一条小鱼的呼救声，请求给它一升半斗的水活命，庄子说我去游说吴越国的君主，引江河过来接济你，你再顺流游回东海如何？鱼儿说我只需要一升半斗的水，就能活命，等你去游说引来江河，我早已死了，你还是去卖鱼干的店铺找我吧。在此意指明媒正娶花费时日，不能解救自己现下对女子的渴求。

② 袂（mèi）：袖子。

③ 启：询问。

④ 垂髫（tiáo）：古代儿童不束发，头发下垂，以垂髫指儿童。

使妾异日奉箕帚之末①。立祭祀之列，奉侍翁姑②，和睦亲族，成两姓之好，无七出之玷③，此妾之素心也。不知君心还肯从否？"

浩闻此言，喜出望外，告女曰："若得与丽人偕老，平生之乐事足矣！但未知缘分何如耳？"女曰："两心既坚，缘分自定。君果见许，愿求一物为定，使妾藏之异时，表今日相见之情。"浩仓卒中无物表意，遂取系腰紫罗绣带，谓女曰："取此以待定议。"女亦取拥项香罗，谓浩曰："请君作诗一篇，亲笔题于罗上，庶几他时可以取信。"浩心转喜，呼童取笔砚，指栏中未开牡丹为题，赋诗一绝于香罗之上。诗曰：

> 沉香亭畔露凝枝，敛艳含娇未放时。
>
> 自是名花待名手，风流学士独题诗。

女见诗大喜，取香罗在手，谓浩曰："君诗句清妙，中有深意，真才干也。此事切宜缄口④，勿使人知。无忘今日之言，必遂他时之乐。父母恐回，妾且归去。"道罢，莲步却转，与青衣缓缓而去。

浩时酒兴方浓，春心淫荡，不能自遏，自言："'下坡不赶，次后难逢。'争忍弃人归去？杂花影下，细草如茵，略效鸳鸯，死亦无恨！"遂奋步赶上，双手抱持。女子顾恋恩情，不忍移步绝裾而去⑤。正欲启口致辞，含羞告免，忽自后有人言曰："相见已非正礼，此事决然不可！若能用我一言，可以永谐百岁。"浩舍女回视，乃山甫

---

① 箕帚（jī zhǒu）之末：畚箕与扫帚，为扫除尘土的器具。在此指操持家务，为妻子的谦称。

② 翁姑：公婆。

③ 七出之玷：被丈夫休掉的污点。七出：古代男子休弃妻子的七种理由。《仪礼·丧服》贾公彦疏："七出者：无子，一也；淫佚，二也；不事舅姑，三也；口舌，四也；盗窃，五也；妒忌，六也；恶疾，七也。"

④ 缄（jiān）口：闭口不言。

⑤ 绝裾：扯断衣襟，指去意决绝。

也。女子已去。山甫曰："但凡读书，盖欲知礼别嫌。今君诵孔圣之书，何故习小人之态？若使女于去迟，父母先回，必询究其所往，则女祸延及于君。岂可恋一时之乐，损终身之德？请君三思，恐成后悔！"浩不得已，怏怏复回宿香亭上，与山甫尽醉散去。

　　自此之后，浩但当歌不语，对酒无欢，月下长吁，花前偷泪。俄而绿暗红稀，春光将暮。浩一日独步闲斋，反复思念。一段离愁，方恨无人可诉，忽有老尼惠寂自外而来，乃浩家香火院之尼也[①]。浩礼毕，问曰："吾师何来？"寂曰："专来传达书信。"浩问："何人致意于我？"寂移坐促席谓浩曰："君东邻李家女子莺莺，再三申意。"浩大惊，告寂曰："宁有是事[②]？吾师勿言！"寂曰："此事何必自隐？听寂拜闻：李氏为寂门徒二十余年，其家长幼相信。今日因往李氏诵经，知其女莺莺染病，寂遂劝令勤服汤药。莺屏去侍妾，私告寂曰：'此病岂药所能愈耶？'寂再三询其仔细，莺遂说及园中与君相见之事。又出罗巾上诗，向寂言：'此即君所作也。'令我致意于君，幸勿相忘，以图后会。盖莺与寂所言也，君何用隐讳那？"浩曰："事实有之，非敢自隐，但虑传扬遐迩[③]，取笑里闾。今日吾师既知，使浩如何而可？"寂曰："早来既知此事，遂与莺父母说及莺亲事。答云：'女儿尚幼，未能干家[④]。'观其意在二三年后，方始议亲，更看君缘分如何？"言罢，起身谓浩曰："小庵事冗，不及款话[⑤]，如日后欲寄音信，但请垂谕。"遂相别去。自此香闺密意，书幌幽怀[⑥]，

----

① 香火院：私人营建的烧香祈福的庵堂寺院。

② 宁有：哪里有。

③ 遐迩：远近。

④ 干家：当家。

⑤ 款话：恳谈。

⑥ 书幌（huǎng）：书帷，亦指书房。

皆托寂私传。

光阴迅速，倏忽之间，已经一载。节过清明，桃李飘零，牡丹半折。浩倚栏凝视，睹物思人，情绪转添。久之，自思去岁此时，相逢花畔，今岁花又重开，玉人难见。沉吟半晌，不若折花数枝，托惠寂寄莺莺同赏。遂召寂至，告曰："今折得花数枝，烦吾师持往李氏，但云吾师所献。若见莺莺，作浩起居①：去岁花开时，相见于西栏畔；今花又开，人犹间阻。相忆之心，言不可尽！愿似叶如花，年年长得相见。"寂曰："此事易为，君可少待。"遂持花去。

逾时复来，浩迎问："如何？"寂于袖中取彩笺小束，告浩曰："莺莺寄君，切勿外启！"寂乃辞去。浩启封视之，曰：

　　妾莺莺拜启：相别经年，无日不怀思忆。前令乳母以亲事白于父母，坚意不可。事须后图，不可仓卒。愿君无忘妾，妾必不负君！姻若不成，誓不他适②。其他心事，询寂可知。昨夜宴花前，众皆欢笑，独妾悲伤。偶成小词，略诉心事，君读之，可以见妾之意。读毕毁之，切勿外泄！

词曰：

　　红疏绿密时暄，还是困人天。相思极处，凝睛月下，洒泪花前。

　　誓约已知俱有愿，奈目前两处悬悬。鸾凰未偶③，清宵最苦，月甚先圆？

浩览毕，敛眉长叹，曰："好事多磨，信非虚也！"展放案上，反复把玩，不忍释手，感刻寸心，泪下如雨。又恐家人见疑，询其所因，遂伏案掩面，偷声潜泣。

良久，举首起视，见日影下窗，暝色已至，浩思适来书中言

----

① 起居：在此指问候。
② 他适：许配他人。
③ 鸾凰：鸾鸟和凤凰，古代传说中的神鸟。

"心事询寂可知"，今抱愁独坐，不若询访惠寂，究其仔细，庶几少解情怀。遂徐步出门，路过李氏之家，时夜色已阑，门户皆闭。浩至此，想象莺莺，心怀爱慕，步不能移，指李氏之门曰："非插翅步云，安能入此？"方徘徊未进，忽见旁有隙户半开，左右寂无一人。浩大喜曰："天赐此便，成我佳期！远托惠寂，不如潜入其中，探问驾茸消息。"浩为情爱所重，不顾礼法，蹑足而入。既到中堂，匿身回廊之下，左右顾盼，见：

> 闲庭悄悄，深院沉沉。静中闻风响丁当，暗里见流萤聚散。更筹渐急，窗中风弄残灯；夜色已阑，阶下月移花影。香闺想在屏山后，远似巫阳千万重①。

浩至此，茫然不知所往。独立久之，心中顿剩省，自思设若败露，为之奈何？不惟身受苦楚，抑且玷辱祖宗，此事当款曲图之②。不期隙户已闭，返转回廊，方欲寻路复归，忽闻室中有低低而唱者。浩思深院净夜，何人独歌？遂隐住侧身，静听所唱之词，乃《行香子》词：

> 雨后风微，绿暗红稀燕巢成，蝶绕残枝。杨花点点，永日迟迟。动离怀，牵别恨，鹧鸪啼。
>
> 辜负佳期，虚度芳时，为甚褪尽罗衣？宿香亭下，红芍栏西。当时情，今日恨，有谁知！

但觉如雏莺啭翠柳阴中，彩凤鸣碧梧枝上。想是清夜无人，调韵转美。浩审词察意，若非莺莺，谁知宿香亭之约？但得一见其面，死亦无悔。方欲以指击窗，询问仔细，忽有人叱浩曰："良士非媒不聘，女子无故不婚。今女按板于窗中，小子逾墙到厅下，皆非善行，

---

① 巫阳：巫山。

② 款曲：周到。

玷辱人伦。执诣有司①，永作淫奔之戒。"浩大惊退步，失脚堕于砌下。久之方醒，开目视之，乃伏案昼寝于书窗之下，时日将晡矣②。

浩曰："异哉梦也！何显然如是？莫非有相见之期，故先垂吉兆告我？"方心绪扰扰未定，惠寂复来。浩讯其意。寂曰："适来只奉小柬而去，有一事偶忘告君。莺莺传语，她家所居房后，乃君家之东墙也，高无数尺。其家初夏二十日，亲族中有婚姻事，是夕举家皆往，莺莺病不行。令君至期，于墙下相待，欲逾墙与君相见，君切记之。"惠寂且去，浩欣喜之心，言不能尽。

屈指数日，已至所约之期。浩遂张帷幄，具饮馔、器用玩好之物，皆列于宿香亭中。日既晚，悉逐僮仆出外，惟留一小鬟。反闭园门，倚梯近墙，屏立以待。

未久，夕阳消柳外，暝色暗花间，斗柄指南，夜传初鼓③。浩曰："惠寂之言岂非谲我乎？"语犹未绝，粉面新妆，半出短墙之上。浩举目仰视，乃莺莺也。急升梯扶臂而下，携手偕行，至宿香亭上。明烛并坐，细视驾鸯，欣喜转盛，告莺曰："不谓丽人果肯来此！"莺曰："妾之此身，异时欲作闺门之事④，今日宁肯诳语！"浩曰："肯饮少酒，共庆今宵佳会，可乎？"驾曰："难禁酒力，恐来朝获罪于父母。"浩曰："酒既不饮，略歇如何？"莺笑倚浩怀，娇羞不语。浩遂与解带脱衣，入鸳帏共寝。但见：

　　宝炬摇红，麝茵吐翠。金缕绣屏深掩，绀纱斗帐低垂。并连驾

----

① 有司：官府。
② 晡（bū）：申时，即下午三点钟到五点钟的时间。
③ 初鼓：即一更，约晚间七时至九时。
④ 闺门：妇女所居之处。借指妇女、妻子。

枕，如双双比目同波；共展香衾①，似对对春蚕作茧。向人尤䞍春情事②，一搦纤腰怯未禁③。

须臾，香汗流酥，相偎微喘，虽楚王梦神女④，刘、阮入桃源⑤，相得之欢，皆不能比。少顷，莺告浩曰："夜色已阑，妾且归去。"浩亦不敢相留，遂各整衣而起。

浩告莺曰："后会未期，切宜保爱！"莺曰："去岁偶然相遇，犹作新诗相赠。今夕得侍枕席，何故无一言见惠⑥？岂非狠贱之躯，不足当君佳句？"浩笑谢莺曰："岂有此理！"谨赋一绝：

　　　　华胥佳梦徒闻说⑦，解佩江皋浪得声⑧。
　　　一夕东轩多少事，韩生虚负窃香名⑨。

莺得诗，谓浩曰："妾之此身，今已为君所有，幸终始成之。"遂携手下亭，转柳穿花，至墙下，浩扶策驾升梯而去。

----

① 衾（qīn）：被子。

② 尤䞍（tì）：䞍：滞留，纠缠。尤云䞍雨的简称，喻缠绵于男女欢爱。

③ 一搦（nuò）：一握、一把，形容纤细。

④ 楚王梦神女：战国时楚国宋玉《高唐赋》称"先王"游高唐，在白天梦见女神自愿侍寝，神女临去时称自己为巫山女神，"旦为朝云，暮为行雨"，楚王梦醒后难以忘情。后以巫山云雨借指男女欢爱。

⑤ 刘、阮入桃源：传说东汉永平年间，刘晨、阮肇入天台山采药，遇到两位仙女结为夫妻，半年后要求返乡，回家后尘世已历经了七世，再回去寻找妻子，早已不见。

⑥ 见惠：赠送。

⑦ 华胥：相传黄帝昼寝，而梦游于华胥氏之国，相隔千万里，非人力所至，乃神游。

⑧ 解佩江皋：江妃二女在汉江河滨游玩，在汉皋台与郑交甫相遇。郑交甫爱慕二人，不知其乃神女，祈求二人之玉佩留念。二女欣然相赠。行不到数步，玉佩消失，二女也不见了。后世以此做男女互赠信物，男女爱慕之意。

⑨ 韩生：西晋重臣贾充的女儿贾午因爱慕父亲的下属韩寿，将皇帝御赐给父亲的异香偷窃赠送给他，贾充知道此事后将女儿许配给韩生。后比喻男女暗中通情。

　　自此之后，虽音耗时通，而会遇无便。经数日，忽惠寂来告曰："莺莺致意：其父守官河朔，来日挈家登程，愿君莫忘旧好。候回日，当议秦晋之礼①。"惠寂辞去，浩神悲意惨，度日如年，抱恨怀愁。俄经二载，一日，浩季父召浩语曰②："吾闻不孝以无嗣为大，今汝将及当立之年③，犹未纳室，虽未至绝嗣，而内政亦不可缺④。此中有孙氏者，累世仕宦，家业富盛，其女年已及笄⑤，幼奉家训，习知妇道。我欲与汝主婚，结亲孙氏。今若失之，后无令族⑥。"浩素畏季父赋性刚暴，不敢抗拒，又不敢明言李氏之事，遂通媒妁，与孙氏议姻。择日将成，而莺莺之父任满方归。浩不能忘旧情，乃遣惠寂密告莺曰："浩非负心，实被季父所逼，复与孙氏结亲。负心违愿，痛彻心髓！"莺谓寂曰："我知其叔父所为，我必能自成其事。"寂曰："善为之！"遂去。

　　莺启父母曰："儿有过恶，玷辱家门，愿先启一言，然后请死。"父母惊骇，询问："我儿何自苦如此？"莺曰："妾自幼岁慕西邻张浩才名，曾以此身私许偕老。曾令乳母白父母，欲与浩议姻，当日尊严不蒙允许。今闻浩与孙氏结婚，弃妾此身，将归何地？然女行已失，不可复嫁他人，此愿若违，含笑自绝。"父母惊谓莺曰："我止有一女，所恨未能选择佳婿。若早知，可以商议。今浩既已结婚，为之奈何？"莺曰："父母许以儿归浩，则妾自能措置。"父曰："但愿亲成，一切不问。"莺曰："果如是，容妾诉于官府。"遂取纸作

　　① 秦晋之礼：春秋时秦晋世代通婚，后以秦晋之好指两家联姻。
　　② 季父：叔父。
　　③ 当立之年：三十岁。
　　④ 内政：在此指家内事务。
　　⑤ 及笄（jī）：古代女子满十五岁结发，用笄贯之，指已到了结婚的年龄。
　　⑥ 令族：名门世族。

状，更服旧妆，径至河南府讼庭之下。

龙图阁待制陈公方据案治事①，见一女子执状向前。公停笔问曰："何事？"莺莺敛身跪告曰："妾诚狂妄，上渎高明，有状上呈。"公令左右取状展视云：

> 告状妾李氏：切闻语云："女非媒不嫁。"此虽至论，亦有未然。何也？昔文君心喜司马，贾午志慕韩寿，此二女皆有私奔之名，而不受无媒之谤。盖所归得人，青史标其令德，注在篇章。使后人继其所为，免委身于庸俗。妾于前岁慕西邻张浩才名，已私许之偕老。言约已定，誓不变更。今张浩忽背前约，使妾呼天叩地，无所告投。切闻律设大法，礼顺人情。若非判府龙图明断，孤寡终身何恃！为此冒耻渎尊，幸望台慈②，特赐予决③！谨状。

陈公读毕，谓莺莺曰："汝言私约已定，有何为据？"莺取怀中香罗并花笺上二诗，皆浩笔也。陈公命追浩至公庭，责浩与李氏既已约婚，安可再婚孙氏？浩仓卒但以叔父所逼为辞，实非本心。再讯莺曰："尔意如何？"莺曰："张浩才名，实为佳婿。使妾得之，当克勤妇道。实龙图主盟之大德。"陈公曰："天生才子佳人，不当使之孤另。我今曲与汝等成之。"遂于状尾判云：

> 花下相逢，已有终身之约；中道而止，竟乖偕老之心。在人情既出至诚，论律文亦有所禁。宜从先约，可断后婚。

判毕，谓浩曰："吾今判合与李氏为婚。"二人大喜，拜谢相公恩德，遂成夫妇，偕老百年。后生二子，俱擢高科④。话名《宿香亭张浩遇

---

① 龙图阁待制：宋代官名，龙图阁存放皇帝的各类典籍，龙图阁待制以他官兼任，无吏守，无职掌，惟出入侍从备顾问。朝官任地方知府均加龙图阁待制职衔。

② 台慈：对官员的敬称。

③ 予决：判决。

④ 俱擢高科：都高中科举。

莺莺》。

　　　　当年崔氏赖张生①，今日张生仗李莺。
　　　　同是风流千古话，西厢不及宿香亭。

----

① 崔氏赖张生：指王实甫《西厢记》中，张生与崔莺莺在寺庙相逢，在红娘
帮助下最终结为夫妻的爱情故事。

赵春儿重旺曹家庄

> 东邻昨夜报吴姬^①，一曲琵琶荡容思。

> 不是妇人偏可近，从来世上少男儿。

　　这四句诗是夸奖妇人的。自古道："有志妇人，胜如男子。"且如妇人中，只有娼流最贱，其中出色的尽多。有一个梁夫人^②，能于尘埃中识拔韩世忠^③。世忠自卒伍起为大将，与金兀术四太子相持于江上^④，梁夫人脱簪珥犒军^⑤，亲自执桴^⑥，擂鼓助阵，大败金人。后世忠封蕲王，退居西湖，与梁夫人谐老百年。又有一个李亚仙^⑦，她是长安名妓，有郑元和公子嫖她，吊了稍^⑧，在悲田院做乞儿^⑨，大雪中唱《莲花落》^⑩。亚仙闻唱，知是郑郎之声，收留在家，绣襦裹

----

　　① 吴姬：吴地的美女，泛指艺人。

　　② 梁夫人：抗金名将韩世忠的妻子。本为妓女，被韩世忠纳为小妾，后扶为正室。1129 年，韩世忠在镇江迎战金兀术率领的金兵，梁夫人擂鼓助战，最终大破金兵。

　　③ 韩世忠：南宋抗金名将，与岳飞、张俊、刘光世合称"中兴四将"，在黄天荡之战痛击金兀术，巩固了南宋政权，宋孝宗时追封蕲（qí）王，位列七王之一。

　　④ 金兀术（zhú）：金朝开国皇帝完颜阿骨打的第四子，金朝军事统帅，领导了金朝初期对外的军事活动。

　　⑤ 簪珥（zān ěr）：发簪和耳饰，为古代富贵人家女子所佩戴。

　　⑥ 桴（fú）：鼓槌。

　　⑦ 李亚仙：元明杂剧和传奇中的女主人公。

　　⑧ 吊了稍：稍通梢，意为银子花光了。

　　⑨ 悲田院：官方举办的收容乞丐、贫苦人士的机构。

　　⑩ 《莲花落》：又称为莲花闹、莲花乐，是一种说唱兼有的汉族曲艺艺术，常为乞丐行乞时演唱。

体，剔目劝读①，一举成名，中了状元，亚仙直封至一品夫人，这两个是红粉班头，青楼出色②：

> 若与寻常男子比，好将巾帼换衣冠。

如今说一个妓家故事，虽比不得李亚仙、梁夫人恁般大才，却也在千辛百苦中熬炼过来，助夫成家，有个小小结果，这也是千中选一。

话说扬州府城外有个地，名叫曹家庄。庄上曹大公是个大户之家。院君已故③，止生一位小官人，名曹可成。那小官人人材出众，百事伶俐。只有两件事非其所长，一者不会读书，二者不会作家④。常言道："独子得惜。"因是个富家爱子，养骄了他；又且自小纳粟入监⑤，出外都称相公，一发纵荡了。专一穿花街，串柳巷，吃风月酒，用脂粉钱，真个满面春风，挥金如土，人都唤他做"曹呆子"。太公知他浪费，禁约不住，只不把钱与他用。他就瞒了父亲，背地将田产各处抵借银子。那败于借债，有几般不便宜处：第一，折色短少⑥，不能足数，遇狠心的，还要搭些货物。第二，利钱最重。第三，利上起利，过了一年十个月，只倒换一张文书，并不催取，谁知本重利多，便有铜斗家计⑦，不够他盘算。第四，居中的人还要扣

---

① 剔目劝读：戏剧中的一段情节。李亚仙收留郑元和后鼓励其用心科举，郑元和迷恋李亚仙的美目，没有用功读书，李亚仙遂刺眼毁容以免其分心。

② 红粉班头，青楼出色：妓女中出类拔萃之人。

③ 院君：本意为对有封号的官员妻子的称呼，后来对一般富户的妻子也称院君。

④ 作家：在此指勤俭持家。

⑤ 纳粟入监：明清时期富家子弟捐纳财货进国子监为监生就读，地位略低于举人，可参加会试，合格者称贡士。

⑥ 折色短少：银子成色不足。

⑦ 铜斗家计：形容家业富足而牢固。

些谢礼。他把中人就自看做一半债主，狐假虎威，需索不休。第五，写借票时，只拣上好美产，要他写做抵头①。既写之后，这产业就不许你卖与他人。及至准算与他②，又要减你的价钱。若算过，便有几两赢余，要他找绝③，他又东扭西捏，朝三暮四，没有得爽利与你。有此五件不便宜处，所以往往破家。为尊长的只管拿住两头不放，却不知中间都替别人家发财去了。十分家当，实在没用得五分。这也是只顾生前，不顾死后。左右把与他败的，到不如自眼里看他结末了④，也得明白。

　　　　明识儿孙是下流⑤，故将锁钥用心收。

　　　　儿孙自有儿孙算，枉与儿孙作马牛。

　　闲话休叙。却说本地有个名妓，叫做赵春儿，是赵大妈的女儿。真个花娇月艳，玉润珠明，专接富商巨室，赚大主钱财。曹可成一见，就看上了，一住整月，在他家撒漫使钱。两个如胶似漆，一个愿讨，一个愿嫁，神前罚愿，灯下设盟。争奈父亲在堂，不敢娶她入门。那妓者见可成是慷慨之士，要他赎身。原来妓家有这个规矩：初次破瓜的⑥，叫做梳栊孤老⑦；若替她把身价还了鸨儿，由她自在接客，无拘无管，这叫做赎身孤老。但是赎身孤老要歇时，别的客只索让她，十夜五夜，不论宿钱。后来若要娶她进门，别不费财礼。

----

① 抵头：用作抵押的东西。

② 准算：折算，抵账。

③ 找绝：将多余的钱财退还。

④ 结末：结束，完结。

⑤ 下流：在此指不成器。

⑥ 破瓜：女子第一次发生性行为。

⑦ 梳栊孤老：妓女第一次接待嫖客。梳栊：妓女第一次接客前为少女式的披散的发辫，接客后梳成少妇式的发髻。孤老：嫖客。

又有这许多脾胃处①。曹可成要与春儿赎身，大妈索要五百两，分文不肯少。可成各处设法，尚未到手。

忽一日，闻得父亲唤银匠在家倾成许多元宝②，未见出笏③。用心体访，晓得藏在卧房床背后复壁之内④，用帐子掩着。可成觑个空，趐进房去⑤，偷了几个出来。又怕父亲查检，照样做成贯铅的假元宝，一个换一个。大模大样的与春儿赎了身，又置办衣饰之类。以后但是要用，就将假银换出真银，多多少少都放在春儿处，凭她使费，并不检查。真个来得易，去得易，日渐日深，换个行云流水，也不曾计个数目是几锭几两。春儿见他撒漫，只道家中有余，亦不知此银来历。

忽一日，大公病笃，唤可成夫妇到床头叮嘱道："我儿，你今三十余岁，也不为年少了。'败子口头便作家！'你如今莫去花柳游荡，收心守分。我家当之外，还有些本钱，又没第二个兄弟分受，尽够你夫妻受用。"遂指床背后说道："你揭开帐子，有一层复壁，里面藏着元宝一百个，共五千两。这是我一生的精神⑥。向因你务外⑦，不对你说。如今交付你夫妻之手，置些产业，传与子孙，莫要又浪费了！"又对媳妇道："娘子，你夫妻是一世之事，莫要冷眼相看，须将好言谏劝丈夫，同心合胆，共做人家。我九泉之下，也得瞑目。"说罢，须臾死了。

----

① 脾胃：称心如意。
② 倾成：熔铸成。
③ 出笏（hù）：货物脱手，卖出。
④ 复壁：夹墙，中空，可藏物或匿人。
⑤ 趐（xué）：盘旋，来回走。
⑥ 精神：在此指一生心血的积累。
⑦ 务外：游手好闲。

可成哭了一场，少不得安排殡葬之事。暗想复壁内，正不知还存得多少真银？当下搬将出来，铺满一地，看时，都是贯铅的假货，整整的数了九十九个，刚剩得一个真的。五千两花银，费过了四千九百五十两。可成良心顿萌，早知这东西始终还是我的，何须性急！如今大事在身，空手无措，反欠下许多债负，懊悔无及，对着假锭放声大哭。浑家劝道："你平日务外，既往不咎。如今现放着许多银子，不理正事，只管哭做甚么？"可成将假锭偷换之事，对浑家叙了一遍。浑家平昔间为老公务外，谏劝不从，气得有病在身。今日哀苦之中，又闻了这个消息，如何不恼！登时手足俱冷，扶回房中，上了床，不够数日，也死了。这的是：

从前做过事①，没兴一齐来②。

可成连遭二丧，痛苦无极，勉力支持。过了七七四十九日，各债主都来算帐，把曹家庄祖业田房，尽行盘算去了。因出房与人③，上紧出殡④。此时孤身无靠，权退在坟堂屋内安身⑤。不在话下。

且说赵春儿久不见可成来家，心中思念。闻得家中有父丧，又浑家为假锭事气死了，恐怕七嘴八张，不敢去吊问，后来晓得他房产都费了，搬在坟堂屋里安身，甚是凄惨，寄信去请他来，可成无颜相见，回了几次。连连来请，只得含羞而往。春儿一见，抱头大哭，道："妾之此身，乃君身也。幸妾尚有余资可以相济，有急何不告我！"乃治酒相款，是夜留宿。明早，取白金百两赠与可成，嘱付他拿回家省吃省用："缺少时，再来对我说。"可成得了银子，顿忘

① 过事：错事。
② 没兴：倒霉的事。
③ 出房：卖房。
④ 上紧：抓紧。
⑤ 坟堂屋：守孝者所居住的建于墓地旁的房屋。

苦楚，迷恋春儿，不肯起身，就将银子买酒买肉，请旧日一班闲汉同吃。春儿初次不好阻他，到第二次，就将好言苦劝，说："这班闲汉，有损无益。当初你一家人家，都是这班人坏了。如今再不可近他了，我劝你回去是好话。且待三年服满之后，还有事与你商议。"一连劝了几次。可成还是败落财主的性子，疑心春儿厌薄他①，忿然而去。春儿放心不下，悄地教人打听他，虽然不去跳槽②，依旧大吃大用。春儿暗想，他受苦不透，还不知稼穑艰难③，且由他磨炼去。过了数日，可成盘缠竭了，有一顿，没一顿，却不伏气去告求春儿④。春儿心上虽念他，也不去惹他上门了。约莫十分艰难，又教人送些柴米之类，小小周济他，只是不敷。

却说可成一般也有亲友，自己不能周济，看见赵春儿家担东送西，心上反不乐，到去撺掇可成道："你当初费过几千银子在赵家，连这春儿的身子都是你赎的。你今如此落莫，她却风花雪月受用。何不去告她一状，追还些身价也好。"可成道："当初之事，也是我自家情愿，相好在前；今日重新番脸，却被子弟们笑话⑤。"又有嘴快的，将此话学与春儿听了，暗暗点头："可见曹生的心肠还好。"又想道："'人无千日好，花无百日红。'若再有人撺掇，怕不变卦？"踌蹰了几遍，又教人去请可成到家，说道："我当初原许嫁你，难道是哄你不成？一来你服制未满⑥，怕人议论；二来知你艰难，趁我在

① 厌薄：厌恶、鄙视。
② 跳槽：在此的意思指嫖客另寻新欢，厌弃旧好，与其他妓女缠绵。
③ 稼穑艰难：播种和收获，农事劳苦，在此指维持生活。
④ 伏气：服气，服软。
⑤ 番脸：翻脸。子弟：在此指嫖客。
⑥ 服制：死者的亲属按照血缘关系的亲疏，穿戴不同，居丧的时间也有不同，不同等级的守丧规定称为服制。子为父守丧为斩衰，为守丧五服中最重的一等，需守丧三年，穿最粗的生麻布孝服。

外寻些衣食之本。你切莫听人闲话，坏了夫妻之情。"可成道："外人虽不说好话，我却有主意，你莫疑我。"住了一二晚，又赠些东西去了。

光阴似箭，不觉三年服满。春儿备了三牲祭礼、香烛纸钱，到曹氏坟堂拜奠，又将钱三串，把与可成做起灵功德①。可成欢喜。功德完满，可成到春儿处作谢。春儿留款。饮酒中间，可成问从良之事。春儿道："此事我非不愿，只怕你还想娶大娘②！"可成道："我如今是什么日子，还说这话？"春儿道："你目下虽如此说，怕日后挣得好时，又要寻良家正配，可不枉了我一片心机？"可成就对天说起誓来。春儿道："你既如此坚心，我也更无别话。只是坟堂屋里，不好成亲。"可成道："在坟边左近，有一所空房要卖，只要五十两银子。若买得他的，到也方便。"春儿就凑五十两银子，把与可成买房。又与些零碎银钱，教他收拾房室，置办些家火。择了吉日。至期，打叠细软③，做几个箱笼装了，带着随身伏侍的丫环，叫做翠叶，唤个船只，蓦地到曹家④。神不知，鬼不觉，完其亲事。

收将野雨闲云事⑤，做就牵丝结发人⑥。

毕姻之后，春儿与可成商议过活之事。春儿道："你生长富室，不会经营生理，还是赎几亩田地耕种，这是务实的事。"可成自夸其能，说道："我经了许多折挫，学得乖了，不到得被人哄了⑦。"春儿

---

① 起灵：撤除亡者灵位，把灵柩从家里抬到墓地入土。功德：诵经超度仪式。
② 大娘：小妾对正室妻子的称呼。
③ 细软：首饰和贵重衣物等轻便易于携带的物品。
④ 蓦（mò）地：突然，出乎意料。
⑤ 收将野雨闲云事：不再沾染风月女子。
⑥ 做就牵丝结发人：结为夫妻。
⑦ 不到得：不至于。

凑出三百两银子，交与可成。可成是散漫惯了的人，银子到手，思量经营那一桩好，往城中东占西卜。有先前一班闲汉遇见了，晓得他纳了春姐，手中有物，都来哄他：某事有利无利，某事利重利轻，某人五分钱，某人合子钱①。不一时，都哄尽了，空手而回，却又去问春儿要银子用。气得春儿两泪交流，道：" '常将有日思无日，莫待无时思有时。'你当初浪费，以有今日，如今是有限之物，费一分没一分了。"

初时硬了心肠，不管闲事。以后夫妻之情，看不过，只得又是一五一十担将出来②，无过是买柴籴米之类③。拿出来多遍了，觉得渐渐空虚，一遍少似一遍。可成先还有感激之意，一年半载，理之当然，只道她还有多少私房，不肯和盘托出，终日闹吵，逼她拿出来。春儿被逼不过，别口气，将箱笼上钥匙一一交付丈夫，说道："这些东西，左右是你的，如今都交与你，省得欠挂！我今后自和翠叶纺绩度日，我也不要你养活，你也莫缠我。"

春儿自此日为始，就吃了长斋，朝暮纺绩自食。可成一时虽不过意，却喜又有许多东西，暗想道："且把来变卖银两，今番赎取些恒业④，为恢复家缘之计⑤，也在浑家面上争口气。"虽然腹内踌躇，却也说而不作。常言"食在口头，钱在手头"，费一分，没一分，坐吃山空。不上一年，又空言了，更无出没⑥，瞒了老婆，私下把翠叶这丫头卖与人去。春儿又失了个纺绩的伴儿，又气又苦，从前至后，

① 合子钱：本利相等。
② 担将：拿出来。
③ 籴（dí）米：籴，买进粮食。买米。
④ 恒业：家庭的固定产业，在古代主要是房屋、田产。
⑤ 家缘：家业，产业。
⑥ 出没：出卖，典当。

把可成诉说一场。可成自知理亏，懊悔不迭，禁不住眼中流泪。

又过几时，没饭吃了，对春儿道："我看你朝暮纺织，到是一节好生意。你如今又没伴，我又没事做，何不将纺绩教会了，也是一只饭碗。"春儿又好笑又好恼，忍不住骂道："你堂堂一躯男子汉，不指望你养老婆，难道一身一口，再没个道路寻饭吃？"可成道："贤妻说得是。'鸟瘦毛长，人贫智短。'你教我那一条道路寻得饭吃的，我去做。"春儿道："你也曾读书识字，这里村前村后，少个训蒙先生①，坟堂屋里又空着，何不聚集几个村童教学，得些学俸，好盘用。"可成道："'有智妇人，胜如男子。'贤妻说得是。"当下便与乡老商议②，聚了十来个村童，教书写仿③，甚不耐烦，出于无奈。过了些时，渐渐惯了，枯茶淡饭，绝不想分外受用。春儿又不时牵前扯后的诉说他，可成并不敢回答一字。追思往事，要便流泪。想当初偌大家私，没来由付之流水，不须题起；就是春儿带来这些东西，若会算计时，尽可过活，如今悔之无及。

如此十五年。忽一日，可成入城，撞见一人，豸补银带④，乌纱皂靴⑤，乘舆张盖而来⑥，仆从甚盛。其人认得是曹可成，出轿施礼，可成躲避不迭。路次相见⑦，各问寒暄。此人姓殷名盛，同府通州

---

① 训蒙先生：给幼儿启蒙的教书先生。

② 乡老：乡村德高望重的老人。

③ 写仿：临摹字帖学习书法。

④ 豸补（zhì bǔ）：明清监察、执法等官员所穿的官服。其前胸、后背缀有金线或采丝绣成的补子（明清时期在官服胸前、后背上织缀的一块圆形或方形织物，文官绣鸟类，武官绣兽类，不同禽兽代表不同官职等级），图形为獬豸（xiè zhì）（古代神话传说中的神兽，似麒麟，额上通常长一角，能辨是非曲直，识善恶忠奸，为司法象征）。

⑤ 乌纱皂靴：乌纱，乌纱帽。皂靴，黑色高帮、白色厚底鞋，官绅所穿。

⑥ 乘舆张盖：乘坐有伞盖的车子，喻意有权势。

⑦ 路次：路途中。

人。当初与可成同坐监，同拨历的①，近选得浙江按察使经历②，在家起身赴任，好不热闹。

可成别了殷盛，闷闷回家，对浑家说道："我的家当已败尽了，还有一件败不尽的，是监生。今日看见通州殷盛选了三司首领官③，往浙江赴任，好不兴头！我与他是同拨历的，我的选期已透了④，怎得银子上京使用。"春儿道："莫做这梦罢，见今饭也没得吃，还想做官？"过了几日，可成欣羡殷监生荣华，三不知又说起⑤。春儿道："选这官要多少使用？"可成道："本多利多。如今的世界，中科甲的也只是财来财往，莫说监生官。使用多些，就有个好地方，多趁得些银子；再肯营干时⑥，还有一两任官做。使用得少，把个不好的缺打发你，一年二载，就升你做王官⑦，有官无职，监生的本钱还弄不出哩。"春儿道："好缺要多少？"可成道："好缺也费得千金。"春儿道："百两尚且难措，何况千金？还是训蒙安稳。"可成含着双泪，只得又去坟堂屋里教书。正是：

> 惭无面目辞家祖，剩把凄凉对学生。

忽一日，春儿睡至半夜醒来，见可成披衣坐于床上，哭声不止。问其缘故，可成道："适才梦见得了官职，在广东潮州府。我身坐府堂之上，众书吏参谒。我方吃茶，有一吏，瘦而长，黄须数茎，捧

---

① 拨历：明代从国子监监生中选拔出部分人员到官府习吏事，期满优秀者授官，欠缺者回国子监继续读书。

② 按察使经历：提刑按察使下属，掌文书。

③ 三司首领官：明朝设承宣布政使司、提弄按察使司、都指挥使司，分管民政、司法、军事，合称三司。首领官指负责总务的事务官。

④ 透：在此指超过期限。

⑤ 三不知：对事情的起因、过程、结尾都不知道，在此意指突然。

⑥ 营干：钻营，打点。

⑦ 王官：明代受封地方的皇族藩王属下的小官，为闲散差事。

文书至公座。偶不小心触吾茶瓯①，翻污衣袖，不觉惊醒。醒来乃是一梦。自思一贫如洗，此生无复冠带之望，上辱宗祖，下玷子孙，是以悲泣耳！"春儿道："你生于富家，长在名门，难道没几个好亲眷？何不去借贷，为求官之资？倘得一命②，偿之有日。"可成道："我因自小务外，亲戚中都以我为不肖，摈弃不纳。今穷困如此，枉自开口，人谁托我？便肯借时，将何抵头？"春儿道："你今日为求官借贷，比先前浪费不同，或者肯借也不见得。"可成道："贤妻说得是。"次日真个到三亲四眷家去了一巡：也有闭门不纳的，也有回说不在的；就是相见时，说及借贷求官之事，也有冷笑不答的，也有推辞没有的，又有念他开口一场，少将钱米相助的。可成大失所望，回复了春儿。

　　　　　　早知借贷难如此，悔却当初不作家。

　　可成思想无计，只是啼哭。春儿道："哭怎么？没了银子便哭，有了银子又会撒漫起来。"可成道："到此地位，做妻子的还信我不过，莫说他人！"哭了一场："不如死休！只可惜负了赵氏妻十五年相随之意。如今也顾不得了。"可成正在寻死，春儿上前解劝道："'物有一变，人有千变，若要不变，除非三尺盖面③。'天无绝人之路，你如何把性命看得恁轻？"可成道："缕蚁尚且贪生，岂有人不惜死？只是我今日生而无用，到不如死了干净，省得连累你终身。"

　　春儿道："且不要忙，你真个收心务实，我还有个计较。"可成连忙下跪道："我的娘，你有甚计较？早些救我性命！"春儿道："我当初未从良时，结拜过二九一十八个姊妹，一向不曾去拜望。如今

---

①　茶瓯（ōu）：一种茶具。

②　命：任命，授予一官半职。

③　三尺盖面：古代人死后用三尺白布盖住脸，指死亡。

为你这冤家，只得忍着羞去走一遍。一个姊妹出十两，十八个姊妹，也有一百八十两银子。"可成道："求贤妻就去。"春儿道："初次上门，须用礼物，就要备十八副礼。"可成道："莫说一十八副礼，就是一副礼也无措。"春儿道："若留得我一两件首饰在，今日也还好活动。"可成又啼哭起来。

春儿道："当初谁叫你快活透了，今日有许多眼泪！你且去理会起送文书①，待文书有了，那京中使用，我自去与人讨面皮；若弄不来文书时，可不枉了？"可成道："我若起不得文书，誓不回家！"一时间说了大话，出门去了，暗想道："要备起送文书，府县公门也得些使用。"不好又与浑家缠帐②，只得自去向那几个村童学生的家里告借。一钱五分的凑来，好不费力。若不是十五年折挫到于如今，这些须之物把与他做一封赏钱，也还不够，那个看在眼里。正是彼一时此一时。

可成凑了两许银子，到江都县干办文书。县里有个朱外郎③，为人忠厚，与可成旧有相识，晓得他穷了，在众人面前，替他周旋其事，写个欠票，等待有了地方，加利寄还。可成欢欢喜喜，怀着文书回来，一路上叫天地，叫祖宗，只愿浑家出去告债，告得来便好。走进门时，只见浑家依旧坐在房里绩麻，光景甚是凄凉。口虽不语，心下慌张，想告债又告不来了，不觉眼泪汪汪，又不敢大惊小怪，怀着文书立于房门之外，低低的叫一声："贤妻。"春儿听见了，手中擘麻④，口里问道："文书之事如何？"可成便脚揣进房门，在怀中取出文书，放于桌上道："托赖贤妻福荫，文书已有了。"春儿起身，

① 起送文书：举荐应试、候任官职者的文书。
② 缠帐：纠缠，叨扰。
③ 外郎：对官衙书吏的尊称。
④ 擘（bāi）麻：将麻披散开，用于制作麻线。

将文书看了，肚里想道："这呆子也不呆了。"相着可成问道："你真个要做官？只怕为妻的叫奶奶不起。"可成道："说那里话！今日可成前程，全赖贤妻扶持挚带，但不识借贷之事如何？"春儿道："都已告过，只等你有个起身日子，大家送来。"

可成也不敢问借多借少，慌忙走去肆中择了个吉日①，回复了春儿。春儿道："你去邻家借把锄头来用用。"须臾锄头借到。春儿拿开了绩麻的篮儿，指这搭地说道："我嫁你时，就替你办一顶纱帽埋于此下。"可成想道："纱帽埋在地下，却不朽了？莫要拗她②，且锄着看怎地。"运起锄头，狠力几下，只听得当的一声响，翻起一件东西。可成到惊了一跳，检起看，是个小小瓷坛，坛里面装着散碎银两和几件银酒器。春儿叫丈夫拿去城中倾兑③，看是多少。可成倾了锞儿④，兑准一百六十七两，拿回家来，双手捧与浑家，笑容可掬。春儿本知数目，有心试他，见分毫不曾苟且⑤，心下甚喜。叫再取锄头来，将十五年常坐下绩麻去处，一个小矮凳儿搬开了，教可成再锄下去，锄出一大瓷坛，内中都是黄白之物，不下千金。原来春儿看见可成浪费，预先下着⑥，悄地埋藏这许多东西，终日在上面坐着绩麻，一十五年并不露半字，真女中丈夫也！

可成见了许多东西，掉下泪来。春儿道："官人为甚悲伤？"可成道："想着贤妻一十五年勤劳辛苦，布衣蔬食，谁知留下这一片心机。都因我曹可成不肖，以至连累受苦。今日贤妻当受我一拜！"说

① 肆：店铺，在此指占卜的商铺。
② 拗（ào）：违背，不顺从。
③ 倾兑：将碎银子熔铸后铸造成形再称重量。
④ 锞（kè）儿：锞子，小块的金锭或银锭。
⑤ 苟且：在此意为作假。
⑥ 下着：下棋落子。在此指安排准备好。

罢，就拜下去。春儿慌忙扶起道："今日苦尽甘来，博得好日，共享荣华。"可成道："盘缠尽有，我上京听选，留贤妻在家，形孤影只。不若同到京中，百事也有商量。"春儿道："我也放心不下，如此甚好。"当时打叠行李，讨了两房童仆，雇下船只，夫妻两口同上北京。正是：

> 运去黄金失色，时来铁也生光。

可成到京，寻个店房，安顿了家小，吏部投了文书。有银子使用，就选了出来。初任是福建同安县二尹①，就升了本省泉州府经历，都是老婆帮他做官，宦声大振。又且京中用钱谋为，公私两利，升了广东潮州府通判②。适值朝觐之年③，太守进京④，同知、推官俱缺⑤，上司道他有才，批府印与他执掌，择日升堂管事。吏书参谒已毕，门子献茶。方才举手，有一外郎捧文书到公座前，触翻茶瓯，淋漓满袖。可成正欲发怒，看那外郎瘦而长，有黄须数茎，猛然想起数年之前，曾有一梦，今日光景，宛然梦中所见。始知前程出处，皆由天定，非偶然也。那外郎惊慌，磕头谢罪。可成好言抚慰，全无怒意。合堂称其大量。

是日退堂，与奶奶述其应梦之事。春儿亦骇然，说道："据此梦，量官人功名止于此任。当初坟堂中教授村童，衣不蔽体，食不充口；今日三任为牧民官，位至六品大夫，太学生至此足矣⑥。常言

---

① 二尹：县丞（知县副职）。

② 通判：州府的长官，掌管粮运、家田、水利等事项。

③ 朝觐（jìn）：臣子面见皇帝述职。地方官需定期到京城朝觐，接受考核。

④ 太守：州府行政长官。

⑤ 同知：知府副职，正五品，每府设一二人，无定员。负责分掌地方盐粮、捕盗、江防、河工、水利，等民政事务。推官：掌理刑法、监狱，正七品。

⑥ 太学生：国子监称太学，国子监生也可称为太学生。

'知足不辱'，官人宜急流勇退，为山林娱老之计①。"可成点头道是。坐了三日堂，就托病辞官。上司因本府掌印无人，不允所辞。勉强视事，分明又做了半年知府，新官上任，交印已毕，次日又出致仕文书②。上司见其恳切求去，只得准了。百姓攀辕卧辙者数千人③，可成一一抚慰。夫妻衣锦还乡。三任宦资约有数千金，赎取旧日田产房屋，重在曹家庄兴旺，为宦门巨室。这虽是曹可成改过之善，却都亏赵春儿赞助之力也。后人有诗赞云：

> 破家只为貌如花，又仗红颜再起家。
>
> 如此红颜千古少，劝君还是莫贪花！

---

　①　娱老：欢愉晚年。

　②　致仕：辞官。

　③　攀辕卧辙：地方百姓拉住车辕，横卧车道，挽留官员，不让离任而去。

杜十娘怒沉百宝箱

扫荡残胡立帝畿①，龙翔凤舞势崔嵬。

左环沧海天一带，右拥太行山万围。

戈戟九边雄绝塞②，衣冠万国仰垂衣③。

太平人乐华胥世④，永永金瓯共日辉⑤。

这首诗单夸我朝燕京建都之盛⑥。说起燕都的形势，北倚雄关⑦，南压区夏⑧，真乃金城天府⑨，万年不拔之基。当先洪武爷扫荡胡尘，定鼎金陵，是为南京。到永乐爷从北平起兵靖难，迁于燕都，是为北京。只因这一迁，把个苦寒地面变作花锦世界。自永乐爷九传至于万历爷，此乃我朝第十一代的天子。这位天子，聪明神武，德福兼全，十岁登基，在位四十八年，削平了三处寇乱。那三处？

----

① 帝畿（jī）：京畿，指京城及京城附近区域。

② 九边：又称九镇，是明朝在北部边境长城沿线设立的辽东镇、蓟州镇、宣府镇、大同镇、偏头关（也称山西镇或三关镇）、延绥镇（也称榆林镇）、宁夏镇、固原镇（也称陕西镇）、甘肃镇九个边防重镇。绝塞：特别远的边塞地区。

③ 垂衣：垂衣拱手，指统治者什么都不做就能使天下太平。也就是"无为而治"。

④ 华胥：相传是中国上古时期母系氏族部落的一位杰出女首领，华胥治国有方，人民安居乐业。

⑤ 金瓯：金属做的盆，比喻河山稳固。

⑥ 燕京：即今北京。

⑦ 雄关：险要雄伟的关隘。

⑧ 区夏：中原地区。华夏。

⑨ 金城天府：金城，险固可靠的城墙。天府，指物质丰富，土地肥沃的地方。

　　　　　日本关白平秀吉①，西夏哱承恩②，播州杨应龙。③

平秀吉侵犯朝鲜，承恩、杨应龙是土官谋叛，先后削平。远夷莫不畏服，争来朝贡。真个是：

　　　　　一人有庆民安乐，四海无虞国太平。

　　话中单表万历二十年间，日本国关白作乱，侵犯朝鲜。朝鲜国王上表告急，天朝发兵泛海往救。有户部官奏准：目今兵兴之际，粮饷未充，暂开纳粟入监之例。原来纳粟入监的，有几般便宜：好读书，好科举，好中，结末来又有个小小前程结果。以此宦家公子、富室子弟，到不愿做秀才，都去援例做太学生。自开了这例，两京太学生各添至千人之外④。内中有一人，姓李名甲，字乾先，浙江绍兴府人氏。父亲李布政所生三儿，惟甲居长，自幼读书在庠，未得登科，援例入于北雍⑤。因在京坐监，与同乡柳遇春监生同游教坊司院内，与一个名姬相遇。那名姬姓杜名媺⑥，排行第十，院中都称为杜十娘，生得：

　　　浑身雅艳，遍体娇香。两弯眉画远山青，一对眼明秋水润。脸如
　　莲萼，分明卓氏文君；唇似樱桃，何减白家樊素⑦。可怜一片无瑕玉，
　　误落风尘花柳中。

那杜十娘自十三岁破瓜，今一十九岁，七年之内，不知历过了多少公子王孙。一个个情迷意荡，破家荡产而不惜。院中传出四句口号来，道是：

··

　　①　关白平秀吉：指丰臣秀吉，"关白"是日本的官职名称。
　　②　哱（bā）承恩：宁夏副总兵，万历年间据城反叛，后被平定。
　　③　杨应龙：贵州土司，后发动叛乱，为名将李化龙平定。
　　④　两京：指北京顺天府和南京应天府。
　　⑤　北雍：指设立在北京的国子监。
　　⑥　媺（měi）：同"美"。
　　⑦　白家樊素：指白居易的家姬。白居易有诗"樱桃樊素口，杨柳小蛮腰。"

　　坐中若有杜十娘，斗筲之量饮千觞①。

　　院中若识杜老媺，千家粉面都如鬼②。

　　却说李公子风流年少，未逢美色，自遇了杜十娘，喜出望外，把花柳情怀，一担儿挑在他身上。那公子俊俏庞儿，温存性儿，又是撒漫的手儿③，帮衬的勤儿④，与十娘一双两好，情投意合。十娘因见鸨儿贪财无义，久有从良之志，又见李公子忠厚志诚，甚有心向他。奈李公子惧怕老爷，不敢应承。虽则如此，两下情好愈密，朝欢暮乐，终日相守，如夫妇一般。海誓山盟，各无他志。真个：

　　恩深似海恩无底，义重如山义更高。

　　再说杜妈妈，女儿被李公子占住，别的富家巨室闻名上门，求一见而不可得。初时李公子撒漫用钱，大差大使，妈妈胁肩谄笑⑤，奉承不暇。日往月来，不觉一年有余，李公子囊箧渐渐空虚⑥，手不应心，妈妈也就怠慢了。老布政在家闻知儿子嫖院，几遍写字来唤他回去。他迷恋十娘颜色，终日延挨⑦。后来闻知老爷在家发怒，越不敢回。古人云："以利相交者，利尽而疏。"那杜十娘与李公子真情相好，见他手头愈短，心头愈热。妈妈也几遍教女儿打发李甲出院，见女儿不统口⑧，又几遍将言语触突李公子，要激怒他起身。公子性本温克⑨，词气愈和。妈妈没奈何，日逐只将十娘叱骂道："我

---

①　斗筲（dǒu shāo）：量小的容器。这里指酒量很小。

②　粉面：借指美丽的女子。

③　撒漫：不吝啬，花钱慷慨。

④　帮衬：体贴。勤儿：浪子，嫖客。

⑤　胁肩谄笑：为奉承别人耸起肩膀，装出笑脸。形容奉承巴结人的丑态。

⑥　囊箧（náng qiè）：箱子，袋子，在此指经济状况。

⑦　延挨：延挨，拖延。

⑧　统口：改口，改变原来的主意。

⑨　温克：温和恭敬。

们行户人家①，吃客穿客，前门送旧，后门迎新，门庭闹如火，钱帛堆成垛。自从那李甲在此，混帐一年有余②，莫说新客，连旧主顾都断了。分明接了个钟馗老③，连小鬼也没得上门，弄得老娘一家人家，有气无烟④，成什么模样！"

　　杜十娘被骂，耐性不住，便回答道："那李公子不是空手上门的，也曾费过大钱来。"妈妈道："彼一时，此一时，你只教他今日费些小钱儿，把与老娘办些柴米，养你两口也好。别人家养的女儿便是摇钱树，千生万活，偏我家晦气，养了个退财白虎⑤！开了大门七件事，般般都在老身心上。到替你这小贱人白白养着穷汉，教我衣食从何处来？你对那穷汉说：有本事出几两银子与我，到得你跟了他去，我别讨个丫头过活却不好？"十娘道："妈妈，这话是真是假？"妈妈晓得李甲囊无一钱，衣衫都典尽了，料他没处设法，便应道："老娘从不说谎，当真哩。"十娘道："娘，你要他许多银子？"妈妈道："若是别人，千把银子也讨了。可怜那穷汉出不起，只要他三百两，我自去讨一个粉头代替。只一件，须是三日内交付与我，左手交银，右手交人。若三日没有银时，老身也不管三七二十一，公子不公子，一顿孤拐⑥，打那光棍出去。那时莫怪老身！"十娘道："公子虽在客边乏钞⑦，谅三百金还措办得来。只是三日忒近，限他十日便好。"妈妈想道："这穷汉一双赤手，便限他一百日，他那里

---

①　行户：即行院。对妓院的隐称。
②　混帐：胡缠，搅扰。
③　钟馗：道教的俗神，专门捉鬼驱邪。
④　有气无烟：指家中十分贫困，没饭可吃。
⑤　退财白虎：让人破财的凶神。
⑥　孤拐：指脚踝。这里指打脚踝。
⑦　客边：指在外客居。

来银子？没有银子，便铁皮包脸，料也无颜上门。那时重整家风，嬷儿也没得话讲。"答应道："看你面，便宽到十日。第十日没有银子，不干老娘之事。"十娘道："若十日内无银，料他也无颜再见了。只怕有了三百两银子，妈妈又翻悔起来。"妈妈道："老身年五十一岁了，又奉十斋，怎敢说谎？不信时与你拍掌为定。若翻悔时，做猪做狗！"

> 从来海水斗难量，可笑虔婆意不良①。
> 料定穷儒囊底竭，故将财礼难娇娘。

是夜，十娘与公子在枕边，议及终身之事。公子道："我非无此心。但教坊落籍②，其费甚多，非千金不可。我囊空如洗，如之奈何！"十娘道："妾已与妈妈议定，只要三百金，但须十日内措办。郎君游资虽罄，然都中岂无亲友可以借贷？倘得如数，妾身遂为君之所有，省受虔婆之气。"公子道："亲友中为我留恋行院，都不相顾。明日只做束装起身，各家告辞，就开口假贷路费，凑聚将来，或可满得此数。"起身梳洗，别了十娘出门。十娘道："用心作速，专听佳音。"公子道："不须吩咐。"

公子出了院门，来到三亲四友处，假说起身告别，众人到也欢喜。后来叙到路费欠缺，意欲借贷。常言道："说着钱，便无缘。"亲友们就不招架③。他们也见得是，道李公子是风流浪子，迷恋烟花，年许不归，父亲都为他气坏在家。他今日抖然要回，未知真假，倘或说骗盘缠到手，又去还脂粉钱，父亲知道，将好意翻成恶意，始终只是一怪，不如辞了干净。便回道："目今正值空乏，不能相

---

① 虔婆：指妓院的鸨母。
② 落籍：脱离娼籍。指妓女从良。
③ 招架：搭理，理睬。

济，惭愧，惭愧！"人人如此，个个皆然，并没有个慷慨丈夫，肯统口许他一十二十两。李公子一连奔走了三日，分毫无获，又不敢回决十娘，权且含糊答应。到第四日又没想头，就羞回院中。平日间有了杜家，连下处也没有了，今日就无处投宿。只得往同乡柳监生寓所借歇。

柳遇春见公子愁容可掬，问其来历。公子将杜十娘愿嫁之情，备细说了。遇春摇首道："未必，未必。那杜媺曲中第一名姬①，要从良时，怕没有十斛明珠，千金聘礼。那鸨儿如何只要三百两？想鸨儿怪你无钱使用，白白占住她的女儿，设计打发你出门。那妇人与你相处已久，又碍却面皮，不好明言。明知你手内空虚，故意将三百两卖个人情，限你十日，若十日没有，你也不好上门。便上门时，她会说你笑你，落得一场褒渎②，自然安身不牢，此乃烟花逐客之计。足下三思，休被其惑。据弟愚意，不如早早开交为上③。"公子听说，半晌无言，心中疑惑不定。遇春又道："足下莫要错了主意。你若真个还乡，不多几两盘费，还有人搭救；若是要三百两时，莫说十日，就是十个月也难。如今的世情，那肯顾缓急二字的！那烟花也算定你没处告债④，故意设法难你。"公子道："仁兄所见良是。"口里虽如此说，心中割舍不下。依旧又往外边东央西告，只是夜里不进院门了。

公子在柳监生寓中，一连住了三日，共是六日了。杜十娘连日不见公子进院，十分着紧，就教小厮四儿街上去寻。四儿寻到大街，恰好遇见公子。四儿叫道："李姐夫，娘在家里望你。"公子自觉无

---

① 曲中：指妓坊。
② 褒渎：不恭敬，轻慢。
③ 开交：了结，结束。
④ 告债：借债。

颜，回复道："今日不得功夫，明日来罢。"四儿奉了十娘之命，一把扯住，死也不放，道："娘叫咱寻你，是必同去走一遭。"李公子心上也牵挂着表子，没奈何，只得随四儿进院，见了十娘，嘿嘿无言。十娘问道："所谋之事如何？"公子眼中流下泪来。十娘道："莫非人情淡薄，不能足三百之数么？"公子含泪而言，道出二句："

> 不信上山擒虎易，果然开口告人难。

一连奔走六日，并无铢两①，一双空手，羞见芳卿，故此这几日不敢进院。今日承命呼唤，忍耻而来。非某不用心，实是世情如此。"十娘道："此言休使虔婆知道。郎君今夜且住，妾别有商议。"十娘自备酒肴，与公子欢饮。睡至半夜，十娘对公子道："郎君果不能办一钱耶？妾终身之事，当如何也？"公子只是流涕，不能答一语。

渐渐五更天晓。十娘道："妾所卧絮褥内藏有碎银一百五十两，此妾私蓄，郎君可持去。三百金，妾任其半，郎君亦谋其半，庶易为力。限只四日，万勿迟误！"十娘起身将褥付公子，公子惊喜过望。唤童儿持褥而去。径到柳遇春寓中，又把夜来之情与遇春说了。将褥拆开看时，絮中都裹着零碎银子，取出兑时果是一百五十两。遇春大惊道："此妇真有心人也。既系真情，不可相负，吾当代为足下谋之。"公子道："倘得玉成，决不有负。"当下柳遇春留李公子在寓，自出头各处去借贷。两日之内，凑足一百五十两交付公子道："吾代为足下告债，非为足下，实怜杜十娘之情也。"

李甲拿了三百两银子，喜从天降，笑逐颜开，欣欣然来见十娘，刚是第九日，还不足十日。十娘问道："前日分毫难借，今日如何就有一百五十两？"公子将柳监生事情，又述了一遍。十娘以手加额

---

① 铢两：指钱财、银两非常少。

道^①："使吾二人得遂其愿者，柳君之力也！"两个欢天喜地，又在院中过了一晚。

次日十娘早起，对李甲道："此银一交，便当随郎君去矣。舟车之类，合当预备^②。妾昨日于姊妹中借得白银二十两，郎君可收下为行资也。"公子正愁路费无出，但不敢开口，得银甚喜。说犹未了，鸨儿恰来敲门叫道："嬷儿，今日是第十日了。"公子闻叫，启户相延道^③："承妈妈厚意，正欲相请。"便将银三百两放在桌上。鸨儿不料公子有银，嘿然变色^④，似有悔意。十娘道："儿在妈妈家中八年，所致金帛，不下数千金矣。今日从良美事，又妈妈亲口所订，三百金不欠分毫，又不曾过期。倘若妈妈失信不许，郎君持银去，儿即刻自尽。恐那时人财两失，悔之无及也。"鸨儿无词以对。腹内筹画了半晌，只得取天平兑准了银子，说道："事已如此，料留你不住了。只是你要去时，即今就去。平时穿戴衣饰之类，毫厘休想！"说罢，将公子和十娘推出房门，讨锁来就落了锁。此时九月天气，十娘才下床，尚未梳洗，随身旧衣，就拜了妈妈两拜。李公子也作了一揖。一夫一妇，离了虔婆大门：

> 鲤鱼脱却金钩去，摆尾摇头再不来。

公子教十娘且住片时^⑤："我去唤个小轿抬你，权往柳荣卿寓所去，再作道理。"十娘道："院中诸姊妹平昔相厚，理宜话别。况前日又承她借贷路费，不可不一谢也。"乃同公子到各姊妹处谢别。姊妹中惟谢月朗、徐素素与杜家相近，尤与十娘亲厚，十娘先到谢月

---

① 以手加额：因欢欣、庆幸而把手放在额头上。
② 合当：应该，应当。
③ 相延：相请。
④ 嘿然：沉默无言。
⑤ 片时：不多时，一会儿。

朗家。月朗见十娘秃髻旧衫①，惊问其故。十娘备述来因，又引李甲相见。十娘指月朗道："前日路资，是此位姐姐所贷，郎君可致谢。"李甲连连作揖。月朗便教十娘梳洗，一面去请徐素素来家相会。十娘梳洗已毕，谢、徐二美人各出所有，翠钿金钗，瑶簪宝珥②，锦袖花裙，鸾带绣履，把杜十娘装扮得焕然一新，备酒作庆贺筵席。月朗让卧房与李甲、杜媺二人过宿。次日，又大排筵席，遍请院中姊妹。凡十娘相厚者，无不毕集，都与他夫妇把盏称喜。吹弹歌舞，各逞其长，务要尽欢，直饮至夜分。十娘向众姊妹一一称谢。众姊妹道："十姊为风流领袖，今从郎君去，我等相见无日。何日长行，姊妹们尚当奉送。"月朗道："候有定期，小妹当来相报。但阿姊千里间关③，同郎君远去，囊箧萧条，曾无约束④，此乃吾等之事。当相与共谋之，勿令姊有穷途之虑也。"众姊妹各唯唯而散⑤。

是晚，公子和十娘仍宿谢家。至五鼓，十娘对公子道："吾等此去，何处安身？郎君亦曾计议有定着否⑥？"公子道："老父盛怒之下，若知娶妓而归，必然加以不堪，反致相累。展转寻思⑦，尚未有万全之策。"十娘道："父子天性，岂能终绝？既然仓卒难犯，不若与郎君于苏、杭胜地，权作浮居⑧。郎君先回，求亲友于尊大人面前劝解和顺，然后携妾于归，彼此安妥。"公子道："此言甚当。"

次日，二人起身辞了谢月朗，暂往柳监生寓中，整顿行装。杜

---

① 秃髻：指没有插戴发饰。

② 瑶簪：玉簪。宝珥：用珠玉做的耳饰。

③ 间关：指路途艰险崎岖，跋涉万难。

④ 约束：准备行囊。

⑤ 唯唯：应答声。

⑥ 定着（zhuó）：着落。

⑦ 展转：即辗转，无法安定，翻来覆去。

⑧ 浮居：也作"浮寓"，指暂时的居住地，不固定的住所。

十娘见了柳遇春，倒身下拜，谢其周全之德："异日我夫妇必当重报。"遇春慌忙答礼道："十娘钟情所欢，不以贫窭易心^①，此乃女中豪杰。仆因风吹火，谅区区何足挂齿！"三人又饮了一日酒。

次早，择了出行吉日，雇倩轿马停当。十娘又遣童儿寄信，别谢月朗。临行之际，只见肩舆纷纷而至，乃谢月朗与徐素素拉众姊妹来送行。月朗道："十姊从郎君千里间关，囊中消索，吾等甚不能忘情。今合具薄贶，十姊可检收，或长途空乏，亦可少助。"说罢，命从人挈一描金文具至前，封锁甚固，正不知什么东西在里面。十娘也不开看，也不推辞，但殷勤作谢而已。须臾，舆马齐集，仆夫催促起身。柳监生三杯别酒，和众美人送出崇文门外，各各垂泪而别。正是：

他日重逢难预必，此时分手最堪怜。

再说李公子同杜十娘行至潞河，舍陆从舟。却好有瓜洲差使船转回之便，讲定船钱，包了舱口。比及下船时，李公子囊中并无分文余剩。你道杜十娘把二十两银子与公子，如何就没了？公子在院中嫖得衣衫蓝缕，银子到手，未免在解库中取赎几件穿着，又制办了铺盖，剩来只勾轿马之费^②。公子正当愁闷，十娘道："郎君勿忧，众姊妹合赠，必有所济。"及取钥开箱。公子在傍自觉惭愧，也不敢窥觑箱中虚实^③。只见十娘在箱里取出一个红绢袋来，掷于桌上道："郎君可开看之。"公子提在手中，觉得沉重，启而观之，皆是白银，计数整五十两。十娘仍将箱子下锁，亦不言箱中更有何物，但对公子道："承众姊妹高情，不惟途路不乏，即他日浮寓吴、越间，亦可

---

① 贫窭（pín jù）：贫穷。

② 勾：同"够"。

③ 窥觑（kuī qù）：看，偷看。

稍佐吾夫妻山水之费矣。"公子且惊且喜道："若不遇恩卿，我李甲流落他乡，死无葬身之地矣。此情此德，白头不敢忘也！"自此每谈及往事，公子必感激流涕，十娘亦曲意抚慰。一路无话。

不一日，行至瓜洲，大船停泊岸口，公子别雇了民船，安放行李。约明日侵晨①，剪江而渡②。其时仲冬中旬，月明如水，公子和十娘坐于舟首。公子道："自出都门，困守一舱之中，四顾有人，未得畅语。今日独据一舟，更无避忌。且已离塞北，初近江南，宜开怀畅饮，以舒向来抑郁之气。恩卿以为何如？"十娘道："妾久疏谈笑，亦有此心，郎君言及，足见同志耳③。"公子乃携酒具于船首，与十娘铺毡并坐，传杯交盏。饮至半酣，公子执卮对十娘道④："恩卿妙音，六院推首。某相遇之初，每闻绝调，辄不禁神魂之飞动。心事多违，彼此郁郁，鸾鸣凤奏，久矣不闻。今清江明月，深夜无人，肯为我一歌否？"十娘兴亦勃发，遂开喉顿嗓，取扇按拍，呜呜咽咽，歌出元人施君美《拜月亭》杂剧上"状元执盏与婵娟"一曲，名《小桃红》。真个：

声飞霄汉云皆驻，响入深泉鱼出游。

却说他舟有一少年，姓孙名富，字善赉，徽州新安人氏。家资巨万，积祖扬州种盐⑤。年方二十，也是南雍中朋友。生性风流，惯向青楼买笑，红粉追欢，若嘲风弄月，到是个轻薄的头儿。事有偶然，其夜亦泊舟瓜洲渡口，独酌无聊，忽听得歌声嘹亮，凤吟鸾吹，不足喻其美。起立船头，伫听半响，方知声出邻舟。正欲相访，音

----

① 侵晨：天快亮的时候。

② 剪江：船破浪在江面行驶。

③ 同志：志同道合，志趣相投。

④ 卮（zhī）：酒杯，装酒的器皿。

⑤ 积祖：世世代代，累世。

响倏已寂然，乃遣仆者潜窥踪迹，访于舟人。但晓得是李相公雇的船，并不知歌者来历。孙富想道："此歌者必非良家，怎生得她一见？"展转寻思，通宵不寐。挨至五更，忽闻江风大作。及晓，彤云密布^①，狂雪飞舞。怎见得，有诗为证：

> 千山云树灭，万径人踪绝。
>
> 扁舟蓑笠翁，独钓寒江雪。

因这风雪阻渡，舟不得开。孙富命艄公移船，泊于李家舟之傍。孙富貂帽狐裘，推窗假作看雪。值十娘梳洗方毕，纤纤玉手揭起舟傍短帘，自泼盂中残水。粉容微露，却被孙富窥见了，果是国色天香。魂摇心荡，迎眸注目，等候再见一面，杳不可得。沉思久之，乃倚窗高吟高学士《梅花诗》二句，道：

> 雪满山中高士卧，月明林下美人来。

李甲听得邻舟吟诗，舒头出舱^②，看是何人。只因这一看，正中了孙富之计。孙富吟诗，正要引李公子出头，他好乘机攀话。当下慌忙举手，就问："老兄尊姓何讳？"李公子叙了姓名乡贯，少不得也问那孙富。孙富也叙过了。又叙了些太学中的闲话，渐渐亲熟。孙富便道："风雪阻舟，乃天遣与尊兄相会，实小弟之幸也。舟次无聊，欲同尊兄上岸，就酒肆中一酌，少领清诲^③，万望不拒。"公子道："萍水相逢，何当厚扰？"孙富道："说那里话！'四海之内，皆兄弟也。'"喝教艄公打跳^④，童儿张伞，迎接公子过船，就于船头作揖。然后让公子先行，自己随后，各各登跳上涯。

----

① 彤云：阴云。
② 舒头：探头，伸头。
③ 清诲：教诲，对别人教诲的一种敬称。
④ 打跳：在船上搭上下的跳板。

　　行不数步，就有个酒楼。二人上楼，拣一副洁净座头①，靠窗而坐。酒保列上酒肴。孙富举杯相劝，二人赏雪饮酒。先说些斯文中套话，渐渐引入花柳之事。二人都是过来之人，志同道合，说得入港②，一发成相知了。

　　孙富屏去左右：退却，退除，低低问道："昨夜尊舟清歌者，何人也？"李甲正要卖弄在行，遂实说道："此乃北京名姬杜十娘也。"孙富道："既系曲中姊妹，何以归兄？"公子遂将初遇杜十娘，如何相好，后来如何要嫁，如何借银讨她，始末根由，备细述了一遍。孙富道："兄携丽人而归，固是快事，但不知尊府中能相容否？"公子道："贱室不足虑③，所虑者老父性严，尚费踌躇耳！"孙富将机就机，便问道："既是尊大人未必相容，兄所携丽人，何处安顿？亦曾通知丽人，共作计较否？"公子攒眉而答道④："此事曾与小妾议之。"孙富欣然问道："尊宠必有妙策⑤。"公子道："她意欲侨居苏杭，流连山水。使小弟先回，求亲友宛转于家君之前⑥，俟家君回嗔作喜，然后图归。高明以为何如？"孙富沉吟半晌，故作愀然之色，道："小弟乍会之间，交浅言深，诚恐见怪。"公子道："正赖高明指教，何必谦逊？"孙富道："尊大人位居方面，必严帷薄之嫌⑦，平时既怪兄游非礼之地，今日岂容兄娶不节之人？况且贤亲贵友，谁不迎合尊大人之意者？兄枉去求他，必然相拒。就有个不识时务的进言于

---

　　① 座头：座位。

　　② 入港：指说话说得很投机。

　　③ 贱室：在外人前对自己妻子的谦称。

　　④ 攒眉（cuán méi）：双眉紧皱。

　　⑤ 尊宠：尊称别人的妻妾。

　　⑥ 宛转：同"婉转"，此处指斡旋。

　　⑦ 帷薄：指内室。

尊大人之前，见尊大人意思不允，他就转口了。兄进不能和睦家庭，退无词以回复尊宠。即使留连山水，亦非长久之计。万一资斧困竭^①，岂不进退两难！"

公子自知手中只有五十金，此时费去大半，说到资斧困竭，进退两难，不觉点头道是。孙富又道："小弟还有句心腹之谈，兄肯俯听否？"公子道："承兄过爱，更求尽言。"孙富道："疏不间亲^②，还是莫说罢。"公子道："但说何妨！"孙富道："自古道：'妇人水性无常。'况烟花之辈，少真多假。她既系六院名姝，相识定满天下；或者南边原有旧约，借兄之力，挈带而来^③，以为他适之地。"公子道："这个恐未必然。"孙富道："既不然，江南子弟，最工轻薄。兄留丽人独居，难保无逾墙钻穴之事^④。若挈之同归，愈增尊大人之怒。为兄之计，未有善策。况父子天伦，必不可绝。若为妾而触父，因妓而弃家，海内必以兄为浮浪不经之人。异日妻不以为夫，弟不以为兄，同袍不以为友，兄何以立于天地之间？兄今日不可不熟思也！"

公子闻言，茫然自失，移席问计^⑤："据高明之见，何以教我？"孙富道："仆有一计，于兄甚便。只恐兄溺枕席之爱^⑥，未必能行，使仆空费词说耳！"公子道："兄诚有良策，使弟再睹家园之乐，乃弟之恩人也。又何惮而不言耶？"孙富道："兄飘零岁余，严亲怀怒，闺阁离心。设身以处兄之地，诚寝食不安之时也。然尊大人所以怒兄者，不过为迷花恋柳，挥金如土，异日必为弃家荡产之人，不堪

---

① 资斧：盘缠。路费。
② 疏不间亲：关系疏远的人不参与关系亲近的人之间的事。
③ 挈带（qiè dài）：携带，带领。
④ 逾墙钻穴：指男女偷情。
⑤ 移席：离开自己的座位，真挚恳切貌。
⑥ 枕席之爱：同"枕席之欢"，也作"衽席之爱"，指男女之间的情爱。

承继家业耳！兄今日空手而归，正触其怒。兄倘能割衽席之爱，见机而作，仆愿以千金相赠。兄得千金以报尊大人，只说在京授馆，并不曾浪费分毫，尊大人必然相信。从此家庭和睦，当无间言。须臾之间，转祸为福。兄请三思，仆非贪丽人之色，实为兄效忠于万一也！"

李甲原是没主意的人，本心惧怕老子，被孙富一席话，说透胸中之疑，起身作揖道："闻兄大教，顿开茅塞。但小妾千里相从，义难顿绝，容归与商之。得其心肯，当奉复耳①。"孙富道："说话之间，宜放婉曲。彼既忠心为兄，必不忍使兄父子分离，定然玉成兄还乡之事矣。"二人饮了一回酒，风停雪止，天色已晚。孙富教家僮算还了酒钱，与公子携手下船。正是：

<blockquote>逢人且说三分话，未可全抛一片心。</blockquote>

却说杜十娘在舟中，摆设酒果，欲与公子小酌，竟日未回，挑灯以待。公子下船，十娘起迎。见公子颜色匆匆，似有不乐之意，乃满斟热酒劝之。公子摇首不饮，一言不发，竟自床上睡了。十娘心中不悦，乃收拾杯盘，为公子解衣就枕，问道："今日有何见闻，而怀抱郁郁如此？"公子叹息而已，终不启口。问了三四次，公子已睡去了。十娘委决不下②，坐于床头而不能寐。到夜半，公子醒来，又叹一口气。十娘道："郎君有何难言之事，频频叹息？"公子拥被而起，欲言不语者几次，扑簌簌掉下泪来。十娘抱持公子于怀间，软言抚慰道："妾与郎君情好，已及二载，千辛万苦，历尽艰难，得有今日。然相从数千里，未曾哀戚。今将渡江，方图百年欢笑，如何反起悲伤？必有其故。夫妇之间，死生相共，有事尽可商量，万

---

① 奉复：敬辞，回复的意思。
② 委决：决定。

勿讳也。"

公子再四被逼不过，只得含泪而言道："仆天涯穷困，蒙恩卿不弃，委曲相从，诚乃莫大之德也。但反覆思之，老父位居方面，拘于礼法，况素性方严①，恐添嗔怒，必加黜逐②。你我流荡，将何底止？夫妇之欢难保，父子之伦又绝。日间蒙新安孙友邀饮，为我筹及此事，寸心如割！"十娘大惊道："郎君意将如何？"公子道："仆事内之人，当局而迷。孙友为我画一计颇善，但恐恩卿不从耳！"十娘道："孙友者何人？计如果善，何不可从？"公子道："孙友名富，新安盐商，少年风流之士也。夜间闻子清歌，因而问及。仆告以来历，并谈及难归之故，渠意欲以千金聘汝③。我得千金，可借口以见吾父母，而恩卿亦得所天④。但情不能舍，是以悲泣。"说罢，泪如雨下。

十娘放开两手，冷笑一声道："为郎君画此计者，此人乃大英雄也！郎君千金之资既得恢复，而妾归他姓，又不致为行李之累，发乎情，止乎礼，诚两便之策也。那千金在那里？"公子收泪道："未得恩卿之诺，金尚留彼处，未曾过手。"十娘道："明早快快应承了他，不可挫过机会⑤。但千金重事，须得兑足交付郎君之手，妾始过舟，勿为贾竖子所欺⑥。"

时已四鼓，十娘即起身挑灯梳洗道："今日之妆，乃迎新送旧，

① 素：向来，一向。

② 黜逐：驱逐。

③ 渠：第三人称，他。

④ 所天：指能够依靠的人。

⑤ 挫过：即"错过"。

⑥ 贾（gǔ）竖子：对商人轻蔑的称呼。

非比寻常。"于是脂粉香泽①，用意修饰，花钿绣袄，极其华艳，香风拂拂，光采照人。装束方完，天色已晓。孙富差家童到船头候信。十娘微窥公子，欣欣似有喜色，乃催公子快去回话，及早兑足银子。公子亲到孙富船中，回复依允。孙富道："兑银易事，须得丽人妆台为信。"公子又回复了十娘，十娘即指描金文具道："可便抬去。"孙富喜甚。即将白银一千两，送到公子船中。十娘亲自检看，足色足数，分毫无爽②，乃手把船舷，以手招孙富。孙富一见，魂不附体。十娘启朱唇，开皓齿道："方才箱子可暂发来，内有李郎路引一纸，可检还之也。"孙富视十娘已为瓮中之鳖，即命家童送那描金文具，安放船头之上。

十娘取钥开锁，内皆抽替小箱。十娘叫公子抽第一层来看，只见翠羽明珰，瑶簪宝珥，充牣于中③，约值数百金。十娘遽投之江中④。李甲与孙富及两船之人，无不惊诧。又命公子再抽一箱，乃玉箫金管；又抽一箱，尽古玉紫金玩器，约值数千金。十娘尽投之于大江中。岸上之人，观者如堵，齐声道："可惜，可惜！"正不知什么缘故。最后又抽一箱，箱中复有一匣。开匣视之，夜明之珠，约有盈把⑤。其他祖母绿、猫儿眼，诸般异宝，目所未睹，莫能定其价之多少。众人齐声喝采，喧声如雷。十娘又欲投之于江。李甲不觉大悔，抱持十娘恸哭⑥，那孙富也来劝解。

十娘推开公子在一边，向孙富骂道："我与李郎备尝艰苦，不是

①　香泽：带有香味的用于润发的油。

②　无爽：没有差错。

③　充牣（chōng rèn）：充足

④　遽（jù）：立刻、快速、马上。

⑤　盈把：满把。

⑥　恸哭（tòng kū）：放声哭嚎，十分悲伤。

容易到此。汝以奸淫之意，巧为谗说，一旦破人姻缘，断人恩爱，乃我之仇人。我死而有知，必当诉之神明，尚妄想枕席之欢乎!"又对李甲道："妾风尘数年，私有所积，本为终身之计。自遇郎君，山盟海誓，白首不渝。前出都之际，假托众姊妹相赠，箱中韫藏百宝①，不下万金。将润色郎君之装②，归见父母，或怜妾有心，收佐中馈③，得终委托，生死无憾。谁知郎君相信不深，惑于浮议④，中道见弃，负妾一片真心。今日当众目之前，开箱出视，使郎君知区区千金，未为难事。妾椟中有玉，恨郎眼内无珠。命之不辰，风尘困瘁⑤，甫得脱离⑥，又遭弃捐⑦。今众人各有耳目，共作证明，妾不负郎君，郎君自负妾耳!"于是众人聚观者，无不流涕，都唾骂李公子负心薄幸⑧。公子又羞又苦，且悔且泣，方欲向十娘谢罪。十娘抱持宝匣，向江心一跳。众人急呼捞救，但见云暗江心，波涛滚滚，杳无踪影。可惜一个如花似玉的名姬，一旦葬于江鱼之腹!

三魂渺渺归水府，七魄悠悠入冥途。

　　当时旁观之人，皆咬牙切齿，争欲拳殴李甲和那孙富。慌得李、孙二人，手足无措，急叫开船，分途遁去。李甲在舟中，看了千金，转忆十娘，终日愧悔，郁成狂疾，终身不痊。孙富自那日受惊，得病卧床月余，终日见杜十娘在傍诟骂，奄奄而逝⑨。人以为江中之

---

① 韫（yùn）藏：收藏。
② 润色：修饰，装饰，点缀。
③ 中馈：家中供膳之事，借指妻子。
④ 浮议：没有依据的议论。
⑤ 困瘁：劳苦穷困。
⑥ 甫：才，刚刚。
⑦ 弃捐：抛弃。
⑧ 薄幸：负心，没有情义。
⑨ 奄奄：衰弱，没有精神。

报也。

却说柳遇春在京坐监完满，束装回乡，停舟瓜步。偶临江净脸，失坠铜盆于水，觅渔人打捞。及至捞起，乃是个小匣儿。遇春启匣观看，内皆明珠异宝，无价之珍。遇春厚赏渔人，留于床头把玩。是夜梦见江中一女子，凌波而来①，视之，乃杜十娘也。近前万福，诉以李郎薄幸之事，又道："向承君家慷慨，以一百五十金相助。本意息肩之后，徐图报答，不意事无终始②。然每怀盛情，悒悒未忘③。早间曾以小匣托渔人奉致，聊表寸心，从此不复相见矣。"言讫，猛然惊醒，方知十娘已死，叹息累日。

后人评论此事，以为孙富谋夺美色，轻掷千金，固非良士；李甲不识杜十娘一片苦心，碌碌蠢才，无足道者。独谓十娘千古女侠，岂不能觅一佳侣，共跨秦楼之凤④？乃错认李公子，明珠美玉，投于盲人，以致恩变为仇，万种恩情，化为流水，深可惜也！有诗叹云：

> 不会风流莫妄谈，单单情字费人参。
>
> 若将情字能参透，唤作风流也不惭。

① 凌波：形容女子脚步轻盈。
② 不意：没想到，怎料。
③ 悒悒（yì）：愁闷，烦忧。
④ 共跨秦楼之凤：指夫妻关系和睦，婚姻和谐美满。

王娇鸾百年长恨

天上乌飞兔走①，人间古往今来。昔年歌管变荒台，转眼是非兴败。

须识闹中取静，莫因乖过成呆。不贪花酒不贪财，一世无灾无害。

话说江西饶州府余干县长乐村，有一小民叫做张乙，因贩些杂货到于县中，夜深投宿城外一邸店②。店房已满，不能相容。间壁锁下一空房，却无人住。张乙道："店主人何不开此房与我？"主人道："此房中有鬼，不敢留客。"张乙道："便有鬼，我何惧哉！"主人只得开锁，将灯一盏，扫帚一把，交与张乙。张乙进房，把灯放稳，挑得亮亮的。房中有破床一张，尘埃堆积，用扫帚扫净，展上铺盖③，讨些酒饭吃了，推转房门，脱衣而睡。梦见一美色妇人，衣服华丽，自来荐枕，梦中纳之。及至醒来，此妇宛在身边。张乙问是何人，此妇道："妾乃邻家之妇，因夫君远出，不能独宿，是以相就④。勿多言，又当自知。"张亦不再问。天明，此妇辞去，至夜又来，欢好如初。如此三夜。

店主人见张客无事，偶话及此房内曾有妇人缢死，往往作怪，今番却太平了。张乙听在肚里。至夜，此妇仍来。张乙问道："今日店主人说这房中有缢死女鬼，莫非是你？"此妇并无惭讳之意⑤，答

---

① 乌飞兔走：也说"兔走乌飞"。传说太阳里有三足乌，故称太阳为金乌；月中有玉兔，故称月亮为玉兔。比喻时间流逝，光阴似箭。

② 邸（dǐ）店：也称"邸舍"，指同时具有商店、客栈功能的场所。

③ 展：铺开，放开。

④ 相就：主动靠近，相见。

⑤ 惭讳：羞惭隐瞒。

道：“妾身是也！然不祸于君，君幸勿惧。”张乙道：“试说其详。”此妇道：“妾乃娼女，姓穆，行廿二，人称我为廿二娘。与余干客人杨川相厚①。杨许娶妾归去，妾将私财百金为助。一去三年不来，妾为鸨儿拘管②，无计脱身，挹郁不堪③，遂自缢而死。鸨儿以所居售人，今为旅店。此房，昔日妾之房也，一灵不泯④，犹依栖于此。杨川与你同乡，可认得么？”张乙道：“认得。”此妇道：“今其人安在⑤？”张乙道：“去岁已移居饶州南门，娶妻开店，生意甚足。”妇人嗟叹良久，更无别语。

又过了二日，张乙要回家。妇人道：“妾愿始终随君，未识许否？”张乙道：“倘能相随，有何不可？”妇人道：“君可制一小木牌，题曰‘廿二娘神位’，置于箧中，但出牌呼妾，妾便出来。”张乙许之。妇人道：“妾尚有白金五十两埋于此床之下，没人知觉，君可取用。”张掘地果得白金一瓶，心中甚喜。过了一夜。次日张乙写了牌位，收藏好了，别店主而归。

到于家中，将此事告与浑家。浑家初时不喜，见了五十两银子，遂不嗔怪。张乙于东壁立了廿二娘神主，其妻戏往呼之，白日里竟走出来，与妻施礼。妻初时也惊讶，后遂惯了，不以为事。夜来张乙夫妇同床，此妇办来，也不觉床之狭窄。过了十余日，此妇道：“妾尚有凤债在于郡城⑥，君能随我去索取否？”张利其所有，一口应

---

① 相厚：两人之间交情深厚。
② 拘管：拘禁，管束。
③ 挹郁：愤懑怨恨。
④ 一灵不泯：指人的灵魂不消散。
⑤ 安：哪里。
⑥ 凤债：旧债。

承。即时顾船而行①。船中供下牌位。此妇同行同宿，全不避人。

不则一日，到了饶州南门，此妇道："妾往杨川家讨债去。"张乙方欲问之，此妇倏已上岸。张随后跟去，见此妇竟入一店中去了。问其店，正杨川家也。张久候不出，忽见杨举家惊惶，少顷哭声振地。问其故，店中人云："主人杨川向来无病，忽然中恶②，九窍流血而死。"张乙心知廿二娘所为，嘿然下船，向牌位苦叫，亦不见出来了。方知有夙债在郡城，乃杨川负义之债也。有诗叹云：

　　王魁负义曾遭谴③，李益亏心亦改常④。

　　请看杨川下梢事⑤，皇天不佑薄情郎。

方才说穆廿二娘事，虽则死后报冤，却是鬼自出头，还是渺茫之事。如今再说一件故事，叫做"王娇鸾百年长恨"。这个冤更报得好。此事非唐非宋，出在国朝天顺初年。广西苗蛮作乱，各处调兵征剿，有临安卫指挥王忠所领一枝浙兵，违了限期，被参降调河南南阳卫中所千户。即日引家小到任。王忠年六十余，止一子王彪，颇称骁勇，督抚留在军前效用。到有两个女儿，长曰娇鸾，次曰娇凤。鸾年十八，凤年十六。凤从幼育于外家，就与表兄对姻⑥，只有娇鸾未曾许配。夫人周氏，原系继妻。周氏有嫡姐，嫁曹家，寡居而贫。夫人接她相伴甥女娇鸾，举家呼为曹姨。娇鸾幼通书史，举笔成文。因爱女，慎于择配，所以及笄未嫁，每每临风感叹，对月

----

①　顾船：同"雇船"。

②　中恶：突然晕厥，不醒人事。

③　王魁负义：宋时名妓焦桂英资助王魁进京赶考，不料王魁中榜后抛弃焦桂英，焦桂英愤而自杀，变为鬼魂活捉王魁。

④　李益亏心：唐时李益于长安流离时与妓女霍小玉相爱，但做官后却毁约另娶他人，霍小玉一病不起，发誓死后要变为厉鬼报复。

⑤　下梢：结局，结尾。

⑥　对姻：相配。

凄凉。惟曹姨与鸾相厚，知其心事，他虽父母亦不知也。

　　一日清明节届①，和曹姨及侍儿明霞后园打秋千耍子②。正在闹热之际，忽见墙缺处有一美少年，紫衣唐巾③，舒头观看，连声喝采。慌得娇鸾满脸通红，推着曹姨的背，急回香房④，侍女也进去了。生见园中无人，逾墙而入，秋千架子尚在，余香仿佛。正在凝思，忽见草中一物，拾起看时，乃三尺线绣香罗帕也。生得此如获珍宝，闻有人声自内而来，复逾墙而出，仍立于墙缺边。看时，乃是侍儿来寻香罗帕的。生见其三回五转，意兴已倦⑤，微笑而言：“小娘子，罗帕已入人手，何处寻觅？”侍儿抬头见是秀才，便上前万福道：“相公想已检得，乞即见还，感德不尽！”那生道：“此罗帕是何人之物？”侍儿道：“是小姐的。”那生道：“既是小姐的东西，还得小姐来讨，方才还她。”侍儿道：“相公府居何处？”那生道：“小生姓周名廷章，苏州府吴江县人。父亲为本学司教，随任在此，与尊府只一墙之隔。”

　　原来卫署与学官基址相连，卫叫做东衙，学叫做西衙。花园之外，就是学中的隙地。侍儿道：“贵公子又是近邻，失瞻了⑥。妾当禀知小姐，奉命相求。”廷章道：“敢闻小姐及小娘子大名？”侍儿道：“小姐名娇鸾，主人之爱女。妾乃贴身侍婢明霞也。”廷章道：“小生有小诗一章，相烦致于小姐，即以罗帕奉还。”明霞本不肯替他寄诗，因要罗帕入手，只得应允。廷章道：“烦小娘子少待。”廷

---

①　届：到。

②　耍子：玩耍，闹着玩。

③　唐巾：士人戴的帽子。

④　香房：闺房，年轻女子的内室。

⑤　意兴：兴致。

⑥　失瞻：失礼，失于拜候。

章去不多时，携诗而至。桃花笺叠成方胜①。明霞接诗在手，问："罗帕何在？"廷章笑道："罗帕乃至宝，得之非易，岂可轻还？小娘子且将此诗送与小姐看了，待小姐回音，小生方可奉璧②。"明霞没奈何，只得转身。

　　　　　只因一幅香罗帕，惹起千秋《长恨歌》。

　　话说鸾小姐自见了那美少年，虽则一时惭愧，却也挑动个"情"字。口中不语，心下踌躇道："好个俊俏郎君！若嫁得此人，也不枉聪明一世。"忽见明霞气忿忿的入来，娇鸾问："香罗帕有了么？"明霞口称："怪事！香罗帕却被西衙周公子收着，就是墙缺内喝采的那紫衣郎君。"娇鸾道："与他讨了就是。"明霞道："怎么不讨？也得他肯还！"娇鸾道："他为何不还？"明霞道："他说：'小生姓周名廷章，苏州府吴江人氏。父为司教，随任在此。与吾家只一墙之隔。既是小姐的香罗帕，必须小姐自讨。'"娇鸾道："你怎么说？"明霞道："我说待妾禀知小姐，奉命相求。他道：有小诗一章，烦吾传递，待有回音，才把罗帕还我。"明霞将桃花笺递与小姐。娇鸾见了这方胜，已有三分之喜，拆开看时，乃七言绝句一首：

　　　　帕出佳人分外香，天公教付有情郎。
　　　　殷勤寄取相思句，拟作红丝入洞房。

娇鸾若是个有主意的，拼得弃了这罗帕，把诗烧却，吩咐侍儿，下次再不许轻易传递，天大的事都完了。奈娇鸾一来是及瓜不嫁③，知情慕色的女子；二来满肚才情不肯埋没，亦取薛涛笺答诗八句：

----

　　①　桃花笺：也称"薛涛笺"，指给情人写的书笺。方胜：古代一种首饰，这里指把信笺叠成方胜之形。
　　②　奉璧：即"完璧归赵"的故事，指物归原主。
　　③　及瓜：女子十六岁，泛指成年。

> 妾身一点玉无瑕，生自侯门将相家。
>
> 静里有亲同对月，闲中无事独看花。
>
> 碧梧只许来奇凤，翠竹那容入老鸦。
>
> 寄语异乡孤另客①，莫将心事乱如麻。

明霞捧诗方到后园，廷章早在缺墙相候。明霞道："小姐已有回诗了，可将罗帕还我。"廷章将诗读了一遍，益慕娇鸾之才，必欲得之，道："小娘子耐心，小生又有所答。"再回书房，写成一绝：

> 居傍侯门亦有缘，异乡孤另果堪怜。
>
> 若容鸾凤双栖树，一夜箫声入九天。

明霞道："罗帕又不还，只管寄什么诗？我不寄了！"廷章袖中出金簪一根道："这微物奉小娘子，权表寸敬②，多多致意小姐。"明霞贪了这金簪，又将诗回复娇鸾。娇鸾看罢，闷闷不悦。明霞道："诗中有甚言语触犯小姐？"娇鸾道："书生轻薄，都是调戏之言。"明霞道："小姐大才，何不作一诗骂之，以绝其意？"娇鸾道："后生家性重③，不必骂，且好言劝之可也。"再取薛笺题诗八句：

> 独立庭际傍翠阴，侍儿传语意何深。
>
> 满身窃玉偷香胆，一片撩云拨雨心④。
>
> 丹桂岂容稚子折，珠帘那许晓风侵？
>
> 劝君莫想阳台梦⑤，努力攻书入翰林。

自此一倡一和，渐渐情熟，往来不绝。明霞的足迹不断后园，廷章的眼光不离墙缺。诗篇甚多，不暇细述。时届端阳，王千户治

---

① 孤另：孤零，孤单。

② 权：姑且。寸敬：一点心意。

③ 性重：脾气大。

④ 撩云拨雨：指挑弄风情。

⑤ 阳台梦：借指男女相会欢愉。

酒于园亭家宴。廷章于墙缺往来，明知小姐在于园中，无由一面，侍女明霞亦不能通一语。正在气闷，忽撞见卫卒孙九。那孙九善作木匠，长在卫里服役，亦多在学中做工。廷章遂题诗一绝封固了，将青蚨二百赏孙九买酒吃①，托他寄与衙中明霞姐。孙九受人之托，忠人之事，伺候到次早，才觑个方便，寄得此诗于明霞。明霞递于小姐。拆开看之，前有叙云："端阳日园中望娇娘子不见，口占一绝奉寄②"：

> 配成彩线思同结，倾就蒲觞拟共斟③。
>
> 雾隔湘江欢不见，锦葵空有向阳心。

后写"松陵周廷章拜稿"。娇娘见了，置于书几之上。适当梳头，未及酬和，忽曹姨走进香房，看见了诗稿，大惊道："娇娘既有西厢之约，可无东道之主？此事如何瞒我？"娇鸾含羞答道："虽有吟咏往来，实无他事，非敢瞒姨娘也。"曹姨道："周生江南秀士，门户相当，何不教他遣媒说合，成就百年姻缘，岂不美乎？"娇鸾点头道："是。"梳妆已毕，遂答诗八句：

> 深锁香闺十八年，不容风月透帘前。
>
> 绣衾香暖谁知苦？锦帐春寒只爱眠。
>
> 生怕杜鹃声到耳，死愁蝴蝶梦来缠④。
>
> 多情果有相怜意，好倩冰人片语传⑤。

廷章得诗，遂假托父亲周司教之意⑥，央赵学究往王千户处求这头亲

---

① 青蚨（fú）：指铜钱。

② 口占：随口吟出，即兴作出诗句。

③ 蒲觞：用菖蒲泡的酒。

④ 蝴蝶梦：指"庄周梦蝶"的故事，借指虚幻之事。

⑤ 倩（qìng）：请。冰人：媒人。

⑥ 假托：假借，假冒。

事。王千户亦重周生才貌。但娇鸾是爱女，况且精通文墨，自己年老，一应卫中文书笔札，都靠着女儿相帮，少他不得，不忍弃之于他乡，以此迟疑未许。廷章知姻事未谐，心中如刺，乃作书寄于小姐，前写"松陵友弟廷章拜稿"：

> 自睹芳容，未宁狂魄[①]。夫妇已是前生定，至死靡他[②]；媒妁传来今日言，为期未决。遥望香闺深锁，如唐玄宗离月宫而空想嫦娥；要从花圃戏游，似牵牛郎隔天河而苦思织女。倘复迁延于月日，必当夭折于沟渠。生若无缘，死亦不瞑。勉成拙律，深冀哀怜。诗曰：

> 未有佳期慰我情，可怜春价值千金。

> 闷来窗下三杯酒，愁向花前一曲琴。

> 人在琐窗深处好，闷回罗帐静中吟。

> 孤恓一样昏黄月[③]，肯许相携诉寸心？

娇鸾看罢，即时覆书[④]，前写"虎衙爱女娇鸾拜稿"：

> 轻荷点水，弱絮飞帘。拜月亭前，懒对东风听杜宇[⑤]；画眉窗下，强消长昼刺鸳鸯。人正困于妆台，诗忽坠于香案。启观来意，无限幽怀。自怜薄命佳人，恼杀多情才子[⑥]。一番信到，一番使妾倍支吾[⑦]；几度诗来，几度令人添寂寞。休得跳东墙学攀花之手，可以仰北斗觑折桂之心[⑧]。眼底无媒，书中有女。自此衷情封去札，莫将消息问来人。谨和佳篇，仰祈深谅！诗曰：

---

① 狂魄：神魂颠倒。

② 靡他：一心一意，没有二心。

③ 孤恓（xī）：孤独烦恼。

④ 覆书：回信。

⑤ 杜宇：传说中古蜀国国王，死后灵魂化作杜鹃鸟。

⑥ 恼杀：也作"恼煞"，十分烦闷的意思。

⑦ 支吾：犹豫，踌躇。

⑧ 折桂：指科举高中。

秋月春花亦有情，也知身价重千金。

虽窥青琐韩郎貌，羞听东墙崔氏琴。

痴念已从空里散，好诗惟向梦中吟。

此生但作干兄妹，直待来生了寸心。

廷章阅书赞叹不已，读诗至末联"此生但作干兄妹"，忽然想起一计道："当初张珙、申纯皆因兄妹得就私情^①，王夫人与我同姓，何不拜之为姑？便可通家往来，于中取事矣！"遂托言西衙窄狭，且是喧闹，欲借卫署后园观书。周司教自与王千户开口。王翁道："彼此通家，就在家下吃些见成茶饭^②，不烦馈送。"周翁感激不尽，回向儿子说了。廷章道："虽承王翁盛意，非亲非故，难以打搅。孩儿欲备一礼，拜认王夫人为姑。姑侄一家，庶乎有名^③。"周司教是糊涂之人，只要讨些小便宜，道："任从我儿行事。"廷章又央人通了王翁夫妇，择个吉日，备下彩段书仪^④，写个表侄的名刺^⑤，上门认亲，极其卑逊，极其亲热。王翁是个武人，只好奉承，遂请人中堂，教奶奶都相见了。连曹姨也认做姨娘，娇鸾是表妹，一时都请见礼。王翁设宴后堂，权当会亲。一家同席，廷章与娇鸾暗暗欢喜。席上眉来眼去，自不必说。当日尽欢而散。

姻缘好恶犹难问，踪迹亲疏已自分。

----

① 张珙（gǒng）：元曲《西厢记》中的人物。在普救寺中与崔莺莺相遇相爱，但崔莺莺的娘以崔莺莺许配给郑恒为由，让崔莺莺与张珙结拜为兄妹。申纯：《娇红记》中的主人公。他与表妹王娇娘相爱，但母舅说两人为中表兄妹，不能结为夫妻，后两人因情郁郁而终。

② 见成：现成。

③ 庶乎：差不多，几乎。

④ 彩段书仪：彩段，指彩色的绸缎。书仪，为旧时馈赠钱物所写的礼帖和封签。泛指馈赠的钱物。

⑤ 名刺：又称"名帖"，拜访别人时用以通报名姓。

　　次日王翁收拾书室，接内侄周廷章来读书。却也晓得隔绝内外，将内宅后门下锁，不许妇女入于花园。廷章供给，自有外厢照管。虽然搬做一家，音书来往反不便了。娇鸾松筠之志虽存①，风月之情已动，况既在席间眉来眼去，怎当得园上凤隔鸾分。愁绪无聊，郁成一病，朝凉暮热，茶饭不沾。王翁迎医问卜，全然不济②。廷章几遍到中堂问病，王翁只教致意，不令进房。廷章心生一计，因假说："长在江南，曾通医理。表妹不知所患何症，待侄儿诊脉便知。"王翁向夫人说了，又教明霞道达了小姐，方才迎入。廷章坐于床边，假以看脉为由，抚摩了半晌。其时王翁夫妇俱在，不好交言③。只说得一声保重，出了房门，对王翁道："表妹之疾，是抑郁所致。常须于宽敞之地散步陶情，更使女伴劝慰，开其郁抱，自当勿药④。"王翁敬信周生，更不疑惑，便道："衙中只有园亭，并无别处宽敞。"廷章故意道："若表妹不时要园亭散步，恐小侄在彼不便，暂请告归。"王翁道："既为兄妹，复何嫌阻？"即日教开了后门，将锁钥付曹姨收管，就教曹姨陪侍女儿任情闲耍。明霞伏侍，寸步不离，自以为万全之策矣。

　　却说娇鸾原为思想周郎致病，得他抚摩一番，已自欢喜。又许散步园亭，陪伴伏侍者都是心腹之人，病便好了一半。每到园亭，廷章便得相见，同行同坐。有时亦到廷章书房中吃茶，渐渐不避嫌疑，挨肩擦背。廷章捉个空，向小姐恳求，要到香闺一望。娇鸾目视曹姨，低低向生道："锁钥在彼，兄自求之。"廷章已悟。次日廷

---

　　① 松筠（yún）之志：指坚贞的节操。也作"松筠之节"。松筠，即"松和竹"。
　　② 不济：不好。
　　③ 交言：交谈，交流。
　　④ 勿药：病愈。

章取吴绫二端①，金钏一副，央明霞献与曹姨，姨问鸾道："周公子厚礼见惠，不知何事？"娇鸾道："年少狂生，不无过失，渠要姨包容耳。"曹姨道："你二人心事，我已悉知。但有往来，决不泄漏！"因把匙钥付与明霞。鸾心大喜，遂题一绝。寄廷章云：

> 暗将私语寄英才，倘向人前莫乱开。
>
> 今夜香闺春不锁，月移花影玉人来。

廷章得诗，喜不自禁，是夜黄昏已罢，谯鼓方声②，廷章悄步及于内宅，后门半启，挨身而进。自那日房中看脉出园上来，依稀记得路径，缓缓而行。但见灯光外射，明霞候于门侧。廷章步进香房，与鸾施礼，便欲搂抱。鸾将生挡开，唤明霞快请曹姨来同坐。廷章大失所望，自陈苦情，责其变卦，一时急泪欲流。鸾道："妾本贞姬③，君非荡子。只因有才有貌，所以相爱相怜。妾既私君，终当守君之节；君若弃妾，岂不负妾之诚？必矢明神④，誓同白首，若还苟合，有死不从。"说罢，曹姨适至，向廷章谢日间之惠。

廷章遂央姨为媒，誓谐伉俪，口中咒愿如流而出。曹姨道："二位贤甥，既要我为媒，可写合同婚书四纸。将一纸焚于天地，以告鬼神；一纸留于吾手，以为媒证；你二人各执一纸，为他日合卺之验⑤。女若负男，疾雷震死；男若负女，乱箭亡身。再受阴府之愆，永堕酆都之狱⑥。"生与鸾听曹姨说得痛切，各各欢喜。遂依曹姨所

---

① 吴绫：吴地所产的一种有纹彩的丝织品。以轻薄著名。二端：端，古代布帛类的长度单位，有说一丈六，有说两丈，有说六丈。

② 谯鼓：樵楼更鼓。

③ 贞姬：指贞洁的女子。

④ 矢：发誓。

⑤ 合卺（jǐn）：旧时成婚的一种仪式。将匏瓜锯成两个瓢，新郎新娘各执一个饮酒。后以合卺指成婚。

⑥ 酆都：酆都鬼城，现丰都鬼城。

说，写成婚书誓约。先拜天地，后谢曹姨。姨乃出清果醇醪①，与二
人把盏称贺。三人同坐饮酒，直至三鼓，曹姨别去。生与鸾携手上
床，云雨之乐可知也。五鼓，鸾促生起身，嘱付道："妾已委身于
君，君休负恩于妾。神明在上，鉴察难逃②。今后妾若有暇，自遣明
霞奉迎，切莫轻行，以招物议。"廷章字字应承，留恋不舍。鸾急教
明霞送出园门。是日鸾寄生二律云：

　　昨夜同君喜事从，芙蓉帐暖语从容。

　　贴胸交股情偏好，拨雨撩云兴转浓。

　　一枕凤鸾声细细，半窗花月影重重。

　　晓来窥视鸳鸯枕，无数飞红扑绣绒。（其一）

　　衾翻红浪效绸缪③，乍抱郎腰分外羞。

　　月正圆时花正好，云初散处雨初收。

　　一团恩爱从天降，万种情怀得自由。

　　寄语今宵中夕夜，不须欹枕看牵牛④。（其二）

　　廷章亦有酬答之句。自此鸾疾尽愈，门锁竟弛⑤。或三日，或五
日，鸾必遣明霞召生。来往既频，恩情愈笃。如此半年有余。

　　周司教任满，升四川峨眉县尹。廷章恋鸾之情，不肯同行，只
推身子有病，怕蜀道艰难；况学业未成，师友相得，尚欲留此读书。
周司教平昔纵子，言无不从。起身之日，廷章送父出城而返。鸾感
廷章之留，是日邀之相会，愈加亲爱。如此又半年有余。其中往来
诗篇甚多，不能尽载。

---

① 醇醪（chún láo）：味道醇厚的美酒。

② 鉴察：鉴别，查看。

③ 绸缪：缠绵。

④ 欹（qī）枕：斜靠在枕头上。欹，斜靠。

⑤ 竟：一直，总是。弛，松懈。此处为"开"的意思。

廷章一日阅邸报①，见父亲在峨眉不服水土，告病回乡。久别亲闱②，欲谋归觐③；又牵鸾情爱，不忍分离。事在两难，忧形于色。鸾探知其故，因置酒劝生道："夫妇之爱，瀚海同深；父子之情，高天难比。若恋私情而忘公义，不惟君失子道，累妾亦失妇道矣。"曹姨亦劝道："今日暮夜之期，原非百年之算。公子不如暂回乡故，且觐双亲。倘于定省之间④，即议婚姻之事，早完誓愿，免致情牵。"廷章心犹不决。娇鸾教曹姨竟将公子欲归之情，对王翁说了。此日正是端阳，王翁治酒与廷章送行，且致厚赆⑤。廷章义不容已，只得收拾行李。

是夜，鸾另置酒香闺，邀廷章重伸前誓，再订婚期。曹姨亦在坐，千言万语，一夜不睡。临别，又问廷章住居之处。廷章道："问做甚么？"鸾道："恐君不即来，妾便于通信耳。"廷章索笔写出四句：

> 思亲千里返姑苏，家住吴江十七都。
>
> 须问南麻双漾口，延陵桥下督粮吴。

廷章又解说："家本吴姓，祖当里长督粮，有名督粮吴家，周是外姓也。此字虽然写下，欲见之切，度日如岁。多则一年，少则半载，定当持家君柬帖⑥，亲到求婚，决不忍闺阁佳人悬悬而望⑦。"言

----

① 邸（dǐ）报：中国古代抄发皇帝谕旨、臣僚奏议和有关政治情报的抄本。类似现在的报纸。

② 亲闱：指父母所居之室，代指父母。

③ 归觐：回家探望父母。

④ 定省：指探望问候父母。

⑤ 厚赆（jìn）：送别时赠送给即将远行之人的财物等。

⑥ 柬帖：指应酬婚丧嫁娶的请帖、书札。

⑦ 悬悬而望：一心一意地期盼，等待。

罢，相抱而泣。将次天明^①，鸾亲送生出园。有联句一律：

> 绸缪鱼水正投机，无奈思亲使别离。（廷章）
>
> 花圃从今谁待月？兰房自此懒围棋^②。（娇鸾）
>
> 惟忧身远心俱远，非虑文齐福不齐。（廷章）
>
> 低首不言中自省，强将别泪整蛾眉。（娇鸾）

须臾天晓，鞍马齐备。王翁又于中堂设酒，妻女毕集^③，为上马之饯^④。廷章再拜而别。鸾自觉悲伤欲泣，潜归内室，取乌丝笺题诗一律，使明霞送廷章上马，伺便投之。章于马上展看云：

> 同携素手并香肩，送别那堪双泪悬。
>
> 郎马未离青柳下，妾心先在白云边。
>
> 妾持节操如姜女，君重纲常类闵骞^⑤。
>
> 得意匆匆便回首，香闺人瘦不禁眠。

廷章读之泪下，一路上触景兴怀，未尝顷刻忘鸾也。

　　闲话休叙。不一日，到了吴江家中，参见了二亲，一门欢喜。原来父亲已与同里魏同知家议亲，正要接儿子回来行聘完婚。生初时有不愿之意，后访得魏女美色无双，且魏同知十万之富，妆奁甚丰。慕财贪色，遂忘前盟。过了半年，魏氏过门，夫妻恩爱，如鱼似水，竟不知王娇鸾为何人矣。

> 但知今日新妆好，不顾情人望眼穿。

　　却说娇鸾一时劝廷章归省，是她贤慧达理之处。然已去之后，未免怀思。白日凄凉，黄昏寂寞，灯前有影相亲，帐底无人共语。

---

① 将次：快到，将要。

② 兰房：指女子的闺房。

③ 毕：全，都。

④ 上马：出发，启程。

⑤ 闵骞：名损，字子骞。孔子的门徒，以孝著称，是二十四孝子之一。

每遇春花秋月，不觉梦断魂劳。挨过一年，杳无音信。忽一日明霞
来报道："姐姐可要寄书与周姐夫么？"娇鸾道："那得有这方便？"
明霞道："适才孙九说临安卫有人来此下公文。临安是杭州地方，路
从吴江经过，是个便道。"娇鸾道："既有便，可教孙九嘱付那差人
不要去了。"即时修书一封，曲叙别离之意，嘱他早至南阳，同归故
里，践婚姻之约，成终始之交。书多不载。书后有诗十首。录其
一云：

> 端阳一别杳无音，两地相看对月明。
> 暂为椿萱辞虎卫①，莫因花酒恋吴城。
> 游仙阁内占离合，拜月亭前问死生。
> 此去愿君心自省，同来与妾共调羹②。

封皮上又题八句：

> 此书烦递至吴衙，门面春风足可夸。
> 父列当今宣化职，祖居自古督粮家。
> 已知东宅邻西宅，犹恐南麻混北麻。
> 去路逢人须借问，延陵桥在那村些？

又取银钗二股，为寄书之赠。

　　书去了七个月，并无回耗③。时值新春，又访得前卫有个张客人
要往苏州收货。娇鸾又取金花一对，央孙九送与张客，求他寄书。
书意同前。亦有诗十首。录其一云：

> 春到人间万物鲜，香闺无奈别魂牵。
> 东风浪荡君尤荡④，皓月团圆妾未圆。

---

① 椿（chūn）萱：椿，椿庭，代指父亲。萱，萱堂，指代母亲。
② 调羹：喻指夫妻二人和谐幸福的生活。
③ 回耗：回信，回音。
④ 浪荡：随处闲游。

情洽有心劳白发，天高无计托青鸾①。

衷肠万事凭谁诉？寄与才郎仔细看。

封皮上题一绝：

苏州咫尺是吴江，吴姓南麻世督粮。

嘱付行人须着意②，好将消息问才郎。

张客人是志诚之士，往苏州收货已毕，赍书亲到吴江。正在长桥上问路，恰好周廷章过去。听得是河南声音，问的又是南麻督粮吴家，知娇鸾书信，怕他到彼，知其再娶之事，遂上前作揖通名，邀往酒馆三杯，拆开书看了。就于酒家借纸笔，匆匆写下回书，推说父病未瘥，方侍医药，所以有误佳期；不久即图会面③，无劳注想④。书后又写："路次借笔不备，希谅！"张客收了回书，不一日，回到南阳，付孙九回复鸾小姐。鸾拆书看了，虽然不曾定个来期，也当画饼充饥，望梅止渴。

过了三四个月，依旧杳然无闻⑤。娇鸾对曹姨道："周郎之言欺我耳！"曹姨道："誓书在此，皇天鉴知。周郎独不怕死乎？"忽一日，闻有临安人到，乃是娇鸾妹子娇凤生了孩儿，遣人来报喜。娇鸾彼此相形⑥，愈加感叹，且喜又是寄书的一个顺便，再修书一封托他。这是第三封书，亦有诗十首。末一章云：

叮咛才子莫蹉跎⑦，百岁夫妻能几何？

....

① 青鸾：又称"苍鸾"，是西王母的神鸟，也作为她的信使。后用"青鸾"或"青鸟"称送信的使者。

② 行人：指送信的使者。着意：用心，留意。

③ 图：打算，考虑，谋划。

④ 注想：思念盼望。

⑤ 杳（yǎo）然：毫无音信，踪迹全无。

⑥ 相形：相比。

⑦ 蹉跎：白白耽误时间，虚度光阴。

> 王氏女为周氏室，文官子配武官娥。
>
> 三封心事烦青鸟，万斛闲愁锁翠蛾①。
>
> 远路尺书情未尽，想思两处恨偏多！

封皮上亦写四句：

> 此书烦递至吴江，粮督南麻姓字香。
>
> 去路不须驰步问②，延陵桥下暂停航。

鸾自此寝废餐忘，香消玉减，暗地泪流，恹恹成病③。父母欲为择配，娇鸾不肯，情愿长斋奉佛，曹姨劝道："周郎未必来矣，毋拘小信，自误青春。"娇鸾道："人而无信，是禽兽也。宁周郎负我，我岂敢负神明哉？"光阴荏苒，不觉已及三年。娇鸾对曹姨说道："闻说周郎已婚他族，此信未知真假。然三年不来，其心肠亦改变矣，但不得一实信，吾心终不死。"曹姨道："何不央孙九亲往吴江一遭，多与他些盘费。若周郎无他更变，使他等候同来，岂不美乎？"娇鸾道："正合吾意。亦求姨娘一字，促他早早登程可也。"当下娇鸾写就古风一首。其略云：

> 忆昔清明佳节时，与君邂逅成相知。
>
> 嘲风弄月通来往④，拨动风情无限思。
>
> 侯门曳断千金索，携手挨肩游画阁。
>
> 好把青丝结死生，盟山誓海情不薄。
>
> 白云渺渺草青青，才子思亲欲别情。
>
> 顿觉桃脸无春色，愁听传书雁几声。

---

① 翠蛾：女子细长的眉毛，借指美女。

② 驰步：快走，跑。

③ 恹恹（yān）：精神不振，形容病态。

④ 嘲风弄月：嘲，嘲笑；弄，玩赏；风、月，泛指各种自然景物。指描写风云月露等景象的诗句。

　　君行虽不排鸾驭①，胜似征蛮父兄去。

　　悲悲切切断肠声，执手牵衣理前誓。

　　与君成就鸾凤友，切莫苏城恋花柳。

　　自君之去妾攒眉，脂粉慵调发如帚。

　　姻缘两地相思重，雪月风花谁与共？

　　可怜夫妇正当年，空使梅花蝴蝶梦②。

　　临风对月无欢好，凄凉枕上魂颠倒。

　　一宵忽梦汝娶亲，来朝不觉愁颜老。

　　盟言愿作神雷电，九天玄女相传遍③。

　　只归故里未归泉，何故音容难得见？

　　才郎意假妾意真，再驰驿使陈丹心。

　　可怜三七羞花貌，寂寞香闺里不禁。

　　曹姨书中亦备说女甥相思之苦，相望之切。二书共作一封。封皮亦题四句：

　　　　荡荡名门宰相衙④，更兼粮督镇南麻。

　　　　逢人不用亭身问，桥跨延陵第一家。

　　孙九领书，夜宿晓行，直至吴江廷陵桥下。犹恐传递不的⑤，直候周廷章面送。廷章一见孙九，满脸通红，不问寒温，取书纳于袖中，竟进去了。少顷教家童出来回复道⑥："相公娶魏同知家小姐，今已二年。南阳路远，不能复来矣。回书难写，仗你代言。这幅香罗帕乃初会鸾姐之物，并合同婚书一纸，央你送还，以绝其念。本

------

① 鸾驭：驾驭鸾鸟飞升。

② 梅花：即梅花信，指书信。

③ 九天玄女：即九天玄女娘娘，是道教中的神，在民间地位崇高。

④ 荡荡：光亮明净。

⑤ 不的：不可靠。

⑥ 少顷：不久，过了一会。

欲留你一饭，诚恐老爹盘问嗔怪。白银五钱权充路费，下次更不劳往返。"孙九闻言大怒，掷银于地不受，走出大门，骂道："似你短行薄情之人，禽兽不如！可怜负了鸾小姐一片真心，皇天断然不佑你！"说罢，大哭而去。路人争问其故，孙老儿数一数二的逢人告诉。自此周廷章无行之名，播于吴江，为衣冠所不齿①。正是：

> 平生不作亏心事，世上应无切齿人②。

再说孙九回至南阳，见了明霞，便悲泣不已。明霞道："莫非你路上吃了苦？莫非周家郎君死了？"孙九只是摇头，停了半晌，方说备细③，如此如此："他不发回书，只将罗帕、婚书送还，以绝小姐之念。我也不去见小姐了。"说罢，拭泪叹息而去。明霞不敢隐瞒，备述孙九之语。娇鸾见了这罗帕，已知孙九不是个谎话，不觉怨气填胸，怒色盈面，就请曹姨至香房中，告诉了一遍。曹姨将言劝解，娇鸾如何肯听？整整的哭了三日三夜，将三尺香罗帕，反复观看，欲寻自尽，又想道："我娇鸾名门爱女，美貌多才。若嘿嘿而死，却便宜了薄情之人。"乃制绝命诗三十二首及《长恨歌》一篇。诗云：

> 倚门默默思重重，自叹双双一笑中。
>
> 情惹游丝牵嫩绿，恨随流水缩残红④。
>
> 当时只道春回准，今日方知色是空。
>
> 回首凭栏情切处⑤，闲愁万里怨东风。

余诗不载。其《长恨歌》略云：

> 《长恨歌》为谁作？题起头来心便恶。

---

① 衣冠：指缙绅，名门世族。

② 切齿：形容十分愤怒。

③ 备细：详细情况，详尽。

④ 残红：指凋谢的花朵。

⑤ 凭栏：倚靠着栏杆。

朝思暮想无了期，再把鸾笺诉情薄①。

妾家原在临安路，麟阁功勋受恩露②。

后因亲老失军机，降调南阳卫千户。

深闺养育娇鸾身，不曾举步离中庭③。

岂知二九灾星到，忽随女伴妆台行。

秋千戏蹴方才罢④，忽惊墙角生人话。

含羞归去香房中，仓忙寻觅香罗帕。

罗帕谁知入君手，空令梅香往来走⑤。

得蒙君赠香罗诗，恼妾相思淹病久⑥。

感君拜母结妹兄，来词去简饶恩情。

只恐恩情成苟合，两曾结发同山盟。

山盟海誓还不信，又托曹姨作媒证。

婚书写定烧苍穹，始结于飞在天命。

情交二载甜如蜜，才子思亲忽成疾。

妾心不忍君心愁，反劝才郎归故籍。

叮咛此去姑苏城，花街莫听阳春声⑦。

一睹慈颜便回首，香闺可念人孤另。

嘱付殷勤别才子，弃旧怜新任从尔。

那知一去意忘还，终日思君不如死。

有人来说君重婚，几番欲信仍难凭。

---

① 鸾笺：指写书信的彩笺。

② 麟阁：即麒麟阁，在汉未央宫，内置功臣画像。

③ 中庭：由回廊和房间围绕而成的庭院。

④ 蹴（cù）：追逐。

⑤ 梅香：指丫鬟。

⑥ 淹病：生病时间久。

⑦ 阳春：即阳春曲，指表达相思、夫妻情爱的曲子。

后因孙九去复返，方知伉俪谐文君。

此情恨杀薄情者，千里姻缘难割舍。

到手恩情都负之，得意风流在何也？

莫论妾愁长与短，无处箱囊诗不满。

题残锦札五千张，写秃毛锥三百管①。

玉闺人瘦娇无力，佳期反作长相忆。

枉将八字推子平②，空把三生卜《周易》。

从头一一思量起，往日交情不亏汝。

既然恩爱如浮云，何不当初莫相与？

莺莺燕燕皆成对，何独天生我无配。

娇凤妹子少二年，适添孩儿已三岁。

自惭轻弃千金躯，伊欢我独心孤悲。

先年誓愿今何在？举头三尺有神祇③。

君往江南妾江北，千里关山远相隔。

若能两翅忽然生，飞向吴江近君侧。

初交你我天地知，今来无数人扬非。

虎门深锁千金色，天教一笑遭君机。

恨君短行归阴府，譬似皇天不生我。

从今书递故人收，不望回音到中所。

可怜铁甲将军穿，玉闺养女娇如花。

只因颇识琴书味，风流不久归黄沙。

白罗丈二悬高梁，飘然眼底魂茫茫。

报道一声娇鸾缢，满城笑杀临安王。

妾身自愧非良女，擅把闺情贱轻许。

---

① 毛锥：笔的泛称。

② 子平：即子平术，算命的方术。

③ 神祇（qí）：指天地神灵。

相思债满还九泉，九泉之下不饶汝。

当初宠妾非如今，我今怨汝如海深。

自知妾意皆仁意，谁想君心似兽心！

再将一幅罗鲛绡①，殷勤远寄郎家遥。

自叹兴亡皆此物，杀人可恕情难饶。

反复叮咛只如此，往日闲愁今日止。

君今肯念旧风流，饱看娇鸾书一纸②。

书已写就，欲再遣孙九。孙九咬牙怒目，决不肯去。正无其便，偶值父亲痰火病发，唤娇鸾随他检阅文书。娇鸾看文书里面有一宗乃勾本卫逃军者③，其军乃吴江县人。鸾心生一计，乃取从前倡和之词④，并今日《绝命诗》及《长恨歌》汇成一帙⑤，合同婚书二纸，置于帙内，总作一封，入于官文书内，封筒上填写"南阳卫掌印千户王投下直隶苏州府吴江县当堂开拆"，打发公差去了。王翁全然不知。

是晚，娇鸾沐浴更衣，哄明霞出去烹茶，关了房门，用杌子填足⑥，先将白练挂于梁上⑦，取原日香罗帕，向咽喉扣住，接连白练，打个死结，蹬开杌子，两脚悬空，煞时间三魂漂渺⑧，七魄幽沉。刚年二十一岁。

始终一幅香罗帕，成也萧何败也何。

明霞取茶来时，见房门闭紧，敲打不开，慌忙报与曹姨。曹姨同周

---

① 鲛绡（jiāo xiāo）：指丝巾，手帕。

② 饱看：好好看，尽量看。

③ 勾：逮捕，拘捕。

④ 倡和：彼此以诗词酬答。

⑤ 一帙（zhì）：帙，量词。一套线装书称为"一帙"。

⑥ 杌（wù）子：矮小的凳子。

⑦ 白练：白色的熟绢。

⑧ 煞时间：形容时间很短。

老夫人打开房门看了，这惊非小。王翁也来了。合家大哭，竟不知什么意故。少不得买棺殓葬。此事阁过休题①。

再说吴江阙大尹接得南阳卫文书②，拆开看时，深以为奇。此事旷古未闻。适然本府赵推官随察院樊公祉按临本县③，阙大尹与赵推官是金榜同年，因将此事与赵推官言及。赵推官取而观之，遂以奇闻报知樊公。樊公将诗歌及婚书反复详味，深惜娇鸾之才，而恨周廷章之薄幸。乃命赵推官密访其人。次日，擒拿解院。樊公亲自诘问④。廷章初时抵赖，后见婚书有据，不敢开口。樊公喝教重责五十收监。行文到南阳卫查娇鸾曾否自缢。

不一日文书转来，说娇鸾已死。樊公乃于监中吊取周廷章到察院堂上⑤，樊公骂道："调戏职官家子女，一罪也；停妻再娶，二罪也；因奸致死，三罪也。婚书上说：'男若负女，万箭亡身。'我今没有箭射你，用乱捧打杀你⑥，以为薄幸男子之戒。"喝教合堂皂快齐举竹批乱打⑦。下手时宫商齐响⑧，着体处血肉交飞。顷刻之间，化为肉酱。满城人无不称快。周司教闻知，登时气死。魏女后来改嫁。向贪新娶之财色，而没恩背盟，果何益哉！有诗叹云：

> 一夜思情百夜多，负心端的欲如何⑨？
>
> 若云薄幸无冤报，请读当年《长恨歌》。

----

① 阁：通"搁"，放置，搁置。

② 大尹：指太守，郡县长官。

③ 适然：恰巧，恰好。按临：巡视，巡察。

④ 诘问：讯问，责问。

⑤ 吊取：即"调取"，提取。

⑥ 打杀：打死，杀死。

⑦ 皂快：指州县衙役。

⑧ 宫商：五音中的宫音与商音。这里指杖责犯人的声音。

⑨ 端的：到底。

白玉娘忍苦成夫

两眼乾坤旧恨，一腔今古闲愁。隋宫吴苑旧风流，寂寞斜阳渡口。

兴到豪吟百首，醉余凭吊千秋。神仙迂怪总虚浮，只有纲常不朽。

这首《西江月》词，是劝人力行仁义，扶植纲常。从古以来富贵空花，荣华泡影，只有那忠臣孝子，义夫节妇，名传万古，随你负担小人，闻之起敬。今日且说义夫节妇：如宋弘不弃糟糠①，罗敷不从使君②，此一辈岂不是扶植纲常的？又如黄允欲娶高门，预逐其妇③；买臣室达太晚，见弃于妻④，那一辈岂不是败坏纲常的？真个是人心不同，泾渭各别。有诗为证：

> 王允弃妻名遂损，买臣离妇志堪悲。
>
> 夫妻本是鸳鸯鸟，一对栖时一对飞。

话中单表宋末时，一个丈夫姓程，双名万里，表字鹏举，本贯

---

① 宋弘不弃糟糠：汉光武帝刘秀的姐姐湖阳公主死了丈夫后，光武帝与她谈论群臣，公主说心怡宋弘，于是汉光武帝召见宋弘，暗示他离婚娶自己的姐姐，宋弘回道："臣闻贫贱之知不可忘，糟糠之妻不下堂。"这门亲事遂没有成功。

② 罗敷不从使君：汉乐府中的《陌上桑》记载农家女罗敷采桑织布为业，貌美异常，地方太守路过此地，看上了罗敷，想要将她带走，罗敷致辞道："使君一何愚！使君自有妇，罗敷自有夫！"

③ 黄允：东汉人，以文才闻名当世，司徒袁隗（wěi）曾感叹"得到的女婿能像黄允这样就好了"。黄允听说后休掉了他的妻子，妻子夏侯氏将黄允的亲戚会集在一起，揭露黄允的丑恶行径，说完后登车离去。黄允从此被时人所唾弃。

④ 买臣：朱买臣，家贫好学，曾在挑柴途中背诵诗文，为人嘲笑，妻子深以为耻，与之离婚，后朱买臣做了高官，回到故乡，前妻希望复合，朱买臣说覆水难收。前妻最后羞愧自缢而死。后文收有此故事。

彭城人氏。父亲程文业，官拜尚书。万里十六岁时，椿萱俱丧，十九岁以父荫补国子生员①。生得人材魁岸，志略非凡，性好读书，兼习弓马。闻得元兵日盛，深以为忧，曾献战、守、和三策，以直言触忤时宰，恐其治罪，弃了童仆，单身潜地走出京都②。却又不敢回乡，欲往江陵府，投奔京湖制置使马光祖。未到汉口，传说元将兀良哈歹统领精兵，长驱而入，势如破竹。程万里闻得这个消息，大吃一惊，遂不敢前行。踌躇之际，天色已晚，但见：

片片晚霞迎落日，行行倦鸟盼归巢。

程万里想道：“且寻宿店，打听个实信，再作区处③。”其夜，只闻得户外行人，奔走不绝，却都是上路逃难来的百姓，哭哭啼啼，耳不忍闻。程万里已知元兵迫近，夜半便起身，趁众同走。走到天明，方才省得忘记了包裹在客店中。来路已远，却又不好转去取讨，身边又没盘缠，腹中又饿，不免到村落中告乞一饭，又好挣扎路途。

约莫走半里远近，忽然斜插里一阵兵，直冲出来。程万里见了，飞向侧边一个林子里躲避。那枝兵不是别人，乃是元朝元帅兀良哈歹部下万户张猛的游兵④。前锋哨探，见一个汉子，面目雄壮，又无包裹，躲向树林中而去，料道必是个细作，追入林中，不管好歹，一索捆翻，解到张万户营中。程万里称是避兵百姓，并非细作。张万户见他面貌雄壮，留为家丁。程万里事出无奈，只得跟随。每日间见元兵所过，残灭如秋风扫叶，心中暗暗悲痛，正是：

宁为太平犬，莫作离乱人。

---

① 以父荫补国子生员：依靠祖辈、父辈的地位、官阶，取得在国子监就读的生员的资格。

② 潜地：悄悄地。

③ 区处：处理，筹划安排。

④ 万户：元政府官名，世袭军职。游兵：流动作战的小股军队。

　　却说张万户乃兴元府人氏①，有千斤膂力②，武艺精通。昔年在乡里间豪横，守将知得他名头，收在部下为偏裨之职③。后来元兵犯境，杀了守将，叛归元朝。元主以其有献城之功，封为万户，拨在兀良哈歹部下为前部向导，屡立战功。今番从军日久，思想家里，写下一封家书，把那一路掳掠下金银财宝，装做一车，又将掳到人口男女，分做两处，差帐前两个将校，押送回家。可怜程万里远离乡土，随着家人，一路啼啼哭哭，直至兴元府，到了张万户家里，将校把家书金银，交割明白，又令那些男女，叩见了夫人。那夫人做人贤慧，就各拨一个房户居住，每日差使伏侍。将校讨了回书，自向军前回复去了。程万里住在兴元府，不觉又经年余。

　　那时宋元两朝讲和，各自罢军，壮士宁家。张万户也回到家中，与夫人相见过了，合家奴仆，都来叩头。程万里也只得随班行礼。又过数日，张万户把掳来的男女，拣身材雄壮的留了几个，其余都转卖与人。张万户唤家人来吩咐道：“你等不幸生于乱离时世，遭此涂炭，或有父母妻子，料必死于乱军之手。就是汝等，还喜得遇我，所以尚在，逢着别个，死去几时了。今在此地，虽然是个异乡，既为主仆，即如亲人一般。今晚各配妻子与你们，可安心居住，勿生异心。后日带到军前，寻些功绩，博个出身，一般富贵。若有他念，犯出事来，断然不饶的。”家人都流泪叩头道：“若得如此，乃老爹再生之恩，岂敢又生他念。”当晚张万户就把那掳来的妇女，点了几名。夫人又各赏几件衣服。张万户与夫人同出堂前，众妇女跟随在后。堂中灯烛辉煌，众人都叉手侍立两傍。张万户一一唤来配合。

---

　　①　兴元府：今陕西汉中。

　　②　膂（lǚ）力：体力，力气。

　　③　偏裨（piān pí）：古代佐助大将的将领称偏裨，亦称副将。

众人一齐叩首谢恩，各自领归房户。

且说程万里配得一个女子，引到房中，掩上门儿，夫妻叙礼。程万里仔细看那女子，年纪到有十五六岁，生得十分美丽，不像个以下之人①。怎见得？有《西江月》为证：

> 两道眉弯新月，一双眼注微波。青丝七尺挽盘螺，粉脸吹弹得破。
>
> 望日嫦娥盼夜，秋宵织女停梭。画堂花烛听欢呼，兀自含羞怯步。

程万里得了一个美貌女子，心中欢喜，问道："小娘子尊姓何名？可是从幼在宅中长大的么？"那女子见问，沉吟未语，早落下两行珠泪。程万里把袖子与她拭了，问道："娘子为何掉泪？"那女子道："奴家本是重庆人氏，姓白，小字玉娘，父亲白忠，官为统制②。四川制置使余玠调遣镇守嘉定府。不意余制置身亡，元将兀良哈歹乘虚来攻。食尽兵疲，力不能支。破城之日，父亲被擒，不屈而死。兀良元帅怒我父守城抗拒，将妾一门抄戮。张万户怜妾幼小，幸得免诛，带归家中为婢，伏侍夫人，不意今日得配君子。不知君乃何方人氏，亦为所掳？"程万里见说亦是羁囚，触动其心，不觉也流下泪来。把自己家乡姓名，被掳情由，细细说与。两下凄惨一场，却已二鼓。夫妻解衣就枕。一夜恩情，十分美满。明早，起身梳洗过了，双双叩谢张万户已毕，玉娘原到里边去了。程万里感张万户之德，一切干办公事，加倍用心，甚得其欢。

其夜是第三夜了，程万里独坐房中，猛然想起功名未遂，流落异国，身为下贱，玷宗辱祖，可不忠孝两虚！欲待乘间逃归，又无方便，长叹一声，潸潸泪下③。正在自悲自叹之际，却好玉娘自内而

---

① 以下之人：出身低微的人。

② 统制：武官名，遇有战事时选拔以节制兵马。

③ 潸潸（shān shān）：形容流泪不能停止的样子。

出。万里慌忙拭泪相迎，容颜惨淡，余涕尚存。玉娘是个聪明女子，见貌辨色，当下挑灯共坐，叩其不乐之故①。万里是个把细的人②，仓卒之间，岂肯倾心吐胆。自古道：

夫妻且说三分话，未可全抛一片心。

当下强作笑容，只答应得一句道："没有甚事！"玉娘情知他有含糊隐匿之情，更不去问他。直至掩户息灯，解衣就寝之后，方才低低启齿，款款开言道："程郎，妾有一言，日欲奉劝，未敢轻谈。适见郎君有不乐之色，妾已猜其八九。郎君何用相瞒！"万里道："程某并无他意，娘子不必过疑。"玉娘道："妾观郎君才品，必非久在人后者，何不觅便逃归，图个显祖扬宗，却甘心在此，为人奴仆，岂能得个出头的日子！"

程万里见妻子说出恁般说话，老大惊讶，心中想道："她是妇人女子，怎么有此丈夫见识，道着我的心事？况且寻常人家，夫妇分别，还要多少留恋不舍。今成亲三日，恩爱方才起头，岂有反劝我还乡之理？只怕还是张万户教她来试我。"便道："岂有此理！我为乱兵所执，自分必死。幸得主人释放，留为家丁，又以妻子配我，此恩天高地厚，未曾报得，岂可为此背恩忘义之事？汝勿多言！"玉娘见说，默然无语。程万里愈疑是张万户试他。

到明早起身，程万里思想："张万户教她来试我，我今日偏要当面说破，固住了他的念头，不来提防，好办走路。"梳洗已过，请出张万户到厅上坐下，说道："禀老爹，夜来妻子忽劝小人逃走。小人想来，当初被游兵捉住，蒙老爹救了性命，留作家丁，如今又配了妻子。这般恩德，未有寸报。况且小人父母已死，亲戚又无，只此

---

① 叩：询问。

② 把细：小心谨慎。

便是家了，还教小人逃到那里去？小人昨夜已把她埋怨一番。恐怕她自己情虚，反来造言累害小人，故此特禀知老爹。"张万户听了，心中大怒，即唤出玉娘骂道："你这贱婢！当初你父抗拒天兵，兀良元帅要把你阖门尽斩，我可怜你年纪幼小，饶你性命，又恐为乱军所杀，带回来恩养长大，配个丈夫。你不思报效，反教丈夫背我，要你何用！"教左右快取家法来，吊起贱婢打一百皮鞭。那玉娘满眼垂泪，哑口无言。众人连忙去取索子家法，将玉娘一索捆翻。正是：

> 分明指与平川路，反把忠言当恶言。

程万里在旁边，见张万户发怒，要吊打妻子，心中懊悔道："原来她是真心，到是我害她了！"又不好过来讨饶。正在危急之际，恰好夫人闻得丈夫发怒，要打玉娘，急走出来救护。原来玉娘自到他家，因德性温柔，举止闲雅，且是女工中第一伶俐，夫人平昔极喜欢她的。名虽为婢，相待却像亲生一般，立心要把她嫁个好丈夫。因见程万里人材出众，后来必定有些好日，故此前晚就配与为妻。今日见说要打她，不知因甚缘故，特地自己出来。见家人正待要动手，夫人止住，上前道："相公因甚要吊打玉娘？"张万户把程万里所说之事，告与夫人。夫人叫过玉娘道："我一向怜你幼小聪明，特拣个好丈夫配你，如何反教丈夫背主逃走？本不当救你便是，姑念初犯，与老爹讨饶，下次再不可如此！"玉娘并不回言，但是流泪。夫人对张万户道："相公，玉娘年纪甚小，不知世务，一时言语差误，可看老身份上，姑恕这次罢。"张万户道："既夫人讨饶，且恕这贱婢。倘若再犯，二罪俱罚。"玉娘含泪叩谢而去。张万户唤过程万里道："你做人忠心，我自另眼看你。"程万里满口称谢，走到外边，心中又想道："还是做下圈套来试我！若不是，怎么这样大怒要打一百，夫人刚开口讨饶，便一下不打？况夫人在里面，那里晓得这般快就出来护救？且喜昨夜不曾说别的言语还好。"

　　到了晚间，玉娘出来，见她虽然面带忧容，却没有一毫怨恨意思。程万里想道："一发是试我了。"说话越加谨慎。又过了三日，那晚，玉娘看了丈夫，上下只管相着，欲言不言，如此三四次，终是忍耐不住，又道："妾以诚心告君，如何反告主人，几遭箠挞！幸得夫人救免。然细观君才貌，必为大器，为何还不早图去计？若恋恋于此，终作人奴，亦有何望！"程万里见妻子又劝他逃走，心中愈疑道："前日恁般嗔责，她岂不怕，又来说起？一定是张万户又教她来试我念头果然决否。"也不回言，径自收拾而卧。

　　到明早，程万里又来禀知张万户。张万户听了，暴躁如雷，连喊道："这贱婢如此可恨，快拿来敲死了罢！"左右不敢怠缓，即向里边来唤，夫人见唤玉娘，料道又有甚事，不肯放将出来。张万户见夫人不肯放玉娘出来，转加焦躁，却又碍着夫人面皮，不好十分催逼，暗想道："这贱婢已有外心，不如打发她去罢。倘然夫妻日久恩深，被这贱婢哄热，连这好人的心都要变了。"乃对程万里道："这贱婢两次三番诱你逃归，其心必有他念，料然不是为你。久后必被其害。待今晚出来，明早就教人引去卖了，别拣一个好的与你为妻。"程万里见说要卖他妻子，方才明白浑家果是一片真心，懊悔失言，便道："老爹如今警戒两番，下次谅必不敢。总再说，小人也断然不听。若把她卖了，只怕人说小人薄情，做亲才六日，就把妻子来卖。"张万户道："我做了主，谁敢说你！"道罢，径望里边而去。夫人见丈夫进来，怒气未息，恐还要责罚玉娘，连忙教闪过一边，起身相迎，并不问起这事。张万户却又怕夫人不舍得玉娘出去，也分毫不题。

　　且说程万里见张万户决意要卖，心中不忍割舍，坐在房中暗泣。直到晚间，玉娘出来，对丈夫哭道："妾以君为夫，故诚心相告，不想君反疑妾有异念，数告主人。主人性气粗雄，必然怀恨。妾不知死所矣！然妾死不足惜，但君堂堂仪表，甘为下贱，不图归计为恨耳！”程万里听说，泪如雨下，道：“贤妻良言指迷，自恨一时错见，疑主人使汝试我，故此告知，不想反累贤妻！”玉娘道：“君若肯听妾言，虽死无恨。”

程万里见妻子恁般情真，又思明日就要分离，愈加痛泣，却又不好对她说知，含泪而寝，直哭到四更时分。玉娘见丈夫哭之不已，料必有甚事故，问道：“君如此悲恸，定是主人有害妾之意。何不明言？”程万里料瞒不过，方道：“自恨不才，有负贤妻。明日主人将欲鬻汝①，势已不能挽回，故此伤痛！”玉娘闻言，悲泣不胜。两个搅做一团，哽哽咽咽，却又不敢放声。天未明，即便起身梳洗。玉娘将所穿绣鞋一只，与丈夫换了一只旧履，道：“后日倘有见期，以此为证。万一永别，妾抱此而死，有如同穴②。”说罢，复相抱而泣，各将鞋子收藏。

到了天明，张万户坐在中堂，教人来唤。程万里忍住眼泪，一齐来见。张万户道：“你这贱婢！我自幼抚你成人，有甚不好，屡教丈夫背主！本该一剑斩你便是。且看夫人分上，姑饶一死。你且到好处受用去罢。”叫过两个家人吩咐道：“引她到牙婆人家去③，不论身价，但要寻一下等人家，磨死不受人抬举的这贱婢便了。”玉娘要求见夫人拜别，张万户不许。玉娘向张万户拜了两拜，起来对着丈夫道声“保重”，含着眼泪，同两个家人去了。程万里腹中如割，无可奈何，送出大门而回。正是：

> 世上万般哀苦事，无非死别与生离。

---

① 鬻（yù）：卖。

② 同穴：指夫妻合葬。

③ 牙婆：旧时民间以介绍人口买卖为业而从中牟利的妇女。

比及夫人知觉，玉娘已自出门去了。夫人晓得张万户情性，诚恐他害了玉娘性命。今日脱离虎口，到也由他。

且说两个家人，引玉娘到牙婆家中，恰好市上有个经纪人家，要讨一婢，见玉娘生得端正，身价又轻，连忙兑出银子，交与张万户家人，将玉娘领回家去不题。

且说程万里自从妻子去后，转思转悔，每到晚间，走进房门，便觉惨伤，取出那两只鞋儿，在灯前把玩一回，鸣鸣的啼泣一回。哭勾多时，方才睡卧。次后访问得，就卖在市上人家，几遍要悄地去再见一面，又恐被人觑破，报与张万户，反坏了自己大事，因此又不敢去。那张万户见他不听妻子言语，信以为实，诸事委托，毫不提防。程万里假意殷勤，愈加小心。张万户好不喜欢，又要把妻子配与。程万里不愿，道："且慢着，候随老爷到边上去有些功绩回来，寻个名门美眷，也与老爷争气。"

光阴迅速，不觉又过年余。那时兀良哈歹在鄂州镇守，值五十诞辰，张万户昔日是他麾下裨将，收拾了许多金珠宝玉，思量要差一个能干的去贺寿，未得其人。程万里打听在肚里，思量趁此机会，脱身去罢，即来见张万户道："闻得老爷要送兀良爷的寿礼，尚未差人。我想众人都有掌管，脱身不得。小人总是在家没甚事，到情愿任这差使。"张万户道："若得你去最好。只怕路上不惯，吃不得辛苦。"程万里道："正为在家自在惯了，怕后日随老爷出征，受不得辛苦，故此先要经历些风霜劳碌，好跟老爹上阵。"张万户见他说得有理，并不疑虑，就依允了，写下问候书札，上寿礼帖，又取出一张路引，以防一路盘诘。诸事停当，择日起身。程万里打叠行李，把玉娘绣鞋，都藏好了。到临期，张万户把东西出来，交付明白，又差家人张进，作伴同行。又把十两银子与他盘缠。

程万里见又有一人同去，心中烦恼，欲要再禀，恐张万户疑惑，且待临时，又作区处。当了拜别张万户，把东西装上生口，离了兴元，望鄂州而来。一路自有馆驿支讨口粮，并无担阁。不期一日，到了鄂州，借个饭店寓下。来日清早，二人赍了书札礼物，到帅府衙门挂号伺候。那兀良元帅是节镇重臣①，故此各处差人来上寿的，不计其数，衙门前好不热闹。三通画角②，兀良元帅开门升帐③。许多将官僚属，参见已过，然后中军官引各处差人进见，呈上书札礼物。兀良元帅一一看了，把礼物查收，吩咐在外伺候回书。众人答应出来不题。

且说程万里送礼已过，思量要走，怎奈张进同行同卧，难好脱身，心中无计可施。也是他时运已到，天使其然。那张进因在路上鞍马劳倦，却又受了些风寒，在饭店上生起病来。程万里心中欢喜："正合我意！"欲要就走，却又思想道："大丈夫作事，须要来去明白。"原向帅府候了回书，到寓所看张进时，人事不省，毫无知觉。自己即便写下一封书信，一齐放入张进包裹中收好。先前这十两盘缠银子，张进便要分用，程万里要稳住张进的心，却总放在他包裹里面。等到鄂州一齐买人事送人④。今日张进病倒，程万里取了这十两银子，连路引铺陈打做一包，收拾完备，却叫过主人家来吩咐道："我二人乃兴元张万户老爹特差来与兀良爷上寿，还要到山东史丞相处公干。不想同伴的上路辛苦，身子有些不健，如今行动不得。若等他病好时，恐怕误了正事，只得且留在此调养几日。我先往那里公干，回来与他一齐起身。"即取出五钱银子递与道："这薄礼权表微忱，劳主人家用心看顾，得他病体痊安，我回时还有重谢。"主人

----

① 节镇：驻有统帅的军事重镇。
② 画角：古管乐器，形如竹筒，发声哀厉高亢，古时军中多用以作军号。
③ 升帐：指将帅到帐中召集部下议事、发号施令。
④ 人事：馈赠的礼物。

家不知是计，收了银子道："早晚伏侍，不消牵挂。但长官须要作速就来便好。"程万里道："这个自然。"又讨些饭来吃饱，背上包裹，对主人家叫声暂别，大踏步而走。正是：

鳌鱼脱却金钩去，摆尾摇头再不来。

离了鄂州，望着建康而来①。一路上有了路引，不怕盘诘，并无阻滞。此时淮东地方，已尽数属了胡元，万里感伤不已。一径到宋朝地面，取路直至临安②。旧时在朝宰执③，都另换了一班人物。访得现任枢密副使周翰④，是父亲的门生，就馆于其家⑤。正值度宗收录先朝旧臣子孙⑥，全亏周翰提挈，程万里亦得补福建福清县尉。寻了个家人，取名程惠，择日上任。不在话下。

且说张进在饭店中，病了数日，方才精神清楚，眼前不见了程万里，问主人家道："程长官怎么不见？"主人家道："程长官十日前说还要往山东史丞相处公干，因长官有恙，他独自去了，转来同长官回去。"张进大惊道："何尝又有山东公干！被这贼趁我有病逃了。"主人惊问道："长官一同来的，他怎又逃去？"张进把当初掳他情由细说，主人懊悔不迭。张进恐怕连他衣服取去，即忙教主人家打开包裹看时，却留下一封书信，并兀良元帅回书一封，路引盘缠，尽皆取去，其余衣服，一件不失。张进道："这贼狼子野心！老爹怎般待他，他却一心恋着南边。怪道连妻子也不要！"又将息了数日，方才行走得动，便去禀知兀良元帅，另自打发盘缠路引，一面

---

① 建康：南京，六朝时称建康。
② 临安：今杭州，南宋的首都。
③ 宰执：掌握政权的高官。
④ 枢密副使：枢密院副长官，枢密院在宋时为最高军事机构，掌握军权。
⑤ 就馆：在此意指充任幕僚。
⑥ 度宗：宋度宗赵禥，1264—1274 在位。

行文挨获程万里①。那张进到店中算还了饭钱，作别起身。星夜赶回家，参见张万户，把兀良元帅回书呈上看过，又将程万里逃归之事禀知。张万户将他遗书拆开看时，上写道：

> 门下贱役程万里，奉书恩主老爷台下：万里向蒙不杀之恩，收为厮养②，委以腹心，人非草木，岂不知感。但闻越鸟南栖③，狐死首丘④，万里亲戚坟墓，俱在南朝，早暮思想，食不甘味。意欲禀知恩相，乞假归省，诚恐不许，以此斗胆辄行。在恩相幕从如云，岂少一走卒？放某还乡如放一鸽耳。大恩未报，刻刻于怀。衔环结草⑤，生死不负。

张万户看罢，顿足道："我被这贼用计瞒过，吃他逃了！有日拿住，教他碎尸万段。"后来张万户贪婪太过，被人参劾，全家抄没，夫妻双双气死。此是后话不题。

且说程万里自从到任以来，日夜想念玉娘恩义，不肯再娶。但南北分争，无由访觅。时光迅速，岁月如流，不觉又是二十余年。

----

① 挨获：挨户搜捕。

② 厮养：供使役的人。

③ 越鸟南栖：《古诗十九首·行行重行行》有"胡马依北风，越鸟巢南枝"，比喻思乡之情。越鸟，来自南方的鸟。越鸟南栖，谓来自南方的鸟在异乡筑巢时也会选择向南的树枝。

④ 狐死首丘：传说狐狸如果死在外面，会把头朝着洞穴方向。

⑤ 衔环结草：谓报恩。衔环：传说汉时杨宝曾救治遭猛禽袭击的黄雀，黄雀伤愈后飞走。某夜有黄衣童子赠白环四枚，说："令君子孙洁白，位登三事（三公），当如此环矣。"后杨宝的后辈四代都官至三公，品行清白。结草：晋国将领魏颗的父亲病重，先对魏颗说我死后将爱妾改嫁给他人，临死前又让杀掉她为自己陪葬，后魏颗违背父命没有杀死父亲的爱妾，将其改嫁。后魏颗与秦国将领杜回作战，正难分难解之时，突然见一老人用草编的绳子套住杜回，杜回站立不稳，摔倒在地，当场为魏颗所俘，夜里老人托梦称自己是获救的小妾的父亲，特来报答其恩情。

程万里因为官清正廉能，已做到闽中安抚使之职①。那时宋朝气数已尽，被元世祖直捣江南②，如入无人之境。逼得宋末帝奔入广东崖山海岛中驻跸③。止有八闽全省，未经兵火。然亦弹丸之地，料难抵敌。行省官不忍百姓罹于涂炭，商议将图籍版舆，上表亦归元主。元主将合省官俱加三级。程万里升为陕西行省参知政事。到任之后，思想兴元乃是所属地方，即遣家人程惠，将了向日所赠绣鞋，并自己这只鞋儿，前来访问妻子消息，不题。

且说娶玉娘那人，是市上开酒店的顾大郎，家中颇有几贯钱钞。夫妻两口，年纪将近四十，并无男女。浑家和氏，每劝丈夫讨个丫头伏侍，生育男女。顾大郎初时恐怕淘气，心中不肯。到是浑家叮嘱牙婆寻觅，闻得张万户家发出个女子，一力撺掇讨回家去。浑家见玉娘人物美丽，性格温存，心下欢喜，就房中侧边打个铺儿，到晚间又准备些夜饭，摆在房中。玉娘暗解其意，佯为不知，坐在厨下。和氏自家走来道："夜饭已在房里了，你怎么反坐在此？"玉娘道："大娘自请，婢子有在这里。"和氏道："我们是小户人家，不像大人家有许多规矩。止要勤俭做人家，平日只是姊妹相称便了。"玉娘道："婢子乃下贱之人，倘有不到处，得免嗔责足矣，岂敢与大娘同列！"和氏道："不要疑虑！我不是那等嫉妒之辈，就是娶你，也到是我的意思。只为官人中年无子，故此劝他取个偏房。若生得一男半女，即如与我一般。你不要害羞，可来同坐吃杯合欢酒。"玉娘道："婢子蒙大娘抬举，非不感激。但生来命薄，为夫所弃，誓不再

① 安抚使：宋时为掌管地方民政、军政的长官。

② 元世祖：忽必烈，元朝开国皇帝。

③ 宋末帝：宋朝的最后一任皇帝赵昺（bǐng），在位两年，殉国时仅八岁。崖山之战失败后丞相陆秀夫背着赵昺投海而死。驻跸：皇帝在外暂住。

适。倘必欲见辱，有死而已！"和氏见说，心中不悦道："你既自愿为婢，只怕吃不得这样苦哩。"玉娘道："但凭大娘所命。若不如意，任凭责罚。"和氏道："既如此，可到房中伏侍。"玉娘随至房中。

他夫妻对坐而饮，玉娘在旁筛酒①，和氏故意难为她。直饮至夜半，顾大郎吃得大醉，衣也不脱，向床上睡了。玉娘收拾过家火，向厨中吃些夜饭，自来铺上和衣而睡。明早起来，和氏限她一日纺绩。玉娘头也不抬，不到晚都做完了，交与和氏。和氏暗暗称奇，又限她夜中趱赶多少。玉娘也不推辞，直纺到晓。一连数日如此，毫无厌倦之意。

顾大郎见她不肯向前，日夜纺绩，只道浑家妒忌，心中不乐，又不好说得，几番背他浑家与玉娘调戏。玉娘严声厉色。顾大郎惧怕浑家知得笑话，不敢则声。过了数日，忍耐不过，一日对浑家道："既承你的美意，娶这婢子与我，如何教她日夜纺绩，却不容她近我？"和氏道："非我之过。只因她第一夜，如此作乔②，恁般推阻，为此我故意要难她转来。你如何反为好成歉③？"顾大郎不信道："你今夜不要她纺绩，教她早睡，看是怎么？"和氏道："这有何难！"到晚间，玉娘交过所限生活④。和氏道："你一连做了这几时，今晚且将息一晚，明日做罢。"玉娘也十数夜未睡，觉道劳倦，甚合其意，吃过夜饭，收拾已完，到房中各自睡下。

玉娘是久困的人，放倒头便睡着了。顾大郎悄悄的到她铺上，轻轻揭开被，挨进身子，把她身上一摸，却原来和衣而卧。顾大郎即便与她解脱衣裳。那衣带都是死结，如何扯拽得开。顾大郎性急，

---

① 筛酒：斟酒。
② 作乔：装模做样。
③ 为好成歉：歉，内心不安。做好事反被当作恶意。
④ 生活：在此指安排做的手工活。

把她乱扯。才扯断得一条带子，玉娘在睡梦中惊醒，连忙跳起，被顾大郎双手抱住，那里肯放。玉娘乱喊杀人，顾大郎道："既在我家，喊也没用，不怕你不从我！"和氏在床，假做睡着，声也不则。玉娘挣脱不得，心生一计，道："官人，你若今夜辱了婢子，明日即寻一条死路。张万户夫人平昔极爱我的，晓得我死了，料然决不与你干休。只怕那时破家荡产，连性命亦不能保，悔之晚矣。"顾大郎见说，果然害怕，只得放手，原走到自己床上睡了。玉娘眼也不合，直坐到晓。和氏见她立志如此，料不能强，反认为义女。玉娘方才放心，夜间只是和衣而卧，日夜辛勤纺织。

约有一年，玉娘估计积成布匹，比身价已有二倍，将来交与顾大郎夫妇，求为尼姑。和氏见她诚恳，更不强留，把她这些布匹，尽施与为出家之费，又备了些素礼，夫妇两人，同送到城南昙花庵出家。玉娘本性聪明，不勾三月，把那些经典讽诵得烂熟。只是心中记挂着丈夫，不知可能勾脱身走逃。将那两只鞋子，做个囊儿盛了，藏于贴肉①。老尼出庵去了，就取出观玩，对着流泪。次后央老尼打听，知得乘机走了，心中欢喜，早晚诵经祈保。又感顾大郎夫妇恩德，也在佛前保佑。后来闻知张万户全家抄没，夫妇俱丧。玉娘想念夫人幼年养育之恩，大哭一场，礼忏追荐，诗云：

> 数载难忘养育恩，看经礼忏荐夫人。
>
> 为人若肯存忠厚，虽不关亲也是亲。

且说程惠奉了主人之命，星夜赶至兴元城中，寻个客店寓下。明日往市中，访到顾大郎家里。那时顾大郎夫妇，年近七旬，须鬓俱白，店也收了，在家持斋念佛，人都称他为顾道人。程惠走至门前，见老人家正在那里扫地。程惠上前作揖道："太公，借问一句说

---

① 贴肉：紧贴肤体。

话。"顾老还了礼，见不是本外乡音，便道："客官可是要问路径么?"程惠道："不是。要问昔年张万户家出来的程娘子，可在你家了?"顾老道："客官，你是那里来的? 问她怎么?"程惠道："我是她的亲戚，幼年离乱时失散，如今特来寻访。"顾老道："不要说起! 当初我因无子，要娶她做个通房①。不想自到家来，从不曾解衣而睡。我几番捉弄她，她执意不从。见伊立性贞烈，不敢相犯，到认做义女，与老荆就如嫡亲母子。且是勤俭纺织，有时直做到天明。不上一年，将做成布匹，抵偿身价，要去出家。我老夫妻不好强留，就将这些布匹，送与她出家费用。又备些素礼，送她到南城昙花庵为尼。如今二十余年了，足迹不曾出那庵门。我老夫妇到时常走去看看她，也当做亲人一般。又闻得老尼说，至今未尝解衣寝卧，不知她为甚缘故。这几时因老病不曾去看得。客官，既是你令亲，径到那里去会便了，路也不甚远。见时，到与老夫代言一声。"

程惠得了实信，别了顾老，问昙花庵一路而来。不多时就到了，看那庵也不甚大。程惠走进了庵门，转过左边，便是三间佛堂。见堂中坐着个尼姑诵经，年纪虽是中年，人物到还十分整齐。程惠想道："是了。"且不进去相问，就在门槛上坐着，袖中取出这两只鞋来细玩，自言自语道："这两只好鞋，可惜不全!"那诵经的尼姑，却正是玉娘。她一心对在经上，忽闻得有人说话，方才抬起头来。见一人坐在门槛上，手中玩弄两只鞋子，看来与自己所藏无二，那人却又不是丈夫，心中惊异，连忙收掩经卷，立起身向前问讯。程惠把鞋放在槛上，急忙还礼。尼姑问道："檀越②，借鞋履一观。"程

---

①　通房：通房丫头，指名义上随女主人一同陪嫁到男方家的婢女，实际上是姬妾。

②　檀越（tán yuè）：施主。

惠拾起递与，尼姑看了，道："檀越，这鞋是那里来的?"程惠道："是主人差来寻访一位娘子。"尼姑道："你主人姓甚? 何处人氏?"程惠道："主人姓程名万里，本贯彭城人氏，今现任陕西参政。"尼姑听说，即向身边囊中取出两只鞋来，恰好正是两对。尼姑眼中流泪不止。

程惠见了，倒身下拜道："相公特差小人来寻访主母。适才问了顾太公，指引到此，幸而得见。"尼姑道："你相公如何得做这等大官?"程惠把历官闽中，并归元升任至此，说了一遍。又道："相公吩咐，如寻见主母，即迎到任所相会。望主母收拾行装，小人好去雇倩车辆①。"尼姑道："吾今生已不望鞋履复合。今幸得全，吾愿毕矣，岂别有他想。你将此鞋归见相公夫人，为吾致意，须做好官，勿负朝廷，勿虐民下。我出家二十余年，无心尘世久矣。此后不必挂念。"程惠道："相公因念夫人之义，誓不再娶。夫人不必固辞。"尼姑不听，望里边自去。程惠央老尼再三苦告，终不肯出。

程惠不敢苦逼，将了两双鞋履，回至客店，取了行李，连夜回到陕西衙门，见过主人，将鞋履呈上，细述顾老言语，并玉娘认鞋，不肯同来之事。程参政听了，甚是伤感，把鞋履收了，即移文本省。那省官与程参政昔年同在闽中为官，有僚友之谊，见了来文，甚以为奇，即行檄仰兴元府官吏②，具礼迎请。兴元府官不敢怠慢，准备衣服礼物，香车细辇③，笙箫鼓乐，又取两个丫鬟伏侍，同了僚属，亲到昙花庵来礼请。那时满城人家尽皆晓得，当做一件新闻，扶老挈幼，争来观看。

---

① 雇倩：付款雇佣人等用车船为自己服务。
② 行檄（xíng xí）：下发文书。
③ 香车细辇（niǎn）：辇，车子。华美精致的车轿。

　　且说太守同僚属到了庵前下马，约退从人，径进庵中。老尼出来迎接。太守与老尼说知来意，要请程夫人上车。老尼进去报知。玉娘见太守与众官来请，料难推托，只得出来相见。太守道："本省上司奉陕西程参政之命，特着下官等具礼迎请夫人上车，往陕西相会。车舆已备，望夫人易换袍服，即便登舆。"教丫鬟将礼物服饰呈上。玉娘不敢固辞，教老尼收了，谢过众官，即将一半礼物送与老尼为终老之资，余一半嘱托地方官员将张万户夫妻以礼改葬，报其养育之恩。又起七昼夜道场，追荐白氏一门老小。好事已毕，丫鬟将袍服呈上。玉娘更衣，到佛前拜了四拜，又与老尼作别，出庵上车。府县官俱随于后。玉娘又吩咐：还要到市中去拜别顾老夫妻。路上鼓乐喧阗^①，直到顾家门首下车。顾老夫妇出来，相迎庆喜。玉娘到里边拜别，又将礼物赠与顾老夫妇，谢他昔年之恩。老夫妻流泪收下，送至门前，不忍分别。玉娘亦觉惨然，含泪登车。各官直送至十里长亭而别。太守又委僚属李克复，率领步兵三百，防护车舆。一路经过地方，官员知得，都来迎送馈礼。直至陕西省城，那些文武僚属，准备金鼓旗幡，离城十里迎接。程参政也亲自出城远迎。

　　一路金鼓喧天，笙箫振地，百姓们都满街结彩，香花灯烛相迎，直至衙门后堂私衙门口下车。程参政吩咐僚属明日相见，把门掩上，回至私衙。夫妻相见，拜了四双八拜，起来相抱而哭。各把别后之事，细说一遍。说罢，又哭。然后奴仆都来叩见。安排庆喜筵席。直饮至二更，方才就寝。可怜成亲止得六日，分离到有二十余年。此夜再合，犹如一梦。次日，程参政升堂，僚属俱来送礼庆贺。程参政设席款待，大吹大擂，一连开宴三日。各处属下晓得，都遣人

---

　　① 喧阗（tián）：喧哗，热闹。

称贺，自不必说。

且说白夫人治家有方，上下钦服。因自己年长，料难生育，广置姬妾。程参政连得二子，自己直加衔平章，封唐国公，白氏封一品夫人①，二子亦为显官。后人有诗为证：

> 六日夫妻廿载别，刚肠一样坚如铁。
>
> 分鞋今日再成双，留与千秋作话说。

---

① 一品夫人：诰命夫人中级别最高的封号。诰命夫人，唐宋以后皇帝对高官母亲或妻子的加封，夫人从夫品级。

金玉奴棒打薄情郎

枝在墙东花在西，自从落地任风吹。

枝无花时还再发，花若离枝难上枝。

这四句，乃昔人所作《弃妇词》，言妇人之随夫，如花之附于枝。枝若无花，逢春再发；花若离枝，不可复合。劝世上妇人，事夫尽道，同甘同苦，从一而终；休得慕富嫌贫，两意三心，自贻后悔①。

且说汉朝一个名臣，当初未遇时节，其妻有眼不识泰山，弃之而去，到后来悔之无及。你说那名臣何方人氏？姓甚名谁？那名臣姓朱，名买臣，表字翁子，会稽郡人氏。家贫未遇，夫妻二口住于陋巷蓬门，每日买臣向山中砍柴，挑至市中卖钱度日。性好读书，手不释卷。肩上虽挑却柴担，手里兀自擒着书本，朗诵咀嚼，且歌且行。市人听惯了，但闻读书之声，便知买臣挑柴担来了，可怜他是个儒生，都与他买。更兼买臣不争价钱②，凭人估值，所以他的柴比别人容易出脱。一般也有轻薄少年及儿童之辈，见他又挑柴又读书，三五成群，把他嘲笑戏侮，买臣全不为意。一日其妻出门汲水，见群儿随着买臣柴担拍手共笑，深以为耻。买臣卖柴回来，其妻劝道："你要读书，便休卖柴；要卖柴，便休读书。许大年纪，不痴不颠，却做出恁般行径，被儿童笑话，岂不羞死！"买臣答道："我卖柴以救贫贱，读书以取富贵，各不相妨，由他笑话便了。"其妻笑

---

① 贻：遗留。

② 更兼：更加上。

道："你若取得富贵时，不去卖柴了。自古及今，那见卖柴的人做了官？却说这没把鼻的话^①！"买臣道："富贵贫贱，各有其时。有人算我八字，到五十岁上必然发迹。常言'海水不可斗量'，你休料我^②。"其妻道："那算命先生见你痴颠模样，故意耍笑你，你休听信。到五十岁时，连柴担也挑不动，饿死是有分的，还想做官！除是阎罗王殿上少个判官，等你去做！"买臣道："姜太公八十岁尚在渭水钓鱼，遇了周文王，以后车载之^③，拜为尚父。本朝公孙弘丞相，五十九岁上还在东海牧豕，整整六十岁方才际遇今上，拜将封侯。我五十岁上发迹，比甘罗虽迟^④，比那两个还早，你须耐心等去。"其妻道："你休得攀今吊古！那钓鱼牧豕的，胸中都有才学；你如今读这几句死书，便读到一百岁，只是这个嘴脸，有甚出息？晦气做了你老婆！你被儿童耻笑，连累我也没脸皮。你不听我言抛却书本，我决不跟你终身，各人自去走路，休得两相担误了。"买臣道："我今年四十三岁了，再七年，便是五十。前长后短，你就等耐，也不多时。直恁薄情，舍我而去，后来须要懊悔！"其妻道："世上少甚挑柴担的汉子，懊悔甚么来？我若再守你七年，连我这骨头不知饿死于何地了。你倒放我出门，做个方便，活了我这条性命。"买臣见其妻决意要去，留他不住，叹口气道："罢，罢，只愿你嫁得丈夫，强似朱买臣的便好。"其妻道："好歹强似一分儿。"说罢，拜了两拜，欣然出门而去，头也不回。买臣感慨不已，题诗四句于壁上云：

----

① 把鼻：凭据，缘由。

② 料：料想，轻视。

③ 后车：副车，侍从所乘的车。

④ 甘罗：战国末期人，原为吕不韦家臣，十二岁出使赵国，说服赵王割让城池，被秦王嬴政封为上卿。

嫁犬逐犬，嫁鸡逐鸡。妻自弃我，我不弃妻。

买臣到五十岁时，值汉武帝下诏求贤，买臣到西京上书①，待诏公车。同邑人严助荐买臣之才。天子知买臣是会稽人，必知本土民情利弊，即拜为会稽太守，驰驿赴任②。会稽长吏闻新太守将到，大发人夫③，修治道路。买臣妻的后夫亦在役中，其妻蓬头跣足④，随伴送饭，见太守前呼后拥而来，从旁窥之，乃故夫朱买臣也。买臣在车中一眼瞧见，还认得是故妻，遂使人招之，载于后车。到府第中，故妻羞惭无地，叩头谢罪。买臣教请她后夫相见。不多时，后夫唤到，拜伏于地，不敢仰视。买臣大笑，对其妻道："似此人，未见得强似我朱买臣也。"其妻再三叩谢，自悔有眼无珠，愿降为婢妾，伏事终身。买臣命取水一桶泼于阶下，向其妻说道："若泼水可复收，则汝亦可复合。念你少年结发之情，判后园隙地与汝夫妇耕种自食。"其妻随后夫走出府第，路人都指着说道："此即新太守夫人也。"于是羞极无颜，到于后园，遂投河而死。有诗为证：

漂母尚知怜饿士⑤，亲妻忍得弃贫儒。

早知覆水难收取，悔不当初任读书。

又有一诗，说欺贫重富，世情皆然，不止一买臣之妻也。诗曰：

---

① 西京：东汉时称长安为西京。

② 驰驿：旧时官员入觐或奉召出京，由沿途驿站供给役夫与马匹粮食，兼程而行，称为"驰驿"。

③ 发：征用。

④ 跣（xiǎn）足：光着脚。

⑤ 漂母：是《史记·淮阴侯列传》中一个漂洗丝絮的老妇人。韩信幼年家贫，垂钓于河边时受漂洗丝絮的妇人接济饭食，封王后赠千金以报漂母。

尽看成败说高低，谁识蛟龙在污泥？

莫怪妇人无法眼，普天几个负羁妻[①]？

这个故事，是妻弃夫的。如今再说一个夫弃妻的，一般是欺贫重富，背义忘恩，后来徒落得个薄幸之名，被人讲论。

话说故宋绍兴年间，临安虽然是个建都之地，富庶之乡，其中乞丐的依然不少。那丐户中有个为头的，名曰"团头"[②]，管着众丐。众丐叫化得东西来时，团头要收他日头钱。若是雨雪时没处叫化，团头却熬些稀粥养活这伙丐户，破衣破袄也是团头照管。所以这伙丐户小心低气，服着团头，如奴一般，不敢触犯。那团头见成收些常例钱，一般在众丐户中放债盘利。若不嫖不赌，依然做起大家事来。他靠此为生，一时也不想改业。只是一件，"团头"的名儿不好。随你挣得有田有地，几代发迹，终是个叫化头儿，比不得平等百姓人家。出外没人恭敬，只好闭着门，自屋里做大。虽然如此，若数着"良贱"二字，只说娼、优、隶[③]、卒四般为贱流，到数不着那乞丐。看来乞丐只是没钱，身上却无疤瘢。假如春秋时伍子胥逃难[④]，也曾吹箫于吴市中乞食；唐时郑元和做歌郎[⑤]，唱《莲花落》，后来富贵发达，一床锦被遮盖，这都是叫化中出色的。可见此辈虽然被人轻贱，到不比娼、优、隶、卒。

闲话休题。如今且说杭州城中一个团头，姓金，名老大。祖上

---

① 负羁妻：春秋时晋国公子出逃至曹国时，僖负羁的妻子预料重耳一定有回国掌权之时，劝说僖负羁结交重耳。后重耳果然归国，成为晋文公。晋国进攻曹国时，僖负羁一族逃过一死。

② 团头：宋代各行业都有市肆，称为团行。行有行老、团有团头，都是各自行业的首领。

③ 隶：皂隶。衙门中的差役。

④ 假如：譬如，例如。

⑤ 歌郎：旧时办丧事时唱挽歌的人。

到他，做了七代团头了，挣得个完完全全的家事。住的有好房子，种的有好田园，穿的有好衣，吃的有好食，真个廒多积粟，囊有余钱，放债使婢。虽不是顶富，也是数得着的富家了。那金老大有志气，把这团头让与族人金癞子做了，自己见成受用，不与这伙丐户歪缠①。然虽如此，里中口顺，还只叫他是团头家，其名不改。

金老大年五十余，丧妻无子，止存一女，名唤玉奴。那玉奴生得十分美貌，怎见得？有诗为证：

> 无瑕堪比玉，有态欲羞花。
>
> 只少宫妆扮，分明张丽华②。

金老大爱此女如同珍宝，从小教她读书识字。到十五六岁时，诗赋俱通，一写一作③，信手而成。更兼女工精巧，亦能调筝弄管，事事伶俐。金老大倚着女儿才貌，立心要将她嫁个士人。论来就名门旧族中，急切要这一个女子也是少的，可恨生于团头之家，没人相求。若是平常经纪人家，没前程的，金老大又不肯扳他了④。因此高低不就，把女儿直捱到一十八岁，尚未许人。

偶然有个邻翁来说："太平桥下有个书生，姓莫名稽，年二十岁，一表人才，读书饱学。只为父母双亡，家穷未娶。近日考中，补上太学生，情愿入赘人家。此人正与令爱相宜，何不招之为婿？"金老大道："就烦老翁作伐何如⑤？"邻翁领命，径到太平桥下寻那莫秀才，对他说了："实不相瞒，祖宗曾做个团头的，如今久不做了。只贪他好个女儿，又且家道富足，秀才若不弃嫌，老汉即当玉成其

---

① 歪缠：无理取闹，胡搅蛮缠。

② 张丽华：南朝陈后主的宠妃，美貌而聪慧。

③ 一写一作：指书法和文章。

④ 扳：通"攀"，攀附。

⑤ 作伐：做媒。

事。"莫稽口虽不语，心下想道："我今衣食不周，无力婚娶，何不俯就他家，一举两得？也顾不得耻笑。"乃对邻翁说道："大伯所言虽妙，但我家贫乏聘，如何是好？"邻翁道："秀才但是允从，纸也不费一张，都在老汉身上。"邻翁回复了金老大，择个吉日，金家到送一套新衣穿着，莫秀才过门成亲。莫稽见玉奴才貌，喜出望外，不费一钱，白白的得了个美妻，又且丰衣足食，事事称怀。就是朋友辈中，晓得莫稽贫苦，无不相谅，到也没人去笑他。

到了满月，金老大备下盛席，教女婿请他同学会友饮酒，荣耀自家门户，一连吃了六七日酒。何期恼了族人金癞子，那癞子也是一班正理，他道："你也是团头，我也是团头，只你多做了几代，挣得钱钞在手，论起祖宗一脉，彼此无二。侄女玉奴招婿，也该请我吃杯喜酒。如今请人做满月，开宴六七日，并无三寸长一寸阔的请帖儿到我。你女婿做秀才，难道就做尚书、宰相，我就不是亲叔公？坐不起凳头？直恁不觑人在眼里①！我且去蒿恼他一场②，教他大家没趣！"叫起五六十个丐户，一齐奔到金老大家里来。但见：

> 开花帽子，打结衫儿。旧席片对着破毡条，短竹根配着缺糙碗。
> 叫爹叫娘叫财主，门前只见喧哗；弄蛇弄狗弄猢狲，口内各呈伎俩。
> 敲板唱杨花，恶声聒耳；打砖搭粉脸，丑态逼人。一班泼鬼聚成群，
> 便是钟馗收不得。

金老大听得闹吵，开门看时，那金癞子领着众丐户一拥而入，嚷做一堂。癞子径奔席上，拣好酒好食只顾吃，口里叫道："快教侄婿夫妻来拜见叔公！"唬得众秀才站脚不住，都逃席去了，连莫稽也随着众朋友躲避。金老大无可奈何，只得再三央告道："今日是我女婿请

---

① 觑：看，瞧。
② 蒿恼：打扰，麻烦。

客，不干我事。改日专治一杯^①，与你陪话。"又将许多钱钞分赏众丐户，又抬出两瓮好酒和些活鸡、活鹅之类，教众丐户送去癞子家当个折席^②，直乱到黑夜方才散去。玉奴在房中气得两泪交流。这一夜，莫稽在朋友家借宿，次早方回。金老大见了女婿，自觉出丑，满面含羞。莫稽心中未免也有三分不乐，只是大家不说出来。正是：

> 哑子尝黄柏，苦味自家知。

却说金玉奴只恨自己门风不好，要挣个出头，乃劝丈夫刻苦读书。凡古今书籍，不惜价钱，买来与丈夫看；又不吝供给之费，请人会文会讲；又出资财，教丈夫结交延誉。莫稽由此才学日进，名誉日起，二十三岁发解^③，连科及第。这日琼林宴罢，乌帽官袍，马上迎归。将到丈人家里，只见街坊上一群小儿争先来看，指道："金团头家女婿做了官也。"莫稽在马上听得此言，又不好揽事，只得忍耐。见了丈人，虽然外面尽礼，却包着一肚子忿气，想道："早知有今日富贵，怕没王侯贵戚招赘成婚？却拜个团头做岳丈，可不是终身之玷！养出儿女来还是团头的外孙，被人传作话柄。如今事已如此，妻又贤慧，不犯七出之条，不好决绝得。正是事不三思，终有后悔。"为此心中怏怏，只是不乐，玉奴几遍问而不答，正不知甚么意故。好笑那莫稽，只想着今日富贵，却忘了贫贱的时节，把老婆资助成名一段功劳化为春水，这是他心术不端处。

不一日，莫稽谒选^④，得授无为军司户。丈人治酒送行，此时众丐户料也不敢登门闹吵了。喜得临安到无为军是一水之地，莫稽领

---

① 治：治酒，置办酒席。
② 折席：用金钱抵充酒席。
③ 发解：泛指考中举人。
④ 谒选：官吏到吏部应选。

了妻子，登舟赴任。行了数日，到了采石江边，维舟北岸^①。其夜月明如昼，莫稽睡不能寐，穿衣而起，坐于船头玩月。四顾无人，又想起团头之事，闷闷不悦。忽然动一个恶念：除非此妇身死，另娶一人，方免得终身之耻。心生一计，走进船舱，哄玉奴起来看月华。玉奴已睡了，莫稽再三逼她起身。玉奴难逆丈夫之意，只得披衣，走至马门口^②，舒头望月，被莫稽出其不意，牵出船头，推堕江中。悄悄唤起舟人，吩咐快开船前去，重重有赏，不可迟慢。舟子不知明白，慌忙撑篙荡桨，移舟于十里之外。住泊停当，方才说："适间奶奶因玩月堕水，捞救不及了。"却将三两银子赏与舟人为酒钱。舟人会意，谁敢开口？船中虽跟得有几个蠢婢子，只道主母真个坠水，悲泣了一场，丢开了手，不在话下。有诗为证：

> 只为团头号不香，忍因得意弃糟糠。
>
> 天缘结发终难解，赢得人呼薄幸郎。

你说事有凑巧，莫稽移船去后，刚刚有个淮西转运使许德厚，也是新上任的，泊舟于采石北岸，正是莫稽先前推妻坠水处。许德厚和夫人推窗看月，开怀饮酒，尚未曾睡。忽闻岸上啼哭，乃是妇人声音，其声哀怨，好生不忍。忙呼水手打看，果然是个单身妇人，坐于江岸。便教唤上船来，审其来历。原来此妇正是无为军司户之妻金玉奴，初坠水时，魂飞魄荡，已拼着必死。忽觉水中有物，托起两足，随波而行，近于江岸。玉奴挣扎上岸，举目看时，江水茫茫，已不见了司户之船，才悟道丈夫贵而忘贱，故意欲溺死故妻，别图良配。如今虽得了性命，无处依栖，转思苦楚，以此痛哭。见许公盘问，不免从头至尾，细说一遍。说罢，哭之不已。连许公夫

---

① 维舟：系船停泊。
② 马门口：船舱门口。

妇都感伤堕泪，劝道："汝休得悲啼，肯为我义女，再作道理。"玉奴拜谢。许公吩咐夫人取干衣替她通身换了，安排她后舱独宿。教手下男女都称她小姐，又吩咐舟人，不许泄漏其事。

　　不一日，到淮西上任，那无为军正是他所属地方①，许公是莫司户的上司，未免随班参谒②。许公见了莫司户，心中想道："可惜一表人才，干恁般薄幸之事！"

　　约过数月，许公对僚属说道："下官有一女，颇有才貌，年已及笄，欲择一佳婿赘之。诸君意中有其人否？"众僚属都闻得莫司户青年丧偶，齐声荐他才品非凡，堪作东床之选③。许公道："此子吾亦属意久矣，但少年登第，心高望厚，未必肯赘吾家。"众僚属道："彼出身寒门，得公收拔，如兼葭倚玉树④，何幸如之，岂以入赘为嫌乎？"许公道："诸君既酌量可行，可与莫司户言之。但云出自诸君之意，以探其情，莫说下官，恐有妨碍。"众人领命，遂与莫稽说知此事，要替他做媒。莫稽正要攀高，况且联姻上司，求之不得，便欣然应道："此事全仗玉成，当效衔结之报。"众人道："当得，当得。"随即将言回复许公。许公道："虽承司户不弃，但下官夫妇钟爱此女，娇养成性，所以不舍得出嫁。只怕司户少年气概，不相饶让，或致小有嫌隙，有伤下官夫妇之心。须是预先讲过，凡事容耐些，方敢赘人。"众人领命，又到司户处传话，司户无不依允。此时司户不比做秀才时节，一般用金花彩币为纳聘之仪，选了吉期，皮松骨痒，整备做转运使的女婿。

　　却说许公先教夫人与玉奴说："老相公怜你寡居，欲重赘一少年

---

① 所属：隶属之下的，统属之下的。

② 参谒：拜见上级或尊长。

③ 东床：古时女婿的美称。

④ 兼葭倚玉树：比喻贫贱者攀附高位者。

进士，你不可推阻。"玉奴答道："奴家虽出寒门，颇知礼数。既与莫郎结发，从一而终。虽然莫郎嫌贫弃贱，忍心害理，奴家各尽其道，岂肯改嫁以伤妇节？"言毕，泪如雨下。夫人察她志诚，乃实说道："老相公所说少年进士，就是莫郎。老相公恨其薄幸，务要你夫妻再合，只说有个亲生女儿，要招赘一婿，却教众僚属与莫郎议亲，莫郎欣然听命，只今晚入赘吾家。等他进房之时，须是如此如此，与你出这口呕气。"玉奴方才收泪，重匀粉面，再整新妆，打点结亲之事。

到晚，莫司户冠带齐整，帽插金花，身披红锦，跨着雕鞍骏马，两班鼓乐前导，众僚属都来送亲。一路行来，谁不喝采！正是：

> 鼓乐喧阗白马来①，风流佳婿实奇哉。
> 团头喜换高门眷，采石江边未足哀。

是夜，转运司铺毡结彩，大吹大擂，等候新女婿上门。莫司户到门下马，许公冠带出迎。众官僚都别去，莫司户直入私宅，新人用红帕覆首，两个养娘扶将出来。掌礼人在槛外喝礼，双双拜了天地，又拜了丈人、丈母，然后交拜礼毕，送归洞房，做花烛筵席。莫司户此时心中如登九霄云里，欢喜不可形容，仰着脸，昂然而入。

才跨进房门，忽然两边门侧里走出七八个老妪、丫鬟，一个个手执篱竹细棒，劈头劈脑打将下来，把纱帽都打脱了，肩背上棒如雨下，打得叫喊不迭，正没想一头处。莫司户被打，慌做一堆蹲倒，只得叫声："丈人，丈母，救命！"只听房中娇声宛转吩咐道："休打杀薄情郎，且唤来相见。"众人方才住手。七八个老妪、丫鬟，扯耳

---

① 喧阗（tián）：喧哗，热闹。

朵，拽胳膊，好似六贼戏弥陀一般①，脚不点地，拥到新人面前。司户口中还说道："下官何罪？"开眼看时，画烛辉煌，照见上边端端正正坐着个新人，不是别人，正是故妻金玉奴。莫稽此时魂不附体，乱嚷道："有鬼！有鬼！"众人都笑起来。只见许公自外而入，叫道："贤婿休疑，此乃吾采石江头所认之义女，非鬼也。"莫稽心头方才住了跳，慌忙跪下，拱手道："我莫稽知罪了，望大人包容之。"许公道："此事与下官无干，只吾女没说话就罢了。"玉奴唾其面，骂道："薄幸贼！你不记宋弘有言：'贫贱之交不可忘，糟糠之妻不下堂。'当初你空手赘入吾门，亏得我家资财，读书延誉，以致成名，侥幸今日。奴家亦望夫荣妻贵，何期你忘恩负本，就不念结发之情，恩将仇报，将奴推堕江心。幸然天天可怜，得遇恩爹提救，收为义女。倘然葬江鱼之腹，你别娶新人，于心何忍？今日有何颜面再与你完聚？"说罢，放声而哭，千薄幸，万薄幸，骂不住口。莫稽满面羞惭，闭口无言，只顾磕头求恕。

许公见骂得够了，方才把莫稽扶起，劝玉奴道："我儿息怒，如今贤婿悔罪，料然不敢轻慢你了。你两个虽然旧日夫妻，在我家只算新婚花烛，凡事看我之面，闲言闲语一笔都勾罢。"又对莫稽说道："贤婿，你自家不是，休怪别人。今宵只索忍耐，我教你丈母来解劝。"说罢，出房去。少刻夫人来到，又调停了许多说话，两个方才和睦。

次日，许公设宴管待新女婿，将前日所下金花彩币依旧送还，道："一女不受二聘，贤婿前番在金家已费过了，今番下官不敢重叠收受。"莫稽低头无语。许公又道："贤婿常恨令岳翁卑贱，以致夫

---

① 六贼戏弥陀：百戏之一。佛教称色、声、香、味、触、法为"六贼"，有六贼幻化成形引诱佛陀的传说，后衍化为百戏的一种。

妇失爱，几乎不终。今下官备员如何①？只怕爵位不高，尚未满贤婿之意。"莫稽涨得面皮红紫，只是离席谢罪。有诗为证：

> 痴心指望缔高姻，谁料新人是旧人？
>
> 打骂一场羞满面，问他何取岳翁新？

自此莫稽与玉奴夫妇和好，比前加倍。许公共夫人待玉奴如真女，待莫稽如真婿，玉奴待许公夫妇亦与真爹妈无异。连莫稽都感动了，迎接团头金老大在任所，奉养送终。后来许公夫妇之死，金玉奴皆制重服②，以报其恩。莫氏与许氏世世为通家兄弟，往来不绝。诗云：

> 宋弘守义称高节，黄允休妻骂薄情。
>
> 试看莫生婚再合，姻缘前定枉劳争。

---

① 备员：充数之人，任职或任事的自谦词。

② 重服：重孝。父母亡故后子女的服制。

崔待诏生死冤家

　　山色晴岚景物佳①，暖烘回雁起平沙。东郊渐觉花供眼，南陌依稀草吐芽。

　　堤上柳，未藏鸦，寻芳趁步到山家②。陇头几树红梅落，红杏枝头未着花。

这首《鹧鸪天》说孟春景致，原来又不如仲春词做得好：

　　每日青楼醉梦中③，不知城外又春浓。杏花初落疏疏雨，杨柳轻摇淡淡风。

　　浮画舫，跃青骢④，小桥门外绿阴笼。行人不入神仙地，人在珠帘第几重？

这首词说仲春景致，原来又不如黄夫人做著季春词又好⑤：

　　先自春光似酒浓，时听燕语透帘栊。小桥杨柳飘香絮，山寺绯桃散落红⑥。

　　莺渐老，蝶西东，春归难觅恨无穷，侵阶草色迷朝雨，满地梨花逐晓风。

这三首词都不如王荆公看见花瓣儿片片风吹下地来⑦，原来这春归去，是东风断送的。有诗道：

---

① 晴岚：晴天时天空好像笼罩着烟雾。
② 趁步：漫步。
③ 青楼：富贵人家的房屋。
④ 青骢（cōng）：毛色青白相间的马。
⑤ 黄夫人：不详。一说为孙道绚，黄铢之母。
⑥ 绯（fēi）桃：桃树的一种。
⑦ 王荆公：即北宋政治家、文学家王安石，封"荆国公"，故世称"荆公"。

春日春风有时好，春日春风有时恶。

不得春风花不开，花开又被风吹落。

苏东坡道："不是东风断送春归去，是春雨断送春归去。"有诗道：

雨前初见花间蕊，雨后全无叶底花。

蜂蝶纷纷过墙去，却疑春色在邻家。

秦少游道[1]："也不干风事，也不干雨事，是柳絮飘将春色去。"有诗道：

三月柳花轻复散，飘扬澹荡送春归。

此花本是无情物，一向东飞一向西。

邵尧夫道[2]："也不干柳絮事，是蝴蝶采将春色去。"有诗道：

花正开时当三月，蝴蝶飞来忙劫劫[3]。

采将春色向天涯，行人路上添凄切。

曾两府道[4]："也不干蝴蝶事，是黄莺啼得春归去。"有诗道：

花正开时艳正浓，春宵何事恼芳丛？

黄鹂啼得春归去，无限园林转首空。

朱希真道[5]："也不干黄莺事，是杜鹃啼得春归去。"有诗道：

杜鹃叫得春归去，吻边啼血尚犹存。

庭院日长空悄悄，教人生怕到黄昏！

苏小小道[6]："都不干这几件事，是燕子衔将春色去。"有《蝶恋

---

① 秦少游：即北宋文学家秦观，字少游。

② 邵尧夫：邵雍，字尧夫，北宋著名理学家。

③ 劫劫：匆忙急切的样子，也称"汲汲""世世"。

④ 曾两府：指北宋政治家、文学家曾公亮。

⑤ 朱希真：朱敦儒，字希真，号岩壑，又称伊水老人，南宋词人。

⑥ 苏小小：身世不可考。苏小小的名字最早出现于（南朝·陈）徐陵所编《玉台新咏》卷十的《钱唐苏小歌》。

花》词为证：

> 妾本钱塘江上住，花开花落，不管流年度。燕子衔将春色去，纱窗几阵黄梅雨。

> 斜插犀梳云半吐①，檀板轻敲，唱彻《黄金缕》②。歌罢彩云无觅处，梦回明月生南浦。

王岩叟道③："也不干风事，也不干雨事，也不干柳絮事，也不干蝴蝶事，也不干黄莺事，也不干杜鹃事，也不干燕子事。是九十日春光已过，春归去。"曾有诗道：

> 怨风怨雨两俱非，风雨不来春亦归。
>
> 腮边红褪青梅小，口角黄消乳燕飞。
>
> 蜀魄健啼花影去④，吴蚕强食柘桑稀⑤。
>
> 直恼春归无觅处，江湖辜负一蓑衣！

说话的，因甚说这春归词？绍兴年间，行在有个关西延州延安府人⑥，本身是三镇节度使、咸安郡王⑦。当时怕春归去，将带着许多钧眷游春⑧。至晚回家，来到钱塘门里车桥，前面钧眷轿子过了，后面是郡王轿子到来。则听得桥下裱褙铺里一个人叫道："我儿出来

----

① 犀梳：犀牛角做的梳子。云：指秀发。
② 黄金缕：词牌名，也称《蝶恋花》。
③ 王岩叟：宋朝状元，才华横溢，为人刚直不阿，政绩卓著。
④ 蜀魄：相传古蜀国王杜宇，字望帝，他死后化为杜鹃，在春天昼夜悲啼，蜀人说这是望帝的魂魄。故称。
⑤ 吴蚕：即吴地之蚕，因吴地盛养蚕，故称之。柘（zhè）桑：柘树，叶子可以喂蚕，树材可以做弓。
⑥ 行在：指旧时帝王外出巡幸所居住的地方。南宋指临安（今杭州）。
⑦ 咸安郡王：指南宋抗金名将韩世忠，于绍兴十三年封咸安郡王。
⑧ 将带：携带，率领。钧眷：对豪门贵族的家眷或者他人亲属的尊称。

看郡王!"当时郡王在轿里看见,叫帮窗虞候道①:"我从前要寻这个人,今日却在这里。只在你身上,明日要这个人入府中来。"当时虞候声诺,来寻这个看郡王的人,是甚色目人②? 正是:

> 尘随车马何年尽? 情系人心早晚休。

只见车桥下一个人家,门前出着一面招牌,写着"璩家装裱古今书画"。铺里一个老儿,引着一个女儿,生得如何?

> 云鬟轻笼蝉翼,蛾眉淡拂春山③,朱唇缀一颗樱桃,皓齿排两行碎玉。莲步半折小弓弓④,莺啭一声娇滴滴。

便是出来看郡王轿子的人。虞候即时来他家对门一个茶坊里坐定。婆婆把茶点来。虞候道:"启请婆婆,过对门裱褙铺里请璩大夫来说话。"婆婆便去请到来,两个相揖了就坐。璩待诏问⑤:"府干有何见谕?"⑥虞候道:"无甚事,闲问则个⑦。适来叫出来看郡王轿子的人是令爱么⑧?"待诏道:"正是拙女,止有三口。"虞候又问:"小娘子贵庚?"待诏应道:"一十八岁。"再问:"小娘子如今要嫁人,却是趋奉官员⑨?"待诏道:"老拙家寒,那讨钱来嫁人⑩,将来也只是献与官员府第。"虞候道:"小娘子有甚本事?"待诏说出女孩儿一件本事来,有词寄《眼儿媚》为证:

....

① 帮窗:靠近窗户。虞候:宋代军事中设置的官职,职位较低。这里指宋代官僚雇用的侍从。

② 色目:指家世、身份、姿色、伎艺、人品等。

③ 春山:春天黛青的山色。喻指妇人姣好的眉毛。

④ 弓弓:指旧时妇女缠足后的小脚,也指妇女的小脚被缠后像弓一样弯曲。

⑤ 待诏:宋代民间尊称手工艺人为"待诏""大夫"。

⑥ 府干:显贵府中的侍从。干,干办。见谕:即见教、赐教。

⑦ 则个:语末助词。

⑧ 适来:刚才。

⑨ 趋奉:奉承,侍奉。

⑩ 讨:找。

深闺小院日初长，娇女绮罗裳。不做东君造化①，金针刺绣群芳。

斜枝嫩叶包开蕊，唯只欠馨香。曾向园林深处，引教蝶乱蜂狂。

原来这女儿会绣作②。虞候道："适来郡王在轿里，看见令爱身上系着一条绣裹肚。府中正要寻一个绣作的人，老丈何不献与郡王？"璩公归去，与婆婆说了。到明日写一纸献状③，献来府中。郡王给与身价，因此取名秀秀养娘④。

不则一日⑤，朝廷赐下一领团花绣战袍。当时秀秀依样绣出一件来。郡王看了欢喜道："主上赐与我团花战袍，却寻甚么奇巧的物事献与官家⑥？"去府库里寻出一块透明的羊脂美玉来，即时叫将门下碾玉待诏，问："这块玉堪做甚么？"内中一个道："好做一副劝杯。"⑦郡王道："可惜恁般一块玉，如何将来只做得一副劝杯！"又一个道："这块玉上尖下圆，好做一个摩侯罗儿⑧。"郡王道："摩侯罗儿，只是七月七日乞巧使得⑨，寻常间又无用处。"数中一个后生，年纪二十五岁，姓崔，名宁，趋事郡王数年，是升州建康府人。当时又手向前⑩，对着郡王道："告恩王，这块玉上尖下圆，甚是不好，只好碾一个南海观音。"郡王道："好！正合我意。"就叫崔宁下手。

---

① 东君：春神。

② 绣作：即刺绣。作，从事某种工作或从事某种工作的人。

③ 献状：投献的状纸。

④ 养娘：指婢女。如乳母、丫鬟。

⑤ 不则：不止，不只。

⑥ 物事：事情。东西、物品。官家：在此为臣子对皇帝的尊称。

⑦ 劝杯：即指酒杯。这种酒杯体积大且制作精美，专用于敬酒和劝酒。

⑧ 摩侯罗儿：用泥、木、象牙等材质塑造的小偶人，多于七夕供养，或盛饰作为珍玩。

⑨ 乞巧：农历七月七日晚，少女们穿着新衣服向织女星乞求智巧。

⑩ 叉手：一种礼仪。两手在胸前相交，表示对人恭敬。

不过两个月，碾成了这个玉观音。郡王即时写表进上御前，龙颜大喜，崔宁就本府增添请给①，遭遇郡王②。

不则一日，时遇春天，崔待诏游春回来，入得钱塘门，在一个酒肆，与三四个相知方才吃得数杯，则听得街上闹吵吵。连忙推开楼窗看时，见乱烘烘道："井亭桥有遗漏③！"吃不得这酒成，慌忙下酒楼看时，只见：

> 初如萤火，次若灯光。千条蜡烛焰难当，万座糁盆敌不住④。六丁神推倒宝天炉⑤，八力士放起焚山火。骊山会上⑥，料应褒姒逞娇容；赤壁矶头，想是周郎施妙策。五通神牵住火葫芦⑦，宋无忌赶番赤骡子⑧。又不曾泻烛浇油，直恁的烟飞火猛。

崔待诏望见了，急忙道："在我本府前不远。"奔到府中看时，已搬掣得罄尽，静悄悄地无一个人。崔待诏既不见人，且循着左手廊下入去，火光照得如同白日。去那左廊下，一个妇女摇摇摆摆，从府堂里出来。自言自语，与崔宁打个胸厮撞⑨。崔宁认得是秀秀养娘，倒退两步，低身唱个喏。原来郡王当日尝对崔宁许道："待秀秀

---

① 请给：俸禄，薪俸。

② 遭遇：指际遇，获得赏识。

③ 遗漏：指失火。

④ 糁（shēn）盆：也作"粝盆"。旧时中国民俗，除夕祭祖送神时将松柴等放入火盆焚烧。又称粝火盆。这里指失火。

⑤ 六丁神："六丁"指道教中丁卯、丁巳、丁未、丁酉、丁亥、丁丑六位阴神，民间奉为火神。

⑥ 骊山会：周幽王为博宠妃褒姒一笑，在骊山点燃烽火召集诸侯，诸侯纷纷率兵赶来，却发现并无战事。褒姒因此大笑。这里指大火。

⑦ 五通神：一说为"五显神"，即民间传说中的华光火神。

⑧ 宋无忌：即"宋毋忌"。传说他是骑着红骡子的火精。

⑨ 胸厮撞：指两个人迎面相撞。

满日①，把来嫁与你。"这些众人都撺掇道："好对夫妻！"崔宁拜谢了，不则一番。崔宁是个单身，却也痴心。秀秀见恁地个后生，却也指望。当日有这遗漏，秀秀手中提着一帕子金珠富贵②，从左廊下出来。撞见崔宁便道："崔大夫，我出来得迟了。府中养娘各自四散，管顾不得，你如今没奈何只得将我去，躲避则个。"当下崔宁和秀秀出府门，沿着河，走到石灰桥。秀秀道："崔大夫，我脚疼了，走不得。"崔宁指着前面道："更行几步，那里便是崔宁住处，小娘子到家中歇脚，却也不妨。"到得家中坐定。秀秀道："我肚里饥，崔大夫与我买些点心来吃！我受了些惊，得杯酒吃更好。"当时崔宁买将酒来，三杯两盏，正是：

　　　　三杯竹叶穿心过③，两朵桃花上脸来。

　　道不得个④："春为花博士⑤，酒是色媒人。"秀秀道："你记得当时在月台上赏月，把我许你，你兀自拜谢。你记得也不记得？"崔宁又着手，只应得"喏"。秀秀道："当日众人都替你喝采：'好对夫妻！'你怎地到忘了？"崔宁又则应得"喏"。秀秀道："比似只管等待⑥，何不今夜我和你先做夫妻，不知你意下何如？"崔宁道："岂敢。"秀秀道："你知道不敢，我叫将起来，教坏了你⑦，你却如何将我到家中？我明日府里去说。"崔宁道："告小娘子，要和崔宁做夫妻不妨。只一件，这里住不得了，要好，趁这个遗漏人乱时，今夜

①　满日：旧时奴仆工作到一定年龄雇主就将他们放出或准许嫁人。
②　金珠富贵：指金银财宝。
③　竹叶：指竹叶青酒，也泛指美酒。
④　道不得：即俗话说。
⑤　花博士：本指掌管百花之神，这里指男女关系的撮合人。
⑥　比似：与其。
⑦　教坏了你：让你坏了名声，失去前途。教，使、让。

就走开去，方才使得。"秀秀道："我既和你做夫妻，凭你行。"当夜做了夫妻。

四更已后，各带着随身金银物件出门。离不得饥餐渴饮，夜住晓行，迤逦来到衢州①。崔宁道："这里是五路总头②，是打那条路去好？不若取信州路上去，我是碾玉作，信州有几个相识，怕那里安得身。"即时取路到信州。住了几日，崔宁道："信州常有客人到行在往来，若说道我等在此，郡王必然使人来追捉，不当稳便③。不若离了信州，再往别处去。"两个又起身上路，径取潭州。不则一日，到了潭州，却是走得远了。就潭州市里讨间房屋，出面招牌，写着"行在崔待诏碾玉生活"④。崔宁便对秀秀道："这里离行在有二千余里了，料得无事，你我安心，好做长久夫妻。"潭州也有几个寄居官员⑤，见崔宁是行在待诏，日逐也有生活得做⑥。崔宁密使人打探行在本府中事。有曾到都下的，得知府中当夜失火，不见了一个养娘，出赏钱寻了几日，不知下落。也不知道崔宁将她走了，见在潭州住。

时光似箭，日月如梭，也有一年之上。忽一日方早开门，见两个着皂衫的⑦，一似虞候府干打扮。入来铺里坐地，问道："本官听得说有个行在崔待诏，教请过来做生活。"崔宁吩咐了家中，随这两个人到湘潭县路上来。便将崔宁到宅里相见官人，承揽了玉作生活，回路归家。正行间，只见一个汉子头上带个竹丝笠儿，穿着一领白

---

① 迤逦：指缓行，沿着路缓缓向前走去。

② 五路总头：衢州有"四省通衢，五路总头"之称。这里指四通八达的路口。

③ 不当稳便：指不大妥当。

④ 生活：指生意、商铺、作坊。

⑤ 寄居官员：指寄居官。本是朝廷官员，但现在返回家居住。

⑥ 日逐：每天。

⑦ 皂衫：黑衫，官差穿的衣服。

段子两上领布衫，青白行缠①，找着裤子口，着一双多耳麻鞋，挑着一个高肩担儿。正面来，把崔宁看了一看，崔宁却不见这汉面貌，这个人却见崔宁，从后大踏步尾着崔宁来②。正是：

> 谁家稚子鸣榔板③，惊起鸳鸯两处飞。

这汉子毕竟是何人？且听下回分解。

> 竹引牵牛花满街，疏篱茅舍月光筛。琉璃盏内茅柴酒，白玉盘中簇豆梅④。
>
> 休懊恼，且开怀，平生赢得笑颜开。三千里地无知己，十万军中挂印来。

这只《鹧鸪天》词是关西秦州雄武军刘两府所作⑤。从顺昌大战之后⑥，闲在家中，寄居湖南潭州湘潭县。他是个不爱财的名将，家道贫寒，时常到村店中吃酒。店中人不识刘两府，欢呼罗唣。刘两府道："百万番人⑦，只如等闲，如今却被他们诬罔！"做了这只《鹧鸪天》，流传直到都下。当时殿前太尉是杨和王，见了这词好伤感："原来刘两府直恁孤寒！"教提辖官差人送一项钱与这刘两府⑧。今日崔宁的东人郡王，听得说刘两府恁地孤寒，也差人送一项钱与他，却经由潭州路过。见崔宁从湘潭路上来，一路尾着崔宁到家，正见

---

① 行缠：指绑腿布或裹腿布。
② 尾着：跟着。
③ 榔板：即船板。渔人捕鱼时敲击船板，鱼因受惊进入渔网。
④ 簇豆梅：用盐渍的一种梅脯。
⑤ 刘两府：即南宋名将刘锜，字信叔。
⑥ 顺昌大战：指由刘锜指挥，宋军在顺昌（今安徽阜阳）大破金兵主力的战斗。
⑦ 番人：在此指金人，金兵。
⑧ 提辖官：宋代官职。此处的提辖官主要管理左藏东西两库、杂买务、杂卖场等工商事务，与《水浒传》中鲁智深所任职的提辖官（低级武官）不同。

秀秀坐在柜身子里。便撞破他们道："崔大夫，多时不见，你却在这里。秀秀养娘她如何也在这里？郡王教我下书来潭州，今日遇着你们。原来秀秀娘嫁了你，也好。"当时唬杀崔宁夫妻两个①，被他看破。

那人是谁？却是郡王府中一个排军②，从小伏侍郡王，见他朴实，差他送钱与刘两府。这人姓郭名立，叫做郭排军。当下夫妻请住郭排军，安排酒来请他。吩咐道："你到府中千万莫说与郡王知道！"郭排军道："郡王怎知得你两个在这里。我没事，却说甚么。"当下酬谢了出门。回到府中，参见郡王，纳了回书，看着郡王道："郭立前日下书回，打潭州过，却见两个人在那里住。"郡王问："是谁？"郭立道："见秀秀养娘并崔待诏两个，请郭立吃了酒食，教休来府中说知。"郡王听说便道："叵耐这两个做出这事来③，却如何直走到那里？"郭立道："也不知他仔细，只见他在那里住地，依旧挂招牌做生活。"

郡王教干办去吩咐临安府，即时差一个缉捕使臣，带着做公的，备了盘缠，径来湖南潭州府，下了公文，同来寻崔宁和秀秀，却似：

> 皂雕追紫燕，猛虎啖羊羔。

不两月，捉将两个来，解到府中。报与郡王得知，即时升厅。原来郡王杀番人时，左手使一口刀，叫做"小青"；右手使一口刀，叫做"大青"。这两口刀不知剁了多少番人。那两口刀，鞘内藏着，挂在壁上。郡王升厅，众人声喏。即将这两个人押来跪下。郡王好

---

① 唬杀：吓死，吓坏。
② 排军：原指一手持盾，一手执矛的士卒。后泛指军士。
③ 叵耐：可恨，不可容忍。

生焦躁①，左手去壁牙上取下"小青"②，右手一挈，掣刀在手，睁起杀番人的眼儿，咬得牙齿剥剥地响。当时唬杀夫人，在屏风背后道："郡王，这里是帝辇之下③，不比边庭上面④，若有罪过，只消解去临安府施行⑤，如何胡乱凯得人⑥？"郡王听说道："叵耐这两个畜生逃走，今日捉将来，我恼了，如何不凯？既然夫人来劝，且捉秀秀入府后花园去，把崔宁解去临安府断治⑦。"当下喝赐钱酒，赏犒捉事人。

解这崔宁到临安府，一一从头供说："自从当夜遗漏，来到府中，都搬尽了，只见秀秀养娘从廊下出来，揪住崔宁道：'你如何安手在我怀中？若不依我口，教坏了你！'要共崔宁逃走。崔宁不得已，只得与她同走。只此是实。"临安府把文案呈上郡王，郡王是个刚直的人，便道："既然恁地⑧，宽了崔宁，且与从轻断治。"崔宁不合在逃⑨，罪杖，发遣建康府居住。

当下差人押送，方出北关门，到鹅项头，见一顶轿儿。两个人抬着，从后面叫："崔待诏，且不得去！"崔宁认得像是秀秀的声音，赶将来又不知怎地，心下好生疑惑。伤弓之鸟，不敢揽事，且低着头只顾走。只见后面赶将上来，歇了轿子，一个妇人走出来，不是别人，便是秀秀，道："崔待诏，你如今去建康府，我却如何？"崔

----

① 焦躁：恼怒，生气。
② 壁牙：壁上挂东西的短钉橛。
③ 帝辇之下：皇帝居住的地方，指京城。
④ 边庭：边地。
⑤ 只消：只需要，只要。解：押解，解送。
⑥ 凯：杀，斩。
⑦ 断治：判决处治。
⑧ 恁地：怎样，怎么。
⑨ 不合：不应该。

宁道："却是怎地好？"秀秀道："自从解你去临安府断罪，把我捉入后花园，打了三十竹篦，遂便赶我出来。我知道你建康府去，赶将来同你去。"崔宁道："恁地却好。"讨了船，直到建康府。押发人自回。若是押发人是个学舌的，就有一场是非出来。因晓得郡王性如烈火，惹着他不是轻放手的。他又不是王府中人，去管这闲事怎地？况且崔宁一路买酒买食，奉承得他好，回去时就隐恶而扬善了。

再说崔宁两口在建康居住，既是问断了①，如今也不怕有人撞见，依旧开个碾玉作铺。浑家道："我两口却在这里住得好，只是我家爹妈自从我和你逃去潭州，两个老的吃了些苦。当日捉我入府时，两个去寻死觅活，今日也好教人去行在取我爹妈来这里同住。"崔宁道："最好。"便教人来行在取他丈人丈母，写了他地理脚色与来人②。到临安府寻见他住处，问他邻舍，指道："这一家便是。"来人去门首看时，只见两扇门关着，一把锁锁着，一条竹竿封着。问邻舍："他老夫妻那里去了？"邻舍道："莫说！他有个花枝也似女儿，献在一个奢遮去处③。这个女儿不受福德，却跟一个碾玉的待诏逃走了。前日从湖南潭州捉将回来，送在临安府吃官司，那女儿吃郡王捉进后花园里去④，老夫妻见女儿捉去，就当下寻死觅活，至今不知下落，只恁地关着门在这里。"来人见说，再回建康府来，兀自来到家。

且说崔宁正在家中坐，只见外面有人道："你寻崔待诏住处？这里便是。"崔宁叫出浑家来看时，不是别人，认得是璩公璩婆。都相见了，喜欢的做一处。那去取老儿的人，隔一日才到，说如此这般，

---

① 问断：案件判决。
② 地理脚色：指居住地址和年龄面貌。
③ 奢遮：了不起，出色。
④ 吃：被、让。

寻不见，却空走了这遭。两个老的且自来到这里了。两个老人道："却生受你①，我不知你们在建康住，教我寻来寻去，直到这里。"其时四口同住，不在话下。

且说朝廷官里，一日到偏殿看玩宝器，拿起这玉观音来看，这个观音身上，当时有一个玉铃儿，失手脱下，即时问近侍官员："却如何修理得？"官员将玉观音反覆看了，道："好个玉观音！怎地脱落了铃儿？"看到底下，下面碾着三字"崔宁造"。"恁地容易，既是有人造，只消得宣这个人来，教他修整。"敕下郡王府，宣取碾玉匠崔宁。郡王回奏："崔宁有罪，在建康府居住。"即时使人去建康，取得崔宁到行在歇泊了②。当时宣崔宁见驾，将这玉观音教他领去，用心整理。崔宁谢了恩，寻一块一般的玉，碾一个铃儿接住了，御前交纳破分③，请给养了崔宁，令只在行在居住。崔宁道："我今日遭际御前④，争得气。再来清湖河下寻间屋儿开个碾玉铺，须不怕你们撞见！"

可煞事有斗巧⑤，方才开得铺三两日，一个汉子从外面过来，就是那郭排军。见了崔待诏，便道："崔大夫恭喜了！你却在这里住？"抬起头来，看柜身里却立着崔待诏的浑家⑥。郭排军吃了一惊，拽开脚步就走。浑家说与丈夫道："你与我叫住那排军！我相问则个。"正是：

> 平生不作皱眉事，世上应无切齿人。

---

① 生受：麻烦，难为，道谢时说的话。
② 歇泊：歇息，歇脚，安歇。
③ 破分：原指赋税交纳九成以上，此指完成任务。
④ 遭际御前：受到皇帝赏识。
⑤ 可煞：可是。斗巧：凑巧。
⑥ 浑家：代指妻子。

崔待诏即时赶上扯住，只见郭排军把头只管侧来侧去，口里喃喃地道："作怪，作怪！"没奈何，只得与崔宁回来，到家中坐地。浑家与他相见了，便问："郭排军，前者我好意留你吃酒，你却归来说与郡王，坏了我两个的好事。今日遭际御前，却不怕你去说。"郭排军吃她相问得无言可答，只道得一声"得罪！"相别了，便来到府里，对着郡王道："有鬼！"郡王道："这汉则甚？"郭立道："告恩王，有鬼！"郡王问道："有甚鬼？"郭立道："方才打清湖河下过，见崔宁开个碾玉铺，却见柜身里一个妇女，便是秀秀养娘。"郡王焦躁道："又来胡说！秀秀被我打杀了，埋在后花园，你须也看见，如何又在那里？却不是取笑我？"郭立道："告恩王，怎敢取笑！方才叫住郭立，相问了一回。怕恩王不信，勒下军令状了去。"郡王道："真个在时，你勒军令状来！"

那汉也是合苦，真个写一纸军令状来。郡王收了，叫两个当直的轿番①，抬一顶轿子，教："取这妮子来。若真个在，把来凯取一刀。若不在，郭立，你须替她凯取一刀！"郭立同两个轿番来取秀秀。正是：

麦穗两歧②，农人难辨。

郭立是关西人，朴直，却不知军令状如何胡乱勒得！三个一径来到崔宁家里，那秀秀兀自在柜身里坐地。见那郭排军来得恁地慌忙，却不知他勒了军令状来取你。郭排军道："小娘子，郡王钧旨，教来取你则个。"秀秀道："既如此，你们少等，待我梳洗了同去。"即时入去梳洗，换了衣服出来，上了轿，吩咐了丈夫。两个轿番便抬着，径到府前。郭立先入去，郡王正在厅上等待。郭立唱了喏，

---

① 轿番：轿夫。
② 麦穗两歧：此处指秀秀是人是鬼真假难辨。

道："已取到秀秀养娘。"郡王道："着她入来！"郭立出来道。"小娘子，郡王教你进来。"掀起帘子看一看，便是一桶水倾在身上，开着口，则合不得，就轿子里不见了秀秀养娘。问那两个轿番，道："我不知，则见他上轿，抬到这里，又不曾转动。"那汉叫将入来道："告恩王，恁地真个有鬼！"郡王道："却不叵耐！"教人："捉这汉，等我取过军令状来，如今凯了一刀。先去取下'小青'来。"那汉从来伏侍郡王，身上也有十数次官了①，盖缘是粗人，只教他做排军。这汉慌了道："见有两个轿番见证，乞叫来问。"即时叫将轿番来道："见她上轿，抬到这里，却不见了。"说得一般，想必真个有鬼，只消得叫将崔宁来问。便使人叫崔宁来到府中。崔宁从头至尾说了一遍。郡王道："恁地又不干崔宁事，且放他去。"崔宁拜辞去了。郡王焦躁，把郭立打了五十背花棒②。

崔宁听得说浑家是鬼，到家中问丈人丈母。两个面面厮觑③，走出门，看着清湖河里，扑通地都跳下水去了。当下叫救人，打捞，便不见了尸首。原来当时打杀秀秀时，两个老的听得说，便跳在河里，已自死了。这两个也是鬼。崔宁到家中，没情没绪，走进房中，只见浑家坐在床上。崔宁道："告姐姐，饶我性命！"秀秀道："我因为你，吃郡王打死了，埋在后花园里。却恨郭排军多口，今日已报了冤仇，郡王已将他打了五十背花棒。如今都知道我是鬼，容身不得了。"道罢起身，双手揪住崔宁，叫得一声，匹然倒地④。邻舍都来看时，只见：

> 两部脉尽总皆沉，一命已归黄壤下。

----

① 身上也有十数次官：意思是功劳多，有十多次可以提拔做官的机会。
② 背花棒：旧时刑杖名称。
③ 面面厮觑：十分惊惧诧异。
④ 匹然：猛然。

崔宁也被扯去，和父母四个，一块儿做鬼去了。后人评论得好：

咸安王捺不下烈火性，郭排军禁不住闲磕牙①。

璩秀娘舍不得生眷属，崔待诏撇不脱鬼冤家。

---

① 闲磕牙：闲谈，说闲话。

閑門揆出眾前月
捩石冲開水底天

第二卷　谁说女子不如男

女性从来没有停止追求自我的道路。即便在古代那样严苛的规则里，依然有这么多女性敢于追求自己所想所欲、展示自我能力。现在虽然看似男女更为平等了，但依然有那么多潜规则在束缚女性，那么多声音在劝说女性放弃自我追求。在封建社会里戴着镣铐跳舞的她们尚且如此，我们有什么理由放弃呢？

苏小妹三难新郎

聪明男子做公卿，女子聪明不出身。

若许裙钗应科举，女儿那见逊公卿。

自混沌初辟，乾道成男，坤道成女，虽则造化无私，却也阴阳分位：阳动阴静，阳施阴受，阳外阴内。所以男子主四方之事，女子主一室之事。主四方之事的，顶冠束带，谓之丈夫；出将入相，无所不为，须要博古通今，达权知变。主一室之事的，三绺梳头，两截穿衣[①]。一日之计，止无过饔飧井臼[②]；终身之计，止无过生男育女。所以大家闺女，虽曾读书识字，也只要她识些姓名，记些帐目。她又不应科举，不求名誉，诗文之事，全不相干。然虽如此，各人资性不同。有等愚蠢的女子，教她识两个字，如登天之难。有等聪明的女子，一般过目成诵，不教而能。吟诗与李、杜争强[③]，作赋与班、马斗胜[④]。这都是山川秀气，偶然不钟于男而钟于女。且如汉有曹大家[⑤]，她是个班固之妹，代兄续成汉史。又有个蔡琰，制

---

① 三绺（liǔ）梳头，两截穿衣：古代女性的典型梳妆、穿戴；代指女性。绺，一束发、丝、线等。三绺梳头是明代以来中国古代女性最具代表性的发式，将左右两鬓头发分作两绺，额上之发为一绺。两截穿衣，指女子上衣下裙的穿着。

② 饔飧（yōng sūn）：做饭。井臼（jiù）：汲水舂米，泛指操持家务。

③ 李、杜：诗仙李白与诗圣杜甫。

④ 班、马：著名文学家班固与司马相如，长于作汉赋。

⑤ 曹大家（gū）：即班昭，东汉时期著名历史学家班彪之女，班固、班超之妹，丈夫曹世叔，故号"曹大家"（大家即大姑，古代对女子的尊称）。班固著《汉书》，未完成而死于狱中，班昭受汉和帝之命与马续合作完成了未竟的《汉书》，并任皇后和嫔妃的老师。

《胡笳十八拍》，流传后世①。晋时有个谢道韫②，与诸兄咏雪，有柳絮随风之句，诸兄都不及她。唐时有个上官婕妤③，中宗皇帝教她品第朝臣之诗，臧否一一不爽④。至于大宋妇人，出色的更多。就中单表一个叫作李易安⑤，一个叫作朱淑真⑥。她两个都是闺阁文章之伯⑦，女流翰苑之才⑧。论起相女配夫，也该对个聪明才子。争奈月下老错注了婚籍，都嫁了无才无学之人，每每怨恨之情，形于笔札。有诗为证：

> 鸥鹭鸳鸯作一池，曾知羽翼不相宜！
>
> 东君不与花为主⑨，何似休生连理枝⑩！

那李易安有《伤秋》一篇，调寄《声声慢》：

> 寻寻觅觅，冷冷清清，凄凄惨惨戚戚。乍暖还寒时候，正难将息。三杯两杯淡酒，怎敌他晚来风力！雁过也，总伤心，却是旧时相识。

....

① 蔡琰（yǎn）：蔡文姬，著名女性文学家，史学家蔡邕之女，曾为匈奴左贤王所掳，居匈奴十二年后由曹操赎回，流传的作品有《胡笳十八拍》和《悲愤诗》。

② 谢道韫（yùn）：出身东晋世家大族，著名政治家谢安的侄女。《世说新语》载下雪天谢安与谢家后辈讲论文章，谢安向后辈们问道："白雪纷纷何所似？"胡儿说："撒盐空中差可拟。"谢道韫说："未若柳絮因风起。"谢安听后大悦，后世认为谢道韫所作更胜一筹。

③ 上官婕妤（jié yú）：即上官婉儿。颇有才名，深得武则天的宠幸，对当时的政局影响很大。婕妤，宫中嫔妃的等级称号。

④ 臧否（zāng pǐ）：褒贬评论。

⑤ 李易安：即南宋著名女词人、婉约派的代表人物李清照。

⑥ 朱淑真：宋代著名女词人，丈夫为小吏，志趣不合，抑郁而终。

⑦ 文章之伯：文章大家。

⑧ 翰苑：文翰荟萃之处，翰林院（古代朝廷汇聚知识分子精英之所）的别称。

⑨ 东君：司春之神。

⑩ 连理枝：两棵树的枝条连在一起，喻夫妻恩爱。

满地黄花堆积，憔悴损，如今有谁忺摘①。守着窗儿，独自怎生得黑？更兼细雨，到黄昏，点点滴滴，这次第，怎一个愁字了得！

朱淑真时值秋间，丈夫出外，灯下独坐无聊，听得窗外雨声滴点，吟成一绝：

> 哭损双眸断尽肠，怕黄昏到又昏黄。
>
> 那堪细雨新秋夜，一点残灯伴夜长！

后来刻成诗集一卷，取名《断肠集》。

说话的，为何单表那两个嫁人不着的？只为如今说一个聪明女子，嫁着一个聪明的丈夫，一唱一和，遂变出若干的话文。正是：

> 说来文士添佳兴，道出闺中作美谈。

话说四川眉州，古时谓之蜀郡，又曰嘉州，又曰眉山。山有蟆颐、峨眉，水有岷江、环湖，山川之秀，钟于人物。生出个博学名儒来，姓苏，名洵，字明允，别号老泉。当时称为老苏。老苏生下两个孩儿，大苏小苏。大苏名轼，字子瞻，别号东坡；小苏名辙，字子由，别号颍滨。二子都有文经武纬之才，博古通今之学，同科及第，名重朝廷，俱拜翰林学士之职②。天下称他兄弟，谓之二苏。称他父子，谓之三苏。这也不在话下。

更有一桩奇处，那山川之秀，偏萃于一门。两个儿子未为希罕，又生个女儿，名曰小妹，其聪明绝世无双，真个闻一知二，问十答十。因她父兄都是个大才子，朝谈夕讲，无非子史经书，目见耳闻，不少诗词歌赋。自古道："近朱者赤，近墨者黑。"况且小妹资性过人十倍，何事不晓。十岁上随父兄居于京师寓中，有绣球花一树，

---

① 忺（xiān）：乐意，想要。
② 翰林学士：职官名。始设于南北朝，唐代选有文学的朝官充任翰林学士，负责为皇帝批答表疏，撰拟诏书，北宋时期翰林学士承唐制，掌制诰。

时当春月，其花盛开。老泉赏玩了一回，取纸笔题诗，才写得四句，报说："门前客到！"老泉阁笔而起。小妹闲步到父亲书房之内，看见桌上有诗四句：

> 天巧玲珑玉一丘，迎眸烂熳总清幽。
>
> 白云疑向枝间出，明月应从此处留。

小妹览毕，知是咏绣球花所作，认得父亲笔迹，遂不待思索，续成后四句云：

> 瓣瓣折开蝴蝶翅，团团围就水晶毬。
>
> 假饶借得香风送①，何羡梅花在陇头②。

小妹题诗依旧放在桌上，款步归房。老泉送客出门，复转书房，方欲续完前韵，只见八句已足，读之词意俱美。疑是女儿小妹之笔，呼而问之，写作果出其手。老泉叹道："可惜是个女子！若是个男儿，可不又是制科中一个有名人物③！"自此愈加珍爱其女，恣其读书博学，不复以女工督之④。看看长成一十六岁，立心要妙选天下才子，与之为配。急切难得。忽一日，宰相王荆公着堂候官请老泉到府与之叙话。原来王荆公讳安石，字介甫。未得第时，大有贤名。平时常不洗面，不脱衣，身上虱子无数。老泉恶其不近人情，异日必为奸臣，曾作《辨奸论》以讥之，荆公怀恨在心。后来见他大苏、小苏连登制科，遂舍怨而修好。老泉亦因荆公拜相，恐妨二子进取之路，也不免曲意相交⑤。正是：

> 古人结交在意气，今人结交为势利。
>
> 从来势利不同心，何如意气交情深。

----

① 假饶：即使。
② 陇头：陇山。借指边塞。
③ 制科：科举考试。
④ 女工：古代女子所习做的纺织、刺绣等手工活。
⑤ 曲意相交：委曲己意而与别人交好。

　　是日，老泉赴荆公之召，无非商量些今古，议论了一番时事，遂取酒对酌，不觉忘怀酩酊①。荆公偶然夸能："小儿王雱②，读书只一遍，便能背诵。"老泉带酒答道："谁家儿子读两遍！"荆公道："到是老夫失言，不该班门弄斧。"老泉道："不惟小儿只一遍，就是小女也只一遍。"荆公大惊道："只知令郎大才，却不知有令爱。眉山秀气，尽属公家矣！"老泉自悔失言，连忙告退。荆公命童子取出一卷文字，递与老泉道："此乃小儿王雱窗课③，相烦点定④。"老泉纳于袖中，唯唯而出。

　　回家睡至半夜，酒醒，想起前事："不合自夸女孩儿之才。今介甫将儿子窗课属吾点定，必为求亲之事。这头亲事，非吾所愿，却又无计推辞。"沉吟到晓，梳洗已毕，取出王雱所作，次第看之，真乃篇篇锦绣，字字珠玑，又不觉动了个爱才之意："但不知女儿缘分如何？我如今将这文卷与女儿传观之，看她爱也不爱。"遂隐下姓名，吩咐丫鬟道："这卷文字，乃是个少年名士所呈，求我点定。我不得闲暇，转送与小姐，教她批阅，阅完时，速来回话。"丫鬟将文字呈上小姐，传达太老爷吩咐之语。小妹滴露研朱⑤，从头批点，须臾而毕。叹道："好文字！此必聪明才子所作。但秀气泄尽，华而不实，恐非久长之器。"遂于卷面批云：

　　　　新奇藻丽，是其所长；含蓄雍容，是其所短。取巍科则有余⑥，享大年则不足。

----

① 酩酊（mǐng dǐng）：醉得很厉害。
② 雱（pāng）：形容雨雪下得很大。
③ 窗课：私塾中学生习作的诗文，在此为谦称。
④ 点定：修改使成定稿。
⑤ 滴露研朱：滴水研磨朱砂，指用朱笔评校文字。
⑥ 巍科：得中高第。

后来王雱十九岁中了头名状元，未几夭亡。可见小妹知人之明，这是后话。却说小妹写罢批语，叫丫鬟将文卷纳还父亲。老泉一见大惊："这批语如何回复得介甫！必然取怪。"一时污损了卷面，无可奈何，却好堂候官到门："奉相公钧旨，取昨日文卷，面见太爷，还有话禀。"老泉此时，手足无措，只得将卷面割去，重新换过，加上好批语，亲手交堂候官收讫。堂候官道："相公还吩咐过，有一言动问：贵府小姐曾许人否？倘未许人，相府愿谐秦晋。"老泉道："相府议亲，老夫岂敢不从。只是小女貌丑，恐不足当金屋之选①。相烦好言达上，但访问自知，并非老夫推托。"堂候官领命，回复荆公。荆公看见卷面换了，已有三分不悦。又恐怕苏小姐容貌真个不扬，不中儿子之意，密地差人打听。原来苏东坡学士，常与小姐互相嘲戏。

东坡是一嘴胡子，小妹嘲云：

> 口角几回无觅处，忽闻毛里有声传。

小妹额颅凸起，东坡答嘲云：

> 未出庭前三五步，额头先到画堂前。

小妹又嘲东坡下颏之长云：

> 去年一点相思泪，至今流不到腮边。

东坡因小妹双眼微抠②，复答云：

> 几回拭脸深难到，留却汪汪两道泉。

访事的得了此言，回复荆公，说："苏小姐才调委实高绝，若论容貌，也只平常。"荆公遂将姻事阁起不题。

然虽如此，却因相府求亲一事，将小妹才名播满了京城。以后

---

①　金屋之选：聘为妻室。汉武帝小时候曾说若得姑妈的女儿阿娇为妻，将金屋贮之，后以金屋藏娇指代娶妻。

②　双眼微抠：眼球内陷。

闻得相府亲事不谐，慕名来求者，不计其数。老泉都教呈上文字，把与女孩儿自阅。也有一笔涂倒的，也有点不上两三句的。就中只有一卷，文字做得好。看他卷面写有姓名，叫做秦观。小妹批四句云：

> 今日聪明秀才，他年风流学士。

> 可惜二苏同时，不然横行一世。

这批语明说秦观的文才，在大苏小苏之间，除却二苏，没人及得。老泉看了，已知女儿选中了此人。吩咐门上："但是秦观秀才来时，快请相见。余的都与我辞去。"谁知众人呈卷的，都在讨信，只有秦观不到。却是为何？那秦观秀才字少游，他是扬州府高邮人。腹饱万言，眼空一世。生平敬服的，只有苏家兄弟，以下的都不在意。今日慕小妹之才，虽然衒玉求售①，又怕损了自己的名誉，不肯随行逐队②，寻消问息。老泉见秦观不到，反央人去秦家寓所致意。少游心中暗喜。又想道："小妹才名得于传闻，未曾面试，又闻得她容貌不扬，额颅凸出，眼睛凹进，不知是何等鬼脸？如何得见她一面，方才放心。"打听得三月初一日，要在岳庙烧香，趁此机会，改换衣装，觑个分晓。正是：

> 眼见方为的，传闻未必真。

> 若信传闻语，枉尽世间人。

从来大人家女眷入庙进香，不是早，定是夜。为甚么？早则人未来，夜则人已散。秦少游到三月初一日五更时分，就起来梳洗，打扮个游方道人模样：头裹青布唐巾，耳后露两个石碾的假玉环儿，身穿皂布道袍，腰系黄绦③，足穿净袜草履，项上挂一串拇指大的数

---

① 衒（xuàn）玉求售：自诩有才，以求施展。

② 随行逐队：跟着众人一道。

③ 绦（tāo）：用丝线编织成的扁平的腰带。

珠，手中托一个金漆钵盂，侵早就到东岳庙前伺候。天色黎明，苏小姐轿子已到。少游走开一步，让她轿子入庙，歇于左廊之下。小妹出轿上殿，少游已看见了。虽不是妖娆美丽，却也清雅幽闲，全无俗韵。"但不知她才调真正如何？"约莫焚香已毕，少游却循廊而上，在殿左相遇。

少游打个问讯云①：

> 小姐有福有寿，愿发慈悲。

小妹应声答云：

> 道人何德何能，敢求布施！

少游又问讯云：

> 愿小姐身如药树，百病不生。

小妹一头走，一头答应：

> 随道人口吐莲花②，半文无舍。

少游直跟到轿前，又问讯云：

> 小娘子一天欢喜，如何撒手宝山③？

小妹随口又答云：

> 风道人恁地贪痴④，那得随身金穴⑤！

小妹一头说，一头上轿。少游转身时，口中喃出一句道："'风道人'得对'小娘子'，万千之幸！"小妹上了轿，全不在意。跟随的老院子却听得了⑥，怪这道人放肆，方欲回身寻闹，只见廊下走出

---

① 问讯：僧尼、道士合掌致敬行礼。
② 口吐莲花：能说会道。
③ 撒手宝山：一无所获而回。
④ 风：通疯。
⑤ 金穴：财富。
⑥ 老院子：侍奉日久，年老的仆人。

一个垂髫的俊童，对着那道人叫道："相公这里来更衣。"那道人便前走，童儿后随。老院子将童儿肩上悄地捻了一把①，低声问道："前面是那个相公？"童儿道："是高邮秦少游相公。"老院子便不言语。回来时，就与老婆说知了。这句话就传入内里，小妹才晓得那化缘的道人是秦少游假妆的，付之一笑，嘱付丫鬟们休得多口。

话分两头。且说秦少游那日饱看了小妹，容貌不丑，况且应答如响，其才自不必言。择了吉日，亲往求亲，老泉应允，少不得下财纳币②。此是二月初旬的事。少游急欲完婚，小妹不肯。她看定秦观文字，必然中选。试期已近，欲要象简乌纱③，洞房花烛，少游只得依她。到三月初三礼部大试之期④，秦观一举成名，中了制科。到苏府来拜丈人，就禀复完婚一事。因寓中无人，欲就苏府花烛。老泉笑道："今日挂榜，脱白挂绿⑤，便是上吉之日，何必另选日子。只今晚便在小寓成亲，岂不美哉！"东坡学士从旁赞成。是夜与小妹双双拜堂，成就了百年姻眷。正是：

聪明女得聪明婿，大登科后小登科。

其夜月明如昼。少游在前厅筵宴已毕，方欲进房，只见房门紧闭，庭中摆着小小一张桌儿，桌上排列纸墨笔砚，三个封儿，三个盏儿，一个是玉盏，一个是银盏，一个是瓦盏。青衣小鬟守立旁边。少游道："相烦传语小姐，新郎已到，何不开门？"丫鬟道："奉小姐之命，有三个题目在此，三试俱中式，方准进房。这三个纸封儿便

---

① 捻（niǎn）：用手指搓揉。

② 下财纳币：婚前男方给女方送彩礼等仪式环节。

③ 象简乌纱：手执象牙笏（hù，古代大臣上朝拿着的手板，可以记事），头戴乌纱帽，为官员装束。

④ 礼部大试：礼部主持的进士考试。

⑤ 脱白挂绿：脱去平民的白衣，穿上绿色的官服。

是题目在内。"少游指着三个盏道："这又是甚的意思？"丫鬟道："那玉盏是盛酒的，那银盏是盛茶的，那瓦盏是盛寡水的。三试俱中，玉盏内美酒三杯，请进香房。两试中了，一试不中，银盏内清茶解渴，直待来宵再试。一试中了，两试不中，瓦盏内呷口淡水，罚在外厢读书三个月。"少游微微冷笑道："别个秀才来应举时，就要告命题容易了，下官曾应过制科，青钱万选①，莫说三个题目，就是三百个，我何惧哉！"丫鬟道："俺小姐不比寻常盲试官，之乎者也应个故事而已。她的题目好难哩！第一题，是绝句一首，要新郎也做一首，合了出题之意，方为中式。第二题四句诗，藏着四个古人，猜得一个也不差，方为中式。到第三题，就容易了，止要做个七字对儿，对得好便得饮美酒进香房了。"

少游道："请第一题。"丫鬟取第一个纸封拆开，请新郎自看。少游看时，封着花笺一幅，写诗四句道：

　　铜铁投洪冶，蝼蚁上粉墙②。

　　阴阳无二义，天地我中央。

少游想道："这个题目，别人做定猜不着。则我曾假扮做云游道人，在岳庙化缘，去相那苏小姐。此四句乃含着'化缘道人'四字，明明嘲我。"遂于月下取笔写诗一首于题后云：

　　化工何意把春催？缘到名园花自开。

　　道是东风原有主，人人不敢上花台。

丫鬟见诗完，将第一幅花笺折做三叠，从窗隙中塞进，高叫道：

① 青钱万选：喻才华出众。唐朝张鷟极富才华，文章典雅，屡次高中，被誉为如青钱般人人喜爱，万选万中。青钱，初唐及盛唐时铸造的开元通宝中的一种，轮廓深峻，通体发出青白色光泽，故称作青钱，精美异常，十分受人喜爱。

② 蝼蚁（lóu yǐ）：蝼蛄（lóu gū，一种昆虫，与蟋蟀相似）和蚂蚁，比喻地位低微的人。

"新郎交卷，第一场完。"小妹览诗，每句顶上一字，合之乃"化缘道人"四字，微微而笑。

少游又开第二封看之，也是花笺一幅，题诗四句：

> 强爷胜祖有施为①，凿壁偷光夜读书②。
>
> 缝线路中常忆母③，老翁终日倚门间④。

少游见了，略不凝思，一一注明。第一句是孙权，第二句是孔明，第三句是子思，第四句是太公望。丫鬟又从窗隙递进。少游口虽不语，心下想道："两个题目，眼见难我不倒，第三题是个对儿，我五六岁时便会对句，不足为难。"

再拆开第三幅花笺，内出对云：

> 闭门推出窗前月

初看时觉道容易，仔细思来，这对出得尽巧。若对得平常了，不见本事。左思右想，不得其对。听得谯楼三鼓将阑⑤，构思不就，愈加慌迫。

却说东坡此时尚未曾睡，且来打听妹夫消息。望见少游在庭中团团而步，口里只管吟哦"闭门推出窗前月"七个字，右手做推窗之势。东坡想道："此必小妹以此对难之，少游为其所困矣！我不解围，谁为撮合？"急切思之，亦未有好对。庭中有花缸一只，满满的

---

① 强爷胜祖：功业超过自己的父亲和祖父，在此意指孙权超过了父亲孙坚和祖父孙钟。

② 凿壁偷光：西汉匡衡凿穿墙壁引邻舍之烛光读书。在此意指"通孔而明"。

③ 缝线路中常忆母：唐代诗人孟郊《游子吟》："慈母手中线，游子身上衣。临行密密缝，意恐迟迟归。谁言寸草心，报得三春晖。"儿子思念母亲，寓意指"子思"，孔子的孙子孔伋的字。

④ 老翁终日倚门间：在此意指"太公望"，太公望即辅佐周文王、武王灭商的姜子牙，后成为齐国的始祖。

⑤ 谯楼（qiáo lóu）：古代城门上建造的用以瞭望的楼。阑：将尽。

贮着一缸清水，少游步了一回，偶然倚缸看水。东坡望见，触动了他灵机，道："有了！"欲待教他对了，诚恐小妹知觉，连累妹夫体面，不好看相。东坡远远站着咳嗽一声，就地下取小小砖片，投向缸中。那水为砖片所激，跃起几点，扑在少游面上。水中天光月影，纷纷淆乱。少游当下晓悟，遂援笔对云：

投石冲开水底天

丫鬟交了第三遍试卷，只听呀的一声，房门大开，内又走出一个侍儿，手捧银壶，将美酒斟于玉盏之内，献上新郎，口称："才子请满饮三杯，权当花红赏劳。"少游此时意气扬扬，连进三盏，丫鬟拥入香房。这一夜，佳人才子，好不称意。正是：

欢娱嫌夜短，寂寞恨更长。

自此夫妻和美，不在话下。

后少游宦游浙中，东坡学士在京，小妹思想哥哥，到京省视。东坡有个禅友，叫做佛印禅师，尝劝东坡急流勇退。一日寄长歌一篇，东坡看时，却也写得怪异，每二字一连，共一百三十对字。你道写的是甚字？

	野野	鸟鸟	啼啼	时时	有有	思思	春春	气气	桃桃	花
花	发发	满满	枝枝	莺莺	雀雀	相相	呼呼	唤唤	岩岩	畔
畔	花花	红红	似似	锦锦	屏屏	堪堪	看看	山山	秀秀	丽
丽	山山	前前	烟烟	雾雾	起起	清清	浮浮	浪浪	促促	瀑
瀑	湲湲	水水	景景	幽幽	深深	处处	好好	追追	游游	傍
傍	水水	花花	似似	雪雪	梨梨	花花	光光	皎皎	洁洁	玲
玲	珑珑	似似	坠坠	银银	花花	折折	最最	好好	柔柔	茸
茸	溪溪	畔畔	草草	青青	双双	蝴蝴	蝶蝶	飞飞	来来	到
到	落落	花花	林林	里里	鸟鸟	啼啼	叫叫	不不	休休	为
为	忆忆	春春	光光	好好	杨杨	柳柳	枝枝	头头	春春	色

色　秀秀　时时　常常　共共　饮饮　春春　浓浓　酒酒　似似　醉
醉　闲闲　行行　春春　色色　里里　相相　逢逢　竞竞　忆忆　游
游　山山　水水　心心　息息　悠悠　归归　去去　来来　休休
役役

东坡看了两三遍，一时念将不出，只是沉吟。小妹取过，一览
了然，便道："哥哥，此歌有何难解！待妹子念与你听。"即时朗
诵云：

　　野鸟啼，野鸟啼时时有思。
　　有思春气桃花发，春气桃花发满枝。
　　满枝莺雀相呼唤，莺雀相呼唤岩畔。
　　岩畔花红似锦屏，花红似锦屏堪看。
　　堪看山，山秀丽，秀丽山前烟雾起。
　　山前烟雾起清浮，清浮浪促潺湲水。
　　浪促潺湲水景幽，景幽深处好，深处好追游。
　　追游傍水花，傍水花似雪。
　　似雪梨花光皎洁，梨花光皎洁玲珑。
　　玲珑似坠银花折，似坠银花折最好。
　　最好柔茸溪畔草，柔茸溪畔草青青。
　　双双蝴蝶飞来到，蝴蝶飞来到落花。
　　落花林里鸟啼叫，林里鸟啼叫不休。
　　不休为忆春光好，为忆春光好杨柳。
　　杨柳枝枝春色秀，春色秀时常共饮。
　　时常共饮春浓酒，春浓酒似醉。
　　似醉闲行春色里，闲行春色里相逢。
　　相逢竞忆游山水，竞忆游山水心息。
　　心息悠悠归去来，归去来休休役役。

东坡听念，大惊道："吾妹敏悟，吾所不及！若为男子，官位必

远胜于我矣！"遂将佛印原写长歌，并小妹所定句读，都写出来，做一封儿寄与少游。因述自己再读不解，小妹一览而知之故。少游初看佛印所书，亦不能解。后读小妹之句，如梦初觉，深加愧叹。答以短歌云：

> 未及梵僧歌，词重而意复。
>
> 字字如联珠，行行如贯玉。
>
> 想汝惟一览，顾我劳三复。
>
> 裁诗思远寄，因以真类触。
>
> 汝其审思之，可表予心曲。

短歌后制成叠字诗一首，却又写得古怪：

> 期归阻久伊思
> 转辗繁闷围望别

少游书信到时，正值东坡与小妹在湖上看采莲。东坡先拆书看了，递与小妹，问道："汝能解否？"小妹道："此诗乃仿佛印禅师之体也。"即念云：

> 静思伊久阻归期，久阻归期忆别离。
>
> 忆别离时闻漏转，时闻漏转静思伊。

东坡叹道："吾妹真绝世聪明人也！今日采莲胜会，可即事各和一首，寄与少游，使知你我今日之游。"东坡诗成，小妹亦就。小妹诗云：

> 津杨绿在人莲
> 王湘丢汗进菱围

东坡诗云：

> 飞如马云归花
> 羹已咐叶醒咐飞

照少游诗念出，小妹叠字诗，道是：

> 采莲人在绿杨津，在绿杨津一阕新。
>
> 一阕新歌声嗽玉①，歌声嗽玉采莲人。

东坡叠字诗，道是：

> 赏花归去马如飞，去马如飞酒力微。
>
> 酒力微醒时已暮，醒时已暮赏花归。

二诗寄去，少游读罢，叹赏不已。其夫妇酬和之诗甚多，不能详述。

后来少游以才名被征为翰林学士，与二苏同官。一时郎舅三人，并居史职，古所希有。于是宣仁太后亦闻苏小妹之才②，每每遣内官赐以绢帛或饮馔之类③，索她题咏。每得一篇，宫中传诵，声播京都。其后小妹先少游而卒，少游思念不置，终身不复娶云。有诗为证：

> 文章自古说三苏，小妹聪明胜丈夫。
>
> 三难新郎真异事，一门秀气世间无。

---

① 嗽玉：形容泉水倾泻在石头上的声音非常清脆，喻指歌声优美。

② 宣仁太后：宋神宗（在位时重用王安石推行变法）的母亲。

③ 内官：宫内的宦官。

小夫人金钱赠年少

谁言今古事难穷？大抵荣枯总是空。

算得生前随分过①，争如云外指溟鸿②。

暗添雪色眉根白，旋落花光脸上红。

惆怅凄凉两回首，暮林萧索起悲风。

这八句诗，乃西川成都府华阳县王处厚，年纪将及六旬，把镜照面，见须发有几根白的，有感而作。世上之物，少则有壮，壮则有老，古之常理，人人都免不得的。原来诸物都是先白后黑，惟有髭须却是先黑后白。又有戴花刘使君，对镜中见这头发斑白，曾作《醉亭楼》词：

平生性格，随分好些春色，沉醉恋花陌。虽然年老心未老，满头花压巾帽侧。鬓如霜，须似雪，自嗟恻③！

几个相知劝我染，几个相知劝我摘。染摘有何益！当初怕作短命鬼，如今已过中年客。且留些，妆晚景，尽教白。

如今说东京汴州开封府界，有个员外④，年逾六旬，须发皤然⑤。只因不伏老⑥，兀自贪色，荡散了一个家计⑦，几乎做了失乡之鬼。这

---

① 随分：随意；任意。

② 溟鸿：高飞的鸿雁。指高空。

③ 嗟恻：悲叹悱恻。

④ 员外：原指正员以外的官员，后指地主豪绅。

⑤ 皤（pó）然：白貌。多指须发、头发斑白的样子。

⑥ 伏老：自认年老精力衰退。旧传蝙蝠老后化为魁蛤，名伏老。

⑦ 家计：指家产、家财。

员外姓甚名谁？却做出甚么事来？正是：

> 尘随车马何年尽？事系人心早晚休。

话说东京汴州开封府界身子里①，一个开线铺的员外张士廉，年过六旬，妈妈死后，孑然一身，并无儿女。家有十万资财，用两个主管营运。张员外忽一日拍胸长叹，对二人说："我许大年纪，无儿无女，要十万家财何用？"二人曰："员外何不取房娘子，生得一男半女，也不绝了香火。"员外甚喜，差人随即唤张媒李媒前来。这两个媒人端的是：

> 开言成匹配，举口合姻缘。医世上凤只鸾孤，管宇宙单眠独宿。
> 传言玉女，用机关把臂拖来；侍案金童，下说词拦腰抱住。调唆织女害相思，引得嫦娥离月殿。

员外道："我因无子，相烦你二人说亲。"张媒口中不道，心下思量道："大伯子许多年纪②，如今说亲，说甚么人是得③？教我怎地应他？"则见李媒把张媒推一推，便道"容易"。临行，又叫住了道："我有三句话。"只因说出这三句话来，教员外：

> 青云有路，番为苦楚之人；白骨无坟，化作失乡之鬼。

媒人道："不知员外意下何如？"张员外道："有三件事，说与你两人：第一件，要一个人材出众，好模好样的；第二件，要门户相当；第三件，我家下有十万贯家财，须着个有十万贯房奁的亲来对付我④。"两个媒人，肚里暗笑，口中胡乱答应道："这三件事都容易。"当下相辞员外自去。

---

① 界身：指界身巷，是北宋东京（今开封市）金银铺较集中的街道。
② 大伯子：称老年男子。
③ 是得：犹言是好。
④ 房奁：妆奁，嫁妆。对付：相配，符合。

张媒在路上与李媒商议道："若说得这头亲事成，也有百十贯钱撰①。只是员外说的话太不着人②，有那三件事的他不去嫁个年少郎君，却肯随你这老头子？偏你这几根白胡须是沙糖拌的？"李媒道："我有一头到也凑巧，人材出众，门户相当。"张媒道："是谁家？"李媒云："是王招宣府里出来的小夫人③。王招宣初娶时，十分宠幸，后来只为一句话破绽些，失了主人之心，情愿白白里把与人，只要个有门风的便肯。随身房计少也有几万贯，只怕年纪忒小些。"张媒道："不愁小的忒小，还嫌老的忒老，这头亲张员外怕不中意？只是雌儿心下必然不美④。如今对雌儿说，把张家年纪瞒过了一二十年，两边就差不多了。"李媒道："明日是个和合日，我同你先到张宅讲定财礼，随到王招宣府一说便成。"是晚各归无话。

次日，二媒约会了，双双的到张员外宅里说："咋日员外吩咐的三件事，老媳寻得一头亲，难得恁般凑巧⑤！第一件，人材十分足色；第二件，是王招宣府里出来，有名声的；第三件，十万贯房奁，则怕员外嫌他年小。"张员外问道："却几岁？"张媒应道："小员外三四十岁。"张员外满脸堆笑道："全仗作成则个⑥！"

⋯⋯⋯⋯⋯⋯⋯⋯⋯

　① 撰：同"赚"。
　② 不着人：犹言不近人情。
　③ 招宣：指招讨使与宣抚使。招讨使：古代官名。置于唐贞元年间。后遇战时临时设置，常以大臣、将帅或节度使等地方军政长官兼任，宋不常置。宣抚使：古代官名。唐后期派大臣巡视战后地区及水旱灾区，称宣先安慰使或宣抚使，宋不常置。
　④ 雌儿：对青年妇女的轻薄称呼。
　⑤ 恁：这么，这样。
　⑥ 则个：句末语助词，相当于"便了"。

话休絮烦①，当下两边俱说允了。少不得行财纳礼，奠雁已毕②，花烛成亲。次早参拜家堂，张员外穿紫罗衫，新头巾，新靴新袜。这小夫人着干红销金大袖团花霞帔③，销金盖头④，生得：

> 新月笼眉，春桃拂脸。意态幽花殊丽，肌肤嫩玉生光。说不尽万种妖娆，画不出千般艳冶。何须楚峡云飞过，便是蓬莱殿里人！

张员外从下至上看过，暗暗地喝采。小夫人揭起盖头，看见员外须眉皓白，暗暗地叫苦。花烛夜过了，张员外心下喜欢，小夫人心下不乐。

过了月余，只见一人相揖道：“今日是员外生辰，小道送疏在此。”原来员外但遇初一月半，本命生辰，须有道疏⑤。那时小夫人开疏看时，扑簌簌两行泪下，见这员外年已六十，埋怨两个媒人：“将我误了。”看那张员外时，这几日又添了四五件在身上：

> 腰便添疼，眼便添泪，耳便添聋，鼻便添涕。

一日，员外对小夫人道：“出外薄干⑥，夫人耐静⑦。”小夫人只得应道：“员外早去早归。”说了，员外自出去，小夫人自思量：“我恁地一个人，许多房奁，却嫁一个白须老儿！”心下正烦恼，身边立着从嫁道：“夫人今日何不门首看街消遣⑧?”小夫人听说，便同养娘到外边来看。这张员外门首，是胭脂绒线铺，两壁装着厨柜，当中一个紫绢沿边帘子。养娘放下帘钩，垂下帘子，门前两个主管，一

---

① 絮烦：因连续重复而惹人厌烦。
② 奠雁：古代婚礼，新郎到女家迎亲，献雁为贽礼，称“奠雁”。
③ 霞帔：宋明以来重要的冠服。
④ 销金：以特殊工艺在衣物上添加的极薄黄金装饰。
⑤ 道疏：道士拜颂祈祷时焚化的祝告文，上写主人姓名及拜忏缘由等。
⑥ 薄干：有些小事。
⑦ 耐静：安于清净，忍受寂寞。
⑧ 门首：门口，门前。

个李庆，五十来岁；一个张胜，年纪三十来岁，二人见放了帘子，问道："为甚么？"养娘道："夫人出来看街。"两个主管躬身在帘子前参见。小夫人在帘子底下启一点朱唇，露两行碎玉①，说不得数句言语，教张胜惹场烦恼：

> 远如沙漠，何殊没底沧溟②；重若丘山，难比无穷泰华③。

小夫人先叫李主管问道："在员外宅里多少年了？"李主管道："李庆在此二十余年。"夫人道："员外寻常照管你也不曾？"李主管道："一饮一啄④，皆出员外。"却问张主管，张主管道："张胜从先父在员外宅里二十余年，张胜随着先父便趋事员外⑤，如今也有十余年。"小夫人问道，"员外曾管顾你么？"张胜道："举家衣食，皆出员外所赐。"小夫人道："主管少待。"小夫人折身进去不多时，递些物与李主管。把袖包手来接，躬身谢了。小夫人却叫张主管道："终不成与了他不与你？这物件虽不直钱，也有好处。"张主管也依李主管接取躬身谢了。夫人又看了一回，自入去。两个主管，各自出门前支持买卖⑥。原来李主管得的是十文银钱，张主管得的却是十文金钱，当时张主管也不知道李主管得的是银钱，李主管也不知张主管得的是金钱。

当日天色已晚，但见：

> 野烟四合，宿鸟归林，佳人秉烛归房，路上行人投店。渔父负鱼归竹径，牧童骑犊返孤村。

----

① 碎玉：比喻细小洁白的牙齿。
② 沧溟：大海。
③ 泰华：泰山和华山。
④ 一饮一啄：指人的饮食。
⑤ 趋事：犹侍奉。
⑥ 支持：应付，主持。

———

当日晚算了帐目，把文簿呈张员外，今日卖几文，买几文，人上欠几文，都金押了①。原来两个主管，各轮一日在铺中当直，其日却好正轮着张主管值宿。门外面一间小房，点着一盏灯。张主管闲坐半晌，安排歇宿，忽听得有人来敲门。张主管听得，问道："是谁？"应道："你则开门，却说与你！"张主管开了房门，那人跄将入来，闪身已在灯光背后。张主管看时，是个妇人。张主管吃了一惊，慌忙道："小娘子，你这早晚来有甚事？"那妇人应道："我不是私来，早间与你物事的教我来。"张主管道；"小夫人与我十文金钱，想是教你来讨还？"那妇女道："你不理会得，李主管得的是银钱。如今小夫人又教把一件物来与你。"只见那妇人背上取下一包衣服，打开来看道："这几件把与你穿的②，又有几件妇女的衣服把与你娘。"只见妇女留下衣服，作别出门，复回身道："还有一件要紧的到忘了。"又向衣袖里取出一锭五十两大银，撒了自去。当夜张胜无故得了许多东西，不明不白，一夜不曾睡着。

明日早起来，张主管开了店门，依旧做买卖。等得李主管到了，将铺面交割与他，张胜自归到家中，拿出衣服银子与娘看。娘问："这物事那里来的？"张主管把夜来的话，一一说与娘知。婆婆听得说道："孩儿，小夫人他把金钱与你，又把衣服银子与你，却是甚么意思？娘如今六十已上年纪，自从没了你爷，便满眼只看你。若是你做出事来，老身靠谁？明日便不要去。"这张主管是个本分之人，况又是个孝顺的，听见娘说，便不往铺里去。张员外见他不去，使人来叫，问道："如何主管不来？"婆婆应道："孩儿感些风寒，这几日身子不快，来不得。传语员外得知，一好便来。"又过了几日，李

....

① 金押：在文书上签名画押。
② 把与：给予，送给。

主管见他不来，自来叫道："张主管如何不来？铺中没人相帮。"老娘只是推身子不快，这两日反重，李主管自去。张员外三五遍使人来叫，做娘的只是说未得好。张员外见三回五次叫他不来，猜道："必是别有去处。"张胜自在家中。

时光迅速，日月如梭，捻指之间，在家中早过了一月有余。道不得"坐吃山崩"。虽然得小夫人许多物事，那一锭大银子，容易不敢出笏^①，衣裳又不好变卖，不去营运，日来月往，手内使得没了。却来问娘道："不教儿子去张员外宅里去，闲了经纪^②，如今在家中日逐盘费如何措置^③？"那婆婆听得说，用手一指，指着屋梁上道："孩儿你见也不见？"张胜看时，原来屋梁上挂着一个包，取将下来。道："你爷养得你这等大，则是这件物事身上。"打开纸包看时，是个花栲栲儿^④。婆婆道："你如今依先做这道路，习爷的生意，卖些胭脂绒线。"

当日时遇元宵，张胜道："今日元宵夜端门下放灯。"便问娘道："儿子欲去看灯则个。"娘道："孩儿，你许多时不行这条路，如今去端门看灯，从张员外门前过，又去惹是招非。"张胜道："是人都去看灯，说道'今年好灯'，儿子去去便归，不从张员外门前过便了。"娘道："要去看灯不妨，则是你自去看不得，同一个相识做伴去才好。"张胜道："我与王二哥同去。"娘道："你两个去看不妨，第一莫得吃酒！第二同去同回！"吩咐了，两个来端门下看灯。正撞着当时赐御酒，撒金钱，好热闹。王二哥道："这里难看灯，一来我们身

---

① 出笏：货物脱手，卖出。
② 经纪：经营买卖。
③ 盘费：日常开支。措置：安排，料理。
④ 花栲栲儿：即"花栲栳儿"。栲栳（kǎo lǎo）：用柳条编成的盛物器具。旧时绒线铺前常挂有此物作为标识。

小力怯，着甚来由吃挨吃搅①？不如去一处看，那里也抓缚着一座鳌山②。"张胜问道："在那里？"王二哥道："你到不知，王招宣府里抓缚着小鳌山，今夜也放灯。"两个便复身回来，却到王招宣府前。原来人又热闹似端门下。就府门前不见了王二哥。张胜只叫得声苦："却是怎地归去？临出门时，我娘吩咐道：'你两个同去同回。'如何不见了王二哥！只我先到屋里，我娘便不焦躁；若是王二哥先回，我娘定道我那里去。"当夜看不得那灯，独自一个行来行去，猛省道："前面是我那旧主人张员外宅里，每年到元宵夜，歇浪线铺③，添许多烟火，今日想他也未收灯。"迤逦④信步行到张员外门前，张胜吃惊，只见张员外家门便开着，十字两条竹竿，缚着皮革底钉住一碗泡灯⑤，照着门上一张手榜贴在⑥。张胜看了，唬得目睁口呆，罔知所措。张胜去这灯光之下，看这手榜上写着道："开封府左军巡院，勘到百姓张士廉，为不合……"方才读到"为不合"三个字，兀自不知道因甚罪。则见灯笼底下一人喝道："你好大胆，来这里看甚的！"张主管吃了一惊，拽开脚步便走。那喝的人大踏步赶将来，叫道："是甚么人？直恁大胆！夜晚间，看这榜做甚么？"唬得张胜便走。

　　渐次间行到巷口⑦，待要转弯归去。相次二更⑧，见一轮明月正照着当空。正行之间，一个人从后面赶将来，叫道："张主管，有人

------

① 吃挨吃搅：被推来挤去。
② 抓缚：捆扎，扎缚。鳌山：彩灯堆叠成的灯山。
③ 歇浪：打烊。
④ 迤逦：缓行。
⑤ 一碗泡灯：即一盏泡灯，古代一种灯具。
⑥ 手榜：亦作"手牓"。手写的用来张贴的文告。
⑦ 渐次：渐渐地，逐渐。
⑧ 相次：将近。

请你。”张胜回头看时，是一个酒博士①。张胜道：“想是王二哥在巷口等我，置些酒吃归去，恰也好。”同这酒博士到店内，随上楼梯，到一个阁儿前面②。量酒道：“在这里。”掀开帘儿，张主管看见一个妇女，身上衣服不甚齐整，头上蓬松。正是：

> 乌云不整，唯思昔日豪华；粉泪频飘，为忆当年富贵。秋夜月蒙云笼罩，牡丹花被土沉埋。

这妇女叫：“张主管，是我请你。”张主管看了一看，虽有些面熟，却想不起。这妇女道：“张主管如何不认得我？我便是小夫人。”张主管道：“小夫人如何在这里？”小夫人道：“一言难尽！”张胜问：“夫人如何恁地？”小夫人道：“不合信媒人口③，嫁了张员外。原来张员外因烧煅假银事犯，把张员外缚去左军巡院里去，至今不知下落。家计并许多房产，都封估了④。我如今一身无所归着，特地投奔你。你看我平昔之面，留我家中住几时则个。”张胜道：“使不得！第一家中母亲严谨；第二道不得‘瓜田不纳履，李下不整冠。’要来张胜家中，断然使不得。”小夫人听得道：“你将为常言俗语道‘呼蛇容易遣蛇难’，怕日久岁深，盘费重大。我教你看……”用手去怀里提出件物来：

> 闻钟始觉山藏寺，傍岸方知水隔村。

小夫人将一串一百单八颗西珠数珠⑤，颗颗大如鸡豆子⑥，明光灿烂。张胜见了喝采道：“有眼不曾见这宝物！”小夫人道：“许多房

---

① 酒博士：酒保，酒店伙计。
② 阁儿：酒楼、茶楼特设的小房间。
③ 不合：不应该。
④ 封估：查封估值。
⑤ 西珠：西洋人贩至中国的珍珠，价值昂贵。
⑥ 鸡豆子：指芡实。

衾，尽彼官府籍没了①，则藏得这物。你若肯留在家中，慢慢把这件宝物逐颗去卖，尽可过日。"张主管听得说，正是：

> 归去只愁红日晚，思量犹恐马行迟。
>
> 横财红粉歌楼酒，谁为三般事不迷？

当日张胜道："小夫人要来张胜家中，也得我娘肯时方可。"小夫人道："和你同去问婆婆，我只在对门人家等回报。"张胜回到家中，将前后事情逐一对娘说了一遍。婆婆是个老人家，心慈，听说如此落难，连声叫道："苦恼，苦恼！小夫人在那里？"张胜道："见在对门等。"婆婆道："请相见！"相见礼毕，小夫人把适来说的话②，从头细说一遍："如今都无亲戚投奔，特来见婆婆，望乞容留！"婆婆听得说道："夫人暂住数日不妨，只怕家寒怠慢，思量别的亲戚再去投奔③。"小夫人便从怀里取出数珠递与婆婆。灯光下婆婆看见，就留小夫人在家住。小夫人道："来日剪颗来货卖，开起胭脂绒线铺，门前挂着花栲栲儿为记。"张胜道："有这件宝物，胡乱卖动，便是若干钱，况且五十两一锭大银未动，正好收买货物。"张胜自从开店，接了张员外一路买卖，其时人唤张胜做小张员外。小夫人屡次来缠张胜，张胜心坚似铁，只以主母相待，并不及乱。

当时清明节候，怎见得：

> 清明何处不生烟？郊外微风挂纸钱。
>
> 人笑人歌芳草地，乍晴乍雨杏花天。
>
> 海棠枝上绵蛮语④，杨柳堤边醉客眠。

---

① 籍没：登记所有财产，加以没收。
② 适来：刚才，方才。
③ 思量：思索。
④ 绵蛮：指小鸟或鸟鸣声。

红粉佳人争画板[①]，彩丝摇曳学飞仙。

满城人都出去金明池游玩，小张员外也出去游玩。到晚间来，却待入万胜门，则听得后面一人叫"张主管"。当时张胜自思道："如今人都叫我做小张员外，甚人叫我主管？"回头看时，却是旧主人张员外。张胜看张员外面上刺着囚字金印，蓬头垢面，衣服不整齐，即时邀入酒店里，一个稳便阁儿坐下。张胜问道："主人缘何如此狼狈？"张员外道："不合成了这头亲事！小夫人原是王招宣府里出来的。今年正月初一日，小夫人自在帘儿里看街，只一个安童托着盒儿打从面前过去[②]，小夫人叫住问道：'府中近日有甚事说？'安童道：'府里别无甚事，则是前日王招宣寻一串一百单八颗西珠数珠不见，带累得一府的人[③]，没一个不吃罪责。'小夫人听得说，脸上或青或红。小安童自去。不多时二三十人来家，把他房奁和我的家私都搬将去。便捉我下左军巡院拷问，要这一百单八颗数珠。我从不曾见，回说'没有'。将我打一顿毒棒，拘禁在监。到亏当日小夫人去房里自吊身死，官司没决撒[④]，把我断了，则是一事。至今日那一串一百单八颗数珠不知下落。"张胜闻言，心下自思道："小夫人也在我家里，数珠也在我家里，早剪动几颗了。"甚是惶惑。劝了张员外些酒食，相别了。

张胜沿路思量道："好是惑人！"回到家中，见小夫人，张胜一步退一步道："告夫人，饶了张胜性命！"小夫人问道："怎恁地说？"张胜把适来大张员外说的话说了一遍。小夫人听得道："却不作怪，你看我身上衣裳有缝，一声高似一声，你岂不理会得？他道我在你

---

① 画板：彩绘的秋千踏板。

② 安童：童仆。

③ 带累：连累

④ 决撒：败露，戳穿。

这里，故意说这话教你不留我。"张胜道："你也说得是。"

又过了数日，只听得外面道："有人寻小员外！"张胜出来迎接，便是大张员外。张胜心中道："家里小夫人使出来相见，是人是鬼，便明白了。"教养娘请小夫人出来。养娘入去，只没寻讨处，不见了小夫人。当时小员外既知小夫人真个是鬼，只得将前面事一一告与大张员外。问道："这串数珠却在那里？"张胜去房中取出，大张员外叫张胜同来王招宣府中说，将数珠交纳，其余剪去数颗，将钱取赎讫①。王招宣赎免张士廉罪犯②，将家私给还，仍旧开胭脂绒线铺。大张员外仍请天庆观道士做醮，追荐小夫人③。只因小夫人生前甚有张胜的心，死后犹然相从。亏杀张胜立心至诚④，到底不曾有染，所以不受其祸，超然无累。如今财色迷人者纷纷皆是，如张胜者万中无一。有诗赞云：

> 谁不贪财不爱淫？始终难染正人心。
>
> 少年得似张主管，鬼祸人非两不侵。

① 取赎：即赎回。
② 赎免：交纳财物而免除刑罚。
③ 追荐：诵经礼忏，超度死者。
④ 亏杀：多亏，幸亏，难为。

蒋淑真刎颈鸳鸯会

眼意心期卒未休①，暗中终拟约登楼。

光阴负我难相偶，情绪牵人不自由。

遥夜定怜香蔽膝②，闷时应弄玉搔头③。

樱桃花谢梨花发，肠断青春两处愁。

右诗单说着"情色"二字。此二字，乃一体一用也。故色绚于目，情感于心，情色相生，心目相视。虽亘古迄今，仁人君子，弗能忘之。晋人有云："情之所钟，正在我辈。"④慧远曰："情色觉如磁石，遇针不觉合为一处。无情之物尚尔，何况我终日在情里做活计耶⑤？"

如今只管说这"情色"二字则甚？且说个临淮武公业，于咸通中任河南府功曹参军。爱妾曰非烟，姓步氏，容止纤丽，弱不胜绮罗⑥。善秦声，好诗弄笔。公业甚嬖之⑦。比邻乃天水赵氏第也⑧，亦

---

① 眼意心期：指男女彼此之间愿望相同，精神情义相通。

② 蔽膝：系在衣服前的护膝围裙。

③ 玉搔头：指玉簪。

④ 情之所钟，正在我辈：出自《世说新语·伤逝》，意思是能够情有所钟的人就只有我了。

⑤ 活计：指信奉宗教之人修行的功课。

⑥ 不胜：经受不住，承受不了。

⑦ 嬖（bì）：宠爱，溺爱。

⑧ 比邻：邻居，乡邻。

衣缨之族①。其子赵象，端秀有文学②。忽一日于南垣隙中窥见非烟，而神气俱丧，废食思之。遂厚赂公业之阉人③，以情相告。阉有难色。后为赂所动，令妻伺非烟闲处，具言象意。非烟闻之，但含笑而不答。阉媪尽以语象。象发狂心荡，不知所如。乃取薛涛笺④，题一绝于上。诗曰：

> 绿暗红稀起暝烟，独将幽恨小庭前。
>
> 沉沉良夜与谁语？星隔银河月半天。

写讫，密缄之。祈阉媪达于非烟。非烟读毕，吁嗟良久，向媪而言曰："我亦曾窥见赵郎，大好才貌。今生薄福，不得当之⑤。尝嫌武生粗悍，非青云器也⑥。"乃复酬篇，写于金凤笺。诗曰：

> 画檐春燕须知宿，兰浦双鸳肯独飞？
>
> 长恨桃源诸女伴，等闲花里送郎归。

封付阉媪，令遗象⑦。象启缄，喜曰："吾事谐矣！"但静坐焚香，时时虔祷以候。

越数日，将夕，阉媪促步而至，笑且拜曰："赵郎愿见神仙否？"象惊，连问之。传非烟语曰："功曹今夜府直⑧，可谓良时。妾家后庭，即君之前垣也。若不渝约好，专望来仪⑨，方可候晤。"语罢，既曛黑，象乘梯而登，非烟已置重榻于下。既下，见非烟艳妆盛服，

---

① 衣缨：官宦世家。

② 文学：文彩、学问。

③ 阍（hūn）人：指看守屋门的人。

④ 薛涛笺：指唐代女诗人薛涛设计的笺纸，后常用来写信。

⑤ 当：相称。这里指相配。

⑥ 青云器：指志趣高远，卓尔不群的有识之士。

⑦ 遗（wèi）：馈赠。这里是"送，送给"的意思。

⑧ 府直：在府衙值班。

⑨ 来仪：指内心爱慕的人到来。

迎入室中，相携就寝，尽缱绻之意焉①。乃晓，象执非烟手曰："接倾城之貌，挹希世之人②，已担幽明③，永奉欢狎④。"言讫，潜归。兹后不盈旬日，常得一期于后庭矣。展幽彻之恩，馨宿昔之情，以为鬼鸟不知，人神相助。如是者周岁。

无何，非烟数以细故挞其女奴⑤。奴衔之⑥，乘间尽以告公业⑦。公业曰："汝慎勿扬声，我当自察之！"后至堂直日，乃密陈状请假。迨夜⑧，如常入直，遂潜伏里门。俟暮鼓既作，蹑足而回，循墙至后庭。见非烟方倚户微吟，象则据垣斜睇⑨。公业不胜其忿，挺前欲擒象。象觉跳出。公业持之，得其半襦。乃入室，呼非烟诘之。非烟色动，不以实告。公业愈怒，缚之大柱，鞭挞血流。非烟但云："生则相亲，死亦无恨！"遂饮杯水而绝。象乃变服易名，远窜于江湖间，稍避其锋焉。可怜雨散云消，花残月缺。

且如赵象知机识务，离脱虎口，免遭毒手，可谓善悔过者也。于今又有个不识窍的小二哥，也与个妇人私通，日日贪欢，朝朝迷恋，后惹出一场祸来，尸横刀下，命赴阴间。致母不得侍，妻不得顾，子号寒于严冬，女啼饥于永昼。静而思之，着何来由！况这妇人不害了你一条性命了？真个：

　　　　蛾眉本是婵娟刃，杀尽风流世上人。

----

① 缱绻（qiǎn quǎn）：指男女之间恋情，缠绵难舍。
② 挹（yì）：拉，牵。
③ 幽明：指有形和无形的事物，此处指鬼神。
④ 欢狎：即欢昵。
⑤ 细故：细小而无关紧要的事。
⑥ 衔：心怀怨恨。
⑦ 乘间：利用机会。
⑧ 迨：等到。
⑨ 斜睇（dì）：斜着眼看。

　　说话的，你道这妇人住居何处？姓甚名谁？元来是浙江杭州府武林门外落乡村中，一个姓蒋的生的女儿，小字淑真。生得甚是标致，脸衬桃花，比桃花不红不白；眉分柳叶，如柳叶犹细犹弯。自小聪明，从来机巧，善描龙而刺凤，能剪雪以裁云。心中只是好些风月，又饮得几杯酒。年已及笄，父母议亲，东也不成，西也不就。每兴凿穴之私^①，常感伤春之病。自恨芳年不偶^②，郁郁不乐。垂帘不卷，羞杀紫燕双飞；高阁慵凭，厌听黄莺并语。未知此女几时得偶素愿？因成商调《醋葫芦》小令十篇，系于事后，少述斯女始末之情。奉劳歌伴，先听格律，后听芜词^③：

　　　　湛秋波，两剪明，露金莲，三寸小。弄春风杨柳细身腰，比红儿态度应更娇。他生得诸般齐妙，纵司空见惯也魂消。

况这蒋家女儿如此容貌，如此伶俐，缘何豪门巨族，王孙公子，文士富商，不行求聘？却这女儿心性有些跷蹊，描眉画眼，傅粉施朱^④，梳个纵鬓头儿，着件叩身衫子，做张做势^⑤，乔模乔样。或倚槛凝神，或临街献笑，因此闾里皆鄙之。所以迁延岁月，顿失光阴，不觉二十余岁。

　　隔邻有一儿子，名叫阿巧，未曾出幼^⑥，常来女家嬉戏。不料此女已动不正之心有日矣。况阿巧不甚长成，父母不以为怪，遂得通家往来无间。一日，女父母他适，阿巧偶来，其女相诱入室，强合焉。忽闻扣户声急，阿巧惊遁而去^⑦。女父母至家亦不知也。且此女

---

　　① 凿穴：钻穴，喻指男女之间的私情。
　　② 不偶：命运不好。
　　③ 芜词：芜杂之词，对自己作品的谦称。
　　④ 傅粉施朱：指打扮，装扮。傅，搽；朱，指胭脂。
　　⑤ 做张做势：装模作样。
　　⑥ 出幼：过了少年时期，成年。
　　⑦ 惊遁：惊慌而逃。

欲心如炽，久渴此事，自从情窦一开，不能自已。阿巧回家，惊气冲心而殒。女闻其死，哀痛弥极①，但不敢形诸颜颊。奉劳歌伴，再和前声：

> 锁修眉，恨尚存，痛知心，人已亡。霎时间云雨散巫阳，自别来几日行坐想。空撇下一天情况②，则除是梦里见才郎。

这女儿自因阿巧死后，心中好生不快活，自思量道："皆由我之过，送了他青春一命。"日逐蹀躞不下③。

倏尔又是一个月来④。女儿晨起梳妆，父母偶然视听，其女颜色精神，语言恍惚。老儿因谓妈妈曰："莫非淑真做出来了？"殊不知其女春色飘零，蝶粉蜂黄都退了；韶华狼藉⑤，花心柳眼已开残。妈妈老儿互相埋怨了一会，只怕亲戚耻笑。"常言道：'女大不中留。'留在家中，却如私盐包儿⑥，脱手方可。不然，直待事发，弄出丑来，不好看。"那妈妈和老儿说罢，央王嫂嫂作媒："将高就低，添长补短，发落了罢。"

一日，王嫂嫂来说，嫁与近村李二郎为妻。且李二郎是个农庄之人，又四十多岁，只图美貌，不计其他。过门之后，两个颇说得着⑦。瞬息间十有余年，李二郎被她彻夜盘弄⑧，衰惫了。年将五十

---

① 弥：更加。

② 情况：情感，情绪。

③ 蹀躞（dié xiè）：来来回回，徘徊不定。

④ 倏（shū）尔：忽然。

⑤ 狼藉：乱七八糟，十分杂乱。

⑥ 私盐包：喻指不安全的事物。

⑦ 说得着：合得来，说话投机。

⑧ 盘弄：拨弄。

之上，此心已灰。奈何此妇正在妙龄，酷好不厌①，仍与夫家西宾有事②。李二郎一见，病发身故。这妇人眼见断送两人性命了。奉劳歌伴，再和前声：

> 结姻缘，十数年，动春情，三四番。萧墙祸起片时间，到如今反为难上难。把一对凤鸾惊散，倚阑干无语泪偷弹。

那李大郎斥退西宾，择日葬弟之柩。这妇人不免守孝三年。其家已知其非，着人防闲③。本妇自揣于心，亦不敢妄为矣。朝夕之间，受了多少的熬煎，或饱一顿，或缺一餐，家人都不理她了。将及一年之上，李大郎自思留此无益，不若逐回，庶免辱门败户。遂唤原媒眼同④，将妇罄身赶回⑤。本妇如鸟出笼，似鱼漏网，其余物饰，亦不计较。本妇抵家，父母只得收留。那有好气待她，如同使婢。妇亦甘心忍受。

一日有个张二官过门，因见本妇，心甚悦之。挽人说合，求为继室。女父母允诺，恨不推将出去。且张二官是个行商，多在外，少在内，不曾打听得备细。设下盒盘羊酒，涓吉成亲⑥。这妇人不去则罢，这一去，好似：

> 猪羊奔屠宰之家，一步步来寻死路。

是夜，画烛摇光，粉香喷雾。绮罗筵上，依旧两个新人；锦绣衾中，各出一般旧物。奉劳歌伴，再和前声：

> 喜今宵，月再圆，赏名园，花正芳。笑吟吟携手上牙床，恣交欢

---

① 厌：满意，满足。
② 西宾：指家塾教师。
③ 防闲：防止，防备。
④ 眼同：一起，跟同。
⑤ 罄身：空着身子，不带任何物品。
⑥ 涓吉：选择吉祥的日子。出自左思《魏都赋》。

恍然入醉乡。不觉的浑身通畅，把断弦重续两情偿。

他两个自花烛之后，日则并肩而坐，夜则叠股而眠，如鱼藉水，似漆投胶。一个全不念前夫之恩爱，一个那曾题亡室之音容。妇羡夫之殷富，夫怜妇之丰仪。两个过活了一月。

一日，张二官人早起，吩咐虞候收拾行李，要往德清取帐。这妇人怎生割舍得他去。张二官人不免起身，这妇人簌簌垂下泪来。张二官道："我你既为夫妇，不须如此。"各道保重而别。

别去又过了半月光景，这妇人是久旷之人，既成佳配，未尽畅怀，又值孤守岑寂，好生难遣。觉身子困倦，步至门首闲望。对门店中一后生，约三十已上年纪，资质丰粹①，举止闲雅。遂问随侍阿瞒，阿瞒道："此店乃朱秉中开的。此人和气，人称他为朱小二哥。"妇人问罢，夜饭也不吃，上楼睡了。楼外乃是官河②，舟船歇泊之外。将及二更，忽闻梢人嘲歌声隐约③，侧耳而听，其歌云：

> 二十去了廿一来，不做私情也是呆。
>
> 有朝一日花容退，双手招郎郎不来。

妇人自此复萌觊觎之心，往往倚门独立。朱秉中时来调戏。彼此相慕，目成眉语，但不能一叙款曲为恨也④。奉劳歌伴，再和前声：

> 美温温，颜面肥，光油油，鬓发长。他半生花酒肆颠狂，对人前扯拽都是谎⑤。全无有风云气象，一味里窃玉与偷香。

---

① 丰粹：丰满美好，仪态端庄。

② 官河：运河。

③ 梢人：指船公。嘲歌：随口唱歌。

④ 款曲：诚挚的心意，满怀的衷情。

⑤ 扯拽：信口胡说。

　　这妇人羡慕朱秉中不已①，只是不得凑巧。一日，张二官讨帐回家，夫妇相见了，叙些间阔的话②。本妇似有不悦之意，只是勉强奉承，一心倒在朱秉中身上了。张二官在家又住了一个月之上。正值仲冬天气，收买了杂货赶节，赁船装载到彼，发卖之间，不甚称意，把货都赊与人上了，旧帐又讨不上手。俄然逼岁③，不得归家过年，预先寄些物事回家支用，不题。

　　且说朱秉中因见其夫不在，乘机去这妇人家贺节。留饮了三五杯，意欲做些暗昧之事。奈何往来之人，应接不暇，取便约在灯宵相会。秉中领教而去。捻指间又届十三日试灯之夕，于是：

　　　　户户鸣锣击鼓，家家品竹弹丝。游人队队踏歌声，仕女翩翩垂舞袖。鳌山彩结，巍峨百尺蠹晴空；凤篆香浓，缥渺千层笼绮陌④。闲庭内外，溶溶宝烛光辉；杰阁高低⑤，烁烁华灯照耀。

奉劳歌伴，再和前声：

　　　　奏箫韶⑥，一派鸣，绽池莲，万朵开。看六街三市闹挨挨，笑声高满城春似海。期人在灯前相待⑦，几回价又恐燕莺猜。

　　其夜秉中侵早的更衣着靴，只在街上往来。本妇也在门首抛声炫俏⑧。两个相见暗喜，准定目下成事。不期伊母因往观灯，就便探女。女扃户邀入参见⑨，不免留宿。秉中等至夜分，闷闷归卧。次夜

- -

① 羡慕：爱慕。
② 间（jiàn）阔：长久分别，分离。
③ 逼岁：接近年关。
④ 绮陌：指繁华的街道。
⑤ 杰阁：高楼，楼阁。
⑥ 箫韶：指婉转美妙的音乐。
⑦ 期：会和，约定。
⑧ 炫俏：卖俏。
⑨ 扃（jiōng）户：关闭房门。

如前。正遇本妇，怪问如何爽约。挨身相就，止做得个"吕"字儿而散。少间，具酒奉母。母见其无情无绪，向女言曰："汝如今迁于乔木①，只宜守分，也与父母争一口气。"岂知本妇已约秉中等了二夜了，可不是鬼门上占卦②？平旦③，买两盒饼饵，雇顶轿儿，送母回了。薄晚④，秉中张个眼慢⑤，钻进妇家，就便上楼。本妇灯也不看，解衣相抱，曲尽于飞。然本妇平生相接数人，或老或少，那能造其奥处。自经此合，身酥骨软，飘飘然其滋味不可胜言也。且朱秉中日常在花柳丛中打交，深谙十要之术，那十要？

> 一要滥于撒漫，二要不算工夫，三要甜言美语，四要软款温柔，五要乜斜缠帐⑥，六要施逞枪法，七要妆聋做哑，八要择友同行，九要穿着新鲜，十要一团和气。

若狐媚之人，缺一不可行也。

再说秉中已回，张二官又到。本妇便害些木边之目，田下之心⑦。要好只除相见。奉劳歌伴，再和前声：

> 报黄昏，角数声，助凄凉，泪几行。论深情海角未为长，难捉摸这般心内痒。不能勾相偎相傍，恶思量萦损九回肠⑧。

这妇人自庆前夕欢娱，直至佳境，又约秉中晚些相会，要连歇几十夜。谁知张二官家来，心中纳闷，就害起病来。头疼腹痛，骨

---

① 迁于乔木：指地位升高，情况好于之前。
② 鬼门上占卦：指不祥、不吉利的爻（yáo）象。
③ 平旦：清晨，天亮的时候。
④ 薄晚：傍晚。
⑤ 张个眼慢：趁别人不注意。
⑥ 乜（miē）斜：糊涂。缠帐：纠缠，搅缠。
⑦ "木边"二句：指"相思"二字。
⑧ 萦损：因心中愁绪而憔悴不已。九回肠：指忧思无限，反复回荡。

热身寒。张二官颙望回家①，将息取乐，因见本妇身子不快，倒戴了一个愁帽。遂请医调治，倩巫烧献②，药必亲尝，衣不解带，反受辛苦，不似在外了。

且说秉中思想，行坐不安。托故去望张二官，称道："小弟久疏趋侍③，昨闻荣回，今特拜谒。奉请明午于蓬舍，少具鸡酒，聊与兄长洗尘，幸勿他却！"翌日，张二官赴席，秉中出妻女奉劝，大醉扶归。已后还了席，往往来来。本妇但闻秉中在座，说也有，笑也有，病也无；倘或不来，就呻吟叫唤，邻里厌闻。

张二官指望便好，谁知日渐沉重。本妇病中，但瞑目就见向日之阿巧和李二郎偕来索命④，势渐狞恶。本妇惧怕，难以实告，惟向张二官道："你可替我求问：'几时脱体⑤？'"如言径往洞虚先生卦肆，卜下卦来，判道："此病大分不好⑥，有横死老幼阳人死命为祸，非今生，乃宿世之冤。今夜就可办备福物酒果冥衣各一分，用鬼宿度河之次，向西铺设，苦苦哀求，庶有少救；不然，决不好也。"奉劳歌伴，再和前声：

> 揶揄来，苦怨咱，朦胧着，便见他。病恹恹害的眼儿花，瘦身躯怎禁没乱杀⑦。则说不和我干休罢，几时节离了两冤家。

张二官正依法祭祀之间，本妇在床，又见阿巧和李二郎击手言曰："我辈已诉于天，着来取命。你央后夫张二官再四恳求，意甚

----

① 颙（yóng）望：盼望，仰望。
② 倩：请。烧献：向神明焚烧祭祀品。
③ 趋侍：侍奉。
④ 但：只，只要。向日：从前，以前。
⑤ 脱体：指病愈。
⑥ 大分：大体上，大概。
⑦ 没乱杀：也作"没乱煞"，指内心愁闷，焦灼不已。

虔恪①。我辈且容你至五五之间，待同你一会之人，却假弓长之手，与你相见。"言讫，欻然不见了②。本妇当夜似觉精爽些个，后看看复旧。张二官喜甚，不题。

却见秉中旦夕亲近，馈送迭至，意颇疑之，尤未为信。一日，张二官入城催讨货物。回家进门，正见本妇与秉中执手联坐。张二官倒退扬声，秉中迎出相揖。他两个亦不知其见也。张二官当时见他殷勤，已自生疑七八分了；今日撞个满怀，凑成十分。张二官自思量道："他两个若犯在我手里，教他死无葬身之地！"遂往德清去做买卖。到了德清，已是五月初一日。安顿了行李在店中，上街买一口刀，悬挂腰间。至初四日连夜奔回，匿于他处，不在话下。

再题本妇渴欲一见，终日去接秉中。秉中也有些病在家里。延至初五日，阿瞒又来请赴鸳鸯会。秉中勉强赴之。楼上已筵张水陆矣：

　　盛两盂煎石首③，贮二器炒山鸡，酒泛菖蒲，糖烧角黍。

其余肴馔蔬果，未暇尽录。两个遂相轰饮④，亦不顾其他也。奉劳歌伴，再和前声：

　　绿溶溶，酒满斝，红焰焰，烛半烧。正中庭花月影儿交，直吃得玉山时自倒⑤他两个贪欢贪笑，不堤防门外有人瞧。

两个正饮间，秉中自觉耳热眼跳，心惊肉战，欠身求退。本妇怒曰："怪见终日请你不来⑥，你何轻贱我之甚！你道你有老婆，我

---

① 虔恪：恭敬谨慎。
② 欻（xū）然：也作"歘然"。忽然的意思。
③ 石首：又叫"黄花鱼""江鱼"。因头上有像棋子的石头，故称此名。
④ 轰饮：狂饮。
⑤ 玉山时自倒：指人喝醉酒时的状态。
⑥ 怪见：难怪。

便是无老公的？你殊不知我做鸳鸯会的主意。夫此二鸟，飞鸣宿食，镇常相守①；尔我生不成双，死作一对。"昔有韩凭妻美，郡王欲夺之，夫妻皆自杀。王恨，两冢瘗②之，后冢上生连理树，上有鸳鸯，悲鸣飞去。此两个要效鸳鸯比翼交颈，不料便成语谶③。况本妇甫能阄阓得病好④，就便荒淫无度，正是：

> 偷鸡猫儿性不改，养汉娘娘死不休。

再说张二官提刀在手，潜步至门，梯树窃听⑤。见他两个戏谑歌呼，历历在耳，气得按捺不下，打一砖去。本妇就吹灭了灯，声也不则了。连打了三块，本妇教秉中先睡："我去看看便来。"阿瞒持烛先行，开了大门，并无人迹。本妇叫道："今日是个端阳佳节，那家不吃几杯雄黄酒？"正要骂间，张二官跳将下来，喝道："泼贱⑥！你和甚人夤夜吃酒⑦？"本妇吓得战做一团，只说："不不不！"张二官乃曰："你同我上楼一看，如无便罢，慌做甚么！"本妇又见阿巧、李二郎一齐都来，自分必死⑧，延颈待尽⑨。秉中赤条条惊下床来，匍匐口称⑩："死罪，死罪！情愿将家私并女奉报，哀怜小弟母老妻娇，子幼女弱！"张二官那里准他。则见刀过处，一对人头落地，两腔鲜血冲天。正是：

----

① 镇常：经常，常常。

② 瘗（yì）：掩埋，埋葬。

③ 语谶（chèn）：预言。

④ 甫能：才能，刚能。阄阓（zhèng chuài）：挣扎，竭力取得。

⑤ 梯树：爬树。梯，攀登，攀爬。

⑥ 泼贱：贱人。

⑦ 夤（yín）夜：深夜。

⑧ 自分：自己估计。

⑨ 延颈：伸长脖子。延，延长，伸长。

⑩ 匍匐：趴着。

　　　当时不解恩成怨，今日方知色是空。

　　当初本妇卧病，已闻阿巧、李二郎言道："五五之间，待同你一会之人，假弓长之手，再与相见。"果至五月五日，被张二官杀死。"一会之人"，乃秉中也。祸福未至，鬼神必先知之，可不惧欤！故知士矜才则德薄，女炫色则情放。若能如执盈①，如临深，则为端士淑女矣，岂不美哉！惟愿率土之民，夫妇和柔，琴瑟谐协，有过则改之，未萌则戒之，敦崇风教②，未为晚也。在座看官，漫听这一本《刎颈鸳鸯会》③。奉劳歌伴，再和前声：

　　　见抛砖，意暗猜，入门来，魂已惊。举青锋过处丧多情，到今朝你心还未省！送了他三条性命，果冤冤相报有神明。

　　又调《南乡子》一阕，词曰：

　　　春老怨啼鹃，玉损香消事可怜。一对风流伤白刃，冤冤，惆怅劳魂赴九泉。

　　　抵死苦留连④？想是前生有业缘⑤。景色依然人已散，天天，千古多情月自圆。

----

① 盈：装满东西的器皿。
② 敦崇：崇尚。风教：风俗教化。
③ 漫：随意，随便。
④ 抵死：拼死，冒死。
⑤ 业缘：佛教语。谓苦乐皆为业力而起，故称为"业缘"。

刘小官雌雄兄弟

衣冠未必皆男子，巾帼如何定妇人？
历数古今多怪事，高山为谷海生尘。

且说国朝成化年间①，山东有一男子，姓桑，名茂，是个小家之子。垂髫时，生得红白细嫩。一日，父母教他往村中一个亲戚人家去，中途遇了大雨，闪在冷庙中躲避。那庙中先有一老妪也在内躲雨，两个做一堆儿坐地。那雨越下越大了，出头不得。老妪看见桑茂标致，将把言语调他。桑茂也略通些情窍，只道老妪要他干事。临上交时，原来老妪腰间倒有本钱，把桑茂后庭弄将起来。事毕，雨还未止。桑茂终是孩子家，便问道："你是妇道，如何有那话儿？"老妪道："小官，我实对你说，莫要泄漏于他人。我不是妇人，原是个男子。从小缚做小脚，学那妇道妆扮，习成低声哑气，做一手好针线，潜往他乡，假称寡妇，央人引进豪门巨室行教。女眷们爱我手艺，便留在家中，出入房闱，多与妇女同眠，恣意行乐。那妇女相处情厚，整月留宿，不放出门。也有闺女贞娘，不肯胡乱的，我另有媚药儿，待她睡去，用水喷在她面上，她便昏迷不醒，任我行事。及至醒来，我已得手。她自怕羞辱，不敢声张，还要多赠金帛送我出门，嘱咐我莫说。我今年四十七岁了，走得两京九省，到处娇娘美妇，同眠同卧，随身食用，并无缺乏，从不曾被人识破！"桑茂道："这等快活好事，不知我可学得么？"老妪道："似小官恁般标

----

① 成化：明宪宗朱见深的年号，1465－1487。

致，扮妇女极像样了。你若肯投我为师，随我一路去，我就与你缠脚，教导你做针线，引你到人家去，只说是我外甥女儿，得便就有良遇。我一发把媚药方儿传授与你，包你一世受用不尽！"桑茂被他说得心痒，就在冷庙中四拜①，投老妪为师。也不去访亲访眷，也不去问爹问娘，等待雨止，跟着老妪便走。

那老妪一路与桑茂同行同宿。出了山东境外，就与桑茂三绺梳头，包裹中取出女衫换了，脚头缠紧，套上一双窄窄的尖头鞋儿，看来就像个女子，改名郑二姐。后来年长到二十二岁上，桑茂要辞了师父，自去行动。师父吩咐道："你少年老成，定有好人相遇。只一件，凡得意之处，不可久住。多则半月，少则五日，就要换场，免露形迹。还一件，做这道儿，多见妇人，少见男子，切忌与男子相近交谈。若有男子人家，预先设法躲避。倘或被他看出破绽，性命不保。切记，切记！"桑茂领教，两下分别。

后来桑茂自称郑二娘，各处行游哄骗。也走过一京四省，所好妇女，不计其数。到三十二岁上，游到江西一个村镇，有个大户人家女眷留住，传他针线。那大户家妇女最多，桑茂迷恋不舍，住了二十余日不去。大户有个女婿，姓赵，是个纳粟监生。一日，赵监生到岳母房中作揖，偶然撞见了郑二娘，爱其俏丽，嘱咐妻子接他来家。郑二娘不知就里，欣然而往。被赵监生邀入书房，拦腰抱住，定要求欢。郑二娘抵死不肯，叫喊起来。赵监生本是个粗人，惹得性起，不管三七二十一，竟按倒在床上去解他裤裆。郑二娘挡抵不开，被赵监生一手插进，摸着那话儿，方知是个男人女扮。当下叫起家人，一索捆翻，解到官府。用刑严讯，招称真姓真名，及向来行奸之事，污秽不堪。府县申报上司，都道是从来未有之变。具疏

....

① 冷庙：门庭冷落的庙宇。

奏闻，刑部以为人妖败俗，律所不载，拟成凌迟重辟^①，决不待时。可怜桑茂假充了半世妇人，讨了若干便宜，到头来死于赵监生之手。正是：

福善祸淫天有理，律轻情重法无私。

方才说的是男人妆女败坏风化的。如今说个女人妆男，节孝兼全的来正本^②，恰似：

薰莸不共器^③，尧桀好相形。

毫厘千里谬，认取定盘星^④。

这话本也出在本朝宣德年间^⑤，有一老者，姓刘，名德，家住河西务镇上^⑥。这镇在运河之旁，离北京有二百里田地，乃各省出入京都的要路。舟楫聚泊，如蚂蚁一般；车音马迹，日夜络绎不绝。上有居民数百余家，边河为市，好不富庶。那刘德夫妻两口，年纪六十有余，并无弟兄子女。自己有几间房屋，数十亩田地，门首又开一个小酒店儿。刘公平昔好善，极肯周济人的缓急。凡来吃酒的，偶然身边银钱缺少，他也不十分计较。或有人多把与他，他便勾了自己价钱，余下的定然退还，分毫不肯苟取。有晓得的，问道："这人错与你的，落得将来受用，如何反把来退还？"刘公说："我身没有子嗣，多因前生不曾修得善果，所以今世罚做无祀之鬼，岂可又

---

① 凌迟：将人身上的肉一刀刀割去的处决方式。重辟：极刑。

② 正本：端正其本源，在此强调讲述故事的本意。

③ 薰莸（yóu）：香草和有臭味的草。

④ 定盘星：秤杆上的第一个星，将秤砣挂在此处可与空的秤盘重量保持平衡，是做好秤杆的前提，常用来比喻为事物的准绳。

⑤ 宣德：明宣宗朱瞻基的年号，1426—1435。

⑥ 河西务镇：位于今天津市武清区，因紧靠京杭大运河西岸而得名，元明清时期为江南地区物资运入京师的水路咽喉，由此商业繁盛，有"京东第一镇""津门首驿"之称。

为恁样欺心的事！倘然命里不该时，错得了一分到手，或是变出些事端，或是染患些疾病，反用去几钱，却不倒折便宜？不若退还了，何等安逸。”因他做人公平，一镇的人无不敬服，都称为刘长者。

一日，正值隆冬天气，朔风凛冽，彤云密布，降下一天大雪。原来那雪：

> 能穿帷幕，善度帘栊。乍飘数点，俄惊柳絮飞扬；狂舞一番，错认梨花乱坠。声从竹叶传来，香自梅枝递至。塞外征人穿冻甲，山中隐士拥寒衾。王孙绮席倒金尊，美女红炉添兽炭[①]。

刘公因天气寒冷，暖起一壶热酒，夫妻两个向火对饮。吃了一回，起身走到门首看雪。只见远远一人背着包裹，同个小厮迎风冒雪而来。看看至近，那人扑的一交，跌在雪里，挣扎不起。小厮便向前去搀扶。年小力微，两个一拖，反向下边跌去，都滚做一个肉饺儿。爬了好一回，方才得起。刘公擦摩老眼看时，却是六十来岁的老儿，行缠绞脚[②]，八搭麻鞋[③]，身上衣服甚是蓝褛。这小厮到也生得清秀，脚下穿一双小布褕靴[④]。

那老儿把身上雪片抖净，向小厮道：“儿，风雪甚大，身上寒冷，行走不动。这里有酒在此，且买一壶来荡荡寒再行。”便走入店来，向一副座头坐下，把包裹放在桌上，小厮坐于旁边。刘公去暖一壶热酒，切一盘牛肉，两碟小菜，两副杯箸，做一盘儿托过来摆在桌上。小厮捧过壶来，斟上一杯，双手递与父亲，然后筛与自己。刘公见他年幼，有些礼数，便问道：“这位是令郎么？”那老儿道：

---

① 兽炭：做成兽形的炭。泛指炭或炭火，焚烧以取暖。

② 绞脚：绑腿，主要用于保护腿部，便于户外行路。

③ 八搭麻鞋：用麻编织，有耳绊的一种鞋，适合于户外行远路，游方僧人、道士常穿。

④ 褕靴：棉靴。

"正是小犬。"刘公道："今年几岁了?"答道："乳名申儿,十二岁了。"又问道："客官尊姓?是往那里去的?恁般风雪中行走。"那老儿答道："老汉方勇,是京师龙虎卫军士^①,原籍山东济宁。今要回去取讨军庄盘缠^②,不想下起雪来。"问："主人家尊姓?"刘公道:"在下姓刘,招牌上'近河',便是贱号。"又道:"济宁离此尚远,如何不寻个脚力,却受这般辛苦^③?"答道:"老汉是个穷军,那里雇得起脚力!只得慢慢的挨去罢了。"

刘公举目看时,只见他把小菜下酒,那盘牛肉,全然不动。问道:"长官父子想都是奉斋么?"答道:"我们当军的人,吃什么斋!"刘公道:"既不奉斋,如何不吃些肉儿?"答道:"实不相瞒,身边盘缠短少,吃小菜饭儿,还恐走不到家。若用了这大菜,便去了几日的口粮,怎生得到家里?"刘公见他说恁样穷乏,心中惨然,便道:"这般大雪,腹内得些酒肉,还可挡得风寒,你只管用,我这里不算账罢了。"老军道:"主人家休得取笑!那有吃了东西,不算账之理?"刘公道:"不瞒长官说,在下这里,比别家不同。若过往客官,偶然银子缺少,在下就肯奉承。长官既没有盘缠,只算我请你罢了。"老军见他当真,便道:"多谢厚情,只是无功受禄,不当人子^④。老汉转来,定当奉酬。"刘公道:"四海之内,皆兄弟也。这些小东西,值得几何,怎说这奉酬的话!"老汉方才举箸。刘公又盛过两碗饭来,道:"一发吃饱了好行路。"老军道:"忒过分了!"父子二人正在饥馁之时,拿起饭来,狼餐虎咽,尽情一饱。这才是:

---

① 龙虎卫:明代京师(首都)的驻防部队。
② 军庄盘缠:明代服役军人定期回原籍领取的生活补助。
③ 脚力:指代步的牲口。
④ 不当人子:表示歉意或感谢的话,罪过,不敢当。

救人须救急，施人须当厄。

渴者易为饮，饥者易为食。

当下吃完酒饭，刘公又叫妈妈点两杯热茶来吃了。老军便腰间取出银子来还钱。刘公连忙推住道："刚才说过，是我请你的，如何又要银子？怎样时，到像在下说法卖这盘肉了。你且留下，到前途去盘缠。"老军便住了手，千恩万谢，背上了包裹，作辞起身。走出门外，只见那雪越发大了。对面看不出人儿。被寒风一吹，倒退下几步。小厮道："爹，这样大雪，如何行走？"老军道："便是没奈何，且挨到前途，觅个宿店歇罢。"小厮眼中便流下泪来。刘公心中不忍，说道："长官，这般风寒大雪，着甚要紧，受此苦楚！我家空房床铺尽有，何不就此安歇，等天晴了走也未迟。"老军道："若得如此，甚好，只是打搅不当。"刘公道："说那里话题！谁人是顶着房子走的？快快进来，不要打湿了身上。"老军引着小厮，重新进门。

刘公领去一间房里，把包裹放下。看床上时，席子草荐都有①。刘公还怕他寒冷，又取出些稻草来，放在上面。老军打开包裹，将出被窝铺下。此时天气尚早，准顿好了，同小厮走出房来。刘公已将店面关好，同妈妈向火，看见老军出房，便叫道："方长官，你若冷时，有火在此，烘一烘暖活也好。"老军道："好到好，只是奶奶在那里，恐不稳便。"刘公道："都是老人家了，不妨得。"老汉方才同小厮走过来，坐于火边。那时比前又加识熟，便称起号来，说："近河，怎么只有老夫妻两位？想是令郎们另居么？"刘公道："不瞒你说，老拙夫妻今年都痴长六十四岁，从来不曾生育，那里得有儿子？"老军道："何不承继一个，服侍你老年也好？"刘公答道："我

---

① 草荐：用干枯的谷秆编织成的床垫，铺在床板与草席之间。

心里初时也欲得如此，因常见人家承继来的，不得他当家替力，反惹闲气，不如没有的到得清净。总要时，急切不能有个中意的，故此休了这念头。若得你令郎这样一个，却便好了，只是如何得能勾？"两个闲话一回，看看已晚，老军讨了个灯火，叫声安置，同儿子到客房中来安歇。对儿子说："儿，今日天幸得这样好人。若没有他时，冻也要冻死了。明日莫管天晴下雪，早些走罢。打搅他，心上不安。"小厮道："爹说得是！"父子上床安息。

　　不想老军受了些风寒，到下半夜，火一般热起来，口内只是气喘，讨汤水吃。这小厮家夜晚间，又在客店里，那处去取？巴到天明，起来开房门看时，那刘公夫妻还未曾起身。他又不敢惊动，原把门儿掩上，守在床前。少顷，听得外面刘公咳嗽声响，便开门走将出来。刘公一见，便道："小官儿，如何起得恁早？"小厮道："告公公得知，不想爹爹昨夜忽然发起热来，口中不住吁喘，要讨口水吃，故此起得早些。"刘公道："啊呀！想是他昨日受些寒了。这冷水怎么吃得？待我烧些热汤与你。"小厮道："怎好又劳公公？"刘公便教他妈妈烧起一大壶滚汤。刘公送到房里，小厮扶起来吃了两碗。老军睁眼观看，见刘公在旁，谢道："难为你老人家！怎生报答？"刘公走近前道："休恁般说。你且安心自在，盖热了发出些汗便好了。"小厮放倒下去，刘公便扯被儿与他盖好，见那被儿单薄，说道："可知道着了寒！如何这被恁薄？怎能发得汗出？"妈妈在门口听见，即去取出一条大絮被来，道："老官儿，有被在此，你与他盖好了。这般冷天气，不是当耍的。"小厮便来接去。刘公与他盖得停当，方才走出。

　　少顷，梳洗过，又走进来，问："可有汗么？"小厮道："我才摸时，并无一些汗气。"刘公道："若没汗时，这寒气是感得重的了，须请个太医来用药①，表他的汗出来方好。不然，这风寒怎能勾发泄？"小厮道："公公，身伴无钱，将何请医服药？"刘公道："不消你费心，有我在此。"小厮听说，即便叩头道："多蒙公公厚恩，救我父亲。今生若不能补报，死当为犬马偿恩！"刘公连忙扶起道："快不要如此，既在此安宿，我便是亲人了，岂忍坐视！你自去房中服侍，老汉与你迎医。"

其日雪止天霁，街上的积雪被车马践踏，尽为泥泞，有一尺多深。刘公穿个木屐，出街头望了一望，复身进门。小厮看刘公转来，只道不去了，嗛着两行泪珠，方欲上前叩问，只见刘公从后屋牵出个驴儿骑了，出门而去。小厮方才放心。

且喜太医住得还近，不多时便到了。那太医也骑个驴儿，家人背着药箱，随在后面，到门首下了。刘公请进堂中，吃过茶，然后引至房里。此时老军已是神思昏迷，一毫人事不省。太医诊了脉，说道："这是个双感伤寒，风邪已入于腠理②。伤寒书上有两句歌云：'两感伤寒不须治，阴阳毒过七朝期。'此乃不治之症。别个医家，便要说还可以救得。学生是老实的，不敢相欺。这病下药不得了。"小厮见说，惊得泪如雨下，拜倒在地上道："先生可怜我父子是个异乡之人，怎生用帖药救得性命，决不忘恩！"太医扶起道："不是我作难，其实病已犯实，教我也无奈。"刘公道："先生，常言道：'药医不死病，佛度有缘人。'你且不要拘泥古法，尽着自家意思，大了胆医去，或者他命不该绝，就好了也未可知。万一不好，决无归怨你之理。"先生道："既是长者恁般说，且用一帖药看。若吃了发得

---

①　太医：官廷御用医生，此处是对民间医生的尊称。

②　腠（còu）理：中医中指皮肤的纹理和皮下肌肉和空隙，是人身中元气聚合分散、泄露液体的重要场所，与人的性命息息相关。

汗出，便有可生之机，速来报我，再将药与他吃。若没汗时，这病就无救了，不消来复我。"教家人开了药箱，撮了一帖药剂递与刘公道："用生姜为引，快煎与他吃。这也是万分之一，莫做指望。"刘公接了药，便去封出一百文钱，递与太医道："些少药资，全为利市①。"太医必不肯受而去。

刘公夫妻两口，亲自把药煎好，将到房中与小厮相帮，扶起吃了，把被没头没脑的盖下。小厮在旁守候。刘公因此事忙乱一朝，把店中生意都担阁了，连饭也没功夫去煮。直到午上，方吃早膳。刘公去唤小厮吃饭。那小厮见父亲病重，心中慌急，那里要吃。再三劝慰，才吃了半碗。看看到晚，摸那老军身上，并无一些汗点。那时连刘公也慌张起来。又去请太医时，不肯来了。准准到第七日，呜呼哀哉。正是：

> 三寸气在千般用，一日无常万事休。

可怜那小厮申儿哭倒在地。刘公夫妇见他哭的悲切，也涕泪交流，扶起劝道："方小官，死者不可复生，哭之无益。你且将息自己身子。"小厮双膝跪下哭告道："儿不幸，前年丧母，未能入土，故与父谋归原籍，求取些银两来殡葬。不想逢此大雪，路途艰楚。得遇恩人，赐以酒饭，留宿在家，以为万千之幸。谁料皇天不佑，父忽骤病。又蒙恩人延医服药，日夜看视，胜如骨肉。只指望痊愈之日，图报大恩，那知竟不能起，有负盛意！此间举目无亲，囊乏钱钞，衣棺之类，料不能办，欲求恩人借数尺之土，把父骸掩盖，儿情愿终身为奴仆，以偿大恩，不识恩人肯见允否？"说罢，拜伏在地。刘公扶起道："小官人休虑！这送终之事，都在于我，岂可把来

---

① 利市：营业的利润。

薤葬①?"小厮又哭拜道:"得求隙地埋骨,已出望外,岂敢复累恩人费心坏钞!此恩此德,教儿将何补报?"刘公道:"这是我平昔志愿,那望你的报偿!"当下忙忙的取了银子,便去买办衣衾棺木,唤两个土工来,收拾入殓过了。又备羹饭祭奠,焚化纸钱,那小厮悲恸,自不必说。就抬到屋后空地埋葬好了。又立一个碑额,上写"龙虎卫军士方勇之墓"。诸事停当,小厮向刘公夫妇叩头拜谢。

过了两日,刘公对小厮道:"我欲要教你回去,访问亲族,来搬丧回乡,又恐怕你年纪幼小,不认得路途。你且暂住我家,俟有识熟的在此经过,托他带回故乡,然后徐图运柩回去。不知你的意下如何?"小厮跪下泣告道:"儿受公公如此大恩,地厚天高,未曾报得,岂敢言归!且恩人又无子嗣,儿虽不才,倘蒙不弃,收充奴仆,朝夕服侍,少效一点孝心。万一恩人百年之后,亦堪为坟前拜扫之人。那时到京取回先母遗骨,同父骸葬于恩人墓道之侧,永守于此,这便是儿之心愿。"刘公夫妇大喜道:"若得你肯如此,乃天赐与我为嗣,岂有为奴仆之理!今后当以父子相称。"小厮道:"即蒙收留,即今日就拜爹妈。"便掇两把椅儿居中放下,请老夫妇坐了。四双八拜,认为父子,遂改姓为刘。刘公又不忍没其本姓,就将方字为名,唤做刘方。自此日夜辛勤,帮家过活,奉侍刘公夫妇,极其尽礼孝敬。老夫妇也把他如亲生一般看待。有诗为证:

> 刘方非亲是亲,刘德无子有子。
>
> 小厮事死事生,老军虽死不死。

时光似箭,不觉刘方在刘公家里已过了两个年头。时值深秋,大风大雨,下了半月有余。那运河内的水,暴涨有十来丈高下,犹如百沸汤一般,又紧又急。往来的船只坏了无数。一日午后,刘方

---

① 薤(gǎo)葬:草草埋葬。

在店中收拾，只听得人声鼎沸。他只道什么火发，忙来观看，见岸上人挨挤不开，都望着河中。急走上前来看时，却是上流头一只大客船，被风打坏，淌将下来。船上之人，飘溺已去大半，余下的抱桅攀舵，呼号哀泣，只叫"救人"！那岸上看的人，虽然有救捞之念，只是风水利害，谁肯从井救人？眼盻盻看他一个个落水，口中只好叫句"可怜"而已。忽然一阵大风，把那船吹近岸旁。岸上人一齐喊声"好了！"顷刻挽挠钩子二十多张，一齐都下，搭住那船，救起十数多人，各自分头投店。

　　内有一个少年，年纪不上二十，身上被挠钩摘伤几处①，行走不动，倒在地下，气息将绝，尚紧紧抱住一只竹箱，不肯放舍。刘方在旁睹景伤情，触动了自己往年冬间之事，不觉流下泪来，想道："此人之苦，正与我一般。我当时若没有刘公时，父子尸骸不知归于何处矣。这人今日却便没人怜救了，且回去与爹妈说知，救其性命。"急急转家，把上项事报知刘公夫妇，意欲扶他回家调养。刘公道："此是阴德美事，为人正该如此。"刘妈妈道："何不就同他来家？"刘方道："未曾禀过爹妈，怎敢擅便？"刘公道："说那里话！我与你同去。"

　　父子二人，行至岸口，只见众人正围着那少年观看。刘公分开众人，挨身而入，叫道："小官人，你挣扎着，我扶你到家去将息。"那少年睁眼看了一看，点点头儿。刘公同刘方向前搀扶。一个年幼力弱，一个年老力衰，全不济事。旁边转过一个轩跂剌的后生道②："老人家闪开，待我来。"向前一抱，轻轻的就扶了起来。那后生在右，刘公在左，两旁挟住胳膊便走。少年虽然说话不出，心下却甚

----

① 挠钩：船上常用工具，长柄，顶端装一大铁钩。

② 轩跂剌（xuān kē là）：方言，谓高大有力。

明白，把嘴努着竹箱。刘方道："这箱子待我与你驮去。"把来背在肩上，在前开路。

众人闪在两边，让他们前行，随后便都跟来看。内中认得刘公的，便道："还是刘长者有些义气。这个异乡落难之人，在此这一回，并没个慈悲的，肯收留回去，偏他一晓得了便搀扶回家。这样人，真个世间少有！只可惜无个儿子，这也是天公没分晓。"又有个道："他虽没有亲儿，如今承继这刘方，甚是孝顺，比嫡亲的尤胜，这也算是天报他了。"那不认得的，见他老夫老妻自来搀扶，一个小厮与他驮了竹箱，就认做那少年的亲族。以后见土人纷纷传说，方才晓得，无不赞叹其义。还有没肚子的人①，称量他那竹箱内有物无物，财多财少。此乃是人面相似，人心不同，不在话下。

且说刘公同那后生扶少年到家，向一间客房里放下。刘公叫声"劳动"，后生自去。刘方把竹箱就放在少年之旁。刘妈妈连忙去取干衣，与他换下湿衣，然后扶在铺上。原来落水人吃不得热酒，刘公晓得这道数，教妈妈取酽酒略温一下②，尽着少年痛饮，就取刘方的卧被，与他盖了，夜间就教刘方伴他同卧。到次早，刘公进房来探问。那少年已觉健旺，连忙挣扎起来，要下床称谢。刘公急止住道："莫要劳动，调养身子要紧！"那少年便向枕上叩头道："小子乃垂死之人，得蒙公公救拔，实再生父母。但不知公公尊姓？"刘公道："老拙姓刘。"少年道："原来与小子同姓。"刘公道："官人那里人氏？"少年答道："小子刘奇，山东张秋人氏。二年前，随父三考在京③。不幸遇了时疫，数日之内，父母俱丧，无力扶柩还乡，只得

---

①　没肚子：没肚量，少见识。

②　酽酒（yàn jiǔ）：味醇的酒。

③　三考：古代官吏政绩考核之制。

将来火化。"指着竹箱道："奉此骸骨归葬，不想又遭此大难。自分必死，天幸得遇恩人，救我之命。只是行李俱失，一无所有，将何报答大恩？"刘公道："官人差矣！不忍之心，人皆有之。救人一命，胜造七级浮屠。若说报答，就是为利了，岂是老汉的本意！"刘奇见说，愈加感激。将息了两日，便能起身，向刘公夫妇叩头泣谢。那刘奇为人温柔俊雅，礼貌甚恭。刘公夫妇十分爱他，早晚好酒好食管待。刘奇见如此殷勤，心上好生不安。欲要辞归，怎奈钩伤之处溃烂成疮，步履不便，身边又无盘费，不能行动，只得权且住下。正是：

> 不恋故乡生处好，受恩深处便为家。

却说刘方与刘奇年貌相仿，情投契合，各把生平患难细说。二人因念出处相同，遂结拜为兄弟，友爱如嫡亲一般。一日，刘奇对刘方道："贤弟如此美质，何不习些书史？"刘方答道："小弟甚有此志，只是无人教导。"刘奇道："不瞒贤弟说，我自幼攻书，博通今古，指望致身青云。不幸先人弃后，无心于此。贤弟肯读书时，寻些书本来，待我指引便了。"刘方道："若得如此，乃弟之幸也。"连忙对刘公说知。刘公见说是个饱学之士，肯教刘方读书，分外欢喜，即便去买许多书籍。刘奇馨心指教，那刘方颖悟过人，一诵即解。日里在店中看管，夜间挑灯而读。不过数月，经书词翰①，无不精通。

且说刘奇在刘公家中住有半年，彼此相敬相爱，胜如骨肉。虽然依傍得所，只是终日坐食，心有不安。此时疮口久愈，思想要回故土，来对刘公道："多蒙公公夫妇厚恩，救活残喘，又搅扰半年，

---

① 词翰：诗文、辞章。

大恩大德，非口舌可谢。今欲暂辞公公，负先人骸骨归葬。服阕之后①，当图报效。"刘公道："此乃官人的孝心，怎好阻当，但不知几时起行？"刘奇道："今日告过公公，明早就行。"刘公道："既如此，待我去觅个便船与你。"刘奇道："水路风波险恶，且乏盘缠，还从陆路行罢。"刘公道："陆路脚力之费，数倍于舟，且又劳碌。"刘奇道："小子不用脚力，只是步行。"刘公道："你身子怯弱，如何走得远路？"刘奇道："公公常言说得好，有银用银，无银用力。小子这样穷人，还怕得什么辛苦！"刘公想了一想，道："这也易处。"便叫妈妈整备酒肴，与刘奇送行。饮至中间，刘公泣道："老拙与官人萍水相逢，叙首半年，恩同骨肉，实是不忍分离。但官人送尊人入土，乃人子大事，故不好强留。只是自今一别，不知后日可能得再见了？"说罢，歔欷不胜。刘妈妈与刘方尽皆泪下。刘奇也泣道："小子此行，实非得已。俟服一满，即星夜驰来奉候，幸勿过悲。"刘公道："老拙夫妇年近七旬，如风中之烛，早暮难保。恐君服满来时，在否不可知矣。倘若不弃，送尊人入土之后，即来看我，也是一番相知之情。"刘奇道："既蒙吩咐，敢不如命。"一宿晚景不题。

到了次早清晨，刘妈妈又整顿酒饭与他吃了。刘公取出一个包裹，放在桌上，又叫刘方到后边牵出那小驴儿来，对刘奇道："此驴畜养已久，老汉又无远行，少有用处，你就乘他去罢，省得路上雇倩。这包裹内是一床被窝，几件粗布衣裳，以防路上风寒。"又在袖中摸一包银子交与道："这三两银子，将就盘缠，亦可到得家了。但事完之后，即来走走，万勿爽信。"刘奇见了许多厚赠，泣拜道："小子受公公如此厚恩，今生料不能报，俟来世为犬马以酬万一。"刘公道："何出此言！"当下将包裹竹箱都装在生口身上，作别起身。

---

① 服阕：守丧期满。

刘公夫妇送出门首，洒泪而别。刘方不忍分舍，又送十里之外，方才分手。正是：

> 萍水相逢骨肉情，一朝分袂泪俱倾。
>
> 《骊驹》唱罢劳魂梦①，人在长亭共短亭。

且说刘奇一路夜住晓行，饥餐渴饮，不一日来到山东故乡。那知去年这场大风大雨，黄河泛溢，张秋村镇尽皆漂溺，人畜庐舍荡尽无遗。举目遥望时，几十里田地，绝无人烟。刘奇无处投奔，只得寄食旅店。思想欲将骸骨埋葬于此，却又无处依栖，何以营生？须寻了个着落之处，然后举事。遂往各处市镇乡村访问亲旧，一无所有。住了月余，这三两银子盘费将尽，心下着忙："若用完了这银子，就难行动了。不如原往河西务去求恩人一搭空地，埋了骨殖，倚傍在彼处，还是个长策。"算还店钱，上了生口，星夜赶来。

到了刘公门首，下了生口，只见刘方正在店中，手里拿着一本书儿在那里观看。刘奇叫声："贤弟，公公妈妈一向好么？"刘方抬头看时，却是刘奇，把书撇下，忙来接住生口，牵入家中，卸了行李，作揖道："爹妈日夜在此念兄，来得正好！"一齐走入堂中。刘公夫妇看见，喜从天降，便道："官人，想杀我也！"刘奇上前倒身下拜。刘公还礼不迭。见罢，问道："尊人之事，想已毕了？"刘奇细细泣诉前因，又道："某故乡已无处容身，今复携骸骨而来，欲求一搭余地葬埋，就拜公公为父，依傍于此，朝夕奉侍，不知尊意允否？"刘公道："空地尽有，任凭取择。但为父子，恐不敢当。"刘奇道："若公公不屑以某为子，便是不允之意了。"便即请刘公夫妇上坐，拜为父子，将骸骨也葬于屋后地上。自此兄弟二人，并力同心，

---

① 《骊驹》：《诗经》所未收的古代诗歌，直译为纯黑色的小马，为古代告别时所赋的歌。

勤苦经营，家业渐渐兴隆。服侍公母，备尽人子之礼。合镇的人，没一个不欣羡刘公无子而有子，皆是阴德之报。

时光迅速，倏忽又经年余。父子正安居乐业，不想刘公夫妇年纪老了，筋力衰倦，患起病来。二子日夜服侍，衣不解带，求神罔效，医药无功，看看待尽。二子心中十分悲切，又恐伤了父母之心，惟把言语安慰，背地吞声而泣。刘公自知不起，呼二子至床前吩咐道："我夫妇老年孤子，自谓必作无祀之鬼，不意天地怜念，赐汝二人与我为嗣。名虽义子，情胜嫡血。我死无遗恨矣！但我去世之后，汝二人务要同心经业，共守此薄产，我于九泉亦得瞑目。"二子哭拜受命。又延两日，夫妻相继而亡。二子恸地呼天，号啕痛哭，恨不得以身代替。置办衣衾棺椁，极其从厚，又请僧人做九昼夜功果超荐。入殓之后，兄弟商议筑起一个大坟，要将三家父母合葬一处。刘方遂至京中，将母枢迎来，择了吉日，以刘公夫妇葬于居中，刘奇迁父母骸骨葬于左边，刘方父母葬于右边，三坟拱列，如连珠相似。那合镇的人，一来慕刘公向日忠厚之德；二来敬他弟兄之孝，尽来相送。

话休絮烦。且说刘奇二人自从刘公亡后，同眠同食，情好愈笃，把酒店收了，开起一个布店来。四方过往客商来买货的，见二人少年志诚，物价公道，传播开去，慕名来买者，挨挤不开。一二年间，挣下一个老大家业，比刘公时已多数倍。讨了两房家人，两个小厮，动用家火器皿，甚是次第①。

那镇上有几个富家，见二子家业日裕，少年未娶，都央媒来与之议姻。刘奇心上已是欲得，只是刘方却执意不愿。刘奇劝道："贤弟今年一十有九，我已二十有二，正该及时求配，以图生育，接续

① 次第：秩序井然，有排场。

三家宗祀，不知贤弟为何不愿？"刘方答道："我与兄方在壮年，正好经营生理，何暇去谋此事！况我弟兄向来友爱，何等安乐，万一娶了一个不好的，反是一累，不如不娶为上。"刘奇道："不然，常言说得好：'无妇不成家。'你我俱在店中支持了生意时，里面绝然无人照管。况且交游渐广，设有个客人到来，中馈无人主持，成何体面？此还是小事。当初义父以我二人为子时，指望子孙延他宗祀，世守此坟。今若不娶，必然湮绝，岂不负其初念，何颜见之泉下！"再三陈说，刘方只把言支吾，终不肯应承。刘奇见兄弟不允，自己又不好独娶。

　　一日，偶然到一相厚朋友钦大郎家中去探望。两个偶然言及姻事，刘奇乃把刘方不肯之事，细细说与，又道："不知舍弟是甚主意？"钦大郎笑道："此事浅而易见。他与兄共创家业，况他是先到，兄是后来，不忿得兄先娶①，故此假意推托。"刘奇道："舍弟乃仁义端直之士，决无此意。"钦大郎道："令弟少年英俊，岂不晓得夫妇之乐，怎般推阻？兄若不信，且教个人私下去见他，先与之为媒，包你一说就是。"刘奇被人言所惑，将信将疑，作别而回。恰好路上遇见两个媒婆，正要到刘奇家说亲，所说的是本镇开绸缎店的崔三朝奉家②。叙起年庚，正与刘方相合。刘奇道："这门亲正对我家二官人，只是他有些古怪，人面前就害羞。你只悄地去对他说。若说得成时，自当厚酬。我且不归去，坐在巷口油店里等你回话。"两个媒婆应声而去。不一时，回复刘奇道："二官人果是古怪，老媳妇怎般撺掇，只是不允。再说时，他喉急起来，好教媳妇们老大没趣。"

----

① 不忿（bù fèn）：不服气。

② 朝奉：宋代有"朝奉郎""朝奉大夫"等官名，也尊称士人为朝奉，随着商品经济发展，明清江南一带以此称呼乡绅、富豪。

刘奇才信刘方不肯是个真心。但不知什么意故。

一日，见梁上燕儿营巢。刘奇遂题一词于壁上，以探刘方之意，词云：

> 营巢燕，双双雄，朝暮衔泥辛苦同。若不寻雌继壳卵，巢成毕竟巢还空。

刘方看见，笑诵数次，亦援笔和一首于后，词曰：

> 营巢燕，双双飞，天设雌雄事久期。雌兮得雄愿已足，雄兮将雌胡不知？

刘奇见了此词，大惊道："据这词中之意，吾弟乃是个女子了。怪道他恁般娇弱，语音纤丽，夜间睡卧，不脱内衣，连袜子也不肯去，酷暑中还穿着两层衣服。原来他却学木兰所为①。"虽然如此，也还疑惑，不敢去轻易发言。又到钦大郎家中，将词念与他听。钦大郎道："这词意明白，令弟确然不是男子了。但与兄数年同榻，难道看他不出？"刘奇叙他向来并未曾脱衣之事。钦大郎道："恁般一发是了！如今兄当以实问之，看他如何回答。"刘奇道："我与他恩义甚重，情如同胞，安忍启口？"钦大郎道："他若果是个女子，与兄成配，恩义两全，有何不可。"谈论已久，钦大郎将出酒肴款待。两人对酌，竟不觉至晚。

刘奇回至家时，已是黄昏时候。刘方迎着，见他已醉，扶进房中问道："兄从何处饮酒，这时方归？"刘奇答道："偶在钦兄家小饮，不觉话长坐久。"口中虽说，细细把他详视。当初无心时，全然不觉是女，此时已是有心辨他真假，越看越像个女子了。刘奇虽无邪念，心上却要见个明白，又不好直言，乃道："今日见贤弟所和燕

---

① 木兰：南北朝时期乐府歌辞中的女子木兰，女扮男装，代父从军。

子词，甚佳，非愚兄所能及。但不知贤弟可能再和一首否？"刘方笑而不答，取过纸笔来，一挥而就。词曰：

营巢燕，声声叶①，莫使青年空岁月。何怜和氏璧无瑕，何事楚君终不纳？

刘奇接来看了，便道："原来贤弟果是女子。"刘方闻言，羞得满脸通红，未及答言。刘奇又道："你我情同骨肉，何必避讳？但不识贤弟昔年因甚如此妆束？"刘方道："妾初因母丧，随父还乡，恐途中不便，故为男扮。后因父殁，尚埋浅土，未得与母同葬，妾故不敢改形，欲求一安身之地，以厝先灵②。幸得义父遗此产业，父母骸骨得以归土。妾是时意欲说明，因思家事尚微，恐兄独力难成，故复迟延。今见兄屡劝妾婚配，故不得不自明耳。"刘奇道："原来贤弟用此一段苦心，成全大事。况我与你同榻数年，不露一毫圭角③，真乃节孝兼全，女中丈夫，可敬可羡！但弟词中已有俯就之意，我亦决无他娶之理。萍水相逢，周旋数载，昔为兄弟，今为夫妇，此岂人谋，实由天合。倘蒙一诺，便订百年。不知贤弟意下如何？"刘方道："此事妾亦筹之熟矣。三宗坟墓，俱在于此，妾若适他人，父母三尺之土，朝夕不便省视。况义父义母，看待你我犹如亲生，弃此而去，亦难恝然④。兄若不弃陋质，使妾得侍箕帚，共奉三姓香火，妾之愿也。但无媒私合，于礼有亏。惟兄裁酌而行，免受傍人谈议，则全美矣。"刘奇道："贤弟高见，即当处分。"是晚两人便分房而卧。

----

① 叶（xié）：和洽。

② 厝（cuò）：把棺材停放待葬，或浅埋以待改葬。

③ 圭（guī）角：圭，古代贵族在举行典礼时拿的一种玉器，上圆下方，锋芒有棱角。不露圭角在此的意思是不露出女儿身的形迹。

④ 恝然（jiá rán）：漠不关心。

　　次早，刘奇与钦大郎说了，请他大娘为媒，与刘方说合。刘方已自换了女妆。刘奇备办衣饰，择了吉日，先往三个坟墓上祭告过了，然后花烛成亲，大排筵席，广请邻里。那时哄动了河西务一镇，无不称为异事，赞叹刘家一门孝义贞烈。刘奇成亲之后，夫妇相敬如宾，挣起大大家事，生下五男二女。至今子孙蕃盛，遂为巨族。人皆称为"刘方三义村"云。有诗为证：

　　　　无情骨肉成吴越，有义天涯作至亲。
　　　　三义村中传美誉，河西千载想奇人。

张淑儿巧智脱杨生

自昔财为伤命物，从来智乃护身符。

贼髡毒手谋文士①，淑女双眸识俊儒。

已幸余生逃密网，谁知好事在穷途？

一朝获把封章奏，雪怨酬恩显丈夫。

话说正德年间②，有个举人③，姓杨名延和，表字元礼，原是四川成都府籍贯。祖上流寓南直隶扬州府地方做客④，遂住扬州江都县。此人生得肌如雪晕，唇若朱涂，一个脸儿，恰像羊脂白玉碾成的，那里有什么裴楷⑤？那里有什么王衍⑥？这个杨元礼，便真正是

① 贼髡（kūn）：骂和尚的坏话。髡：古代一种把头发剃光的刑罚，古人认为须发受之父母，十分珍视，被剃光头发是带有侮辱性质的严厉刑罚。

② 正德：明武宗朱厚照（1506—1521）在位时的年号。

③ 举人：明清时期科举考试共分为四级：院试、乡试、会试、殿试，通过院试者为秀才，秀才参考乡试高中者为举人，举人参加会试高中者为贡士，贡士参加殿试高中者为进士。乡试每三年考一次，需秀才身份参考，得中举人者为地方名流，见到县级官员不必下跪，有机会任职八九品的小官。

④ 南直隶：明朝位于南方而直隶中央六部管理的府和直隶州区域的总称。明初定都应天府（今南京），直属京师的地区为直隶，范围包括今江苏省、安徽省和上海市。后明成祖朱棣迁都北京，将北平布政使司所辖府、州归中央六部管辖，称北直隶。明王朝迁都北京以前的首都京师改称南京，因地位特殊，仍归中央六部管辖，原京师地区改称南直隶。

⑤ 裴楷：曹魏、西晋时的名士，出身世家大族，年少以博学多才而闻名，容貌英俊，气度高雅，时称玉人。时人说："见裴叔则如近玉山，映照人也。"

⑥ 王衍：西晋政治家，外表英俊，学识广博，好老庄学说，为当时的玄学清谈领袖。东晋大将王敦曾谓："夷甫处众中，如珠玉在瓦石间。"竹林七贤之一王戎谓："太尉神姿高彻，如瑶林琼树，自然是风尘外物。"

神清气清第一品的人物。更兼他文才天纵，学问夙成①，开着古书簿叶，一双手不住的翻，吸力豁剌②，不勾吃一杯茶时候，便看完一部。人只道他查点篇数，那晓得经他一展，逐行逐句，都稀烂的熟在肚子里头。一遇作文时节，铺着纸，研着墨，蘸着笔尖，飕飕声，簌簌声，直挥到底，好像猛雨般洒满一纸，句句是锦绣文章。真个是：

> 笔落惊风雨，书成泣鬼神。
>
> 终非池沼物③，堪作庙堂珍④。

七岁能书大字，八岁能作古诗，九岁精通时艺⑤，十岁进了府庠⑥，次年第一补廪⑦。父母相继而亡，丁忧六载⑧。元礼因为少孤，亲事也都不曾定得。喜得他苦志读书，十九岁便得中了乡场第二名⑨。不得首荐⑩，心中闷闷不乐，叹道："世无识者。"不耐烦赴京

----

① 夙成（sù chéng）：早成，早熟。

② 吸力豁剌：象声词，形容翻纸的声音。

③ 池沼物：困于狭小的天地，碌碌无为的人。

④ 庙堂珍：庙堂指朝廷，庙堂珍指位居高官，施展抱负的才子英俊。

⑤ 时艺：指八股文。明清时期科举考试作文有规定的写作文体，文章结构分为破题、承题、起讲、提比、虚比、中比、后比、大结八部分，对写作的技法有严格的限定、要求，参加科举考试者均需精通八股文的写作方式方才有望高中。

⑥ 府庠（xiáng）：府一级地方政府设立的官学，古代官学的一种。庠，古代的学校。

⑦ 补廪（lǐn）：廪，粮食。在官学读书的生员经过岁、科两试成绩优秀者，可依次升廪生，谓之"补廪"。廪生又谓廪膳生员，地方政府会按时发给银子和粮食补助其生活。

⑧ 丁忧：拥有官吏身份之人为父母守丧。

⑨ 乡场：乡试，明清时期规定三年一次，在各省省城举行，有生员（秀才）身份者可参与考试，高中者称为举人，成为地方名流。

⑩ 首荐：第一名。乡试第一名称解元。

会试①。那些叔伯亲友们，那个不来劝他及早起程。又有同年兄弟六人，时常催促同行。那杨元礼虽说不愿会试，也是不曾中得解元，气忿的说话，功名心原是急的。一日，被这几个同年们催逼不过②，发起兴来，整治行李。原来父母虽亡，他的老尊原是务实生理的人，却也有些田房遗下。元礼变卖一两处为上京盘缠，同了六个乡同年，一路上京。

那六位同年是谁？一个姓焦名士济，字子舟；一个姓王名元晖，字景照；一个姓张名显，字弢伯③；一个姓韩名蕃锡，字康侯；一个姓蒋名义，字礼生；一个姓刘名善，字取之。六人里头，只有刘、蒋二人家事凉薄些儿。那四位却也一个个殷足。那姓王的家私百万，地方上叫做小王恺④。说起来连这举人也是有些缘故来的。那时新得进身，这几个朋友，好不高兴，带了五六个家人上路。一个个人材表表，气势昂昂，十分齐整。怎见得？但见：

> 轻眉俊眼，绣腿花拳，风笠飘飘，雨衣鲜灿。玉勒马，一声嘶破柳堤烟，碧帷车，数武碾残松岭雪⑤。右悬雕矢，行色增雄；左插鲛函⑥，威风倍壮。扬鞭喝跃，途人谁敢争先；结队驱驰，村市尽皆惊盼。正是处处绿杨堪系马，人人有路透长安。

这班随从的人打扮出路光景，虽然悬弓佩剑，实落是一个也动

---

①　会试：明清时期在京师举行的由礼部主持的考试，因考试在春天，又称春试或春闱。由各省乡试中试的举人参加，考中者称贡士，经殿试决定名次后择优取为进士。

②　同年：科举考试同榜考中的人。

③　弢（tāo）：同"韬"。

④　王恺：西晋贵族，家业丰饶，曾与富豪石崇斗富。

⑤　数武：没有多远。武：量词，古代六尺为步，半步为武，泛指脚步。

⑥　鲛函：用鲛（鲨）鱼皮做的箭袋。

不得手的。大凡出路的人①，第一是老成二字最为紧要。一举一动，俱要留心。千不合，万不合，是贪了小便宜。在山东兖州府马头上②，各家的管家打开了银包，兑了多少铜钱，放在皮箱里头，压得那马背郎当③，担夫瘆软④。一路上见的，只认是银子在内，那里晓得是铜钱在里头。行到河南府荣县地方相近，离城尚有七八十里。路上荒凉，远远的听得钟声清亮。抬头观看，望着一座大寺：

> 苍松虬结，古柏龙蟠。千寻峭壁，插汉芙蓉；百道鸣泉，洒空珠玉。螭头高拱⑤，上逼层霄；鸱吻分张⑥，下临无地。颤巍巍恍是云中双阙⑦，光灿灿犹如海外五城⑧。

寺门上有金字牌扁，名曰"宝华禅寺"。这几个连日鞍马劳顿，见了这么大寺，心中欢喜。一齐下马停车，进去游玩。

但见稠阴夹道，曲径纡回，旁边多少旧碑，七横八竖，碑上字迹模糊，看起来唐时开元年间建造⑨。正看之间，有小和尚疾忙进报。随有中年和尚油头滑脸，摆将出来，见了这几位冠冕客人踱进来⑩，便鞠躬迎进。逐一位见礼看坐。问了某姓某处，小和尚掇出一

---

① 出路：出门在外、旅行。

② 马头：即码头，船只停泊处。

③ 郎当：疲软无力貌。

④ 瘆（tān）软：瘫软，疲惫无力。

⑤ 螭（chī）头：古代寺庙、官殿等建筑上面雕刻的螭龙头像。螭：是古代中国上古神话传说中的龙生九子之一，属于一种没有角的龙。

⑥ 鸱（chī）吻：鸱吻，又名螭吻、鸱尾，中国古代神话传说中的神兽，为龙之第九子。口阔好吞，也喜欢吞火，好在险要处东张西望，故在殿脊两端多造其像，以避火灾。

⑦ 双阙：古代官殿、祠庙前两边高台上的高大建筑物。

⑧ 海外五城：海外仙境。五城：神话传说中神仙的住所。

⑨ 开元：唐玄宗李隆基在位时期的年号之一。

⑩ 冠冕：穿着体面堂皇。

盘茶来吃了。那几个随即问道："师父法号？"那和尚道："小僧贱号悟石。列位相公有何尊干，到荒寺经过？"众人道："我们都是赴京会试的，在此经过，见寺宇整齐，进来随喜①。"那和尚道："失敬，失敬！家师远出，有失迎接，却怎生是好？"说了三言两语，走出来吩咐道人摆茶果点心，便走到门前观看。只见行李十分华丽，跟随人役，个个鲜衣大帽②。眉头一蹙，计上心来，暗暗地欢喜道："这些行李，若谋了他的，尽好受用。我们这样荒僻地面，他每在此逗留③，正是天送来的东西了。见物不取，失之千里。不免留住他们，再作区处。"转身进来，就对众举人道："列位相公在上，小僧有一言相告，勿罪唐突。"众举人道："但说何妨。"

和尚道："说也奇怪，小僧昨夜得一奇梦，梦见天上一个大星，端端正正的落在荒寺后园地上，变了一块青石。小僧心上喜道：必有大贵人到我寺中。今日果得列位相公到此。今科状元，决不出七位相公之外。小僧这里荒僻乡村，虽不敢屈留尊驾，但小僧得此佳梦，意欲暂留过宿。列位相公，若不弃嫌，过了一宿，应此佳兆。只是山蔬野蔌④，怠慢列位相公，不要见罪。"

众举人听见说了星落后园，决应在我们几人之内，欲待应承过宿，只有杨元礼心中疑惑，密向众同年道："这样荒僻寺院，和尚外貌虽则殷勤，人心难测。他苦苦要留，必有缘故。"众同年道："杨年兄又来迂腐了。我们连主仆人夫，算来约有四十多人，那怕这几个乡村和尚。若杨年兄行李万有他虞⑤，都是我众人赔偿。"杨元礼

---

① 随喜：在此指游览寺院。

② 鲜衣大帽：穿戴华美齐整。

③ 他每：他们。

④ 山蔬野蔌（sù）：山野的蔬菜，形容菜肴粗劣。

⑤ 他虞：意外情况，在此指财物失窃。

道："前边只有三四十里，便到歇宿所在。还该赶去，才是道理。"却有张弢伯与刘取之，都是极高兴的朋友，心上只是要住，对元礼道："且莫说天时已晚，赶不到村店。此去途中，尚有可虑。现成这样好僧房，受用一宵，明早起身，也不为误事。若年兄必要赶到市镇，年兄自请先行，我们不敢奉陪。"那和尚看见众人低声商议，杨元礼声声要去，便向元礼道："相公，此处去十来里有黄泥坝，歹人极多。此时天时已晚，路上难保无虞。相公千金之躯，不如小房过夜，明日蚤行①，差得几时路程，却不安稳了多少。"

元礼被众友牵制不过，又见和尚十分好意，况且跟随的人见寺里热茶热水，也懒得赶路，向主人道："这师父说黄泥坝晚上难走，不如暂过一夜罢。"元礼见说得有理，只得允从。众友吩咐抬进行李，明早起程。

那和尚心中暗喜中计，连忙备办酒席，吩咐道人宰鸡杀鹅，烹鱼炮鳖②，登时办起盛席来。这等地面那里买得凑手③？原来这寺和尚极会受用，件色鸡鹅等类④，都养在家里，因此捉来便杀，不费工夫。佛殿旁边转过曲廊，却是三间精致客堂，上面一字儿摆下七个筵席，下边列着一个陪桌，共是八席，十分齐整。悟石举杯安席。众同年序齿坐定⑤。吃了数杯之后，张弢伯开言道："列位年兄，必须行一酒令，才是有兴。"刘取之道："师父，这里可有色盆⑥？"和尚道："有，有。"连唤道人取出色盆，斟着大杯，送第一位焦举人

---

① 蚤行：早起赶路。
② 炮：烧、烤。
③ 凑手：方便，使用顺手，在此指各类菜肴。
④ 件色：各式各样。
⑤ 序齿：按年龄大小排序。
⑥ 色盆：掷色子的盆形器具。

行令。焦子舟也不推逊，吃酒便掷，取幺点为文星①，掷得者卜色飞送②。众人尝得酒味甘美，上口便干。原来这酒不比寻常，却是把酒来浸米，曲中又放些香料，用些热药③，做来颜色浓酽④，好像琥珀一般。上口甘香，吃了便觉神思昏迷，四肢疼软。这几个会试的路上吃惯了歪酒，水般样的淡酒，药般样的苦酒，还有尿般样的臭酒，这晚吃了恁般浓酽，加倍放出意兴来。猜拳赌色，一杯复一杯，吃一个不住。那悟石和尚又叫小和尚在外厢陪了这些家人，叫道人支持这些轿夫马夫，上下人等，都吃得泥烂。

只有杨元礼吃到中间，觉酒味香浓，心中渐渐昏迷，暗道："这所在那得恁般好酒！且是昏迷神思，其中决有缘故。"就地生出智着来，假做腹痛，吃不下酒。那些人不解其意，却道："途路上或者感些寒气，必是多吃热酒，才可解散，如何倒不用酒？"一齐来劝。那和尚道："杨相公，这酒是三年陈的，小僧辈置在床头，不敢轻用。今日特地开出来，奉敬相公。腹内作痛，必是寒气，连用十来大杯，自然解散。"杨元礼看他勉强劝酒，心上愈加疑惑，坚执不饮。众人道："杨年兄为何这般扫兴？我们是畅饮一番，不要负了师父美情。"和尚合席敬大杯，只放元礼不过，心上道："他不肯吃酒，不知何故？我也不怕他一个醒的跳出圈子外边去。"又把大杯斟送。元礼道："实是吃不下了，多谢厚情。"和尚只得把那几位抵死劝酒⑤。却说那些副手的和尚，接了这些行李，众管家们各拣洁净房头，铺下铺盖，这些吃醉的举人，大家你称我颂，乱叫着某状元、某会元，

---

① 取幺点为文星：幺点，一点。掷得么点的人作发令人。

② 掷得者卜色飞送：发令者掷出几点，即令对应者饮酒，表演诗词歌赋。

③ 热药：中医指具有热性或温性的药。

④ 浓酽（yàn）：汁液稠。

⑤ 抵死：竭力。

东歪西倒，跌到房中，面也不洗，衣也不脱，爬上床磕头便睡，齁齁鼻息，响动如雷。这些手下人也被道人和尚们大碗头劝着，一发不顾性命，吃得眼定口开，手疼脚软，做了一堆矬倒①。

却说那和尚也在席上陪酒，他便如何不受酒毒？他每吩咐小和尚，另藏着一把注子②，色味虽同，酒力各别。间或客人答酒，只得呷下肚里，却又有解酒汤，在房里去吃了，不得昏迷。酒散归房，人人熟睡。那些贼秃们一个个磨拳擦掌，思量动手。悟石道："这事须用乘机取势，不可迟延。万一酒力散了，便难做事。"吩咐各持利刃，悄悄的步到卧房门首，听了一番，思待进房，中间又有一个四川和尚，号曰觉空，悄向悟石道："这些书呆不难了当③，必须先把跟随人役完了事，才进内房，这叫做斩草除根，永无遗患。"悟石点头道："说得有理。"遂转身向家人安歇去处，掇开房口，见头便割。这班酒透的人，匹力扑六的好像切菜一般④，一齐杀倒，血流遍地。其实堪伤！

却说那杨元礼因是心中疑惑，和衣而睡。也是命不该绝，在床上展转不能安寝。侧耳听着外边，只觉酒散之后，寂无人声。暗道："这些和尚是山野的人，收了这残盘剩饭，必然聚吃一番，不然，也要收拾家火，为何寂然无声？"又少顷，闻得窗外悄步，若有人声，心中愈发疑异。又少顷，只听得外厢连叫"嗳哟"⑤，又有模糊口声。又听得匹扑的跳响，慌忙跳起道："不好了，不好了！中了贼僧计也！"隐隐的闻得脚踪声近，急忙里用力去推那些醉汉，那里推得

---

① 矬（cuó）倒：蜷伏倒地。
② 注子：酒壶。
③ 了当：结果性命。
④ 匹力扑六：形容连续的声音。
⑤ 嗳哟：拟声词，表示惊讶、痛苦。

醒！也有木头般不答应的，也有胡胡卢卢说困话的①。推了几推，只听得呀的房门声响。元礼顾不得别人，事急计生，耸身跳出后窗，见庭中有一棵大树，猛力爬上，偷眼观看。只见也有和尚，也有俗人，一伙儿拥进房门，持着利刃，望颈便刺。

元礼见众人被杀，惊得心摇胆战，也不知墙外是水是泥，奋身一跳，却是乱棘丛中。欲待蹲身，又想后窗不曾闭得，贼僧必从天井内追寻，此处不当稳便。用力推开棘刺，满面流血，钻出棘丛，拔步便走，却是硬泥荒地。带跳而走，已有二三里之远。云昏地黑，阴风渐渐，不知是什么所在，却都是废冢荒丘②。又转了一个弯角儿，却是一所人家，孤丁丁住着，板缝内尚有火光。元礼道："我已筋疲力尽，不能行动。此家灯火未息，只得哀求借宿，再作道理。"正是：

> 青龙白虎同行，凶吉全然未保。

元礼低声叩门，只见五十来岁一个老妪，点灯开门。见了元礼，道："夜深人静，为何叩门？"元礼道："昏夜叩门，实是学生得罪。争奈急难之中，只得求妈妈方便③，容学生暂息半宵。"老妪道："老身孤寡，难好留你。且尊客又无行李，又无随从，语言各别，不知来历，决难从命！"元礼暗道：事到其间，不得不以实情告她："妈妈在上，其实小生姓杨，是扬州府人，会试来此，被宝华寺僧人苦苦留宿。不想他忽起狠心，把我们六七位同年都灌醉了，一齐杀倒。只有小生不醉，幸得逃生。"老妪道："嗳哟！阿弥陀佛！不信有这样事！"元礼道："你不信，看我面上血痕。我从后庭中大树上爬出，

---

① 胡胡卢卢：糊里糊涂。
② 废冢荒丘：荒凉的坟地、山丘。
③ 妈妈：对女性长辈的称呼。

跳出荆棘丛中，面都刺碎。"

老妪睁睛看时，果然面皮都碎。对元礼道："相公果然遭难，老身只得留住。相公会试中了，看顾老身，就有在里头了。"元礼道："极感妈妈厚情！自古道：'救人一命，胜造七级浮屠。'我替你关了门，你自去睡。我就此桌儿上在假寐片时，一待天明，即便告别。"老妪道："你自请稳便。那个门没事，不劳相公费心。老身这样寒家，难得会试相公到来。常言道：'贵人上宅，柴长三千，米长八百。'我老身有一个姨娘，是卖酒的，就住在前村。我老身去打一壶来，替相公压惊，省得你又无铺盖，冷冰冰地睡下去。"元礼只道脱了大难，心中又惊又喜，谢道："多承妈妈留宿，已感厚情，又承赐酒，何以图报？小生倘得成名，决不忘你大德。"妈妈道："相公且宽坐片时。有小女奉陪。老身暂去就来。女儿过来，见了相公。你且把门儿关着，我取了酒就来也。"那老妪吩咐女儿几句，随即提壶出门去了，不提。

却说那女子把元礼仔细端详，若有嗟叹之状。元礼道："请问小姐姐今年几岁了？"女子道："年方一十三岁。"元礼道："你为何只管呆看小生？"女子道："我看你堂堂容貌，表表姿材，受此大难，故此把你仔细观看。可惜你满腹文章，看不出人情世故。"元礼惊问道："你为何说此几句，令我好生疑异？"女子道："你只道我家母亲为何不肯留你借宿？"元礼道："孤寡人家，不肯夤夜留人[1]。"女子道："后边说了被难缘因，她又如何肯留起来？"元礼道："这是你令

---

[1] 夤（yín）夜：深夜。

堂恻隐之心①，留我借宿。"女子道："这叫做燕雀处堂，不知祸之将及②。"元礼益发惊问道："难道你母亲也待谋害我不成？我如今孤身无物，她又何所利于我？小姐姐，莫非道我伤弓之鸟，故把言语来吓诈我么？"女子道："你只道我家住居的房屋，是那个的房屋？我家营运的本钱是那个的本钱？"元礼道："小姐姐说话好奇怪！这是你家事，小生如何知道？"女子道："妾姓张，有个哥哥，叫做张小乙，是我母亲过继的儿子，在外面做些小经纪。他的本钱，也是宝华寺悟石和尚的，这一所草房也是寺里搭盖的。哥哥昨晚回来，今日到寺里交纳利钱去了，幸不在家。若还撞见相公，决不相饶。"元礼想道："方才众和尚行凶，内中也有俗人，一定是张小乙了。"便问道："既是你妈妈和寺里和尚们一路，如何又买酒请我？"女子道："她那里真个去买酒！假此为名，出去报与和尚得知。少顷他们就到了，你终须一死！我见你丰仪出众，决非凡品，故此对你说知，放你逃脱此难！"

元礼吓得浑身冷汗，抽身便待走出。女子扯住道："你去了不打紧，我家母亲极是利害，她回来不见了你，必道我泄漏机关③。这场责罚，教我怎生禁受？"元礼道："你若有心救我，只得吃这场责罚，小生死不忘报。"女子道："有计在此！你快把绳子将我绑缚在柱子上，你自脱身前去。我口中乱叫母亲，等她回来，只告诉她说你要把我强奸，绑缚在此。被我叫喊不过，他怕母亲归来，只得逃走了去。必然如此，方免责罚。"又急向箱中取银一锭与元礼道："这正

---

① 令堂：对他人母亲的尊称。

② 燕雀处堂，不知祸之将及：比喻处境危险，而不自知。《孔丛子·论势》说燕子和麻雀在居室里筑巢，母子相互喂养，过得很快活，自以为十分安全，却不知道此时已经浓烟滚滚，房屋连同巢穴将要被焚毁。

③ 泄漏机关：在此指走漏风声。

是和尚借我家的本钱。若母亲问起，我自有言抵对。"元礼初不敢受，思量前路盘缠，尚无毫忽①，只得受了。把这女子绑缚起来，心中暗道："此女仁智兼全，救我性命，不可忘她大恩。不如与她定约，异日娶他回去。"便向女子道："小生杨延和，表字元礼，年十九岁，南直扬州府江都县人氏。因父母早亡，尚未婚配。受你活命之恩，意欲结为夫妇，后日娶你，决不食言。小姐姐意下如何？"女子道："妾小名淑儿，今岁十三岁。若不弃微贱，永结葭莩②，死且不恨。只是一件：我母亲通报寺僧，也是平昔受他恩惠，故尔不肯负他。请君日后勿复记怀。事已危迫，君无留恋。"元礼闻言一毕，抽身往外便走。才得出门，回头一看，只见后边一队人众，持着火把，蜂拥而来。元礼魂飞魄丧，好像失心风一般③，望前乱跌，也不敢回头再看。

话分两头。单提那老妪打头，川僧觉空，持棍在前，悟石随后，也有张小乙，通共有二十余人，气哞哞一直赶到老妪家里④。女子听得人声相近，乱叫乱哭。老妪一进门来，不见了姓杨的，只见女子被缚，吓了一跳，道："女儿为何倒缚在那里？"女子哭道："那人见母亲出去，竟要把我强奸，道我不从，竟把绳子绑缚了我。被我乱叫乱嚷，只得奔去。又转身进来要借盘缠，我回他没有，竟向箱中摸取东西，不知拿了什么，向外就走。"那老妪闻言，好像落汤鸡一般，口不能言，连忙在箱子内查看，不见了一锭银子，叫道："不好了！我借师父的本钱，反被他掏摸去了。"众和尚不见杨元礼，也没工夫逗留，连忙向外追赶。又不知东西南北那一条路去了。走了一

---

① 毫忽：忽、毫均为微小的度量单位，谓极少的一点点。
② 葭莩（jiā fú）：亲戚的代称。
③ 失心风：神经错乱。
④ 气哞哞（mōu mōu）：喘气，气呼呼。

阵，只得叹口气回到寺中，跌脚叹道："打蛇不死，自遗其害。"事已如此，无可奈何。且把杀死众尸，埋在后园空地上。开了箱笼被囊等物，原来多是铜钱在内，银子也有八九百两，把些来分与觉空，又把些分与众和尚、众道人等，也分些与张小乙。人人欢喜，个个感激。又另把些送与老妪，一则买她的口，一则赔偿她所失本钱。依旧作借。

却说那元礼脱身之后，黑地里走来走去，原只在一笪地方^①，气力都尽，只得蹲在一个冷庙堂里头。天色微明，向前奔走，已到青县。刚待进城，遇着一个老叟，连叫："老侄，闻得你新中了举人，恭喜，恭喜！今上京会试，如何在此独步，没人随从？"那老叟你道是谁？却就是元礼的叔父，叫做杨小峰，一向在京生理，贩货下来，经由河间府到往山东。劈面撞着了新中的侄儿，真是一天之喜。元礼正值穷途，撞见了自家的叔父，把宝华寺受难根因，与老妪家脱身的缘故一一告诉。杨小峰十分惊谑^②。挽着手，拖到饭店上吃了饭，就把身边随从的阿三送与元礼伏侍，又借他白银一百二三十两，又替他叫了骡轿送他进京。正叫做：

> 不是一番寒彻骨，怎得梅花扑鼻香。

元礼别了小峰，到京会试，中了第二名会魁^③，叹道："我杨延和到底逊人一等！然虽如此，我今番得中，一则可以践约，二则得以伸冤矣。"殿试中了第一甲第三名，入了翰林^④。有相厚会试同年

---

① 一笪（dá）：一块、一带。

② 惊谑（háo）：惊骇。

③ 会魁：会试第二名称会魁，第一名为会元。

④ 翰林：古代官名。朝廷从博学之士中选拔人才，充任翰林，明代翰林主管皇帝的公文，备皇帝咨询。

舒有庆，他父亲舒珽，正在山东做巡按①。元礼把六个同年及从人受害本末，细细与舒有庆说知。有庆报知父亲，随着府县拘提合寺僧人到县。即将为首僧人悟石、觉空二人，极刑鞠问②，招出杀害举人原由。押赴后园，起尸相验，随将众僧拘禁。此时张小乙已自病故了。舒珽即时题请灭寺屠僧，立碑道傍，地方称快。后边元礼告假回来，亲到废寺基址，作诗吊祭六位同年，不题。

却说那老妪原系和尚心腹，一闻寺灭僧屠，正待逃走。女子心中暗道："我若跟随母亲同去，前日那杨举人从何寻问？"正在忧惶，只见一个老人家走进来，问道："这里可是张妈妈家？"老妪道："老身亡夫，其实姓张。"老叟道："令爱可叫做淑儿么？"老妪道："小女的名字，老人家如何晓得？"老叟道："老夫是扬州杨小峰，我侄儿杨延和中了举人，在此经过，往京会试。不意这里宝华禅寺和尚忽起狼心，谋害同行六位举人，并杀跟随多命。侄儿幸脱此难。现今中了探花，感激你家令爱活命之恩，又谢她赠了盘缠银一锭，因此托了老夫到此说亲。"老妪听了，吓呆了半晌，无言回答。那女子窥见母亲情慌无措，扯她到房中说道："其实那晚见他丰格超群③，必有大贵之日。孩儿惜他一命，只得赠了盘缠放他逃去。彼时感激孩儿，遂订终身之约。孩儿道：'母亲平昔受了寺僧恩惠，纵去报与寺僧知道，也是各不相负，你切不可怀恨。'他有言在先，你今日不须惊怕。"杨小峰就接淑儿母子到扬州地方，赁房居住④。等了元礼荣归，随即结姻。

---

① 巡按：监察御史，负责地方的巡查。
② 鞠（jū）问：审讯。
③ 丰格：风度格调。
④ 赁（lìn）房：租用房子。

　　老妪不敢进见元礼，女儿苦苦代母请罪，方得相见。老妪匍伏而前。元礼扶起行礼，不提前事。却说后来淑儿与元礼生出儿子，又中辛未科状元，子孙荣盛。若非黑夜逃生，怎得佳人作合①？这叫做：

> 夫妻同是前生定，曾向蟠桃会里来。

有诗为证：

> 春闱赴选遇强徒，解厄全凭女丈夫。
> 凡事必须留后着②，他年方不悔当初。

---

① 作合：结为夫妻。
② 后着：退路。

蔡瑞虹忍辱报仇

酒可陶情适性，兼能解闷消愁。三杯五盏乐悠悠，痛饮翻能损寿。

谨厚化成凶险，精明变作昏流。禹疏仪狄岂无由[①]？狂药使人多咎。

这首词名为《西江月》，是劝人节饮之语。今日说一位官员，只因贪杯上，受了非常之祸。话说这宣德年间，南直隶淮安府淮安卫[②]，有个指挥姓蔡名武，家资富厚，婢仆颇多。平昔别无所好，偏爱的是杯中之物，若一见了酒，连性命也不相顾，人都叫他做"蔡酒鬼"。因这件上，罢官在家。不但蔡指挥会饮，就是夫人田氏，却也一般善酌，二人也不像个夫妻，到像两个酒友。偏生奇怪，蔡指挥夫妻都会饮酒，生得三个儿女，却又酒滴不闻。那大儿蔡韬，次子蔡略，年纪尚小，女儿到有一十五岁，生时因见天上有一条虹霓，五色灿烂，正环在他家屋上，蔡武以为祥瑞，遂取名叫做瑞虹。那女子生得有十二分颜色，善能描龙画凤，刺绣拈花。不独女工伶俐，且有智识才能，家中大小事体，到是她掌管。因见父母日夕沉湎，时常规谏，蔡指挥那里肯依？

话分两头，且说那时有个兵部尚书赵贵，当年未达时，住在淮安卫间壁，家道甚贫，勤苦读书，夜夜直读到鸡鸣方卧。蔡武的父亲老蔡指挥，爱他苦学，时常送柴送米，资助赵贵。后来连科及第，

---

① 禹疏仪狄：传说仪狄为发明酿酒之人，曾将酿的美酒进献给大禹。大禹品尝了之后不觉沉迷其中，说"后世必有以酒亡国者"，于是疏远了仪狄。

② 淮安卫：明代在军事上推行卫所制度。全国设约 500 卫，每卫设 5600 人，卫下设千户所、百户所，以此构建了对地方的控御体系。

直做到兵部尚书。思念老蔡指挥昔年之情，将蔡武特升了湖广荆襄等处游击将军①，是一个上好的美缺，特地差人将文凭送与蔡武②。

蔡武心中欢喜，与夫人商议，打点择日赴任。瑞虹道："爹爹，依孩儿看起来，此官莫去做罢！"蔡武道："却是为何？"瑞虹道："做官的一来图名；二来图利，故此千乡万里远去。如今爹爹在家，日日只是吃酒，并不管一毫别事。倘若到任上也是如此，那个把银子送来？岂不白白里干折了盘缠辛苦，路上还要担惊受怕？就是没得银子趁，也只算是小事，还有别样要紧事体担干系哩！"蔡武道："除了没银子趁罢了，还有甚么干系？"瑞虹道："爹爹，你一向做官时，不知见过多少了，难道这样事倒不晓得？那游击官儿在武职里便算做美任，在文官上司里，不过是个守令官，不时衙门伺候，东迎西接，都要早起晏眠③。我想你平日在家单管吃酒，自在惯了，倘到那里，依原如此，岂不受上司责罚？这也还不算利害。或是信地盗贼生发④，差拨去捕获，或者别处地方有警，调遣去出征。那时不是马上，定是舟中，身披甲胄，手执戈矛，在生死关系之际，倘若一般终日吃酒，岂不把性命送了？不如在家安闲自在，快活过了日子，却去讨这样烦恼吃！"

蔡武道："常言说得好：'酒在心头，事在肚里。'难道我真个单吃酒不管正事不成？只为家中有你掌管，我落得快活，到了任上，你替我不得时，自然着急，不消你担隔夜扰。况且这样美缺，别人用银子谋干，尚不能勾，如今承赵尚书一片好念，特地差人送上大门，我若不去做，反拂了这一段来意。我自有主意在此，你不要阻

① 游击将军：明朝镇戍军中任职，位在总兵、参将之下，率游兵往来防御。
② 文凭：任职命令和通关文书。
③ 晏眠：安眠。
④ 信地：汛地，所辖防区。

当。"瑞虹见父亲立意要去,便道:"爹爹既然要去,把酒来戒了,孩儿方才放心。"蔡武道:"你晓得我是酒养命的,如何全戒得,只是少吃几杯罢。"遂说下几句口号:

老夫性与命,全靠水边酒。

宁可不吃饭,岂可不饮酒?

今听汝忠言,节饮知谨守。

每常十遍饮,今番一加九。

每常饮十升,今番只一斗。

每常一气吞,今番分两口。

每常床上饮,今番地下走。

每常到三更,今番二更后。

再要裁减时,性命不直狗。

且说蔡武次日即教家人蔡勇,在淮关写了一只民座船①,将衣饰细软,都打叠带去,粗重家伙,封锁好了,留一房家人看守,其余童仆尽随往任所。又买了许多好酒,带路上去吃。择了吉日,备猪羊祭河,作别亲戚,起身下船。稍公扯起篷,由扬州一路进发。

你道稍公是何等样人?那稍公叫做陈小四,也是淮安府人,年纪三十已外,雇着一班水手,共有七人,唤做白满、李癫子、沈铁鬓、秦小元、何蛮二、余蛤蚆、凌歪嘴。这班人都是凶恶之徒,专在河路上谋劫客商,不想今日蔡武晦气,下了他的船只。陈小四起初见发下许多行李,眼中已是放出火来,及至家小下船,又一眼瞧着瑞虹美艳,心中愈加着魂,暗暗算计:"且远一步儿下手,省得在近处,容易露人眼目。"

不一日,将到黄州,乃道:"此去正好行事了,且与众兄弟们说

————————————————————

① 写了:预定。

知。"走到稍上，对众水手道："舱中一注大财乡①，不可错过，趁今晚取了罢。"众人笑道："我们有心多日了，因见阿哥不说起，只道让同乡分上，不要了。"陈小四道："因一路来，没有个好下手处，造化他多活了几日！"众人道："他是个武官出身，从人又众，不比其他，须要用心。"陈小四道："他出名的蔡酒鬼，有什么用？少停，等他吃酒到分际②，放开手砍他娘罢了，只饶了这小姐，我要留她做个押舱娘子。"商议停当。少顷，到黄州江口泊住，买了些酒肉，安排起来。

众水手吃个醉饱。扬起满帆，舟如箭发。那一日正是十五，刚到黄昏，一轮明月，如同白昼。至一空阔之处，陈小四道："众兄弟，就此处罢，莫向前了。"霎时间，下篷抛锚，各执器械，先向前舱而来。迎头遇着一个家人，那家人见势头来得凶险，叫声："老爷，不好了！"说时迟，那时快，叫声未绝，顶门上已遭一斧，翻身跌倒。那些家人，一个个都抖衣而战，那里动掸得。被众强盗刀砍斧切，连排价杀去。

且说蔡武自从下船之后，初时几日酒还少吃，以后觉道无聊，夫妻依先大酌，瑞虹劝谏不止。那一晚与夫人开怀畅饮，酒量已吃到九分，忽听得前舱发喊。瑞虹急教丫环来看，那丫环吓得寸步难移，叫道："老爹，前舱杀人哩！"蔡奶奶惊得魂不附体，刚刚立起身来，众凶徒已赶进舱。蔡武兀自朦胧醉眼，喝道："我老爷在此，那个敢？"沈铁甏早把蔡武一斧砍倒。众男女一齐跪下，道："金银任凭取去，但求饶命。"众人道："两件俱是要的。"陈小四道："也罢！看乡里情上，饶他砍头，与他个全尸罢了。"即教快取索子，两

---

① 财乡：同财香，金银财宝。
② 分际：一定程度。

个奔向后艄，取出索子，将蔡武夫妻二子，一齐绑起，止空瑞虹。蔡武哭对瑞虹道："不听你言，致有今日。"声犹未绝，都撺向江中去了。其余丫环等辈，一刀一个，杀个干净。有诗为证：

> 金印将军酒量高，绿林暴客气雄豪。
>
> 无情波浪兼天涌，疑是胥江起怒涛。

瑞虹见合家都杀，独不害她，料然必来污辱，奔出舱门，望江中便跳。陈小四放下斧头，双手抱住道："小姐不要惊恐！还你快活。"瑞虹大怒，骂道："你这班强盗，害了我全家，尚敢污辱我么！快快放我自尽。"陈小四道："你这般花容月貌，教我如何便舍得？"一头说，一头抱入后舱。瑞虹口中千强盗，万强盗，骂不绝口。众人大怒道："阿哥，那里不寻了一个妻子，却受这贱人之辱！"便要赶进来杀。陈小四拦住道："众兄弟，看我分上饶她罢！明日与你陪情。"又对瑞虹道："快些住口，你若再骂时，连我也不能相救。"瑞虹一头哭，心中暗想："我若死了，一家之仇那个去报？且含羞忍辱，待报仇之后，死亦未迟。"方才住口，跌足又哭，陈小四安慰一番。

众人已把尸首尽抛入江中，把船揩抹干净，扯起满篷，又驶到一个沙洲边，将箱笼取出，要把东西分派。陈小四道："众兄弟且不要忙，趁今日十五团圆之夜，待我做了亲，众弟兄吃过庆喜筵席，然后自由自在均分，岂不美哉！"众人道："也说得是。"连忙将蔡武带来的好酒，打开几坛，将那些食物东西，都安排起来，团团坐在舱中，点得灯烛辉煌，取出蔡武许多银酒器，大家痛饮。

陈小四又抱出瑞虹坐在旁边，道："小姐，我与你郎才女貌，做夫妻也不辱没了你。今夜与我成亲，图个白头到老。"瑞虹掩着面只是哭。众人道："我众兄弟各人敬阿嫂一杯酒。"便筛过一杯，送在面前。陈小四接在手中，拿向瑞虹口边道："多谢众弟兄之敬，你略略沾些儿。"瑞虹那里采他，把手推开。陈小四笑道："多谢列位美情，待我替娘子饮罢。"拿起来一饮而尽。秦小元道："哥不要吃单杯，吃个双双到老。"又送过一杯，陈小四又接来吃了，也筛过酒，逐个答还。吃了一会，陈小四被众人劝送，吃到八九分醉了。众人道："我们畅饮，不要难为新人。哥，先请安置罢。"陈小四道："既如此，列位再请宽坐，我不陪了。"抱起瑞虹，取了灯火，径入后舱，放下瑞虹，闭上舱门，便来与她解衣。那时瑞虹身不由主，被他解脱干净，抱向床中，任情取乐。可惜千金小姐，落在强徒之手。

> 暴雨摧残娇蕊，狂风吹损柔芽。
>
> 那是一宵恩爱，分明凤世冤家。

　　不题陈小四。且说众人在舱中吃酒，白满道："陈四哥此时正在乐境了。"沈铁鬓道："他便乐，我们却有些不乐。"秦小元："我们有甚不乐？"沈铁鬓道："同样做事，他到独占了第一件便宜，明日分东西时，可肯让一些么？"李癞子道："你道是乐，我想这一件，正是不乐之处哩。"众人道："为何不乐？"李癞子道："常言说得好：'斩草不除根，萌芽依旧发。'杀了她一家，恨不得把我们吞在肚里，方才快活，岂肯安心与陈四哥做夫妻？倘到人烟凑聚所在，叫喊起来，众人性命可不都送在她的手里！"众人尽道："说得是，明日与陈四哥说明，一发杀却，岂不干净。"答道："陈四哥今夜得了甜头，怎肯杀她？"白满道："不要与陈四哥说知，悄悄竟行罢。"李癞子道："若瞒着他杀了，弟兄情上就到不好开交。我有个两得其便的计儿在此：趁陈四哥睡着，打开箱笼，将东西均分，四散去快活。陈四哥已受用了一个妙人，多少留几件与他，后边露出事来，止他自去受累，与我众人无干。或者不出丑，也是他的造化。怎样又不伤了弟兄情分，又连累我们不着，可不好么？"众人齐称道："好。"立起身把箱笼打开，将出黄白之资①，衣饰器皿，都均分了，只拣用不着的留下几件。各自收拾，打了包裹，把舱门关闭，将船驶到一个通官路所在泊住，一齐上岸，四散而去。

　　　　　　　箧中黄白皆公器，被底红香偏得意。

　　　　　　　蜜房割去别人甜，狂蜂犹抱花心睡。

　　且说陈小四专意在瑞虹身上，外边众人算计，全然不知，直至次日巳牌时分②，方才起身来看，一人不见，还只道夜来中酒睡着。走至稍上，却又不在，再到前舱去看，那里有个人的影儿？惊骇道："他们通往何处去了？"心内疑惑。复走入舱中，看那箱笼俱已打开，逐只检看，并无一物，止一只内存些少东西，并书帙之类。方明白众人分去，敢怒而不敢言，想道："是了，他们见我留着这小姐，恐后事露，故都悄然散去。"又想道："我如今独自个又行不得这船，住在此，又非长策，倒是进退两难。欲待上岸，村中觅个人儿帮行，到有人烟之处，恐怕这小姐喊叫出来，这性命便休了。势在骑虎，留他不得了，不如斩草除根罢。"提起一柄板斧，抢入后舱。

　　瑞虹还在床上啼哭，虽则泪痕满面，愈觉千娇百媚。那贼徒看了，神荡魂迷，臂垂手软，把杀人肠子，顿时熔化。一柄板斧，扑秃的落在地下。又腾身上去，捧着瑞虹淫媾。可怜嫩蕊娇花，怎当得风狂雨骤！

　　那贼徒恣意轻薄了一回，说道："娘子，我晓得你劳碌了，待我去收拾些饮食与你将息。"跳起身，往稍上打火煮饭。忽地又想起道："我若迷恋这女子，性命定然断送，欲要杀她，又不忍下手。罢，罢，只算我晦气，弃了这船，向别处去过日。倘有采头，再觅

－－－－－－－－－－－－－－－－－－

　①　黄白：黄金和白银。

　②　巳牌：上午九时至十一时。

注钱财，原挣个船儿，依然快活。那女子留在船中，有命时便遇人救了，也算我一点阴骘①。"却又想道："不好不好，如不除她，终久是个祸根。只饶她一刀，与个全尸罢。"煮些饭食吃饱，将平日所积囊资，并留下的些小东西，叠成一个大包，放在一边，寻一条索子，打个圈儿，赶入舱来。这时瑞虹恐又来淫污，已是穿起衣服，向着里床垂泪，思算报仇之策，不堤防这贼来谋害。说时迟，那时快，这贼徒奔近前，左手托起头儿，右手就将索子套上。瑞虹方待喊叫，被他随手扣紧，尽力一收，瑞虹疼痛难忍，手足乱动，扑的跳了几跳，直挺挺横在床上便不动了。那贼徒料是已死，即放了手，到外舱，拿起包裹，提着一根短棍，跳上涯，大踏步而去。正是：

> 虽无并枕欢娱，落得一身干净。

元来瑞虹命不该绝，喜得那贼打的是个单结，虽然被这一收时，气断昏迷；才放下手，结就松开，不比那吊死的越坠越紧。咽喉间有了一线之隙，这点气回复透出，便不致于死，渐渐苏醒，只是遍体酥软，动掸不得，倒像被按摩的捏了个醉杨妃光景。喘了一回，觉道颈下难过，勉强挣起手扯开，心内苦楚，暗哭道："爹阿，当时若听了我的言语，那有今日？只不知与这伙贼徒，前世有甚冤业，合家遭此惨祸！"又哭道："我指望忍辱偷生，还图个报仇雪耻，不道这贼原放我不过。我死也罢了，但是冤沉海底，安能瞑目！"转思转哭，愈想愈哀。

正哭之间，忽然稍上"扑通"的一声响亮，撞得这船幌上几幌，睡的床铺险些撷翻②。瑞虹被这一惊，哭也倒止住了。侧耳听时，但闻得隔船人声喧闹，打号撑篙，本船不见一些声息，疑惑道："这班

---

① 阴骘（zhì）：阴德。
② 撷（diān）：摔。

强盗为何被人撞了船，却不开口？莫非那船也是同伙？"又想道："或者是捕盗船儿，不敢与他争论。"便欲喊叫，又恐不能了事，方在惶惑之际，船仓中忽地有人大惊小怪，又齐拥入后舱。瑞虹还道是这班强盗，暗道："此番性命定然休矣！"只见众人说道："不知是何处官府，打劫得如此干净？人样也不留一个！"瑞虹听了这句话，已知不是强盗了，挣扎起身，高喊："救命！"众人赶向前看时，见是个美貌女子，扶持下床，问她被劫情由。瑞虹未曾开言，两眼泪珠先下，乃将父亲官爵籍贯，并被难始末，一一细说，又道："列位大哥，可怜我受屈无伸，乞引到官司告理，擒获强徒正法，也是一点阴骘。"众人道："元来是位小姐，可恼受着苦了！但我们都做主不得，须请老爹来与你计较。"内中一个便跑去相请。

不多时，一人跨进舱中，众人齐道："老爹来也！"瑞虹举目看那人面貌魁梧，服饰齐整，见众人称他老爹，料必是个有身家的^①，哭拜在地。那人慌忙扶住道："小姐何消行此大礼？有话请起来说。"瑞虹又将前事细说一遍，又道："求老爹慨发慈悲，救护我难中之人，生死不忘大德！"那人道："小姐不消烦恼。我想这班强盗，去还未远，即今便同你到官司呈告，差人四处追寻，自然逃走不脱。"瑞虹含泪而谢。那人吩咐手下道："事不宜迟，快扶蔡小姐过船去罢。"众人便来搀扶。瑞虹寻过鞋儿穿起，走出舱门观看，乃是一只双开篷顶号货船。过得船来，请入舱中安息。众水手把贼船上家火东西，尽情搬个干净，方才起篷开船。

你道那人是谁？元来姓卞名福，汉阳府人氏，专在江湖经商，挣起一个老大家业，打造这只大船，众水手俱是家人。这番在下路脱了粮食，装回头货回家，正趁着顺风行走，忽地被一阵大风，直

---

① 身家：身份地位。

打向到岸边去。稍公把舵务命推挥①，全然不应，径向贼船上当稍一撞。见是座船，恐怕拿住费嘴②，好生着急。合船人手忙脚乱，要撑开去，不道又阁在浅处，牵扯不动，故此打号用力。因见座船上没个人影，卞福以为怪异，教众水手过来看。已看闻报，止有一个美女子，如此如此，要求搭救。卞福即怀不良之念，用一片假情，哄得过船，便是买卖了，那里是真心肯替她伸冤理枉！

那瑞虹起初因受了这场惨毒，正无门伸诉，所以一见了卞福，犹如见了亲人一般，求他救济，又见说出那班言语，便信以为真，更不疑惑。到得过船心定，想起道："此来差矣！我与这客人，非亲非故，如何指望他出力，跟着同走？虽承他一力担当，又未知是真是假。倘有别样歹念，怎生是好？"

正在疑虑，只见卞福自去安排着佳肴美酝，承奉瑞虹，说道："小姐你一定饿了，且吃些酒食则个。"瑞虹想着父母，那里下得咽喉。卞福坐在旁边，甜言蜜语，劝了两小杯，开言道："小子有一言商议，不知小姐可肯听否？"瑞虹道："老客有甚见谕？"卞福道："适来小子一时义愤，许小姐同到官司告理，却不曾算到自己这一船货物。我想那衙门之事，元论不定日子的。倘或牵缠半年六月，事体还不能完妥，货物又不能脱去，岂不两下担阁？不如小姐且随我回去，先脱了货物，然后另换一个小船，与你一齐下来理论这事，就盘桓几年，也不妨得。更有一件，你我是个孤男寡女，往来行走，必惹外人谈议，总然彼此清白，谁人肯信？可不是无丝有线？况且小姐举目无亲，身无所归。小子虽然是个商贾，家中颇颇得过，若不弃嫌，就此结为夫妇。那时报仇之事，水里水去，火里火去，包

---

① 务命：全力，拼命。
② 费嘴：啰唆，多话。

在我身上，一个个缉获来，与你出气，但未知尊意若何？"

瑞虹听了这片言语，暗自心伤，簌簌的泪下，想道："我这般命苦！又遇着不良之人。只是落在套中，料难摆脱。"乃叹口气道："罢罢！父母冤仇事大，辱身事小。况已被贼人玷污，总今就死，也算不得贞节了。且待报仇之后，寻个自尽，以洗污名可也。"踌躇已定，含泪答道："官人果然真心肯替奴家报仇雪耻，情愿相从，只要设个誓愿，方才相信。"卞福得了这句言语，喜不自胜，连忙跪下设誓道："卞福若不与小姐报仇雪耻，翻江而死。"道罢起来，吩咐水手："就前途村镇停泊，买办鱼肉酒果之类，合船吃杯喜酒。"到晚成就好事。

不则一日，已至汉阳。谁想卞福老婆是个拈酸的领袖①，吃醋的班头。卞福平昔极惧怕的，不敢引瑞虹到家，另寻所在安下，叮嘱手下人，不许泄漏。内中又有个请风光博笑脸的②，早去报知。那婆娘怒气冲天，要与老公厮恼。却又算计，没有许多闲工夫淘气。倒一字不提，暗地教人寻下掠贩的③，期定日子，一手交钱，一手交人。到了是日，那婆娘把卞福灌得烂醉，反锁在房。一乘轿子，抬至瑞虹住处。掠贩的已先在彼等候，随那婆娘进去，教人报知瑞虹说："大娘来了④。"瑞虹无奈，只得出来相迎。掠贩的在旁，细细一观，见有十二分颜色，好生欢喜。那婆娘满脸堆笑，对瑞虹道："好笑官人，作事颠倒，既娶你来家，如何又撇在此，成何体面？外人知得，只道我有甚缘故。适来把他埋怨一场，特地自来接你回去，有甚衣饰快些收拾。"瑞虹不见卞福，心内疑惑，推辞不去。那婆娘

---

① 拈酸：产生醋意，吃醋。
② 请风光博笑脸：极力巴结讨好。
③ 掠贩：用硬抢、哄骗等方式贩卖人口。
④ 大娘：小妾对正室的称呼。

道:"既不愿同住,且去闲玩几日。也见得我亲来相接之情。"瑞虹见这句说得有理,便不好推托,进房整饰。那婆娘一等她转身,即与掠贩的议定身价,教家人在外兑了银两,唤乘轿子,哄瑞虹坐下,轿夫抬起,飞也似走,直至江边一个无人所在,掠贩的引到船边歇下。瑞虹情知中了奸计,放声号哭,要跳向江中。怎当掠贩的两边扶挟,不容转动。推入舱中,打发了中人、轿夫,急忙解缆开船,扬着满帆而去。

且说那婆娘卖了瑞虹,将屋中什物收拾归去,把门锁上,回到家中,卞福正还酣睡。那婆娘三四个巴掌打醒,数说一回,打骂一回,整整闹了数日,卞福脚影不敢出门。一日捉空趸到瑞虹住处,看见锁着门户,吃了一惊。询问家人,方知被老婆卖去久矣。只气得发昏章第十一①。那卞福只因不曾与瑞虹报仇,后来果然翻江而死,应了向日之誓。那婆娘原是个不成才的烂货,自丈夫死后,越发恣意把家私贴完,又被奸夫拐去,卖与烟花门户。可见天道好还,丝毫不爽。有诗为证:

> 忍耻偷生为父仇,谁知奸计觅风流。
> 劝君莫设虚言誓,湛湛青天在上头。

再说瑞虹被掠贩的纳在船中,一味悲号。掠贩的劝慰道:"不须啼泣,还你此去丰衣足食,自在快活!强如在卞家受那大老婆的气。"瑞虹也不理他,心内暗想:"欲待自尽,怎奈大仇未报;将为不死,便成淫荡之人。"踌躇千百万遍,终是报仇心切,只得宁耐②,看个居止下落,再作区处。行不多路,已是天晚泊船。掠贩的逼她同睡,瑞虹不从,和衣缩在一边。掠贩的便来搂抱,瑞虹乱喊杀人。

---

① 发昏章第十一:模仿古代典籍的篇目名称,意即发昏。
② 宁耐:安定,忍耐。

掠贩的恐被邻船听得，弄出事来，放手不迭，再不敢去缠她。径载到武昌府，转卖与乐户王家①。

那乐户家里先有三四个粉头②，一个个打扮得乔乔画画③，傅粉涂脂，倚门卖俏。瑞虹到了其家，看见这般做作，转加苦楚，又想道："我今落在烟花地面，报仇之事，已是绝望，还有何颜在世！"遂立意要寻死路，不肯接客。偏又作怪，但是瑞虹走这条门路，就有人解救，不致伤身。乐户与鸨子商议道④："她既不肯接客，留之何益！倘若三不知，做出把戏，倒是老大利害。不如转货与人，另寻个罢。"常言道："事有凑巧，物有偶然。"恰好有一绍兴人，姓胡名悦，因武昌太守是他的亲戚，特来打抽丰⑤，倒也作成寻觅了一大注钱财。那人原是贪花恋酒之徒，住的寓所，近着妓家，闲时便去串走，也曾见过瑞虹，是个绝色丽人，心内着迷，几遍要来入马⑥。因是瑞虹寻死觅活，不能到手。今番听得乐户有出脱的消息，情愿重价娶为偏房。也是有分姻缘，一说就成。

胡悦娶瑞虹到了寓所，当晚整备着酒肴，与瑞虹叙情。那瑞虹只是啼哭，不容亲近。胡悦再三劝慰不止，倒没了主意，说道："小娘子，你在娼家，或者道是贱事，不肯接客；今日与我成了夫妇，万分好了，还有甚苦情，只管悲恸！你且说来，若有疑难事体，我可以替你分忧解闷。倘事情重大，这府中太爷是我舍亲，就转托他

---

① 乐户：原指专门从事吹弹歌唱表演，有专门乐人户籍的人，后来用来称妓院。

② 粉头：指妓女。

③ 乔乔画画：妖娆妖媚的样子。

④ 鸨（bǎo）子：古代开办妓院的中年女性。

⑤ 打抽丰：即打秋风，利用与富人之间的各类关系求取财物。

⑥ 入马：男女勾搭私情。

与你料理，何必自苦如此。"瑞虹见他说话有些来历，方将前事一一告诉，又道："官人若能与奴家寻觅仇人，报冤雪耻，莫说得为夫妇，便做奴婢，亦自甘心。"说罢又哭。胡悦闻言答道："元来你是好人家子女，遭此大难，可怜可怜！但这事非一时可毕，待我先教舍亲出个广捕到处挨缉①；一面同你到淮安告官，拿众盗家属追比②，自然有个下落。"瑞虹拜倒在地道："若得官人肯如此用心，生生世世，衔结报效。"胡悦扶起道："既为夫妇，事同一体，何出此言！"遂携手入寝。

那知胡悦也是一片假情，哄骗过了几日，只说已托太守出广捕缉获去了。瑞虹信以为实，千恩万谢。又住了数日，雇下船只，打叠起身，正遇着顺风顺水，那消十日，早至镇江，另雇小船回家。把瑞虹的事，阁过一边，毫不题起。瑞虹大失所望，但到此地位，无可奈何，遂吃了长斋，日夜暗祷天地，要求报冤。在路非止一日，已到家中。胡悦老婆见娶个美人回来，好生妒忌，时常厮闹。瑞虹总不与她争论，也不要胡悦进房，这婆娘方才少解。

元来绍兴地方，惯做一项生意：凡有钱能干的，都到京中买个三考吏名色③，钻谋好地方，选一个佐贰官出来④，俗名唤做"飞过海"。怎么叫做"飞过海"？大凡吏员考满，依次选去，不知等上几年；若用了钱，挖选在别人面前，指日便得做官，这谓之"飞过海"。还有独自无力，四五个合做伙计，一人出名做官，其余坐地分

---

① 广捕：通缉令。

② 追比：限令交代，刑法逼迫。

③ 三考吏：明代三考吏指具有三考资格的吏员。吏员指在地方官衙内负责各类杂物的小吏，明代吏员三年一考绩，六年再考，九年考满，再经吏部考试，合格者可以授地方官。

④ 佐贰官：辅佐官，副职。

账。到了任上，先备厚礼，结好堂官①，叨揽事管，些小事体经他衙里，少不得要诈一两五钱。到后觉道声息不好，立脚不住，就悄地桃之夭夭。十个里边，难得一两个来去明白，完名全节。所以天下衙官，大半都出绍兴。那胡悦在家住了年余，也思量到京干这桩事体。更兼有个相知见在当道，写书相约，有扶持他的意思，一发喜之不胜。即便处置了银两，打点起程。单虑妻妾在家不睦，与瑞虹计议，要带她同往，许她谋选彼处地方，访觅强盗踪迹。瑞虹已被骗过一次，虽然不信，也还希冀出外行走，或者有个机会，情愿同去。胡悦老婆知得，翻天作地与老公相打相骂，胡悦全不作准，择了吉日，雇得船只，同瑞虹径自起身。

一路无话，直至京师寻寓所，安顿了瑞虹，次日整备礼物，去拜那相知官员。谁想这官人一月前暴病身亡，合家慌乱，打点扶柩归乡。胡悦没了这个倚靠，身子就酥了半边。思想银子带得甚少，相知又死，这官职怎能弄得到手？欲待原复归去，又恐被人笑耻，事在两难，狐疑未决，寻访同乡一个相识商议。这人也是走那道儿的，正少了银两，不得完成，遂设计哄骗胡悦，包揽替他图个小就②。设或短少，寻人借债。胡悦合该晦气，被他花言巧语说得热闹，将所带银两一包儿递与。那人把来完成了自己官职，悄地一溜烟径赴任去了。胡悦止剩得一双空手，日逐所需，渐渐欠缺。寄书回家取索盘缠，老婆正恼着他，那肯应付分文！自此流落京师，逐日东奔西撞，与一班京花子合了伙计③，骗人财物。

一日商议要大大寻一注东西，但没甚为由，却想到瑞虹身上，

---

① 堂官：衙门大堂办公的官员，在此指地方州县长官。

② 小就：在此意指低级官职。

③ 京花子：京城的地痞无赖。

要把来认作妹子，做个美人局。算计停当，胡悦又恐瑞虹不肯，生出一段说话哄她道："我向日指望到此，选得个官职，与你去寻访仇人，不道时运乖蹇①，相知已死，又被那天杀的骗去银两，沦落在此，进退两难。欲待回去，又无处设法盘缠。昨日与朋友们议得个计策，倒也尽通。"瑞虹道："是甚计策？"胡悦道："只说你是我的妹子，要与人为妾，倘有人来相看，你便见他一面，等哄得银两到手，连夜悄然起身，他们那里来寻觅？顺路先到淮安，送你到家，访问强徒，也了我心上一件未完。"瑞虹初时本不欲得，次后听说顺路送归家去，方才许允。胡悦讨了瑞虹一个肯字，欢喜无限，教众光棍四处去寻主顾。正是：

安排地网天罗计，专待落坑堕堑人。

话分两头。却说浙江温州府有一秀士，姓朱名源，年纪四旬以外，尚无子嗣，娘子几遍劝他娶个偏房。朱源道："我功名淹蹇②，无意于此。"其年秋榜高登③，到京会试。谁想文福未齐，春闱不第，羞归故里，与几个同年相约，就在京中读书，以待下科。那同年中晓得朱源还没有儿子，也苦劝他娶妾。朱源听了众人说话，教人寻觅。刚有了这句口风，那些媒人互相传说，几日内便寻下若干头脑，请朱源逐一相看拣择，没有个中得意的。众光棍缉着那个消息④，即来上桩⑤，夸称得瑞虹姿色绝世无双，古今罕有。哄动朱源期下日子，亲去相看。此时瑞虹身上衣服，已不十分整齐，胡悦教众光棍借来妆饰停当。

---

① 乖蹇（jiǎn）：时运不好。
② 淹蹇（jiǎn）：坎坷不顺。
③ 秋榜：乡试发榜，秋天举行乡试，故名，得中者为举人。
④ 缉着：打探到。
⑤ 上桩：撮合。

众光棍引着朱源到来，胡悦向前迎迓①，礼毕就坐，献过一杯茶，方请出瑞虹站在遮堂门边②。朱源走上一步，瑞虹侧着身子，道个万福。朱源即忙还礼，用目仔细一觑，端的娇艳非常，暗暗喝采道："真好个美貌女子！"瑞虹也见朱源人材出众，举止闲雅，暗道："这官人倒好个仪表，果是个斯文人物。但不知甚么晦气，投在网中。"心下存了个懊悔之念。略站片时，转身进去。众光棍从旁衬道："相公，何如？可是我们不说谎么？"朱源点头微笑道："果然不谬。可到小寓议定财礼，择日行聘便了。"道罢起身，众人接脚随去，议了一百两财礼。朱源也闻得京师骗局甚多，恐怕也落了套儿，讲过早上行礼，到晚即要过门。众光棍又去与胡悦商议。

胡悦沉吟半晌，生出一个计，只恐瑞虹不肯，教众人坐下，先来与她计较道："适来这举人已肯上桩，只是当日便要过门，难做手脚。如今只得将计就计，依着他送你过去。少不得备下酒肴，你慢慢的饮至五更时分，我同众人便打入来，叫破地方，只说强占有夫妇女，原引了你回来，声言要往各衙门呈告。他是个举人，怕干碍前程，自然反来求伏。那时和你从容回去，岂不美哉！"瑞虹闻言，愀然不乐，答道："我前生不知作下甚业？以至今世遭许多磨难！如何又作恁般没天理的事害人？这个断然不去。"胡悦道："娘子，我原不欲如此，但出于无奈，方走这条苦肉计，千万不要推托！"瑞虹执意不从。胡悦就双膝跪下道："娘子，没奈何将就做这一遭，下次再不敢相烦了。"瑞虹被逼不过，只得应允。胡悦急急跑向外边，对众人说知就里。众人齐称妙计，回复朱源，选起吉日，将银两兑足，送与胡悦收了。众光棍就要把银两公用，胡悦道："且慢着，等待事

---

① 迎迓（yà）：迎接。
② 遮堂：指堂屋内的屏门。

妥，分也未迟。"到了晚间，朱源教家人雇乘轿子，去迎瑞虹，一面吩咐安排下酒馔等候。不一时，已是娶到。两下见过了礼，邀入房中，教家人管待媒人酒饭，自不必说。

单讲朱源同瑞虹到了房中，瑞虹看时，室中灯烛辉煌，设下酒席。朱源在灯下细观其貌，比前倍加美丽，欣欣自得，道声："娘子请坐。"瑞虹羞涩不敢答应，侧身坐下。朱源教小厮斟过一杯酒，恭恭敬敬递至面前放下，说道："小娘子，请酒。"瑞虹也不敢开言，也不回敬。朱源知道她是怕羞，微微而笑。自己斟上一杯，对席相陪，又道："小娘子，我与你已为夫妇，何必害羞！多少沾一盏儿，小生候干。"瑞虹只是低头不应。朱源想道："她是个女儿家，一定见小厮们在此，所以怕羞。"即打发出外，掩上门儿，走至身边道："想是酒寒了，可换热的饮一杯，不要拂了我的敬意。"遂另斟一杯，递与瑞虹。瑞虹看了这个局面，转觉羞惭，蓦然伤感，想起幼时父母何等珍惜，今日流落至此，身子已被玷污，大仇又不能报，又强逼做这般丑态骗人，可不辱没祖宗。柔肠一转，泪珠簌簌乱下。

朱源看见流泪，低低道："小娘子，你我千里相逢，天缘会合，有甚不足，这般愁闷？莫不宅上还有甚不堪之事，小娘子记挂么？"连叩数次，并不答应，觉得其容转戚。朱源又道："细观小娘子之意，必有不得已事，何不说与我知，倘可效力，决不推故。"瑞虹又不则声。朱源倒没做理会，只得自斟自饮。吃勾半酣，听谯楼已打二鼓。朱源道："夜深了，请歇息罢。"瑞虹也全然不采。朱源又不好催逼，倒走去书桌上，取过一本书儿观看，陪她同坐。

瑞虹见朱源殷勤相慰，不去理他，并无一毫愠怒之色，转过一念道："看这举人倒是个盛德君子，我当初若遇得此等人，冤仇申雪久矣。"又想道："我看胡悦这人，一味花言巧语，若专靠在他身上，此仇安能得报？他今明明受过这举人之聘，送我到此；何不将计就计，就跟着他，这冤仇或者倒有报雪之期。"左思右想，疑惑不定。朱源又道："小娘子请睡罢。"瑞虹故意又不答应。朱源依然将书观看。

看看三鼓将绝①，瑞虹主意已定。朱源又催她去睡，瑞虹才道："我如今方才是你家的人了。"朱源笑道："难道起初还是别家的人么？"瑞虹道："相公那知就里②，我本是胡悦之妾，只因流落京师，与一班光棍生出这计，哄你银子。少顷即打入来，抢我回去，告你强占良人妻女。你怕干碍前程，还要买静求安。"朱源闻言大惊，道："有恁般异事！若非小娘子说出，险些落在套中。但你既是胡悦之妾，如何又泄漏与我？"瑞虹哭道："妾有大仇未报，观君盛德长者，必能为妾伸雪，故愿以此身相托。"朱源道："小娘子有何冤抑，可细细说来，定当竭力为你图之。"瑞虹乃将前后事泣诉，连朱源亦自惨然下泪。

正说之间，已打四更。瑞虹道："那一班光棍，不久便到，相公若不早避，必受其累。"朱源道："不要着忙！有同年寓所，离此不远，他房屋尽自深邃，且到那边暂避过一夜，明日另寻所在，远远搬去，有何患哉！"当下开门，悄地唤家人点起灯火，径到同年寓所，敲开门户。那同年见半夜而来，又带着个丽人，只道是来历不明的，甚以为怪。朱源一一道出，那同年即移到外边去睡，让朱源住于内厢。一面教家人们相帮，把行李等件，尽皆搬来，止存两间空房。不在话下。

且说众光棍一等瑞虹上轿，便逼胡悦将出银两分开。买些酒肉，吃到五更天气，一齐赶至朱源寓所，发声喊打将入去。但见两间空

---

① 三鼓：即三更，半夜到凌晨的时间段。
② 就里：前因后果，内部情况。

屋，那有一个人影。胡悦倒吃了一惊，说道："他如何晓得，预先走了？"对众光棍道："一定是你们倒勾结来捉弄我的，快快把银两还了便罢！"众光棍大怒，也翻转脸皮，说道："你把妻子卖了，又要来打抢，反说我们有甚勾当，须与你干休不得！"将胡悦攒盘打勾臭死①。恰好五城兵马经过②，结扭到官，审出骗局实情，一概三十，银两追出入官。胡悦短递回籍③。有诗为证：

> 牢笼巧设美人局，美人原不是心腹。
>
> 赔了夫人又打臀，手中依旧光陆秃④。

且说朱源自娶了瑞虹，彼此相敬相爱，如鱼似水。半年之后，即怀六甲，到得十月满足，生下一个孩子，朱源好不喜欢，写书报知妻子。光阴迅速，那孩子早又周岁。其年又值会试，瑞虹日夜向天祷告，愿得丈夫黄榜题名，早报蔡门之仇。场后开榜，朱源果中了六十五名进士，殿试三甲，该选知县。恰好武昌县缺了县官，朱源就讨了这个缺，对瑞虹道："此去仇人不远，只怕他先死了，便不得你的气。若还在时，一个个拿来，沥血祭献你的父母⑤，不怕他走上天去。"瑞虹道："若得相公如此用心，奴家死亦瞑目。"朱源一面先差人回家，接取家小在扬州伺候，一同赴任，一面候吏部领凭⑥。不一日领了凭限，辞朝出京。

原来大凡吴、楚之地作官的，都在临清张家湾雇船，从水路而行，或径赴任所，或从家乡而转，但从其便。那一路都是下水，又

---

① 攒（zǎn）盘：包围殴打。
② 五城兵马：即五城兵马司，掌管京城捕盗、社会治安、公共管理事务的武装巡逻部队。
③ 短递回籍：沿途官府分程押解回籍。
④ 光陆秃：一无所有。
⑤ 沥（lì）血：流血。
⑥ 领凭：领取委任授职的文书。

快又稳；况带着家小，若没有勘合脚力①，陆路一发不便了。每常有下路粮船，运粮到京，交纳过后，那空船回去，就揽这行生意，假充座船，请得个官员坐舱，那船头便去包揽他人货物，图个免税之利，这也是个旧规。

却说朱源同了小奶奶到临清雇船，看了几个舱口，都不称怀，只有一只整齐，中了朱源之意。船头递了姓名手本，磕头相见。管家搬行李安顿舱内，请老爷奶奶下船。烧了神福②，船头指挥众人开船。瑞虹在舱中，听得船头说话，是淮安声音，与贼头陈小四一般无二。问丈夫什么名字，朱源查那手本写着③：船头吴金叩首，姓名都不相同。可知没相干了，再听他声口越听越像。转展生疑，放心不下，对丈夫说了。假托吩咐说话，唤他近舱。瑞虹闪于背后厮认其面貌，又与陈小四无异。只是姓名不同，好生奇怪。欲待盘问，又没个因由。

偶然这一日，朱源的座师船到④，过船去拜访。那船头的婆娘进舱来拜见奶奶，送茶为敬，瑞虹看那妇人：

虽无十分颜色，也有一段风流。

瑞虹有心问那妇人道："你几岁了？"那妇人答道："二十九岁了。"又问："那里人氏？"答道："池阳人氏。"瑞虹道："你丈夫不像个池阳人。"那妇人道："这是小妇人的后夫。"瑞虹道："你几岁死过丈夫的？"那妇人道："小妇人夫妇为运粮到此，拙夫一病身亡。如今这拙夫是武昌人氏，原在船上做帮手，丧事中亏他一力相助。

---

① 勘合：符契。古代符契文书，盖有印信，分为两半，双方各执一半。查验时将二符契相并验证骑缝处印信。脚力：在此指运输货物、搭载人员的车马。

② 神福：祭祀焚烧所用的纸马、香烛。

③ 手本：名帖。

④ 座师：明清时期中举者对主考官的敬称。

小妇人孤身无倚，只得就从了他，顶着前夫名字，完这场差使。"瑞虹问在肚里，暗暗点头。将香帕赏她。那妇人千恩万谢的去了。瑞虹等朱源上船，将这话述与他听了。眼见吴金即是陈小四，正是贼头。朱源道："路途之间不可造次，且忍耐他到地方上施行，还要在他身上追究余党。"瑞虹道："相公所见极明。只是仇人相见，分外眼睁，这几日如何好过！"恨不得借滕王阁的顺风，一阵吹到武昌。

> 饮恨亲冤已数年，枕戈思报叹无缘。
>
> 同舟敌国今相遇，又隔江山路几千。

却说朱源舟至扬州，那接取大夫人的还未曾到，只得停泊马头等候。瑞虹心上一发气闷。等到第三日，忽听得岸上鼎沸起来。朱源教人问时，却是船头与岸上两个汉子扭做一团厮打。只听得口口声声说道："你干得好事！"朱源见小奶奶气闷，正没奈何，今番且借这个机会，敲那贼头几个板子，权发利市^①，当下喝教水手："与我都拿过来！"原来这班水手，与船头面和意不和，也有个缘故。当初陈小四缢死了瑞虹，弃船而逃，没处投奔，流落到池阳地面。偶值吴金这只粮船起运，少个帮手，陈小四就上了他的船。见吴金老婆像个爱吃枣儿汤的^②，岂不正中下怀，一路行奸卖俏搭识上了。两个如胶似漆，反多那老公碍眼。船过黄河，吴金害了个寒症，陈小四假意殷勤，赎药调理。那药不按君臣^③，一服见效，吴金死了。妇人身边取出私财，把与陈小四，只说借他的东西，断送老公。过了一两个七，又推说欠债无偿，就将身子白白里嫁了他。虽然备些酒

---

① 发利市：原意为开业后做的第一笔生意，在此指为蔡瑞虹报仇所做的第一步。

② 爱吃枣儿汤：喜欢勾搭男子。

③ 不按君臣：在此意指中药药材搭配不合理，主要使用的药材（君）和辅助的药材（臣）剂量分配混乱，导致病情加剧。

食，暖住了众人，却也中心不伏，为这缘故，所以面和意不和。听得舱里叫一声："都拿过来！"蜂拥上岸，将三个人一齐扣下船来，跪于将军柱边^①。

朱源问道："为何厮打？"船头禀道："这两个人原是小人合本撑船伙计，因盗了资本，背地逃走，两三年不见面。今日天遣相逢，小人与他取讨，他倒图赖个人，两个来打一个。望老爷与个人做主。"朱源道："你二人怎么说？"那两个汉子道："小人并没此事，都是一派胡言。"朱源道："难道一些影儿也没有，平地就厮打起来^②？"那两个汉子道："有个缘故：当初小的们虽曾与他合本撑船，只为他迷恋了个妇女，小的们恐误了生意，把自己本钱收起，各自营运，并不曾欠他分毫。"朱源道："你两个叫什么名字？"那两个汉子不曾开口，倒是陈小四先说道："一个叫沈铁瓮，一个叫秦小元。"

朱源却待再问，只见背后有人扯拽。回头看时，却是丫鬟，悄悄传言，说道："小奶奶请老爷说话。"朱源走进后舱，见瑞虹双行流泪，扯住丈夫衣袖，低声说道："那两个汉子的名字，正是那贼头一伙，同谋打劫的人，不可放他走了。"朱源道："原来如此。事到如今，等不得到武昌了。"慌忙写了名帖，吩咐打轿，喝教地方，将三人一串儿缚了，自去拜扬州太守，告诉其事。太守问了备细，且教把三个贼徒收监，次日面审。朱源回到船中，众水手已知陈小四是个强盗，也把谋害吴金的情节，细细禀知。朱源又把这些缘由，备写一封书帖，送与太守，并求究问余党。太守看了，忙出飞签^③，差人拘那妇人，一并听审。扬州城里传遍了这出新闻，又是强盗，

---

① 将军柱：大堂前支撑屋檐的柱子，在此指船舱门前的柱子。
② 平地：平白无故。
③ 飞签：官府派差役捕拿嫌疑人所发的凭证。

又是奸淫事情，有妇人在内，那一个不来观看。临审之时，府前好不热闹。正是：

好事不出门，恶事传千里。

却说太守坐堂，吊出三个贼徒，那妇人也提到了，跪于阶下。陈小四看见那婆娘也到，好生惊怪，道："这厮打小事，如何连累家属？"只见太守却不叫吴金名字，竟叫陈小四。吃这一惊非小，凡事逃那实不过，叫一声不应，再叫一声不得不答应了。太守相公冷笑一声道："你可记得三年前蔡指挥的事么？天网恢恢，疏而不漏。今日有何理说！"三个人面面相觑，却似鱼胶粘口，一字难开。太守又问："那时同谋还有李癞子、白满、胡蛮二、凌歪嘴、余蛤蚆，如今在那里？"陈小四道："小的其时虽在那里，一些财帛也不曾分受，都是他这几个席卷而去。只问他两个便知。"沈铁甏、秦小元道："小的虽然分得些金帛，不像陈小四强奸了他家小姐。"太守已知就里，恐碍了朱源体面，便喝住道："不许闲话！只问你那几个贼徒，现在何处？"秦小元道："当初分了金帛，四散去了。闻得李癞子、白满随着山西客人，贩买绒货；胡蛮二、凌歪嘴、余蛤蚆三人，逃在黄州撑船过活。小的们也不曾相会。"

太守相公又叫妇人上前问道："你与陈小四奸密，毒杀亲夫，遂为夫妇，这也是没得说了。"妇人方欲抵赖，只见阶下一班水手都上前禀话，如此如此，这般这般，说得那妇人顿口无言。太守相公大怒，喝教选上号毛板①，不论男妇，每人且打四十，打得皮开肉绽，鲜血迸流。当下录了口词，三个强盗通问斩罪，那妇人问了凌迟。齐上刑具，发下死囚牢里。一面出广捕，挨获白满、李癞子等。太守问了这件公事，亲到船上答拜朱源，就送审词与看，朱源感谢不

---

① 毛板：未经人工处理的粗糙原生的竹板，对人体刺激伤害性更强。

尽。瑞虹闻说，也把愁颜放下七分。

又过几日，大奶奶已是接到。瑞虹相见，一妻一妾，甚是和睦。大奶奶又见儿子生得清秀，愈加欢喜。不一日，朱源于武昌上任，管事三日，便差的当捕役缉访贼党胡蛮二等。果然胡蛮二、凌歪嘴在黄州江口撑船，手到拿来。招称："余蛤蚆一年前病死，白满、李癞子见跟陕西客人，在省城开铺。"朱源权且收监，待拿到余党，一并问罪。省城与武昌县相去不远，捕役去不多日，把白满、李癞子二人一索子捆来，解到武昌县。朱源取了口词，每人也打四十。备了文书，差的当公人，解往扬州府里，以结前卷。

朱源做了三年县宰①，治得那武昌县道不拾遗，犬不夜吠。行取御史②，就出差淮扬地方。瑞虹嘱咐道："这班强盗，在扬州狱中，连岁停刑，想未曾决。相公到彼，可了此一事，就与奴家沥血祭奠父亲并两个兄弟。一以表奴家之诚；二以全相公之信。还有一事，我父亲当初曾收用一婢，名唤碧莲，曾有六月孕。因母亲不容，就嫁出与本处一个朱裁为妻。后来闻得碧莲所生是个男儿。相公可与奴家用心访问。若这个儿子还在，可主张他复姓，以续蔡门宗祀，此乃相公万代阴功。"说罢，放声大哭，拜倒在地。朱源慌忙扶起道："你方才所说二件，都是我的心事。我若到彼，定然不负所托，就写书信报你得知。"瑞虹再拜称谢。

再说朱源赴任淮、扬，这是代天子巡狩③，又与知县到任不同。真个号令出时霜雪凛，威风到处鬼神惊。其时七月中旬，未是决囚之际④。朱源先出巡淮安，就托本处府县访缉朱裁及碧莲消息，果然

---

① 县宰：县令。
② 行取：地方官员任职三年，通过考核后，授予新职。
③ 代天子巡狩：任职御史，代天子巡查地方。
④ 决囚：判决囚犯死刑、执行死刑。

访着。那儿子已八岁了，生得堂堂一貌。府县奉了御史之命，好不奉承，即日香汤沐浴，换了衣履，送在军卫供给，申文报知察院。朱源取名蔡续，特为起奏一本，将蔡武被祸事情，备细达于圣聪："蔡氏当先有汗马功劳，不可令其无后。今有幼子蔡续，合当归宗，俟其出幼承袭。其凶徒陈小四等，秋后处决。"圣旨准奏了。其年冬月，朱源亲自按临扬州，监中取出陈小四与吴金的老婆，共是八个，一齐绑赴法场，剐的剐，斩的斩，干干净净。正是：

> 善有善报，恶有恶报。若还不报，时辰未到。

朱源吩咐刽子手，将那几个贼徒之首，用漆盘盛了，就在城隍庙里设下蔡指挥一门的灵位，香花灯烛，三牲祭礼，把几颗人头一字儿摆开。朱源亲制祭文拜奠。又于本处选高僧做七七功德，超度亡魂。又替蔡续整顿个家事，嘱咐府县青目①。其母碧莲一同居住，以奉蔡指挥岁时香火。朱裁另给银两别娶。诸事俱已停妥，备细写下一封家书，差个得力承舍②，赍回家中，报知瑞虹。

瑞虹见了书中之事，已知蔡氏有后，诸盗尽已受刑，沥血奠祭，举手加额，感谢天地不尽。是夜，瑞虹沐浴更衣，写下一纸书信，寄谢丈夫。又去拜谢了大奶奶，回房把门拴上，将剪刀自刺其喉而死。其书云：

> 贱妾瑞虹百拜相公台下：虹身出武家，心娴闺训。男德在义，女德在节。女而不节，与禽何别！虹父韬钤不戒③，曲糵迷神④。悔盗亡身⑤，祸及母弟，一时并命。妾心胆俱裂，浴泪弥年。然而隐忍不死

---

① 青目：青眼有加，照顾提携。
② 承舍：衙役。
③ 韬钤（qián）：古代兵书《六韬》《玉钤篇》，意指军事谋略。
④ 曲糵（niè）：酒曲。
⑤ 悔盗：财物保存不当，引起贼人的贪念。

者，以为一人之廉耻小，闺门之仇怨大。昔李将军忍诟降虏[1]，欲得当以报汉，妾虽女流，志窃类此。不幸历遭强暴，衷怀未申。幸遇相公，拔我于风波之中，谐我以琴瑟之好。识荆之日[2]，便许复仇。皇天见怜，宦游早遂。诸奸贯满，相次就缚；而且明正典刑，沥血设飨[3]。蔡氏已绝之宗，复蒙披根见本，世禄复延。相公之为德于衰宗者，天高地厚，何以喻兹。妾之仇已雪而志已遂矣。失节贪生，贻玷阀阅[4]，妾且就死，以谢蔡氏之宗于地下。儿子年已六岁，嫡母怜爱[5]，必能成立。妾虽死之日，犹生之年。姻缘有限，不获面别，聊寄一笺，以表衷曲[6]。

大奶奶知得瑞虹死了，痛惜不已，殡殓悉从其厚，将她遗笔封固，付承舍寄往任上。朱源看了，哭倒在地，昏迷半晌方醒。自此患病，闭门者数日，府县都来候问。朱源哭诉情由，人人堕泪，俱夸瑞虹节孝，今古无比，不在话下。

后来朱源差满回京，历官至三边总制[7]。瑞虹所生之子，名曰朱懋，少年登第，上疏表陈生母蔡瑞虹一生之苦，乞赐旌表。圣旨准奏，特建节孝坊，至今犹在。有诗赞云：

> 报仇雪耻是男儿，谁道裙钗有执持。
>
> 堪笑硁硁真小谅[8]，不成一事枉嗟咨。

---

① 李将军忍诟降虏：指李广的孙子李陵在孤军奋战失败后投降匈奴。
② 荆：对妻子的谦称。
③ 设飨（xiǎng）：祭祀、祭奠。
④ 阀阅：家世、门第。
⑤ 嫡母：小妾所生子对正妻称嫡母。
⑥ 衷曲：心事。
⑦ 三边总制：明代总督、协调延绥、宁夏、甘肃和陕西军事防务的高级官员。
⑧ 硁硁（kēng kēng）：浅薄固执。在此意指出于名节的追求白白自杀，不能委曲从事，报仇雪恨以全大德。

众名姬春风吊柳七

北阙休上书①，南山归敝庐。

不才明主弃，多病故人疏。

白发催年老，青阳逼岁除②。

永怀愁不寐，松月下窗虚。

这首诗，乃是唐朝孟浩然所作。他是襄阳第一个有名的诗人，流寓东京，宰相张说甚重其才，与之交厚。一日，张说在中书省入直③，草应制诗④，苦思不就。遣堂吏密请孟浩然到来，商量一联诗句。正尔烹茶细论⑤，忽然唐明皇驾到。孟浩然无处躲避，伏于床后。明皇蚤已瞧见，问张说道："适才避朕者，何人也？"张说奏道："此襄阳诗人孟浩然，臣之故友。偶然来此，因布衣，不敢唐突圣驾。"明皇道："朕亦素闻此人之名，愿一见之。"孟浩然只得出来，拜伏于地，口称："死罪。"明皇道："闻卿善诗，可将生平得意一首，诵与朕听？"孟浩然就诵了《北阙休上书》这一首。明皇道："卿非不才之流，朕亦未为明主；然卿自不来见朕，朕未尝弃卿也。"当下龙颜不悦，起驾去了。次日，张说入朝，见帝谢罪，因力荐浩

---

① 北阙：古代宫殿北面的门楼，是臣子等候朝见或上书奏事之处。后指皇宫禁苑或朝廷。

② 青阳：指春天。

③ 入直：即"入值"，指朝廷官员进宫值守供职。

④ 应制诗：也称"应和诗"，是朝臣奉皇帝所命做的歌颂皇帝功德等的诗歌。

⑤ 正尔：正在。

然之才，可充馆职^①。明皇道："前朕闻孟浩然有'流星澹河汉，疏雨滴梧桐'之句，何其清新！又闻有'气蒸云梦泽，波憾岳阳楼'之句，何其雄壮！昨在朕前，偏述枯槁之辞，又且中怀怨望^②，非用世之器也。宜听归南山，以成其志！"由是终身不用，至今人称为孟山人。后人有诗叹云：

> 新诗一首献当朝，欲望荣华转寂寥。
>
> 不是不才明主弃，从来贵贱命中招。

古人中，有因一言拜相的，又有一篇赋上遇主的，那孟浩然只为错念了八句诗，失了君王之意，岂非命乎？如今我又说一桩故事，也是个有名才子，只为一首词上误了功名，终身坎壈^③，后来颠到成了风流佳话。那人是谁？说起来，是宋神宗时人，姓柳，名永，字耆卿。原是建宁府崇安县人氏，因随父亲作宦，流落东京。排行第七，人都称为柳七官人。年二十五岁，丰姿洒落，人才出众，琴、棋、书、画，无所不通，至于吟诗作赋，尤其本等^④。还有一件，最其所长，乃是填词。怎么叫做填词？假如李太白有《忆秦娥》《菩萨蛮》，王维有《郁轮袍》，这都是词名，又谓之诗余，唐时名妓多歌之。至宋时，大晟府乐官，博采词名，填腔进御。这个词，比切声调，分配十二律^⑤，其某律某调，句长句短，合用平、上、去、入四声字眼，有个一定不移之格。作词者，按格填入，务要字与音协，一些杜撰不得，所以谓之填词。那柳七官人于音律里面，第一精通，

---

① 馆职：指唐宋时期在史馆、昭文馆、集贤院担任校对编撰工作的官职。

② 怨望：怪罪埋怨，内心不满。

③ 坎壈（lǎn）：不顺，曲折。

④ 本等：本分。

⑤ 十二律：古代的确定音律的方法。阳律六：黄钟、太簇、姑洗、蕤宾、夷则、亡射；阴律六：大吕、夹钟、中吕、林钟、南吕、应钟。

将大晟府乐词，加添至二百余调，真个是词家独步。他也自恃其才，没有一个人看得入眼，所以缙绅之门，绝不去走，文字之交，也没有人。终日只是穿花街，走柳巷，东京多少名妓，无不敬慕他，以得见为荣。若有不认得柳七者，众人都笑他为下品，不列姊妹之数。所以妓家传出几句口号。道是：

> 不愿穿绫罗，愿依柳七哥；
>
> 不愿君王召，愿得柳七叫；
>
> 不愿千黄金，愿中柳七心；
>
> 不愿神仙见，愿识柳七面。

那柳七官人，真个是朝朝楚馆，夜夜秦楼①。内中有三个出名上等的行首②，往来尤密。一个唤做陈师师，一个唤做赵香香，一个唤做徐冬冬。这一个行首，赔着自己钱财，争养柳七官人。怎见得？有戏题一词，名《西江月》为证：

> 调笑师师最惯，香香暗地情多，冬冬与我煞脾和③，独自窝盘三个。
>
> "管"字下边无分，"闲"字加点如何？权将"好"字自停那，"姦"字中间着我。

这柳七官人，诗词文采，压于朝士。因此近侍官员，虽闻他恃才高傲，却也多少敬慕他的。那时天下太平，凡一才一艺之士，无不录用。有司荐柳永才名，朝中又有人保奏，除授浙江管下余杭县宰。这县宰官儿，虽不满柳耆卿之意，把做个进身之阶，却也罢了。只是舍不得那三个行首。时值春暮，将欲起程，乃制《西江月》为

----

① 楚馆、秦楼：指歌舞妓院。

② 行（háng）首：指妓院中的首领，宋元时是对上等妓女的称呼，后泛指名妓。

③ 脾和：情意相投。

词，以寓惜别之意：

> 凤额绣帘高卷①，兽环朱户频摇。两竿红日上花梢，春睡厌厌难觉。

> 好梦枉（狂）随飞絮，闲愁浓胜香醪②。不成雨暮与云朝③，又是韶光过了。

三个行首，闻得柳七官人浙江赴任，都来饯别。众妓至者如云，耆卿口占《如梦令》云：

> 郊外绿阴千里，掩映红裙十队。惜别语方长，车马催人速去。偷泪，偷泪，那得分身应你！

柳七官人别了众名姬，携着琴、剑、书箱，扮作游学秀士，迤逦上路，一路观看风景。行至江州，访问本处名妓。有人说道："此处只有谢玉英，才色第一。"耆卿问了住处，径来相访。玉英迎接了，见耆卿人物文雅，便邀入个小小书房。耆卿举目看时，果然摆设得精致。但见：

> 明窗净几，竹榻茶炉。床间挂一张名琴，壁上悬一幅古画。香风不散，宝炉中常爇沉檀④；清风逼人，花瓶内频添新水。万卷图书供玩览，一枰棋局佐欢娱。

耆卿看他桌上摆着一册书，题云："柳七新词"。检开看时，都是耆卿平日的乐府⑤，蝇头细字，写得齐整。耆卿问道："此词何处得来？"玉英道："此乃东京才子柳七官人所作，妾平昔甚爱其词，每听人传诵，辄手录成帙。"耆卿又问道："天下词人甚多，卿何以

---

① 凤额绣帘：顶部有凤形装饰的帘子。
② 香醪（láo）：美酒。
③ 雨暮与云朝：男女之间的约会。
④ 爇（ruò）：焚烧。
⑤ 乐府：指收集、编撰、演唱音乐的机构。其正式设置于西汉武帝时期。

独爱此作?"玉英道:"他描情写景,字字逼真。如《秋思》一篇末云:'黯相望,断鸿声里,立尽斜阳。'《秋别》一篇云:'今宵酒醒何处?杨柳岸晓风残月。'此等语,人不能道。妾每诵其词,不忍释手,恨不得见其人耳。"耆卿道:"卿要识柳七官人否?只小生就是。"玉英大惊,问其来历。耆卿将余杭赴任之事,说了一遍。玉英拜倒在地,道:"贱妾凡胎,不识神仙,望乞恕罪。"置酒款待,殷勤留宿。

耆卿深感其意,一连住了三五日,恐怕误了凭限①,只得告别。玉英十分眷恋,设下山盟海誓,一心要相随柳七官人,侍奉箕帚。耆卿道:"赴任不便。若果有此心,俟任满回日,同到长安。"玉英道:"既蒙官人不弃贱妾,从今为始,即当杜门绝客以待。切勿遗弃,使妾有白头之叹②。"耆卿索纸,写下一词,名《玉女摇仙佩》。词云:

> 飞琼伴侣③,偶别珠宫④,未返神仙行缀。取次梳妆⑤,寻常言语,有得几多姝丽?拟把名花比,恐傍人笑我谈何容易。细思算,奇葩艳卉,惟是深红浅白而已。争如这多情⑥,占得人间千娇百媚。

> 须信画堂绣阁,皓月清风,忍把光阴轻弃?自古及今,佳人才子,少得当年双美!且恁相偎倚,未消得怜我多才多艺。愿奶奶兰心蕙性⑦,枕前言下,表余深意。为盟誓,今生断不孤鸳被。

耆卿吟词罢,别了玉英上路。不一日,来到姑苏地方,看见山

---

① 凭限:指官员赴任时所持的写有有效期限的凭证。
② 白头之叹:指女子被遗弃后对晚景凄凉的无限哀叹。
③ 飞琼:传说为西王母的侍女,后泛指仙女。
④ 珠宫:指龙宫,仙宫。
⑤ 取次:随意,不经心。
⑥ 争如:哪里比得上。
⑦ 奶奶:对女子的亲昵称呼,相当于"姐姐"。

明水秀，到个路傍酒楼上，沽饮三杯。忽听得鼓声齐响，临窗而望，乃是一群儿童，掉了小船①，在湖上戏水采莲。口中唱着吴歌云：

> 采莲阿姐斗梳妆，好似红莲搭个白莲争。红莲自道颜色好，白莲自道粉花香。

> 粉花香，粉花香，贪花人一见便来抢。红个也忒贵，白个也弗强。当面下手弗得，和你私下商量，好像荷叶遮身无人见，下头成藕带丝长。

柳七官人听罢，取出笔来，也做一只吴歌，题于壁上。歌云：

> 十里荷花九里红，中间一朵白松松。白莲则好摸藕吃，红莲则好结莲蓬。结莲蓬，结莲蓬，莲蓬生得忒玲珑。肚里一团清趣，外头包裹重重。有人吃着滋味，一时劈破难容。只图口甜，那得知我心里苦？开花结子一场空。

这首吴歌，流传吴下②，至今有人唱之。

却说柳七官人过了姑苏，来到余杭县上任，端的为官清正，讼简词稀。听政之暇，便在大涤、天柱、由拳诸山，登临游玩，赋诗饮酒。这余杭县中，也有几家官妓，轮番承直③。但是讼牒中犯着妓者名字，便不准行④。妓中有个周月仙，颇有姿色，更通文墨。一日，在县衙唱曲侑酒⑤，柳县宰见她似有不乐之色，问其缘故。月仙低头不语，两泪交流。县宰再三盘问，月仙只得告诉。

原来月仙与本地一个黄秀才，情意甚密。月仙一心只要嫁那秀才，奈秀才家贫，不能备办财礼。月仙守那秀才之节，誓不接客。

---

① 掉：同“棹”，划。
② 吴下：指吴地。
③ 承直：即“承值”，侍奉。
④ 准行：批准，同意。此处为处理的意思。
⑤ 侑（yòu）酒：劝人饮酒，为其助兴。

老鸨再三逼迫，只是不从；因是亲生之女，无可奈何。黄秀才书馆与月仙只隔一条大河，每夜月仙渡船而去，与秀才相聚，至晓又回。同县有个刘二员外，爱月仙丰姿，欲与欢会。月仙执意不肯，吟诗四句道：

> 不学路傍柳，甘同幽谷兰。
>
> 游蜂若相询，莫作野花看。

刘二员外心生一计，嘱咐舟人，教他乘月仙夜渡，移至无人之处，强奸了她，取个执证回话^①，自有重赏。舟人贪了赏赐，果然乘月仙下船，远远撑去。月仙见不是路^②，喝他住船。那舟人那里肯依？直摇到芦花深处，僻静所在，将船泊了。走入船舱，把月仙抱住，逼着定要云雨。月仙自料难以脱身，不得已而从之。云收雨散，月仙惆怅，吟诗一首：

> 自恨身为妓，遭污不敢言。
>
> 羞归明月渡，懒上载花船。

是夜，月仙仍到黄秀才馆中住宿，却不敢声告诉，至晓回家。其舟人记了这四句诗，回复刘二员外，员外将一锭银子，赏了舟人去了。便差人邀请月仙家中侑酒，酒到半酣，又去调戏月仙，月仙仍旧推阻。刘二员外取出一把扇子来，扇上有诗四句，教月仙诵之。月仙大惊！原来却是舟中所吟四句，当下顿口无言。刘二员外道："此处牙床锦被，强似芦花明月，小娘子勿再推托。"月仙满面羞惭，安身无地，只得从了刘二员外之命。以后刘二员外日逐在她家占住，不容黄秀才相处。

自古道，小娘爱俏，鸨儿爱钞。黄秀才虽然儒雅，怎比得刘二

---

① 执证：凭证，对证。

② 不是路：不对，有问题。

员外有钱有钞？虽然中了鸨儿之意，月仙心下只想着黄秀才，以此闷闷不乐。今番被县宰盘问不过，只得将情诉与。柳耆卿是风流首领，听得此语，好生怜悯。当日就唤老鸨过来，将钱八十千付作身价，替月仙除了乐籍①。一面请黄秀才相见，亲领月仙回去，成其夫妇。黄秀才与周月仙拜谢不尽。正是：

> 风月客怜风月客，有情人遇有情人。

柳耆卿在余杭三年，任满还京。想起谢玉英之约，便道再到江州。原来谢玉英初别耆卿，果然杜门绝客。过了一年之后，不见耆卿通问，未免风愁月恨，更兼日用之需，无从进益。日逐车马填门②，回他不脱。想着五夜夫妻，未知所言真假；又有闲汉从中撺掇，不免又随风倒舵，依前接客。有个新安大贾孙员外，颇有文雅，与她相处年余，费过千金。耆卿到玉英家询问，正值孙员外邀玉英同往湖口看船去了。耆卿到不遇。知玉英负约，怏怏不乐，乃取花笺一幅，制词名《击梧桐》。词云：

> 香靥深深，姿姿媚媚，雅格奇容天与。自识伊来，便好看承③，会得妖娆心素④。临歧再约同欢⑤，定是都把平生相许。又恐恩情，易破难成，未免千般思虑。

> 近日重来，空房而已，苦杀叨叨言语。便认得听人教当⑥，拟把前言轻负。见说兰台宋玉⑦，多才多艺善词赋。试与问朝朝暮暮，行云何处去？

----

① 乐籍：古时官妓的籍册，因其属乐部，故称。
② 日逐：一天天。
③ 看承：照顾，照料。
④ 心素：心意，心愿。
⑤ 临歧：面临歧路，是离别时用语。表示分别，离别。
⑥ 教当：教唆。
⑦ 宋玉：战国时楚国诗人，著名辞赋家。

后写："东京柳永，访玉卿不遇漫题。"耆卿写毕，念了一遍，将词笺粘于壁上，拂袖而出。回到东京，屡有人举荐，升为屯田员外郎之职。东京这班名姬，依旧来往。耆卿所支俸钱，及一应求诗词馈送下来的东西，都在妓家销化①。

一日，正在徐冬冬家积翠楼戏耍。宰相吕夷简差堂吏传命，直寻将来。说道："吕相公六十诞辰，家妓无新歌上寿，特求员外一阕，幸即挥毫，以便演习。蜀锦二端，吴绫四端，聊充润笔之敬，伏乞俯纳。"耆卿允了，留堂吏在楼下酒饭。问徐冬冬有好纸否，徐冬冬在篋中取出两幅芙蓉笺纸，放于案上。耆卿磨得墨浓，蘸得笔饱，拂开一幅笺纸，不打草儿，写下《千秋岁》一阕云：

> 泰阶平了，又见三台耀。烽火静，欃枪扫②。朝堂耆硕辅③，樽俎英雄表④。福无艾⑤，山河带砺人难老。
>
> 渭水当年钓，晚应飞熊兆⑥；同一吕，今偏早。乌纱头未白，笑把金樽倒。人争美，二十四遍中书考。

耆卿一笔写完，还剩下芙蓉笺一纸，余兴未尽，后写《西江月》一调云：

> 腹内胎生异锦，笔端舌喷长江。纵教匹绢字难偿，不屑与人称量。

----

① 销化：花去，用掉。
② 欃（chán）枪：指彗星，古人认为彗星出现是不吉之兆。
③ 耆硕：德高望重的老者。
④ 樽俎（zǔ）：指宴席。
⑤ 无艾：绵延无尽。
⑥ 飞熊兆：传说周文王夜晚梦见飞熊入怀，后得姜子牙。后用"飞熊入梦"喻指帝王得到贤才。

> 我不求人富贵，人须求我文章。风流才子占词场，真是白衣
> 卿相^①。

耆卿写毕，放在桌上。恰好陈师师家差个侍儿来请，说道："有下路新到一个美人，不言姓名，自述特慕员外，不远千里而来，今在寒家奉候，乞即降临。"耆卿忙把诗词装入封套，打发堂吏动身去了，自己随后往陈师师家来。一见了那美人，吃了一惊。那美人是谁？正是：

> 着意寻不见，有时还自来。

那美人正是江州谢玉英。她从湖口看船回来，见了壁上这只《击梧桐》词，再三讽咏，想着："耆卿果是有情之人，不负前约。"自觉惭愧。瞒了孙员外，收拾家私，雇了船只，一径到东京来问柳七官人。闻知他在陈师师家往来极厚，特拜望师师，求其引见耆卿。当时分明是断花再接，缺月重圆，不胜之喜。陈师师问其详细，便留谢玉英同住。玉英怕不稳便，商量割东边院子另住。自到东京，从不见客，只与耆卿相处，如夫妇一般。耆卿若往别妓家去，也不阻挡，甚有贤达之称。

话分两头。再说耆卿匆忙中，将所作寿词封付堂吏，谁知忙中多有错，一时失于点检，两幅词笺都封了去。吕丞相拆开封套，先读了《千秋岁》调，到也欢喜。又见《西江月》调，少不得也念一遍。念到"纵教匹绢字难偿，不屑与人称量"，笑道："当初裴晋公修福光寺，求文于皇甫湜，湜每字索绢三匹。此子嫌吾酬仪太薄耳！"又念到"我不求人富贵，人须求我文章"，大怒道："小子轻薄，我何求汝耶？"从此衔恨在心。柳耆卿却是疏散的人，写过词，

---

① 白衣卿相：指还未功成名就的读书人。白衣，指平民百姓，没有功名的人；卿相：指朝中执政大臣。

丢在一边了，那里还放在心上。

又过了数日，正值翰林员缺，吏部开荐柳永名字。仁宗曾见他增定大晟乐府，亦慕其才，问宰相吕夷简道："朕欲用柳永为翰林，卿可识此人否？"吕夷简奏道："此人虽有词华，然恃才高傲，全不以功名为念。见任屯田员外，日夜留连妓馆，大失官箴①。若重用之，恐士习由此而变。"遂把耆卿所作《西江月》词诵了一遍。仁宗皇帝点头。早有知谏院官，打听得吕丞相衔恨柳永，欲得逢迎其意，连章参劾。仁宗御笔批着四句道：

> 柳永不求富贵，谁将富贵求之？
>
> 任作白衣卿相，风前月下填词。

柳耆卿见罢了官职，大笑道："当今做官的，都是不识字之辈，怎容得我才子出头？"因改名柳三变，人都不会其意，柳七官人自解说道："我少年读书，无所不窥，本求一举成名，与朝家出力；因屡次不第，牢骚失意，变为词人。以文采自见，使名留后世足矣；何期被荐，顶冠束带，变为官人。然浮沉下僚，终非所好；今奉旨放落，行且逍遥自在，变为仙人。"从此益放旷不检，以妓为家。将一个手板上写道②："奉圣旨填词柳三变。"欲到某妓家，先将此手板送去，这一家便整备酒肴，伺候过宿。次日，再要到某家，亦复如此。凡所作小词，落款书名处，亦写"奉圣旨填词"五字，人无有不笑之者。

如此数年。一日，在赵香香家偶然昼寝，梦见一黄衣吏从天而下，道说："奉玉帝敕旨，《霓裳羽衣曲》已旧，欲易新声，特借重仙笔，即刻便往。"柳七官人醒来，便讨香汤沐浴。对赵香香道：

---

① 官箴：官员的戒律，规矩。

② 手板：也作"手版"，即笏。古时官员上朝时所持用以记事的板子。

"适蒙上帝见召，我将去矣。各家姊妹可寄一信，不能候之相见也。"言毕，瞑目而坐。香香视之，已死矣。慌忙报知谢玉英，玉英一步一跌的哭将来。陈师师、徐冬冬两个行首，一时都到，又有几家曾往来的，闻知此信，也都来赵家。

原来柳七官人，虽做两任官职，毫无家计。谢玉英虽说跟随他终身，到带着一家一火前来，并不费他分毫之事。今日送终时节，谢玉英便是他亲妻一般；这几个行首，便是他亲人一般。当时陈师师为首，敛取众妓家财帛，制买衣衾棺椁，就在赵家殡殓。谢玉英衰经做个主丧^①，其他三个的行首，都聚在一处，带孝守幕。一面在乐游原上，买一块隙地起坟，择日安葬。坟上竖个小碑，照依他手板上写的增添两字，刻云："奉圣旨填词柳三变之墓。"出殡之日，官僚中也有相识的，前来送葬。只见一片缟素，满城妓家，无一人不到，哀声震地。那送葬的官僚，自觉惭愧，掩面而返。不逾两月，谢玉英过哀，得病亦死，附葬于柳墓之旁。亦见玉英贞节，妓家难得，不在话下。自葬后，每年清明左右，春风骀荡^②，诸名姬不约而同，各备祭礼，往柳七官人坟上，挂纸钱拜扫，唤做"吊柳七"，又唤做"上风流冢"。未曾"吊柳七""上风流冢"者，不敢到乐游原上踏青。后来成了个风俗，直到高宗南渡之后，此风方止。后人有诗题柳墓云：

> 乐游原上妓如云，尽上风流柳七坟。
>
> 可笑纷纷缙绅辈，怜才不及众红裙。

---

① 衰经（cuī dié）：穿丧服。

② 骀（dài）荡：和煦舒缓，使人舒适。

李秀卿义结黄贞女

暇日攀今吊古，从来几个男儿，履危临难有神机，不被他人算计？

男子尽多慌错，妇人反有权奇①。若还智量胜蛾眉②，便带头巾何愧？

常言："有智妇人，赛过男子。"古来妇人赛男子的也尽多，除着吕太后、武则天这一班大手段的歹人不论，再除却卫庄姜、曹令女这一班大贤德、大贞烈的好人也不论③，再除却曹大家、班婕妤、苏若兰、沈满愿、李易安、朱淑真这一班大学问、大才华的文人也不论④，再除却锦车夫人冯氏、浣花夫人任氏、锦伞夫人冼氏和那军

---

① 权奇：这里指人的智谋出众。

② 智量：这里指计策智谋。蛾眉：美人的秀眉，也喻指美女，美好的姿色。

③ 卫庄姜：齐庄公之女，嫁卫庄公，著名的美女待人。曹令女：指三国时魏国夏侯令女，是夏侯文宁的女儿。她嫁给曹文叔，但文叔早死，父亲夏侯文宁便将她接回家，并劝其改嫁，曹令女断鼻拒之。

④ 曹大家：即班昭，史学家班彪之女。多次受召入宫，皇后及诸贵人视其为老师，号曰"大家"。家，通"姑"。班婕妤：汉成帝刘骜妃子，初为少使，立为婕妤。苏若兰：苏蕙，她的丈夫窦滔被徙流沙，苏氏十分思念，织锦为回文旋图诗以赠滔，言词十分凄惋。沈满愿：左光禄大夫沈约之孙女。朱淑真：号"幽栖居士"，南宋著名女词人，与李清照齐名。

中娘子、绣旗女将这一班大智谋、大勇略的奇人也不论①，如今单说那一种奇奇怪怪、蹩蹩跷跷、没阳道的假男子②、带头巾的真女人，可钦可爱，可笑可歌。正是：

> 说处裙钗添喜色，话时男子减精神。

据唐人小说，有个木兰女子，是河南睢阳人氏，因父亲被有司点做边庭戍卒，木兰可怜父亲多病，扮女为男，代替其役，头顶兜鍪③，身披铁铠，手执戈矛，腰悬弓矢，击柝提铃④，餐风宿草，受了百般辛苦。如此十年，役满而归，依旧是个童身。边廷上万千军士，没一人看得出她是女子。后人有诗赞云：

> 缇萦救父古今稀⑤，代父从戎事更奇。
>
> 全孝全忠又全节，男儿几个不亏移？

又有个女子，叫做祝英台，常州义兴人氏，自小通书好学，闻余杭文风最盛，欲往游学。其哥嫂止之曰："古者男女七岁不同席，不共食，你今一十六岁，却出外游学，男女不分，岂不笑话！"英台

----

① 锦车夫人冯氏：冯嫽，太初四年（前101），随公主刘解忧远嫁和亲到乌孙国。因她多才多智，在加强汉朝同西域诸国之间的友好关系方面作出很大贡献。浣花夫人任氏：在泸州刺史杨子琳攻打成都时英勇出战，击溃杨子琳，保全成都。朝廷加封崔旰为冀国公，赐名崔宁，并封任氏为冀国夫人。相传她居住浣花溪时，为一老僧深远洗僧衣，称任氏为"浣花夫人"。锦伞夫人冼氏：指南朝梁高凉太守冯宝妻冼氏，冼氏家世代为南越首领，冼氏贤明而多筹略。军中娘子：指唐高祖李渊第三女平阳公主，柴绍妻。李渊起兵，公主募兵响应，后自领精兵万余与李世民在渭北相会，与柴绍各置幕府，营中号为"娘子军"。绣旗女将：指金代刘节使女。

② 阳道：男性生殖器。

③ 兜鍪（dōu móu）：古代打仗时戴的头盔。

④ 击柝提铃：敲梆子巡夜。也指战事，战乱。提铃：古时从傍晚至拂晓定时摇铃，以示太平无事。

⑤ 缇萦（yíng）：即淳于缇萦，著名医学家淳于意之女。因淳于意被富豪权贵罗织罪名，将送京都长安受肉刑。淳于缇萦向汉文帝上书，表示自己愿意代父受刑，文帝被感动，不仅赦免淳于意而且废除肉刑。

道："奴家自有良策。"乃裹巾束带，扮作男子模样，走到哥嫂面前，哥嫂亦不能辨认。

英台临行时，正是夏初天气，榴花盛开，乃手摘一枝插于花台之上，对天祷告道："奴家祝英台出外游学，若完名全节，此枝生根长叶，年年花发；若有不肖之事，玷辱门风，此枝枯萎。"祷毕出门，自称祝九舍人。遇个朋友，是个苏州人氏，叫做梁山伯，与她同馆读书，甚相爱重，结为兄弟。日则同食，夜则同卧，如此三年，英台衣不解带，山伯屡次疑惑盘问，都被英台将言语支吾过了。读了三年书，学问成就，相别回家，约梁山伯二个月内可来见访。英台归时，仍是初夏，那花台上所插榴枝，花叶并茂，哥嫂方信了。

同乡三十里外，有个安乐村，那村中有个马氏，大富之家。闻得祝九娘贤慧，寻媒与她哥哥议亲。哥哥一口许下，纳彩问名都过了①，约定来年二月娶亲。原来英台有心于山伯，要等他来访时露其机括②，谁知山伯有事，稽迟在家③。英台只恐哥嫂疑心，不敢推阻。山伯直到十月方才动身，过了六个月了。到得祝家庄，问祝九舍人时，庄客说道："本庄只有祝九娘，并没有祝九舍人。"山伯心疑，传了名刺进去④。只见丫鬟出来，请梁兄到中堂相见。山伯走进中堂，那祝英台红妆翠袖，别是一般妆束了。山伯大惊，方知假扮男子，自愧愚鲁不能辨识。寒温已罢⑤，便谈及婚姻之事。英台将哥嫂做主，已许马氏为辞。山伯自恨来迟，懊悔不迭。分别回去，遂成

---

① 纳彩问名：古代的婚嫁过程有"六礼"之说，指的是纳采、问名、纳吉、纳征、请期、亲迎六大步骤。纳采是"六礼"中的第一礼。问名是六礼中第二礼。

② 机括：计谋；心思。

③ 稽迟：拖延；滞留。

④ 名刺：又称"名帖"，拜访时通姓名用的名片。

⑤ 寒温：指问候冷暖起居。

相思之病，奄奄不起，至岁底身亡。嘱咐父母，可葬我于安乐村路口。父母依言葬之。明年，英台出嫁马家，行至安乐村路口，忽然狂风四起，天昏地暗，舆人都不能行①。英台举眼观看，但见梁山伯飘然而来，说道："吾为思贤妹一病而亡，今葬于此地。贤妹不忘旧谊，可出轿一顾。"英台果然走出轿来，忽然一声响亮，地下裂开丈余，英台从裂中跳下。众人扯其衣服，如蝉蜕一般，其衣片片而飞。顷刻天清地明，那地裂处只如一线之细。歇轿处，正是梁山伯坟墓。乃知生为兄弟，死作夫妻。再看那飞的衣服碎片，变成两般花蝴蝶②，传说是二人精灵所化，红者为梁山伯，黑者为祝英台。其种到处有之，至今犹呼其名为梁山伯、祝英台也。后人有诗赞云：

> 三载书帷共起眠，活姻缘作死姻缘。
>
> 非关山伯无分晓，还是英台志节坚。

又有一个女子，姓黄名崇嘏，是西蜀临邛人氏。生成聪明俊雅，诗赋俱通，父母双亡，亦无亲族。时宰相周庠镇蜀，崇嘏假扮做秀才，将平日所作诗卷呈上。周庠一见，篇篇道好，字字称奇，乃荐为郡掾。吏事精敏，地方凡有疑狱，累年不决者，一经崇嘏剖断，无不洞然。屡摄府县之事，到处便有声名，胥徒畏服③，士民感仰。周庠首荐于朝，言其才可大用，欲妻之以女，央太守作媒，崇嘏只微笑不答。周庠乘她进见，自述其意。崇嘏索纸笔，作诗一首献上。诗曰：

> 一辞拾翠碧江湄④，贫守蓬茅但赋诗。
>
> 自服蓝袍居郡掾，永抛鸾镜画娥眉。

---

① 舆人：指轿夫。

② 般：量词，样；种类。

③ 胥徒：本指服徭役的百姓。后泛指官府衙役。

④ 拾翠：拾取翠鸟羽毛作为首饰。后多指妇女游春。

> 立身卓尔青松操，挺志坚然白璧姿。
>
> 幕府若教为坦腹①，愿天速变作男儿。

库见诗大惊，叩其本末，方知果然是女子。因将女作男，事关风化，不好声张其事，教她辞去郡掾隐于郭外，乃于郡中择士人嫁之。后来士人亦举进士及第，位致通显，崇嘏累封夫人。据如今搬演《春桃记》传奇，说黄崇嘏中过女状元，此是增藻之词。后人亦有诗赞云：

> 珠玑满腹彩生毫，更服烹鲜手段高。
>
> 若使生时逢武后，君臣一对女中豪。

那几个女子都是前朝人，如今再说个近代的，是大明朝弘治年间的故事。

南京应天府上元县有个黄公，以贩线香为业，兼带卖些杂货，惯走江北一带地方②。江北人见他买卖公道，都唤他做"黄老实"。家中止一妻二女，长女名道聪，幼女名善聪。道聪年长，嫁与本京青溪桥张二哥为妻去了。止有幼女善聪在家，方年一十二岁。母亲一病而亡，殡葬已毕。黄老实又要往江北卖香生理，思想女儿在家，孤身无伴，况且年幼未曾许人，怎生放心得下？待寄在姐夫家，又不是个道理。若不做买卖，撇了这走熟的道路，又那里寻几贯钱钞养家度日？左思右想，去住两难。香货俱已定下，只有这女儿没安顿处。一连想了数日，忽然想着道："有计了，我在客边没人作伴，何不将女假充男子带将出去，且待年长再作区处？只是一件，江北主顾人家都晓得我没儿，今番带着孩子去，倘然被他盘问露出破绽，

---

① 坦腹：旧时对女婿的美称。东晋时期郗鉴想选一位女婿，便到王导家，王导将他领到东厢房去看王家子弟。众人中只有王羲之一人在床上坦腹而卧。郗鉴对其很满意，便让其做了自己的女婿。（出自南朝·宋刘义庆《世说新语·雅量》）

② 江北：指长江中下游以北地区。

却不是个笑话？我如今只说是张家外甥，带出来学做生理，使人不疑。"计较已定，与女儿说通了，制副道袍净袜，教女儿穿着，头上裹个包巾，妆扮起来，好一个清秀孩子！正是：

> 眉目生成清气，资性那更伶俐。
>
> 若还伯道相逢①，十个九个过继。

黄老实爹女两人贩着香货，趁船来到江北庐州府，下了主人家。主人家见善聪生得清秀，无不夸奖，问黄老实道："这个孩子是你什么人？"黄老实答道："是我家外甥，叫做张胜。老汉没有儿子，带他出来走走，认了这起主顾人家，后来好接管老汉的生意。"众人听说，并不疑惑。黄老实下个单身客房，每日出去发货讨帐，留下善聪看房。善聪目不妄视，足不乱移。众人都道，这张小官比外公愈加老实，个个欢喜。

自古道："天有不测风云，人有旦夕祸福。"黄老实在庐州，不上两年，害个病症，医药不痊，呜呼哀哉。善聪哭了一场，买棺盛殓，权寄于城外古寺之中。思想年幼孤女，往来江湖不便。间壁客房中下着的也是个贩香客人，又同是应天府人氏，平昔间看他少年诚实，问其姓名来历，那客人答道："小生姓李名英，字秀卿，从幼跟随父亲出外经纪②。今父亲年老，受不得风霜辛苦，因此把本钱与小生在此行贩。"善聪道："我张胜跟随外祖在此，不幸外祖身故，孤寡无依。足下若不弃，愿结为异姓兄弟，合伙生理，彼此有靠。"李英道："如此最好。"李英年十八岁，长张胜四年，张胜因拜李英为兄，甚相友爱。

....

① 伯道：指晋代邓攸，字伯道。在躲避战乱时，邓攸带着自己的儿子和侄子一起逃难，在危急时刻，他为了保全侄子而舍弃了自己的儿子，最终终身无子。后来人们用"伯道无儿"指称别人无子。

② 经纪：意思是做生意。

过了几日，弟兄两个商议，轮流一人往南京贩货，一人住在庐州发货讨帐，一来一去，不致担误了生理，甚为两便。善聪道："兄弟年幼，况外祖灵柩无力奔回，何颜归于故乡？让哥哥去贩货罢。"于是收拾资本，都交付与李英。李英剩下的货物和那帐目，也交付与张胜。但是两边买卖，毫厘不欺。从此李英、张胜两家行李并在一房，李英到庐州时只在张胜房住，日则同食，夜则同眠。但每夜张胜只是和衣而睡，不脱衫裤，亦不去鞋袜，李英甚以为怪。张胜答道："兄弟自幼得了个寒疾，才解动里衣，这病就发作，所以如此睡惯了。"李英又问道："你耳朵子上怎的有个环眼？"张胜道："幼年间爹娘与我算命，说有关煞难养①，为此穿破两耳。"李英是个诚实君子，这句话便被她瞒过，更不疑惑。张胜也十分小心在意，虽溲溺亦必等到黑晚私自去方便②，不令人瞧见。以此客居虽久，并不露一些些马脚。有诗为证：

> 女相男形虽不同，全凭心细谨包笼③。
>
> 只憎一件难遮掩，行步跷蹊三寸弓。

黄善聪假称张胜，在庐州府做生理，初到时止十二岁，光阴似箭，不觉一住九年，如今二十岁了。这几年勤苦营运，手中颇颇活动，比前不同。思想父亲灵柩暴露他乡，亲姐姐数年不会，况且自己终身也不是个了当④。乃与李英哥哥商议，只说要搬外公灵柩回家安葬。李英道："此乃孝顺之事，只灵柩不比他件，你一人如何担带⑤？做哥的相帮你同走，心中也放得下。待你安葬事毕，再同来就

---

① 关煞：古代星象家所称的命里注定的灾难，多特指孩童时所遇到的神煞。

② 溲（sōu）：特指小便。

③ 包笼：包藏；隐藏。

④ 了当：停当，了结。

⑤ 担带：承担，担负。

是。"张胜道："多谢哥哥厚意。"当晚定议，择个吉日，顾下船只，唤几个僧人做个起灵功德，抬了黄老实的灵柩下船。一路上风顺则行，风逆则止。不一日到了南京，在朝阳门外觅个空闲房子将柩寄顿，俟吉下葬。

闲话休叙。再说李英同张胜进了城门，东西分路。李英问道："兄弟高居何处？做哥的好来拜望。"张胜道："家下傍着秦淮河清溪桥居住，来日专候哥哥降临茶话。"两下分别。

张胜本是黄家女子，那认得途径？喜得秦淮河是个有名的所在，不是个僻地，还好寻问。张胜行至清溪桥下，问着了张家，敲门而入。其日姐夫不在家，望着内里便走。姐姐道聪骂将起来，道："是人家各有内外，什么花子，一些体面不存，直入内室是何道理？男子汉在家时瞧见了，好歹一百孤拐奉承你^①，还不快走！"张胜不慌不忙，笑嘻嘻的作一个揖下去，口中叫道："姐姐，你自家嫡亲兄弟，如何不认得了？"姐姐骂道："油嘴光棍！我从来那有兄弟？"张胜道："姐姐九年前之事，你可思量得出？"姐姐道："思量什么？前九年我还记得。我爹爹并没儿子，止生下我姊妹二人，我妹子小名善聪，九年前爹爹带往江北贩香，一去不回。至今音问不通，未审死活存亡。你是何处光棍，却来冒认别人做姐姐！"张胜道："你要问善聪妹子，我即是也。"说罢，放声大哭。姐姐还不信是真，问道："你既是善聪妹子，缘何如此妆扮？"张胜道："父亲临行时将我改扮为男，只说是外甥张胜，带出来学做生理。不期两年上父亲一病而亡^②，你妹子虽然殡殓，却恨孤贫不能扶柩而归。有个同乡人李秀卿，志诚君子，你妹子万不得已，只得与他八拜为交，合伙营生，

---

① 奉承：奉送，馈赠。
② 不期：没想到，没料到。

淹留江北①。不觉又六七年，今岁始办归计。适才到此，便来拜见姐姐，别无他故。"姐姐道："原来如此，你同个男子合伙营生，男女相处许多年，一定配为夫妇了。自古明人不做暗事，何不带顶髻儿还好看相，恁般乔打扮回来，不雌不雄，好不羞耻人！"张胜道："不欺姐姐，奴家至今还是童身，岂敢行苟且之事玷辱门风！"道聪不信，引入密室验之。你说怎么验法？用细细干灰铺放余桶之内②，却教女子解了下衣坐于桶上，用绵纸条栖入鼻中，要她打喷嚏。若是破身的，上气泄，下气亦泄，干灰必然吹动；若是童身，其灰如旧。朝廷选妃，都用此法，道聪生长京师，岂有不知？当时试那妹子，果是未破的童身，于是姊妹两人抱头而哭。道聪慌忙开箱，取出自家裙袄，安排妹子香汤沐浴，教她更换衣服。妹子道："不欺姐姐，我自从出去，未曾解衣露体。今日见了姐姐，方才放心耳。"那一晚张二哥回家，老婆打发在外厢安歇。姊妹两人同被而卧，各诉衷肠，整整的叙了一夜说话，眼也不曾合缝。

次日起身，黄善聪梳妆打扮起来，别自一个模样，与姐夫姐姐重新叙礼。道聪在丈夫面前夸奖妹子贞节，连李秀卿也称赞了几句："若不是个真诚君子，怎与他相处得许多时？"话犹未绝，只听得门外咳嗽一声，问道："里面有人么？"黄善聪认得是李秀卿声音，对姐姐说："教姐夫出去迎他，我今番不好相见了。"道聪道："你既与他结义过来，又且是个好人，就相见也不妨。"善聪颠倒怕羞起来③，不肯出去。道聪只得先教丈夫出去迎接，看他口气觉也不觉。张二哥连忙趋出，见了李秀卿，叙礼已毕，分宾而坐。秀卿开言道："小

---

① 淹留：滞留，羁留。
② 余桶：便桶。
③ 颠倒：反而。

生是李英，特到此访张胜兄弟，不知阁下是他何人？"张二哥笑道：
"是在下至亲，只怕他今日不肯与足下相会，枉劳尊驾。"李秀卿道：
"说那里话？我与他是异姓骨肉，最相爱契，约定我今日到此，特特
而来，那有不会之理？"张二哥道："其中有个缘故，容从容奉告。"
秀卿性急，连连的催促，迟一刻只待发作出来了①。慌得张二哥便往
内跑，教老婆苦劝姨姐，与李秀卿相见。善聪只是不肯出房。他夫
妻两口躲过一边，倒教人将李秀卿请进内宅。

秀卿一见了黄善聪，看不仔细，倒退下七八步。善聪叫道："哥
哥不须疑虑，请来叙话。"秀卿听得声音，方才晓得就是张胜，重走
上前作揖道："兄弟，如何恁般打扮？"善聪道："一言难尽，请哥哥
坐了，容妹子从容告诉。"两人对坐了，善聪将十二岁随父出门始末
根由细细述了一遍，又道："一向承哥哥带挈提携，感谢不尽。但在
先有兄弟之好，今后有男女之嫌，相见只此一次，不复能再聚矣。"
秀卿听说，骇了半晌②，自思五六年和她同行同卧，竟不晓得她是女
子，好生懵懂！便道："妹子听我一言，我与你相契许久③，你知我
知，往事不必说了。如今你既青年无主，我亦壮而未婚，何不推八
拜之情，合二姓之好，百年谐老，永远团圆，岂不美哉！"善聪羞得
满面通红，便起身道："妾以兄长高义，今日不避形迹，厚颜请见。
兄乃言及于乱，非妾所以待兄之意也。"说罢，一头走进去，一头说
道："兄宜速出，勿得停滞，以招物议④。"

秀卿被发作一场，好生没趣。回到家中，如痴如醉，颠倒割舍
不下起来。乃央媒妪去张家求亲说合。张二哥夫妇到也欣然，无奈

---

① 发作：发脾气。
② 骇（ái）：呆痴，无知。
③ 相契：相识，相交深厚。
④ 物议：众人的议论，多指非议。

善聪立意不肯，道："嫌疑之际，不可不谨。今日若与配合，无私有私，把七年贞节一旦付之东流，岂不惹人嘲笑！"媒妪与姐姐两口交劝，只是不允。那边李秀卿执意定要娶善聪为妻，每日缠着媒妪要她奔走传话。三回五转，徒惹得善聪焦燥，并不见松了半分口气。似恁般说，难道这头亲事就不成了？且看下回分解。正是：

> 七年兄弟意殷勤，今日重逢局面新。

> 欲表从前清白操，故甘薄幸拒姻亲。

天下只有三般口嘴极是利害：秀才口，骂遍四方；和尚口，吃遍四方；媒婆口，传遍四方。且说媒婆口怎地传遍四方？那做媒的有几句口号：

> 东家走，西家走，两脚奔波气常吼。牵三带四有商量，走进人家不怕狗。前街某，后街某，家家户户皆朋友。相逢先把笑颜开，惯报新闻不待叩。说也有，话也有，指长话短舒开手。一家有事百家知，何曾留下隔宿口？要骗茶，要吃酒，脸皮三寸三分厚。若还羡他说作高，拌干涎沫七八斗。

那黄善聪女扮男妆，千古奇事，又且恁地贞节，世世罕有，这些媒妪走一遍，说一遍，一传十，十传百，霎时间满京城通知道了。人人夸美，个个称奇。虽缙绅之中谈及此事，都道："难得，难得！"有守备太监李公①，不信其事，差人缉访，果然不谬。乃唤李秀卿来盘问，一一符合。因问秀卿："天下美妇人尽多，何必黄家之女？"秀卿道："七年契爱，意不能舍，除却此女，皆非所愿。"李公意甚悯之，乃藏秀卿于衙门中。次日唤前媒妪来，吩咐道："闻知黄家女贞节可敬，我有个侄儿欲求她为妇，汝去说合，成则有赏。"那时守

---

① 守备太监：官名，明代司礼监外差，在南京、凤阳等四地设置，可节制军队。

备太监正有权势，谁敢不依？媒妪回复，亲事已谐了。李公自出己财替秀卿行聘，又赁下一所空房，密地先送秀卿住下。李公亲身到彼主张花烛，笙箫鼓乐，取那黄善聪进门成亲。交拜之后，夫妻相见，一场好笑。善聪明知落了李公圈套，事到其间，推阻不得。李公就认秀卿为侄，大出资财，替善聪备办妆奁。又对合城官府说了，五府六部及府尹县官，各有所助。一来看李公面上；二来都道是一桩奇事，人人要玉成其美。秀卿自此遂为京城中富室，夫妻相爱，连育二子，后来读书显达。有好事者，将此事编成唱本说唱，其名曰《贩香记》。有诗为证，诗曰：

> 七载男妆不露针，归来独守岁寒心。
>
> 编成小说垂闺训，一洗桑间濮上音①。

又有一首诗，单道太监李公的好处，诗曰：

> 节操恩情两得全，宦官谁似李公贤？
>
> 虽然没有风流分，种得来生一段缘。

---

① 桑间濮上音：指亡国之音。桑间濮上，也指男女幽会之处。

沈小霞相会出师表

　　闲向书斋阅古今，偶逢奇事感人心。忠臣翻受奸臣制，肮脏英雄泪满襟①。

　　休解绶②，慢投簪③，从来日月岂常阴？到头祸福终须应，天道还分贞与淫。

话说国朝嘉靖年间，圣人在位，风调雨顺，国泰民安。只为用错了一个奸臣，浊乱了朝政，险些儿不得太平。那奸臣是谁？姓严名嵩，号介溪，江西分宜人氏。以柔媚得幸④，交通宦官⑤，先意迎合，精勤斋醮⑥，供奉青词⑦，由此骤致贵显。为人外装曲谨⑧，内实猜刻⑨。谗害了大学士夏言，自己代为首相，权尊势重，朝野侧目。儿子严世蕃，由官生直做到工部侍郎。他为人更狠，但有些小人之才，博闻强记，能思善算。介溪公最听他的说话，凡疑难大事，必须与他商量，朝中有"大丞相""小丞相"之称。他父子济恶⑩，招权纳贿，卖官鬻爵。官员求富贵者，以重赂献之，拜他门下做干儿

----

① 肮（kǎng）脏：正直，刚正。
② 解绶：辞掉官职。
③ 投簪：舍弃官职。
④ 柔媚：阿谀奉承，迎合。
⑤ 交通：勾结串通。
⑥ 斋醮（jiào）：指僧人或者道士设坛向神佛祷告。
⑦ 青词：指道教举行斋醮时焚烧的用朱笔在青藤纸上写的祈祷文章。
⑧ 曲谨：小心谨慎。
⑨ 猜刻：疑心重且十分刻薄。
⑩ 济恶：彼此帮助作恶。

子，即得超迁显位。由是不肖之人，奔走如市，科道衙门皆其心腹牙爪。但有与他作对的，立见奇祸，轻则杖谪，重则杀戮，好不利害！除非不要性命的，才敢开口说句公道话儿。若不是真正关龙逢、比干①，十二分忠君爱国的，宁可误了朝廷，岂敢得罪宰相？其时有无名子感慨时事，将《神童诗》改成四句云：

> 少小休勤学，钱财可立身。
>
> 君看严宰相，必用有钱人。

又改四句，道是：

> 天子重权豪，开言惹祸苗。
>
> 万般皆下品，只有奉承高。

只为严嵩父子恃宠贪虐，罪恶如山，引出一个忠臣来，做出一段奇奇怪怪的事迹，留下一段轰轰烈烈的话柄②。一时身死，万古名扬。正是：

> 家多孝子亲安乐，国有忠臣世泰平。

那人姓沈名炼，别号青霞，浙江绍兴人氏。其人有文经武纬之才，济世安民之志。从幼慕诸葛孔明之为人。孔明文集上有《前出师表》《后出师表》，沈炼平日爱诵之，手自抄录数百遍，室中到处粘壁。每逢酒后，便高声背诵，念到"鞠躬尽瘁，死而后已"，往往长叹数声，大哭而罢。以此为常，人都叫他是狂生。嘉靖戊戌年中了进士，除授知县之职。他共做了三处知县。那三处？溧阳、茌平、清丰。这三任官做得好，真个是：

> 吏肃惟遵法，官清不爱钱。
>
> 豪强皆敛手，百姓尽安眠。

---

① 关龙逢、比干：关龙逢，夏桀时期的大臣，因向夏桀进尽忠言被囚而杀。比干，商王文丁之子，因向商纣王进言直谏，被商纣王杀害并剖视其心。

② 话柄：被人们闲时谈论说笑的话题、事件。

　　因他生性伉直，不肯阿奉上官，左迁锦衣卫经历。一到京师，看见严家赃秽狼藉，心中甚怒。忽一日值公宴，见严世蕃倨傲之状，已自九分不像意①。饮至中间，只见严世蕃狂呼乱叫，旁若无人，索巨觥飞酒②，饮不尽者罚之。这巨觥约容酒斗余，两坐客惧世蕃威势，没人敢不吃。只有一个马给事，天性绝饮，世蕃固意将巨觥飞到他面前。马给事再三告免，世蕃不依。马给事略沾唇，面便发赤，眉头打结，愁苦不胜。世蕃自去下席，亲手揪了他的耳朵，将巨觥灌之。那给事出于无奈，闷着气，一连几口吸尽。不吃也罢，才吃下时，觉得天在下，地在上，墙壁都团团转动，头重脚轻，站立不住。世蕃拍手呵呵大笑。沈炼一肚子不平之气，忽然揎袖而起③，抢那只巨觥在手，斟得满满的，走到世蕃面前说道："马司谏承老先生赐酒，已沾醉不能为礼。下官代他酬老先生一杯。"世蕃愕然，方欲举手推辞，只见沈炼声色俱厉道："此杯别人吃得，你也吃得。别人怕着你，我沈炼不怕你！"也揪了世蕃的耳朵灌去。世蕃一饮而尽，沈炼掷杯于案，一般拍手呵呵大笑④。唬得众官员面如土色，一个个低着头，不敢则声。世蕃假醉，先辞去了。沈炼也不送，坐在椅上，叹道："咳，'汉贼不两立！''汉贼不两立！'"一连念了七八句。这句书也是《出师表》上的说话，他把严家比着曹操父子。众人只怕世蕃听见，到替他捏两把汗。沈炼全不为意，又取酒连饮几杯，尽醉方散。

　　睡到五更醒来，想道："严世蕃这厮，被我使气逼他饮酒，他必然记恨来暗算我。一不做，二不休，有心只是一怪，不如先下手为

----

① 不像意：不高兴，不满意。
② 飞酒：指飞酒令、行酒令，劝人饮酒。
③ 揎（xuān）袖：把袖子挽起、卷起。
④ 一般：一样，同样。

强。我想严嵩父子之恶，神人怨怒。只因朝廷宠信甚固，我官卑职小，言而无益，欲待觑个机会，方才下手。如今等不及了，只当做张子房在博浪沙中椎击秦始皇，虽然击他不中，也好与众人做个榜样。"就枕头上思想疏稿，想到天明有了，起来焚香盥手，写就表章。表上备说严嵩父子招权纳贿，穷凶极恶，欺君误国十大罪，乞诛之以谢天下。圣旨下道："沈炼谤讪大臣，沽名钓誉，着锦衣卫重打一百，发去口外为民。"严世蕃差人吩咐锦衣卫官校，定要将沈炼打死。喜得堂上官是个有主意的人①，那人姓陆名炳，平时极敬重沈公的节气；况且又是属官②，相处得好的，因此反加周全，好生打个出头棍儿，不甚利害。户部注籍③，保安州为民。沈炼带着棒疮，即日收拾行李，带领妻子，顾着一辆车儿，出了国门，望保安进发。

原来沈公夫人徐氏，所生四个儿子：长子沈襄，本府廪膳秀才，一向留家。次子沈衮、沈褒，随任读书。幼子沈袞，年方周岁。嫡亲五口儿上路。满朝文武，惧怕严家，没一个敢来送行。有诗为证：

> 一纸封章忤庙廊④，萧然行李入遐荒。
>
> 相知不敢攀鞍送，恐触权奸惹祸殃。

一路上辛苦，自不必说。且喜到了保安州了。那保安州属宣府，是个边远地方，不比内地繁华。异乡风景，举目凄凉，况兼连日阴雨，天昏地黑，倍加惨戚。欲赁间民房居住，又无相识指引，不知何处安身是好。正在徬徨之际，只见一人打个小伞前来，看见路旁行李，又见沈炼一表非俗，立住了脚，相了一回，问道："官人尊姓？何处来的？"沈炼道："姓沈，从京师来。"那人道："小人闻得

---

① 堂上官：官署中掌管权事的长官。

② 属官：管辖之下的官吏。

③ 注籍：登记并录入籍册之中。

④ 庙廊：朝廷，代指皇帝、天子。

京中有个沈经历，上本要杀严嵩父子，莫非官人就是他么?"沈炼道:"正是。"那人道:"仰慕多时，幸得相会。此非说话之处，寒家离此不远，便请携宝眷同行到寒家权下，再作区处。"沈炼见他十分殷勤，只得从命。

行不多路便到了。看那人家，虽不是个大大宅院，却也精致。那人揖沈炼至于中堂，纳头便拜。沈炼慌忙答礼，问道:"足下是谁?何故如此相爱?"那人道:"小人姓贾名石，是宣府卫一个舍人。哥哥是本卫千户，先年身故无子^①，小人应袭。为严贼当权，袭职者都要重赂，小人不愿为官。托赖祖荫，有数亩薄田，务农度日。数日前闻阁下弹劾严氏，此乃天下忠臣义士也。又闻编管在此^②，小人渴欲一见，不意天遣相遇，三生有幸!"说罢又拜下去。沈公再三扶起，便教沈衮、沈褒与贾石相见。贾石教老婆迎接沈奶奶到内宅安置。交卸了行李，打发车夫等去了。吩咐庄客，宰猪买酒，管待沈公一家。贾石道:"这等雨天，料阁下也无处去，只好在寒家安歇了。请安心多饮几杯，以宽劳顿。"沈炼谢道:"萍水相逢，便承款宿，何以当此!"贾石道:"农庄粗粝，休嫌简慢。"当日宾主酬酢^③，无非说些感慨时事的说话。两边说得情投意合，只恨相见之晚。

过了一宿，次早沈炼起身，向贾石说道:"我要寻所房子，安顿老小，有烦舍人指引。"贾石道:"要什么样的房子?"沈炼道:"只像宅上这一所，十分足意了，租价但凭尊教。"贾石道:"不妨事。"出去趄了一回，转来道:"赁房尽有，只是龌龊低洼，急切难得中意

①　先年:之前，先前。
②　编管:指官吏获罪被贬流放后，被编入流放之地的户籍册中，并让地方官吏加以看管约束。
③　酬酢(zuò):主人和客人相互劝慰饮酒。

的。阁下不若就在草舍权住几时，小人领着家小，自到外家去住^①，等阁下还朝，小人回来，可不稳便。"沈炼道："虽承厚爱，岂敢占舍人之宅！此事决不可。"贾石道："小人虽是村农，颇识好歹。慕阁下忠义之士，想要执鞭坠镫，尚且不能。今日天幸降临，权让这几间草房与阁下作寓，也表得我小人一点敬贤之心，不须推逊。"话毕，慌忙吩咐庄客，推个车儿，牵个马儿，带个驴儿，一伙子将细软家私搬去^②，其余家常动使家火，都留与沈公日用。沈炼见他慨爽，甚不过意，愿与他结义为兄弟。贾石道："小人是一介村农，怎敢僭扳贵宦^③？"沈炼道："大丈夫意气相许，那有贵贱？"贾石小沈炼五岁，就拜沈炼为兄；沈炼教两个儿子拜贾石为义叔；贾石也唤妻子出来都相见了，做了一家儿亲戚。贾石陪过沈炼吃饭已毕，便引着妻子到外舅李家去讫^④。自此沈炼只在贾石宅子内居住。时人有诗叹贾舍人借宅之事，诗曰：

> 倾盖相逢意气真，移家借宅表情亲。
> 世间多少亲和友，竞产争财愧死人！

却说保安州父老，闻知沈经历为上本参严阁老贬斥到此，人人敬仰，都来拜望，争识其面。也有运柴运米相助的，也有携酒肴来请沈公吃的，又有遣子弟拜于门下听教的。沈炼每日间与地方人等，讲论忠孝大节及古来忠臣义士的故事。说到关心处^⑤，有时毛发倒竖，拍案大叫；有时悲歌长叹，涕泪交流。地方若老若小，无不耸

---

① 外家：指妻子的娘家。
② 一伙子：一下子。
③ 僭扳：与地位比自己高的人相交。"扳"通"攀"。
④ 外舅：指岳父。
⑤ 关心处：情绪激动的地方。

听欢喜①。或时唾骂严贼，地方人等齐声附和，其中若有不开口的，众人就骂他是不忠不义。一时高兴，以后率以为常。又闻得沈经历文武全材，都来合他去射箭。沈炼教把稻草扎成三个偶人，用布包裹，一写"唐奸相李林甫"，一写"宋奸相秦桧"，一写"明奸相严嵩"，把那三个偶人做个射鹄②。假如要射李林甫的，便高声骂道："李贼看箭！"秦贼、严贼，都是如此。北方人性直，被沈经历咶得热闹了，全不虑及严家知道。自古道："若要不知，除非莫为。"世间只有权势之家，报新闻的极多。早有人将此事报知严嵩父子。严嵩父子深以为恨，商议要寻个事头杀却沈炼，方免其患。适值宣大总督员缺③，严阁老吩咐吏部，教把这缺与他门下干儿子杨顺做去。吏部依言，就将杨侍郎杨顺差往宣大总督。杨顺往严府拜辞，严世蕃置酒送行，席间屏人而语④，托他要查沈炼过失。杨顺领命，唯唯而去。正是：

> 合成毒药惟需酒，铸就钢刀待举手。

> 可怜忠义沈经历，还向偶人夸大口。

却说杨顺到任不多时，适遇大同鞑虏俺答⑤，引众入寇应州地方⑥，连破了四十余堡，掳去男妇无算。杨顺不敢出兵救援，直待鞑虏去后，方才遣兵调将，为追袭之计。一般筛锣击鼓，扬旗放炮，都是鬼弄，那曾看见半个鞑子的影儿？杨顺情知失机惧罪，密谕将

---

① 耸听：注意听。"耸"通"竦"。
② 射鹄：箭靶。
③ 员缺：同"员阙"，官职空缺。
④ 屏人：支开旁人，让别人回避。
⑤ 鞑虏俺答：鞑虏，当时对鞑靼族的蔑称。俺答，鞑靼族的首领。
⑥ 入寇：入侵，侵犯。

士，搜获避兵的平民，将他劙头斩首①，充做鞑虏首极，解往兵部报功。那一时不知杀死了多少无辜的百姓。沈炼闻知其事，心中大怒，写书一封，教中军官送与杨顺。中军官晓得沈经历是个揽祸的太岁②，书中不知写甚么说话，那里肯与他送。沈炼就穿了青衣小帽③，在军门伺候杨顺出来，亲自投递。杨顺接来看时，书中大略说道："一人功名事极小，百姓性命事极大。杀平民以冒功，于心何忍？况且遇鞑贼止于掳掠，遇我兵反加杀戮，是将帅之恶，更甚于鞑虏矣！"书后又附诗一首，诗云：

> 杀生报主意何如？解道功成万骨枯④。
>
> 试听沙场风雨夜，冤魂相唤觅头颅。

杨顺见书大怒，扯得粉碎。

却说沈炼又做了一篇祭文，率领门下子弟，备了祭礼，望空祭奠那些冤死之鬼。又作《塞下吟》云：

> 云中一片虏烽高⑤，出塞将军已著劳。
>
> 不斩单于诛百姓，可怜冤血染霜刀。

又诗云：

> 本为求生来避虏，谁知避虏反戕生！
>
> 早知虏首将民假，悔不当时随虏行。

杨总督标下有个心腹指挥，姓罗名铠，抄得此诗并祭文，密献于杨顺。杨顺看了，愈加怨恨，遂将第一首诗改窜数字，诗曰：

---

① 劙：刺，割。

② 太岁：太岁神，是道教的神灵，掌管人间的祸福。

③ 青衣小帽：指平民的装束。

④ 解道：明白，知晓。

⑤ 云中：即"云中郡"，今山西省大同市。

云中一片虏烽高，出塞将军枉著劳。

何似借他除佞贼，不须奏请上方刀①。

写就密书，连改诗封固，就差罗铠送与严世蕃。书中说："沈炼怨恨相国父子，阴结死士剑客②，要乘机报仇。前番鞑虏入寇，他吟诗四句，诗中有借虏除佞之语，意在不轨。"世蕃见书大惊，即请心腹御史路楷商议。路楷曰："不才若往按彼处，当为相国了当这件大事。"世蕃大喜，即吩咐都察院便差路楷巡按宣大③。临行世蕃治酒款别④，说道："烦寄语杨公，同心协力，若能除却这心腹之患，当以侯伯世爵相酬，决不失信于二公也。"路楷领诺。

不一日，奉了钦差敕令来到宣府，到任与杨总督相见了。路楷遂将世蕃所托之语，一一对杨顺说知。杨顺道："学生为此事朝思暮想，废寝忘餐，恨无良策，以置此人于死地。"路楷道："彼此留心，一来休负了严公父子的付托；二来自家富贵的机会，不可挫过。"杨顺道："说得是，倘有可下手处，彼此相报。"当日相别去了。

杨顺思想路楷之言，一夜不睡。次早坐堂，只见中军官报道："今有蔚州卫拿获妖贼二名，解到辕门外，伏听钧旨。"杨顺道："唤进来。"解官磕了头，递上文书。杨顺拆开看了，呵呵大笑。这二名妖贼，叫做阎浩、杨胤夔，系妖人萧芹之党。原来萧芹是白莲教的头儿，向来出入虏地，惯以烧香惑众，哄骗虏酋俺答，说自家有奇术，能咒人使人立死，喝城使城立颓。虏酋愚甚，被他哄动，尊为国师。其党数百人，自为一营。俺答几次入寇，都是萧芹等为之向

① 上方刀：即"尚方剑"。
② 阴结：暗地里勾结。
③ 巡按：巡行按查。
④ 治酒：备办酒席。

导，中国屡受其害。先前史侍郎做总督时，遣通事重赂虏中头目脱脱①，对他说道："天朝情愿与你通好，将俺家布粟换你家马，名为'马市'，两下息兵罢战，各享安乐，此是美事。只怕萧芹等在内作梗，和好不终。那萧芹原是中国一个无赖小人，全无术法，只是狡伪，哄诱你家，抢掠地方，他于中取事。郎主若不信②，可要萧芹试其术法。委的喝得城颓③，咒得人死，那时合当重用④。若咒人人不死，喝城城不颓，显是欺诳⑤，何不缚送天朝？天朝感郎主之德，必有重赏。'马市'一成，岁岁享无穷之利，煞强如抢掠的勾当。"脱脱点头道是，对郎主俺答说了。俺答大喜，约会萧芹，要将千骑随之，从右卫而入，试其喝城之技。萧芹自知必败，改换服色，连夜脱身逃走，被居庸关守将盘诘⑥，并其党乔源、张攀隆等拿住，解到史侍郎处。招称妖党甚众，山陕畿南，处处俱有，一向分头缉捕。今日阎浩、杨胤夔亦是数内有名妖犯。杨总督省见获解到来，一者也算他上任一功；二者要借这个题目，牵害沈炼，如何不喜？当晚就请路御史，来后堂商议道："别个题目摆布沈炼不了，只有白莲教通虏一事，圣上所最怒。如今将妖贼阎浩、杨胤夔招中，窜入沈炼名字，只说浩等平日师事沈炼，沈炼因失职怨望⑦，教浩等煽妖作幻，勾虏谋逆。天幸今日被擒，乞赐天诛，以绝后患。先用密禀禀知严家，教他叮嘱刑部作速覆本⑧。料这番沈炼之命，必无逃矣。"

①　通事：指翻译外国语言的官员。
②　郎主：北方少数民族对君主的称呼。
③　委的：果真，的确。
④　合当：理应，应当。
⑤　欺诳（kuáng）：欺骗诱导。
⑥　盘诘：查问，仔细讯问。
⑦　怨望：怨恨责怪。
⑧　覆本：对公文进行审核批复。

路楷拍手道："妙哉，妙哉！"

两个当时就商量了本稿，约齐了同时发本。严嵩先见了本稿及禀贴，便教严世蕃传语刑部。那刑部尚书许论，是个罢软没用的老儿①，听见严府吩咐，不敢怠慢，连忙覆本，一依杨、路二人之议。圣旨倒下：妖犯着本处巡按御史即时斩决。杨顺荫一子锦衣卫千户，路楷纪功，升迁三级，俟京堂缺推用②。

话分两头。却说杨顺自发本之后，便差人密地里拿沈炼下于狱中。慌得徐夫人和沈衮、沈褒没做理会，急寻义叔贾石商议。贾石道："此必杨、路二贼为严家报仇之意，既然下狱，必然诬陷以重罪。两位公子及今逃窜远方，待等严家势败，方可出头。若住在此处，杨、路二贼，决不干休。"沈衮道："未曾看得父亲下落，如何好去？"贾石道："尊大人犯了对头，决无保全之理。公子以宗祀为重，岂可拘于小孝，自取灭绝之祸？可劝令堂老夫人，早为远害全身之计。尊大人处贾某自当央人看觑，不烦悬念③。"二沈便将贾石之言，对徐夫人说知。徐夫人道："你父亲无罪陷狱，何忍弃之而去！贾叔叔虽然相厚，终是个外人。我料杨、路二贼奉承严氏，亦不过与你爹爹作对，终不然累及妻子。你若畏罪而逃，父亲倘然身死，骸骨无收，万世骂你做不孝之子，何颜在世为人乎？"说罢，大哭不止。沈衮、沈褒齐声恸哭。贾石闻知徐大人不允，叹惜而去。

过了数日，贾石打听的实，果然扭入白莲教之党，问成死罪。沈炼在狱中大骂不止。杨顺自知理亏，只恐临时处决，怕他在众人面前毒骂，不好看相，预先问狱官责取病状，将沈炼结果了性命。

---

① 罢软：软弱没主见。
② 推用：进用。
③ 悬念：牵挂，挂念。

贾石将此话报与徐夫人知道，母子痛哭，自不必说。又亏贾石多有识熟人情，买出尸首，嘱咐狱卒："若官府要枭示时^①，把个假的答应。"却瞒着沈襄兄弟，私下备棺盛殓，埋于隙地。事毕，方才向沈襄说道："尊大人遗体已得保全，直待事平之后，方好指点与你知道，今犹未可泄漏。"沈襄兄弟感谢不已。贾石又苦口劝他弟兄二人逃走。沈襄道："极知久占叔叔高居，心上不安。奈家母之意，欲待是非稍定，搬回灵柩，以此迟延不决。"贾石怒道："我贾某生平，为人谋而尽忠。今日之言，全是为你家门户，岂因久占住房，说发你们起身之理？既嫂嫂老夫人之意已定，我亦不敢相强^②。但我有一小事，即欲远出，有一年半载不回，你母子自小心安住便了。"觑着壁上贴得有前、后《出师表》各一张，乃是沈炼亲笔楷书。贾石道："这两幅字可揭来送我，一路上做个纪念。他日相逢，以此为信。"沈襄就揭下二纸，双手折叠，递与贾石。贾石藏于袖中，流泪而别。原来贾石算定杨、路二贼，设心不善，虽然杀了沈炼，未肯干休。自己与沈炼相厚，必然累及，所以预先逃走，在河南地方宗族家权时居住，不在话下。

　　却说路楷见刑部覆本，有了圣旨，便于狱中取出阎浩、杨胤夔斩讫，并要割沈炼之首，一同枭示。谁知沈炼真尸已被贾石买去了，官府也那里辨验得出，不在话下。

　　再说杨顺看见止于荫子，心中不满，便向路楷说道："当初严东楼许我事成之日，以侯伯爵相酬，今日失言，不知何故？"路楷沉思半晌，答道："沈炼是严家紧对头，今止诛其身，不曾波及其子。斩

----

① 枭示：指斩头后悬挂示众。
② 相强：勉强，强迫。

草不除根，萌芽复发。相国不足我们之意①，想在于此。"杨顺道：
"若如此，何难之有？如今再上个本，说沈炼虽诛，其子亦宜知情，
还该坐罪，抄没家私，庶国法可伸，人心知惧。再访他同射草人的
几个狂徒，并借屋与他住的，一齐拿来治罪，出了严家父子之气，
那时却将前言取赏，看他有何推托。"路楷道："此计大妙！事不宜
迟，乘他家属在此，一网而尽，岂不快哉！只怕他儿子知风逃避，
却又费力。"杨顺道："高见甚明。"一面写表申奏朝廷，再写禀贴到
严府知会，自述孝顺之意；一面预先行牌保安州知州②，着用心看守
犯属，勿容逃逸。只等旨意批下，便去行事。诗曰：

> 破巢完卵从来少，削草除根势或然。

> 可惜忠良遭屈死，又将家属媚当权。

　　再过数日，圣旨下了。州里奉着宪牌，差人来拿沈炼家属，并
查平素往来诸人姓名，一一挨拿。只有贾石名字先经出外，只得将
在逃开报。此见贾石见几之明也。时人有诗赞云：

> 义气能如贾石稀，全身远避更知几。

> 任他罗网空中布，争奈仙禽天外飞。

　　却说杨顺见拿到沈衮、沈褒，亲自鞫问，要他招承通虏实迹。
二沈高声叫屈，那里肯招？被杨总督严刑拷打，打得体无完肤。沈
衮、沈褒熬炼不过，双双死于杖下。可怜少年公子，都入杆死城中。
其同时拿到犯人，都坐个同谋之罪，累死者何止数十人。幼子沈襄
尚在襁褓，免罪随着母徐氏，另徙在云州极边，不许在保安居住。
路楷又与杨顺商议道："沈炼长子沈襄，是绍兴有名秀才，他时得

---

① 不足：不满意，不够。

② 行牌：下发令牌或公文。

地^①，必然衔恨于我辈。不若一并除之，永绝后患，亦要相国知我用心。"杨顺依言，便行文书到浙江，把做钦犯，严提沈襄来问罪。又吩咐心腹经历金绍，择取有才干的差人，赍文前去，嘱他中途伺便，便行谋害，就所在地方，讨个病状回缴。事成之日，差人重赏，金绍许他荐本超迁。金绍领了台旨，汲汲而回^②，着意的选两名积年干事的公差，无过是张千、李万。金绍唤他到私衙，赏了他酒饭，取出私财二十两相赠。张千、李万道："小人安敢无功受赐?"金绍道："这银两不是我送你的，是总督杨爷赏你的。教你赍文到绍兴去拿沈襄，一路不要放松他。须要如此如此，这般这般，回来还有重赏。若是怠慢，总督老爷衙门不是取笑的^③，你两个自去回话。"张千、李万道："莫说总督老爷钧旨，就是老爷吩咐，小人怎敢有违!"收了银两，谢了金经历。在本府领下公文，疾忙上路，往南进发。

却说沈襄，号小霞，是绍兴府学廪膳秀才。他在家久闻得父亲以言事获罪，发去口外为民，甚是挂怀，欲亲到保安州一看。因家中无人主管，行止两难。忽一日，本府差人到来，不由分说，将沈襄锁缚，解到府堂。知府教把文书与沈襄看了备细，就将回文和犯人交付原差，嘱他一路小心。沈襄此时方知父亲及二弟俱已死于非命，母亲又远徙极边，放声大哭。哭出府门，只见一家老小，都在那里搅做一团的啼哭。原来文书上有"奉旨抄没"的话，本府已差县尉封锁了家私，将人口尽皆逐出。沈小霞听说，真是苦上加苦，哭得咽喉无气。霎时间亲戚都来与小霞话别，明知此去多凶少吉，少不得说几句劝解的言语。小霞的丈人孟春元，取出一包银子，送

---

① 得地：成就功名。
② 汲汲：十分急切的样子。
③ 取笑：开玩笑。

与二位公差，求他路上看顾女婿。公差嫌少不受。孟氏娘子又添上金簪子一对，方才收了。沈小霞带着哭，吩咐孟氏道："我此去死多生少，你休为我忧念，只当我已死一般，在爷娘家过活。你是书礼之家，谅无再醮之事①，我也放心得下。"指着小妻闻淑女说道："只这女子年纪幼小，又无处着落，合该教她改嫁。奈我三十无子，她却有两个半月的身孕，他日倘生得一男，也不绝了沈氏香烟。娘子你看我平日夫妻面上，一发带她到丈人家去住几时，等待十月满足，生下或男或女，那时凭你发遣她去便了。"话声未绝，只见闻氏淑英说道："官人说那里话！你去数千里之外，没个亲人朝夕看觑，怎生放下？大娘自到孟家去，奴家情愿蓬首垢面，一路伏侍官人前行。一来官人免致寂寞；二来也替大娘分得些忧念。"沈小霞道："得个亲人做伴，我非不欲，但此去多分不幸，累你同死他乡何益？"闻氏道："老爷在朝为官，官人一向在家，谁人不知？便诬陷老爷有些不是的勾当，家乡隔绝，岂是同谋？妾帮着官人到官申辩，决然罪不至死。就使官人下狱，还留贱妾在外，尚好照管。"孟氏也放丈夫不下，听得闻氏说得有理，极力撺掇丈夫带淑女同去，沈小霞平日素爱淑女有才有智，又见孟氏苦劝，只得依允。

当夜众人齐到孟春元家，歇了一夜。次早，张千、李万催趱上路②。闻氏换了一身布衣，将青布裹头，别了孟氏，背着行李，跟着沈小霞便走。那时分别之苦，自不必说。一路行来，闻氏与沈小霞寸步不离，茶汤饭食，都亲自搬取。张千、李万初时还好言好语。过了扬子江，到徐州起旱③，料得家乡已远，就做出嘴脸来，呼幺喝

---

① 再醮（jiào）：再次嫁人。
② 催趱（zǎn）：催促，催赶。
③ 起旱：走陆路。

六，渐渐难为他夫妻两个来了。闻氏看在眼里，私对丈夫说道："看那两个泼差人，不怀好意。奴家女流之辈，不识路径，若前途有荒僻旷野的所在，须是用心提防。"沈小霞虽然点头，心中还只是半疑不信。

又行了几日，看见两个差人，不住的交头接耳，私下商量说话。又见他包裹中有倭刀一口，其白如霜，忽然心动，害怕起来，对闻氏说道："你说这泼差人，其心不善，我也觉得有七八分了。明日是济宁府界上，过了府去，便是大行山、梁山泺①，一路荒野，都是响马出入之所②。倘到彼处，他们行凶起来，你也救不得我，我也救不得你，如何是好？"闻氏道："既然如此，官人有何脱身之计，请自方便，留奴家在此，不怕那两个泼差人生吞了我。"沈小霞道："济宁府东门内，有个冯主事，丁忧在家③。此人最有侠气，是我父亲极相厚的同年。我明日去投奔他，他必然相纳。只怕你妇人家，没志量打发这两个泼差人，累你受苦，于心何安？你若有力量支持他④，我去也放胆。不然与你同生同死，也是天命当然，死而无怨。"闻氏道："官人有路尽走，奴家自会摆布，不劳挂念。"这里夫妻暗地商量，那张千、李万辛苦了一日，吃了一肚酒，齁齁的熟睡，全然不觉。

次日早起上路，沈小霞问张千道："前去济宁还有多少路？"张千道："只四十里，半日就到了。"沈小霞道："济宁东门内冯主事，是我年伯。他先前在京师时，借过我父亲二百两银子，有文契在此。他管过北新关，正有银子在家。我若去取讨前欠，他见我是落难之

① 梁山泺：即"梁山泊"。
② 响马：指强盗，盗贼。
③ 丁忧：指官吏父母去世后离职在家守丧。
④ 支持：对付，应对。

人，必然慨付。取得这项银两，一路上盘缠，也得宽裕，免致吃苦。"张千意思有些作难。李万随口应承了，向张千耳边说道："我看这沈公子，是忠厚之人，况爱妾行李都在此处，料无他故。放他去走一遭，取得银两，都是你我二人的造化，有何不可？"张千道："虽然如此，到饭店安歇行李，我守住小娘子在店上，你紧跟着同去，万无一失。"

话休絮烦。看看巳牌时分，早到济宁城外，拣个洁净店儿，安放了行李。沈小霞便道："你二位同我到东门走遭，转来吃饭未迟。"李万道："我同你去，或者他家留酒饭也不见得。"闻氏故意对丈夫道："常言道：'人面逐高低，世情看冷暖。'冯主事虽然欠下老爷银两，见老爷死了，你又在难中，谁肯唾手交还？枉自讨个厌贱①，不如吃了饭赶路为上。"沈小霞道："这里进城到东门不多路，好歹去走一遭，不折了什么便宜。"李万贪了这二百两银子，一力撺掇该去。沈小霞吩咐闻氏道："耐心坐坐，若转得快时，便是没想头了。他若好意留款②，必然有些赍发。明日顾个轿儿抬你去。这几日在牲口上坐，看你好生不惯。"闻氏觑个空，向丈夫丢个眼色，又道："官人早回，休教奴久待则个。"李万笑道："去多少时，有许多说话，好不老气③！"闻氏见丈夫去了，故意招李万转来嘱咐道："若冯家留饭坐得久时，千万劳你催促一声。"李万答应道："不消吩咐。"比及李万下阶时④，沈小霞已走了一段路了。李万托着大意，又且济宁是他惯走的熟路，东门冯主事家，他也认得，全不疑惑。走了几

---

① 厌贱：厌恶，看不起。
② 留款：挽留且好生招待。
③ 老气：老成，老练。这里指说话唠叨。
④ 比及：等到。

步，又里急起来①，觑个毛坑上自在方便了，慢慢的望东门而去。

却说沈小霞回头看时，不见了李万，做一口气急急的跑到冯主事家。也是小霞合当有救，正值冯主事独自在厅。两人京中，旧时识熟，此时相见，吃了一惊。沈襄也不作揖，扯住冯主事衣袂道："借一步说话。"冯主事已会意了，便引到书房里面。沈小霞放声大哭。冯主事道："年侄有话快说，休得悲伤，误其大事。"沈小霞哭诉道："父亲被严贼屈陷，已不必说了。两个舍弟随任的，都被杨顺、路楷杀害，只有小侄在家，又行文本府提去问罪。一家宗祀，眼见灭绝。又两个差人，心怀不善，只怕他受了杨、路二贼之嘱，到前途大行、梁山等处暗算了性命。寻思一计，脱身来投老年伯。老年伯若有计相庇，我亡父在天之灵，必然感激。若老年伯不能遮护小侄，便就此触阶而死。死在老年伯面前，强似死于奸贼之手。"冯主事道："贤侄不妨。我家卧室之后，有一层复壁，尽可藏身，他人搜检不到之处。今送你在内权住数日，我自有道理。"沈襄拜谢道："老年伯便是重生父母。"冯主事亲执沈襄之手，引入卧房之后，揭开地板一块，有个地道。从此钻下，约走五六十步，便有亮光，有小小廊屋三间，四面皆楼墙围裹，果是人迹不到之处。每日茶饭，都是冯主事亲自送入。他家法极严，谁人敢泄漏半个字，正是：

> 深山堪隐豹，柳密可藏鸦。
>
> 不须愁汉吏，自有鲁朱家。

且说这一日，李万上了毛坑，望东门冯家而来。到于门首，问老门公道："主事老爷在家么？"老门公道："在家里。"又问道："有个穿白的官人来见你老爷，曾相见否？"老门公道："正在书房里吃饭哩。"李万听说，一发放心。看看等到未牌，果然厅上走一个穿白

---

① 里急：内急，急着上厕所。

的官人出来。李万急上前看时，不是沈襄。那官人径自出门去了。李万等得不耐烦，肚里又饥，不免问老门公道："你说老爷留饭的官人，如何只管坐了去，不见出来？"老门公道："方才出去的不是？"李万道："老爷书房中还有客没有？"老门公道："这到不知。"李万道："方之那穿白的是甚人①？"老门公道："是老爷的小舅，常常来的。"李万道："老爷如今在那里？"老门公道："老爷每常饭后，定要睡一觉，此时正好睡哩。"李万听得话不投机，心下早有二分慌了，便道："不瞒大伯说，在下是宣大总督老爷差来的。今有绍兴沈公子名唤沈襄，号沈小霞，系钦提人犯。小人提押到于贵府，他说与你老爷有同年叔侄之谊，要来拜望。在下同他到宅，他进宅去了，在下等候多时，不见出来，想必还在书房中。大伯，你还不知道，烦你去催促一声，教他快快出来，要赶路走。"老门公故意道："你说的是甚么说话？我一些不懂。"李万耐了气，又细细的说一遍。老门公当面的一啐，骂道："见鬼！何常有什么沈公子到来？老爷在丧中，一概不接外客。这门上是我的干纪②，出入都是我通禀，你却说这等鬼话！你莫非是白日撞么？强装么公差名色，掏摸东西的。快快请退，休缠你爷的帐！"李万听说，愈加着急，便发作起来道："这沈襄是朝廷要紧的人犯，不是当耍的，请你老爷出来，我自有话说。"老门公道："老爷正瞌睡，没甚事，谁敢去禀！你这獠子，好不达时务！"说罢洋洋的自去了。

李万道："这个门上老儿好不知事，央他传一句话甚作难。想沈襄定然在内，我奉军门钧帖，不是私事，便闯进去怕怎的？"李万一时粗莽，直撞入厅来，将照壁拍了又拍，大叫道："沈公子好走动

---

① 方之：刚刚，刚才。

② 干纪：干系责任。

了。"不见答应，一连叫唤了数声，只见里头走出一个年少的家童，出来问道："管门的在那里？放谁在厅上喧嚷？"李万正要叫住他说话，那家童在照壁后张了张儿，向西边走去了。李万道："莫非书房在那西边？我且自去看看，怕怎的！"从厅后转西走去，原来是一带长廊。李万看见无人，只顾望前而行。只见屋宇深邃，门户错杂，颇有妇人走动。李万不敢纵步，依旧退回厅上，听得外面乱嚷。李万到门首看时，却是张千来寻李万不见，正和门公在那里斗口。张千一见了李万，不由分说，便骂道："好伙计！只贪图酒食，不干正事！巳牌时分进城，如今申牌将尽，还在此闲荡！不催趱犯人出城去，待怎么？"李万道："呸！那有什么酒食？连人也不见个影儿！"张千道："是你同他进城的。"李万道："我只登了个东，被蛮子上前了几步，跟他不上。一直赶到这里，门上说有个穿白的官人在书房中留饭，我说定是他了。等到如今不见出来，门上人又不肯通报，清水也讨不得一杯吃。老哥，烦你在此等候等候，替我到下处医了肚皮再来。"张千道："有你这样不干事的人！是甚么样犯人，却放他独自行走？就是书房中，少不得也随他进去。如今知他在里头不在里头？还亏你放慢线儿讲话①。这是你的干纪，不关我事！"说罢便走。李万赶上扯住道："人是在里头，料没处去。大家在此帮说句话儿，催他出来，也是个道理。你是吃饱的人，如何去得这等要紧？"张千道："他的小老婆在下处，方才虽然嘱咐店主人看守，只是放心不下。这是沈襄穿鼻的索儿，有她在，不怕沈襄不来。"李万道："老哥说得是。"当下张千先去了。

李万忍着肚饥守到晚，并无消息。看看日没黄昏，李万腹中饿极了，看见间壁有个点心店儿，不免脱下布衫，抵当儿文钱的火烧

---

① 放慢线儿：说话做事慢慢吞吞。

来吃。去不多时，只听得扛门声响，急跑来看，冯家大门已闭上了。李万道："我做了一世的公人，不曾受这般呕气。主事是多大的官儿，门上直恁作威作势？也有那沈公子好笑，老婆行李都在下处，既然这里留宿，信也该寄一个出来。事已如此，只得在房檐下胡乱过一夜，天明等个知事的管家出来，与他说话。"此时十月天气，虽不甚冷，半夜里起一阵风，簌簌的下几点微雨，衣服都沾湿了，好生凄楚。

挨到天明雨止，只见张千又来了。却是闻氏再三再四催逼他来的。张千身边带了公文解批，和李万商议，只等开门，一拥而入，在厅上大惊小怪，高声发话。老门公拦阻不住，一时间家中大小都聚集来，七嘴八张，好不热闹。街上人听得宅里闹炒，也聚拢来，围住大门外闲看。惊动了那有仁有义守孝在家的冯主事，从里面踱将出来。且说冯主事怎生模样：

> 头带栀子花匾摺孝头巾，身穿反摺缝稀眼粗麻衫，腰系麻绳，足着草屦。

众家人听得咳嗽响，道一声："老爷来了。"都分立在两边。主事出厅问道："为甚事在此喧嚷？"张千、李万上前施礼道："冯爷在上，小的是奉宣大总督爷公文来的，到绍兴拿得钦犯沈襄，经由贵府。他说是冯爷的年侄，要来拜望。小的不敢阻挡，容他进见。自昨日上午到宅，至今不见出来，有误程限，管家们又不肯代禀。伏乞老爷天恩，快些打发上路。"张千便在胸前取出解批和官文呈上。冯主事看了，问道："那沈襄可是沈经历沈炼的儿子么？"李万道："正是。"冯主事掩着两耳，把舌头一伸，说道："你这班配军，好不知利害！那沈襄是朝廷钦犯，尚犹自可。他是严相国的仇人，那个敢容纳他在家？他昨日何曾到我家来？你却乱话，官府闻知传说到严府去，我是当得起他怪的？你两个配军，自不小心，不知得了多少钱财，买放了要紧人犯，却来图赖我！"叫家童与他乱打那配军出去："把大门闭了，不要惹这闲是非，严府知道不是当耍！"冯主事一头骂，一头走进宅去了。大小家人，奉了主人之命，推的推，扠的扠，霎时间被众人拥出大门之外，闭了门，兀自听得嘈嘈的乱骂。张千、李万面面相觑，开了口合不得，伸了舌缩不进。张千埋怨李万道："昨日是你一力撺掇，教放他进城，如今你自去寻他。"李万道："且不要埋怨，和你去问他老婆，或者晓得他的路数①，再来抓寻便了。"张千道："说得是，他是恩爱的夫妻。昨夜汉子不回，那婆娘暗地流泪，巴巴的独坐了两三个更次。她汉子的行藏，老婆岂有不知？"两个一头说话，飞奔出城，复到饭店中来。

却说闻氏在店房里面听得差人声音，慌忙移步出来，问道："我官人如何不来？"张千指李万道："你只问他就是。"李万将昨日往毛厕出恭，走慢了一步，到冯主事家起先如此如此，以后这般这般，备细说了。张千道："今早空肚皮进城，就吃了这一肚寡气。你丈夫想是真个不在他家了，必然还有个去处，难道不对小娘子说的？小娘子趁早说来，我们好去抓寻。"说犹未了，只见闻氏噙着眼泪，一双手扯往两个公人叫道："好，好！还我丈夫来！"张千、李万道："你丈夫自要去拜什么年伯，我们好意容他去走走，不知走向那里去了，连累我们，在此着急，没处抓寻。你到问我要丈夫，难道我们藏过了他？说得好笑！"将衣袂扯开，气忿忿地对虎一般坐下。闻氏到走在外面，拦住出路，双足顿地，放声大哭，叫起屈来。老店主听得，忙来解劝。闻氏道："公公有所不知，我丈夫三十无子，娶奴为妾。奴家跟了他二年了，幸有三个多月身孕，我丈夫割舍不下，因此奴家千里相从。一路上寸步不离，昨日为盘缠缺少，要去见那

---

① 路数：底细，情况。

年伯，是李牌头同去的。昨晚一夜不回，奴家已自疑心。今早他两个自回，一定将我丈夫谋害了。你老人家替我做主，还我丈夫便罢休！"老店主道："小娘子休得急性，那排长与你丈夫前日无怨①，往日无仇，着甚来由，要坏他性命？"闻氏哭声转哀道："公公，你不知道我丈夫是严阁老的仇人，他两个必定受了严府的嘱托来的，或是他要去严府请功。公公，你详情他千乡万里②，带着奴家到此，岂有没半句说话，突然去了？就是他要走时，那同去的李牌头，怎肯放他？你要奉承严府，害了我丈夫不打紧，教奴家孤身妇女，看着何人③？公公，这两个杀人的贼徒，烦公公带着奴家同他去官府处叫冤。"张千、李万被这妇人一哭一诉，就要分析几句④，没处插嘴。

老店主听见闻氏说得有理，也不免有些疑心，到可怜那妇人起来，只得劝道："小娘子说便是这般说，你丈夫未曾死也不见得，好歹再等候他一日。"闻氏道："依公公等候一日不打紧，那两个杀人的凶身，乘机走脱了，这干系却是谁当？"张千道："若果然谋害了你丈夫要走脱时，我弟兄两个又到这里则甚⑤？"闻氏道："你欺负我妇人家没张智⑥，又要指望奸骗我。好好的说，我丈夫的尸首在那里？少不得当官也要还我个明白。"老店官见妇人口嘴利害，再不敢言语。店中闲看的，一时间聚了四五十人。闻说妇人如此苦切，人人恼恨那两个差人，都道，"小娘子要去叫冤，我们引你到兵备道

---

① 排长：敬辞，指公差。
② 详情：思量，考虑，审查。
③ 看着：依靠，靠着。
④ 分析：分辩，辩驳。
⑤ 则甚：干什么，做什么。
⑥ 张智：主张，见解。

去①。"闻氏向着众人深深拜福②，哭道："多承列位路见不平，可怜我落难孤身，指引则个。这两个凶徒，相烦列位，替奴家拿他同去，莫放他走了。"众人道："不妨事，在我们身上。"张千、李万欲向众人分剖时，未说得一言半字，众人便道："两个排长不消辨得，虚则虚，实则实。若是没有此情，随着小娘子到官，怕他则甚！"妇人一头哭，一头走，众人拥着张千、李万，搅做一阵的，都到兵备道前。道里尚未开门。

那一日正是放告日期，闻氏束了一条白布裙，径抢进栅门，看见大门上架着那大鼓，鼓架上悬着个槌儿。闻氏抢槌在手，向鼓上乱挝，挝得那鼓振天的响。唬得中军官失了三魂，把门吏丧了七魄，一齐跑来，将绳缚往，喝道："这妇人好大胆！"闻氏哭倒在地，口称泼天冤枉。只见门内幺喝之声，开了大门，王兵备坐堂，问击鼓者何人。中军官将妇人带进。闻氏且哭且诉，将家门不幸遭变，一家父子三口死于非命，只剩得丈夫沈襄。昨日又被公差中途谋害，有枝有叶的细说了一遍。王兵备唤张千、李万上来，问其缘故。张千、李万说一句，妇人就剪一句③，妇人说得句句有理，张千、李万抵搪不过④。王兵备思想到："那严府势大，私谋杀人之事，往往有之，此情难保其无。"便差中军官押了三人，发去本州勘审。

那知州姓贺，奉了这项公事，不敢怠慢，即时扣了店主人到来，听四人的口词。妇人一口咬定二人谋害她丈夫；李万招称为出恭慢了一步，因而相失；张千、店主人都据实说了一遍。知州委决不下⑤。

---

① 兵备道：明朝时在要冲地区设置的整饬兵备的官员。
② 拜福：行礼，施礼。
③ 剪：辩驳，辩解。
④ 抵搪：辩论，抵挡。
⑤ 委决：判断，决定。

那妇人又十分哀切，像个真情；张千、李万又不肯招认。想了一回，将四人闭于空房，打轿去拜冯主事，看他口气若何。

冯主事见知州来拜，急忙迎接归厅。茶罢，贺知州提起沈襄之事，才说得"沈襄"二字，冯主事便掩着双耳道："此乃严相公仇家，学生虽有年谊，平素实无交情。老公祖休得下问，恐严府知道，有累学生。"说罢站起身来道："老公祖既有公事，不敢留坐了。"贺知州一场没趣，只得作别。在轿上想道："据冯公如此惧怕严府，沈襄必然不在他家，或者被公人所害也不见得；或者去投冯公见拒不纳，别走个相识人家去了，亦未可知。"

回到州中，又取出四人来，问闻氏道："你丈夫除了冯主事，州中还认得有何人？"闻氏道："此地并无相识。"知州道："你丈夫是甚么时候去的？那张千、李万几时来回复你的说话？"闻氏道："丈夫是昨日未吃午饭前就去的，却是李万同出店门。到申牌时分，张千假说催趱上路，也到城中去了，天晚方回来。张千兀自向小妇人说道：'我李家兄弟跟着你丈夫冯主事家歇了，明日我早去催他去城。'今早张千去了一个早晨，两人双双而回，单不见了丈夫，不是他谋害了是谁？若是我丈夫不在冯家，昨日李万就该追寻了，张千也该着忙，如何将好言语稳住小妇人？其情可知。一定张千、李万两个在路上预先约定，却教李万乘夜下手。今早张千进城，两个乘早将尸首埋藏停当，却来回复我小妇人。望青天爷爷明鉴！"贺知州道："说得是。"张千、李万正要分辩，知州相公喝道："你做公差所干何事？若非用计谋死，必然得财买放，有何理说！"喝教手下将那张、李重责三十，打得皮开肉绽，鲜血迸流，张千、李万只是不招。妇人在旁，只顾哀哀的痛哭。知州相公不忍，便讨夹棍将两个公差夹起。那公差其实不曾谋死，虽然负痛，怎生招得？一连上了两夹，只是不招。知州相公再要夹时，张、李受苦不过，再三哀求道："沈襄实未曾死，乞爷爷立个限期，差人押小的挨寻沈襄①，还那闻氏便了。"知州也没有定见，只得勉从其言。闻氏且发尼姑庵住下。差四名民壮，锁押张千、李万二人②，追寻沈襄，五日一比。店主释放宁家。将情具由申详兵备道，道里依缴了③。

张千、李万一条铁链锁着，四名民壮，轮番监押。带得几两盘缠，都被民壮搜去为酒食之费；一把倭刀，也当酒吃了。那临清去处又大，茫茫荡荡，来千去万，那里去寻沈公子？也不过一时脱身之法。闻氏在尼姑庵住下，刚到五日，准准的又到州里去啼哭，要生要死。州守相公没奈何，只苦得批较差人张千、李万④。一连比了十数限，不知打了多少竹批，打得爬走不动。张千得病身死，单单剩得李万，只得到尼姑庵来拜求闻氏道："小的情极⑤，不得不说了。其实奉差来时，有经历金绍口传杨总督钧旨，教我中途害你丈夫，就所在地方，讨个结状回报⑥。我等口虽应承，怎肯行此不仁之事？不知你丈夫何故，忽然逃走，与我们实实无涉。青天在上，若半字虚情，全家祸灭！如今官府五日一比，兄弟张千，已自打死；小的又累死，也是冤枉。你丈夫的确未死，小娘子他日夫妻相逢有日。只求小娘子休去州里啼啼哭哭，宽小的比限，完全狗命，便是阴德。"闻氏道："据你说不曾谋害我丈夫，也难准信。既然如此说，奴家且不去禀官，容你从容查访。只是你们自家要上紧用心，休得怠慢。"李万喏喏连声而去。有诗为证：

---

① 挨寻：找寻，搜寻。
② 锁押：看管，看押。
③ 依缴：批准，同意。
④ 批较：公差不能按时完成任务官府对其加以杖责，然后限定日期完成。
⑤ 情极：心中急迫，情急。
⑥ 结状：向官府出具的事情了结的文书。

白金廿两酿凶谋，谁料中途已失囚。

锁打禁持熬不得，尼庵苦向妇人求。

官府立限缉获沈襄，一来为他是总督衙门的紧犯；二来为妇人日日哀求，所以上紧严比。今日也是那李万不该命绝，恰好有个机会。

却说总督杨顺、御史路楷，两个日夜商量奉承严府，指望旦夕封侯拜爵。谁知朝中有个兵科给事中吴时来，风闻杨顺横杀平民冒功之事，把他尽情劾奏一本，并劾路楷朋奸助恶。嘉靖爷正当设醮祝釐①，见说杀害平民，大伤和气，龙颜大怒，着锦衣卫扭解来京问罪。严嵩见圣怒不测，一时不及救护，到底亏他于中调停，止于削爵为民。可笑杨顺、路楷杀人媚人，至此徒为人笑，有何益哉？

再说贺知州听得杨总督去任，已自把这公事看得冷了；又闻氏连次不来哭禀，两个差人又死了一个，只剩得李万，又苦苦哀求不已。贺知州吩咐，打开铁链，与他个广捕文书，只教他用心缉访，明是放松之意。李万得了广捕文书，犹如捧了一道赦书，连连磕了几个头，出得府门，一道烟走了。身边又无盘缠，只得求乞而归，不在话下。

却说沈小霞在冯主事家复壁之中，住了数月，外边消息无有不知，都是冯主事打听将来，说与小霞知道。晓得闻氏在尼姑庵寄居，暗暗欢喜。过了年余，已知张千、李万都逃了，这公事渐渐懒散。冯主事特地收拾内书房三间，安放沈襄在内读书，只不许出外，外人亦无有知者。冯主事三年孝满，为有沈公子在家，也不去起复做官。

光阴似箭，一住八年。值严嵩一品夫人欧阳氏卒，严世蕃不肯

---

① 祝釐（lí）：祈求祝福，保佑。

扶枢还乡，唆父亲上本留己侍养，却于丧中簇拥姬妾，日夜饮酒作乐。嘉靖爷天性至孝，访知其事，心中甚是不悦。时有方士蓝道行，善扶鸾之术①。天子召见，教他请仙，问以辅臣贤否。蓝道行奏道："臣所召乃是上界真仙，正直无阿，万一箕下判断有忤圣心，乞恕微臣之罪。"嘉靖爷道："朕正愿闻天心正论，与卿何涉？岂有罪卿之理？"蓝道行书符念咒，神箕自动，写出十六个字来，道是：

> 高山番草，父子阁老；日月无光，天地颠倒。

嘉靖爷爷看了，问蓝道行道："卿可解之。"蓝道行奏道："微臣愚昧未解。"嘉靖爷道："朕知其说。'高山'者，'山'字连'高'，乃是'嵩'字；'番草'者，'番'字'草'头，乃是'蕃'字。此指严嵩、严世蕃父子二人也。朕久闻其专权误国，今仙机示朕，朕当即为处分，卿不可泄于外人。"蓝道行叩头，口称不敢，受赐而出。从此嘉靖爷渐渐疏了严嵩。有御史邹应龙看见机会可乘，遂劾奏："严世蕃凭借父势，卖官鬻爵，许多恶迹，宜加显戮②。其父严嵩溺爱恶子，植党蔽贤③，宜亟赐休退，以清政本。"嘉靖爷见疏大喜，即升应龙为通政右参议。严世蕃下法司④，拟成充军之罪，严嵩回籍。未几，又有江西巡按御史林润，复奏严世蕃不赴军伍，居家愈加暴横，强占民间田产，畜养奸人，私通倭虏，谋为不轨。得旨三法司提问⑤，问官勘实复奏，严世蕃即时处斩，抄没家财；严嵩发养济院终老。被害诸臣，尽行昭雪。

冯主事得此喜信，慌忙报与沈襄知道，放他出来，到尼姑庵访

---

① 扶鸾：即"扶乩"，古代一种占卜的方式。
② 显戮：指依据法律惩处并向众人公示。
③ 植党：结党派。
④ 法司：指主管刑狱的机关。
⑤ 三法司：指刑部、都察院、大理寺。

问那闻淑女。夫妇相见，抱头而哭。闻氏离家时，怀孕三月，今在庵中生下一孩子，已十岁了。闻氏亲自教他念书，《五经》皆已成诵，沈襄欢喜无限。冯主事方上京补官，教沈襄同去讼理父冤，闻氏暂迎归本家园上居住，沈襄从其言。

到了北京，冯主事先去拜了通政司邹参议，将沈炼父子冤情说了，然后将沈襄讼冤本稿送与他看。邹应龙一力担当。次日，沈襄将奏本往通政司挂号投递①。圣旨下，沈炼忠而获罪，准复原官，仍进一级，以旌其直。妻子召还原籍；所没入财产，府县官照数给还。沈襄食廪年久准贡，敕授知县之职。沈襄复上疏谢恩，疏中奏道："臣父炼向在保安，因目击宣大总督杨顺，杀戮平民冒功，吟诗感叹。适值御史路楷，阴受严世蕃之嘱，巡按宣大，与杨顺合谋，陷臣父于极刑，并杀臣弟二人，臣亦几于不免。冤尸未葬，危宗几绝，受祸之惨，莫如臣家。今严世蕃正法，而杨顺、路楷安然保首领于乡，使边廷万家之怨骨，衔恨无伸；臣家三命之冤魂，含悲莫控。恐非所以肃刑典而慰人心也。"圣旨准奏，复提杨顺、路楷到京，问成死罪，监刑部牢中待决。

沈襄来别冯主事，要亲到云州，迎接母亲和兄弟沈袞到京，依傍冯主事寓所相近居住；然后往保安州访求父亲骸骨，负归埋葬。冯主事道："老年嫂处适才已打听个消息，在云州康健无恙。令弟沈袞，已在彼游庠了②。下官当遣人迎之。尊公遗体要紧，贤侄速往访问，到此相会令堂可也。"

沈襄领命，径往保安。一连寻访两日，并无踪迹。第三日，因

---

① 挂号：编号登记。
② 游庠：儒生考试后成为生员，到府、州、县学习。

倦借坐人家门首，有老者从内而出，延进草堂吃茶①。见堂中挂一轴子，乃楷书诸葛孔明两次《出师表》也。表后但写年月，不着姓名。沈小霞看了又看，目不转睛。老者道："客官为何看之？"沈襄道："动问老丈，此字是何人所书？"老者道："此乃吾亡友沈青霞之笔也。"沈小霞道："为何留在老丈处？"老者道："老夫姓贾名石，当初沈青霞编管此地，就在舍下作寓。老夫与他八拜之交，最相契厚②。不料后遭奇祸，老夫惧怕连累，也往河南逃避。带得这二幅《出师表》，裱成一幅，时常展视，如见吾兄之面。杨总督去任后，老夫方敢还乡。嫂嫂徐夫人和幼子沈襄，徙居云州，老夫时常去看他。近日闻得严家势败，吾兄必当昭雪，已曾遣人去云州报信。恐沈小官人要来移取父亲灵枢，老夫将此轴悬挂在中堂，好教他认认父亲遗笔。"沈小霞听罢，连忙拜倒在地，口称"恩叔"。贾石慌忙扶起道："足下果是何人？"沈小霞道："小侄沈襄，此轴乃亡父之笔也。"贾石道："闻得杨顺这厮，差人到贵府来提贤侄，要行一网打尽之计。老夫只道也遭其毒手，不知贤侄何以得全？"沈小霞将临清事情，备细说了一遍。贾石口称难得，便吩咐家童治饭款待。沈小霞问道："父亲灵枢，恩叔必知，乞烦指引一拜。"贾石道："你父亲屈死狱中，是老夫偷尸埋葬，一向不敢对人说知。今日贤侄来此搬回故土，也不枉老夫一片用心。"说罢，刚欲出门，只见外面一位小官人骑马而来。贾石指道："遇巧，遇巧！恰好令弟来也。"那小官便是沈褒，下马相见，贾石指沈小霞道："此位乃大令兄讳襄的便是。"此日弟兄方才识面，恍如梦中相会，抱头而哭。贾石领路，三人同到沈青霞墓所，但见乱草迷离，土堆隐起。贾石引二沈拜了，

----

① 延进：请进，邀请。
② 契厚：感情十分深厚，关系密切。

二沈俱哭倒在地。贾石劝了一回道："正要商议大事，休得过伤。"
二沈方才收泪。贾石道："二哥、三哥，当时死于非命，也亏了狱卒
毛公存仁义之心，可怜他无辜被害，将他尸藁葬于城西三里之外。
毛公虽然已故，老夫亦知其处，若扶令先尊灵柩回去，一起带回，
使他父子魂魄相依，二位意下如何？"二沈道："恩叔所言，正合愚
弟兄之意。"当日又同贾石到城西看了，不胜悲感。次日，另备棺
木，择吉破土，重新殡殓。三人面色如生，毫不朽败，此乃忠义之
气所致也。二沈悲哭自不必说。当时备下车仗，抬了三个灵柩，别
了贾石起身。临别，沈襄对贾石道："这一轴《出师表》，小侄欲问
恩叔取去，供养祠堂，幸勿见拒。"贾石慨然许了，取下挂轴相赠。
二沈就草堂拜谢，垂泪而别。沈襄先奉灵柩到张家湾，觅船装载。

　　沈襄复身又到北京，见了母亲徐夫人，回复了说话，拜谢了冯
主事起身。此时京中官员，无不追念沈青霞忠义，怜小霞母子扶柩
远归，也有送勘合的①，也有赠赙金的②，也有馈赆仪的③。沈小霞只
受勘合一张，余俱不受。到了张家湾，另换了官座船，驿递起人夫
一百名牵缆④，走得好不快。不一日，来到临清，沈襄吩咐座船暂泊
河下，单身入城，到冯主事家投了主事平安书信，园上领了闻氏淑
女并十岁儿子下船。先参了灵柩，后见了徐夫人。那徐氏见了孙儿
如此长大，喜不可言。当初只道灭门绝户，如今依旧有子有孙；昔
日冤家，皆恶死见报。天理昭然，可见做恶人的到底吃亏，做好人
的到底便宜。

....

　　① 　勘合：用来验对的符契。古时在文书上盖章，分为两半，当事双方各拿一
半。

　　② 　赙（fù）金：指送给有丧事家主人的钱财。

　　③ 　赆（jìn）仪：分别时送给别人的路费。

　　④ 　驿递：指驿站。

　　闲话休题。到了浙江绍兴府，孟春元领了女儿孟氏，在二十里外迎接。一家骨肉重逢，悲喜交集。将丧船停泊马头，府县官员都在吊孝。旧时家产，已自清查给还。二沈扶柩葬于祖茔，重守三年之制，无人不称大孝。抚按又替沈炼建造表忠祠堂，春秋祭祀。亲笔《出师表》一轴，至今供奉在祠堂方中。

　　服满之日，沈襄到京受职，做了知县。为官清正，直升到黄堂知府。闻氏所生之子，少年登科，与叔叔沈襄同年进士。子孙世世书香不绝。

　　冯主事为救沈襄一事，京中重其义气，累官至吏部尚书。忽一日，梦见沈青霞来拜，说道："上帝怜某忠直，已授北京城隍之职。屈年兄为南京城隍，明日午时上任。"冯主事觉来甚以为疑。至日午，忽见轿马来迎，无疾而逝。二公俱已为神矣。有诗为证，诗曰：

　　　　生前忠义骨犹香，魂魄为神万古扬。

　　　　料得奸魂沉地狱，皇天果报自昭彰。

第三卷　执子之手，与子偕老

我选择结婚是因为我爱你，不是因为我需要你。生活太苦，我们可以携手共度，婚姻幸福是我所盼，清醒与自我是永远的坚守。

乐小舍拼生觅偶

一名《喜乐和顺记》

怒气雄声出海门，舟人云是子胥魂①。

天排雪浪晴雷吼，地拥银山万马奔。

上应天轮分晦朔②，下临宇宙定朝昏。

吴征越战今何在③？一曲渔歌过晚村。

这首诗，单题着杭州钱塘江潮，元来非同小可：刻时定信，并无差错。自古至今，莫能考其出没之由④。从来说道天下有四绝，却

---

① 子胥魂：指钱塘江海潮。伍子胥，春秋时期著名军事家，出身楚国贵族。楚平王听信谗言处死了伍子胥的父亲及兄长，伍子胥出逃吴国，为吴王阖闾所用，吴王阖闾在与越王勾践的战争中受重伤而死，后其子吴王夫差报仇雪恨，越王勾践投降。伍子胥力劝吴王夫差杀掉越王勾践以除后患，吴王夫差不用其言，并听信谗言，赐其自尽，投尸钱塘江中。传说伍子胥死后化为潮神，钱塘江涨潮时即是伍子胥的精魂在震怒。

② 晦（huì）朔：晦，农历每月最后一天。朔，农历每月第一天。

③ 吴征越战：春秋末期地处江浙地区的吴越两国之间进行的长达百年的相互征战，以越王勾践灭吴告终。

④ 考：找出。

是：雷州换鼓①，广德埋藏②，登州海市③，钱塘江潮④。这三绝，一年止则一遍。惟有钱塘江潮，一日两番。自古唤做罗刹江⑤，为因风涛险恶，巨浪滔天，常翻了船，以此名之。南北两山，多生虎豹，名为虎林。后因虎字犯了唐高祖之祖父御讳⑥，改名武林。又因江潮险迅，怒涛汹涌，冲害居民，因取名宁海军⑦。

后至唐末五代之间，去那径山过来，临安邑人钱宽生得一子。生时红光满室，里人见者，将谓火发，皆往救之。却是他家产下一男，两足下有青色毛，长寸余，父母以为怪物，欲杀之。有外母不肯，乃留之，因此小名婆留。看看长大成人，身长七尺有余，美容貌，有智勇，讳镠字巨美，幼年专作私商无赖。因官司缉捕甚紧，乃投径山法济禅师躲难。法济夜闻寺中伽蓝云⑧："今夜钱武肃王在

---

① 雷州换鼓：广东雷州半岛在古时为蛮荒之地，时常爆发旱灾，当地民众期盼打雷、下雨以获得收成，对雷神的崇拜和祭祀活动逐渐形成。为使雷电鸣、降水时至，雷州住民怀抱将人间最好的鼓献给雷神，年年献上新鼓以方便雷神擂鼓降雨，保佑地方风调雨顺的美好愿望，每年精工制作最好的鼓，再通过典礼仪式将鼓送给雷神。

② 广德埋藏：广德，安徽省下辖县。有太极洞，为天然溶洞，在两汉时期已名闻天下，汉光武帝刘秀、明太祖朱元璋、清乾隆帝曾到此赏玩。

③ 登州海市：即山东蓬莱的海市蜃楼。受光的折射和反射的影响，山东蓬莱海面上常出现种种人间景象的幻境，古人认为是水龙（蜃）吐气而形成的楼台市井。

④ 钱塘江潮：农历八月十六日至十八日，太阳、月球、地球几乎在同一条直线上，受地心引力的影响，海水受到的引潮力最大，钱塘江口状似喇叭形，潮水易进难退，遂形成后浪推前浪，层层相叠的奇观。

⑤ 罗刹（chà）：佛教中的恶鬼名，指食人肉之恶鬼。

⑥ 御讳（huì）：皇帝的名字。唐高祖李渊祖父为西魏大将李虎，故此虎字犯了忌讳。

⑦ 宁海军：今浙江杭州。

⑧ 伽蓝（qié lán）：佛教寺院的通称，在此指佛教寺院护法神。

此①，毋令惊动！"法济知他是异人，不敢相留，乃作书荐镠往苏州投太守安绥。绥乃用镠为帐下都部署②，每夜在府中马院宿歇。时遇炎天酷热，太守夜起独步后园，至马院边，只见钱镠睡在那里。太守方坐间，只见那正厅背后，有一眼枯井，井中走出两个小鬼来，戏弄钱镠。却见一个金甲神人，把那小鬼一喝都走了，口称道："此乃武肃王在此，不得无礼！"太守听罢大惊，急回府中，心大异之，以此好生看待钱镠。后因黄巢作乱，钱镠破贼有功，僖宗拜为节度使③。后遇董昌作乱，钱镠收讨平定，昭宗封为吴越国王。因杭州建都，治得国中宁静。只是地方狭窄，更兼长江汹涌，心常不悦。

忽一日，有司进到金色鲤鱼一尾，约长三尺有余，两目炯炯有光，将来作御膳。钱王见此鱼壮健，不忍杀之，令畜之池中。夜梦一老人来见，峨冠博带④，口称："小圣夜来孺子不肖⑤，乘酒醉，变作金色鲤鱼，游于江岸，被人获之，进与大王作御膳，谢大王不杀之恩。今者小圣特来哀告大王，愿王怜悯，差人送往江中，必当重报。"钱王应允，龙君乃退。钱王飒然惊觉⑥，得了一梦，次早升殿，唤左右打起那鱼，差人放之江中。当夜，又梦龙君谢曰："感大王再生之恩，将何以报？小圣龙宫海藏，应有奇珍异宝，夜光珠，盈尺璧⑦，任从大王所欲，即当奉献。"钱王乃言："珍宝珠璧，非吾愿也。惟我国僻处海隅，地方无千里，况兼长江广阔，波涛汹涌，口

---

① 钱武肃王：五代时期吴越王钱镠的谥号。
② 都部署：五代后唐初置，为战时指挥官，低级将领。
③ 节度使：唐代开始在地方设立的军政长官，集军、民、财三政于一身。
④ 峨冠博带：高大的帽子，宽大的衣带。为儒生、士大夫的穿戴。
⑤ 孺子：小孩子。不肖：不成器，对自己孩子的谦称。
⑥ 飒（sà）然：突然，猛然。
⑦ 盈尺璧：直径一尺的璧玉。言其珍贵。

夕相冲，使国人常有风波之患。汝能借地一方，以广吾国，是所愿也。"龙王曰："此事甚易，然借则借，当在何日见还?"钱王曰："五百劫后^①，仍复还之。"龙王曰："大王来日，可铸铁柱十二只，各长一丈二尺。请大王自登舟，小圣使虾鱼聚于水面之上，大王但见处，可即下铁柱一只，其水渐渐自退，沙涨为平地。王可叠石为塘，其地即广也。"龙君退去，钱王惊觉。

次日，令有司铸造铁柱十二只，亲自登舟，于江中看之。果见有鱼虾成聚一十二处，乃令人以铁柱沉下去，江水自退。王乃登岸，但见无移时^②，沙石涨为平地，自富阳山前直至海门舟山为止。钱王大喜，乃使石匠于山中凿石为板，以黄罗木贯穿其中，排列成塘。因凿石迟慢，乃下令："如有军民人等，以新旧石板将船装来，一船换米一船。"各处即将船载石板来换米。因此砌了江岸，石板有余。后方始称为钱塘江。

至大宋高宗南渡^③，建都钱塘，改名临安府，称为行在。方始人烟辏集，风俗淳美。似此每遇年年八月十八，乃潮生日，倾城士庶，皆往江塘之上，玩潮快乐。亦有本上善识水性之人，手执十幅旗幡，出没水中，谓之弄潮，果是好看。至有不识水性深浅者，学弄潮，多有被泼了去，坏了性命。临安府尹得知^④，累次出榜禁谕，不能革其风俗。有东坡学士看潮一绝为证：

> 吴儿生长狎涛渊，冒险轻生不自怜。
>
> 东海若知明主意，应教破浪变桑田。

---

① 劫：佛教用语，佛教认为时间无始无终，世界诞生、毁灭又开始新生，称世界诞生和毁灭的一个轮回的周期为一劫。

② 无移时：不一会儿。

③ 高宗南渡：两宋时期，康王赵构为躲避北边金朝军队的南下追击而逃至江南，定都杭州。

④ 府尹：府级的最高长官。

话说南宋临安府有一个旧家，姓乐名美善，原是贤福坊安平巷内出身，祖上七辈衣冠①。近因家道消乏，移在钱塘门外居住，开个杂色货铺子。人都重他的家世，称他为乐大爷。妈妈安氏，单生一子，名和。生得眉目清秀，伶俐乖巧。幼年寄在永清巷母舅安三老家抚养，附在间壁喜将仕馆中上学。喜将仕家有个女儿，小名顺娘，小乐和一岁。两个同学读书，学中取笑道："你两个姓名'喜乐和顺'，合是天缘一对。"两个小儿女知觉渐开，听这话也自欢喜，遂私下约为夫妇。这也是一时戏谑，谁知做了后来配合的谶语②。正是：

　　　　　姻缘本是前生定，曾向蟠桃会里来③。

乐和到十二岁时，顺娘十一岁。那时乐和回家，顺娘深闺女工，各不相见。乐和虽则童年，心中伶俐，常想顺娘情意，不能割舍。

又过了三年，时值清明将近，安三老接外甥同去上坟，就便游西湖。原来临安有这个风俗，但凡湖船，任从客便，或三朋四友，或带子携妻，不择男女，各自去占个座头，饮酒观山，随意取乐。安三老领着外甥上船，占了个座头。方才坐定，只见船头上又一家女眷入来，看时不是别人，正是间壁喜将仕家母女二人和一个丫头、一个奶娘。三老认得，慌忙作揖，又教外甥来相见了。此时顺娘年十四岁，一发长成得好了。乐和有三年不见，今日水面相逢，如见珍宝。虽然分桌而坐，四目不时观看，相爱之意，彼此尽知。只恨众人属目④，不能叙情。船到湖心亭，安三老和一班男客都到亭子上

---

①　衣冠：指做官。
②　谶（chèn）语：指事后应验的话。
③　蟠桃会：传说三月三日为西王母诞辰，此日西王母大开宴会，以蟠桃为主食，宴请各方神仙参加。
④　属目：同"瞩目"。眼光注视。

闲步，乐和推腹痛留在舱中，挨身与喜大娘攀话，稍稍得与顺娘相近。捉空以目送情①，彼此意会，少顷众客下船，又分开了。傍晚，各自分散。安三老送外甥回家。乐和一心忆着顺娘，题诗一首：

> 嫩蕊娇香郁未开，不因蜂蝶自生猜。
>
> 他年若作扁舟侣②，日日西湖一醉回。

乐和将此诗题于桃花笺上，折为方胜③，藏于怀袖。私自进城，到永清巷喜家门首，伺候顺娘，无路可通。如此数次。闻说潮王庙有灵，乃私买香烛果品，在潮王面前祈祷，愿与喜顺娘今生得成鸳侣。拜罢，炉前化纸，偶然方胜从袖中坠地，一阵风卷出纸钱的火来烧了。急去抢时，止剩得一个"侣"字。乐和拾起看了，想道："侣乃双口之意，此亦吉兆。"心下甚喜。

忽见碑亭内坐一老者，衣冠古朴，容貌清奇，手中执一团扇，上写"姻缘前定"四个字。乐和上前作揖，动问："老翁尊姓？"答道："老汉姓石。"又问道："老翁能算姻缘之事乎？"老者道："颇能推算。"乐和道："小子乐和烦老翁一推，赤绳系于何处？"老者笑道："小舍人年未弱冠④，如何便想这事？"乐和道："昔汉武帝为小儿时，圣母抱于膝上，问：'欲得阿娇为妻否⑤？'帝答言：'若得阿娇，当以金屋贮之。'年无长幼，其情一也。"老者遂问了年月日时，在五指上一轮道："小舍人佳眷，是熟人，不是生人。"乐和见说得合机，便道："不瞒老翁，小子心上正有一熟人，未知缘法何如？"

---

① 捉空：趁空。

② 扁舟侣：指结为夫妻。传说范蠡帮助越王勾践灭吴后，功成身退，带着西施乘扁舟泛游五湖。

③ 方胜：古代妇女的头饰，方形彩结。

④ 舍人：宋代以来俗称显贵子弟为舍人，在此为敬称。弱冠：古代男子二十岁行冠礼，表示已经成人，因未至壮年，故称弱冠。

⑤ 圣母：皇太后。阿娇：汉武帝姑妈的女儿，汉武帝的表妹。

老者引至一口八角井边，教乐和看井内有缘无缘便知。乐和手把井栏张望，但见井内水势甚大，巨涛汹涌，如万顷相似，其明如镜。内立一个美女，可十六七岁，紫罗衫，杏黄裙，绰约可爱。仔细认之，正是顺娘，心下又惊又喜。却被老者望背后一推，刚刚的跌在那女子身上，大叫一声，猛然惊觉，乃是一梦，双手兀自抱定亭柱。正是：

> 黄粱犹未熟[①]，一梦到华胥。

乐和醒将转来，看亭内石碑，其神姓石名瑰[②]，唐时捐财筑塘捍水，死后封为潮王。乐和暗想："原来梦中所见石老翁，即潮王也。此段姻缘，十有九就。"回家对母亲说，要央媒与喜顺娘议亲。那安妈妈是妇道家，不知高低，便向乐公撺掇其事。乐公道："姻亲一节，须要门当户对。我家虽曾有七辈衣冠，见今衰微，经纪营活。喜将仕名门富室，他的女儿，怕没有人求允，肯与我家对亲？若央媒往说，反取其笑。"乐和见父亲不允，又教母亲央求母舅去说合。安三老所言，与乐公一般。乐和大失所望，背地里叹了一夜的气，明早将纸裱一牌位，上写"亲妻喜顺娘生位"七个字，每日三餐，必对而食之；夜间安放枕边，低唤三声，然后就寝。每遇清明三月三，重阳九月九，端午龙舟，八月玩潮，这几个胜会，无不刷鬓修容，华衣美服，在人丛中挨挤。只恐顺娘出行，侥幸一遇。同般生意人家有女儿的，见乐小舍人年长，都来议亲，爹娘几遍要应承，到是乐和立意不肯，立个誓愿，直待喜家顺娘嫁出之后，方才放心，

---

① 黄粱梦：《枕中记》载，卢生在邯郸的客店遇道士吕翁，自叹穷困。吕翁取青瓷枕让卢生枕其睡觉，此时店主正在煮小米饭。卢生在梦中享尽荣华富贵，极端快乐，一觉醒来，店家的小米饭还没熟。

② 石瑰：钱塘人，唐朝治理钱江潮患的潮工，捐出家资以筑堤。在修筑堤坝时被涌潮卷走，当地百姓自发立庙祭祀，唐懿宗时封其为潮王。

再图婚配。

事有凑巧，这里乐和立誓不娶，那边顺娘却也红鸾不照，天喜未临①，高不成，低不就，也不曾许得人家。光阴似箭，倏忽又过了三年。乐和年一十八岁，顺娘一十七岁了。男未有室，女未有家。

> 男才女貌正相和，未卜姻缘事若何？
>
> 且喜室家俱未定，只须灵鹊肯填河②。

话分两头。却说是时，南北通和。其年有金国使臣高景山来中国修聘③。那高景山善会文章，朝命宣一个翰林范学士接伴。当八月中秋过了，又到十八潮生日，就城外江边浙江亭子上，搭彩铺毡④，大排筵宴，款待使臣观潮。陪宴官非止一员。都统司领着水军，乘战舰，于水面往来，施放五色烟火炮。豪家贵戚，沿江搭缚彩幕，绵亘三十余里，照江如铺锦相似。市井弄水者，共有数百人，蹈浪争雄，出没游戏。有蹈滚木、水傀儡诸般伎艺⑤。但见：

> 迎潮鼓浪，拍岸移舟。惊湍忽自海门来，怒吼遥连天际出。何异地生银汉，分明天震春雷。遥观似匹练飞空，远听如千军驰噪。吴儿勇健，平分白浪弄洪波；渔父轻便，出没江心夸好手。果然是：万顷碧波随地滚，千寻雪浪接云奔⑥。

北朝使臣高景山见了，毛发皆耸，嗟叹不已，果然奇观。范学士道："相公见此，何不赐一佳作？"即令取过文房四宝来。高景山

---

① 红鸾（luán）不照，天喜未临：指没有姻缘。红鸾，古代所说的吉星，主人间婚姻喜事。天喜：星相术士所说的四柱神煞之一，主姻缘、桃花。

② 灵鹊填河：灵鹊即喜鹊，传说每年七夕喜鹊会在空中搭建跨过银河的桥梁，使牛郎织女相会。

③ 修聘：两国间派遣使臣进行友好访问。

④ 搭彩铺毡：悬挂彩旗，铺上羊毛地毯。

⑤ 水傀儡：水上木偶戏剧。

⑥ 千寻：古代以八尺为一寻，极言其高。

谦让再三，做《念奴娇》词：

> 云涛千里，泛今古绝致，东南风物。碧海云横初一线，忽尔雷轰
> 苍壁。万马奔天，群鹅扑地，汹涌飞烟雪。吴人勇悍，便竞踏浪雄杰。
>
> 想旗帜纷纭，吴音楚管，与胡笳俱发①。人物江山如许丽，岂信
> 妖氛难灭。况是行宫，星缠五福②，光焰窥毫发。惊看无语，凭栏姑
> 待明月。

高景山题毕，满座皆赞奇才，只有范学士道："相公词做得甚
好，只可惜'万马奔天，群鹅扑地'，将潮比得来轻了，这潮可比玉
龙之势。"学士遂做《水调歌头》，道是：

> 登临眺东渚，始觉太虚宽。海天相接，潮生万里一毫端。滔滔怒
> 生雄势，宛胜玉龙戏水，尽出没波间。雪浪番云脚，波卷水晶寒。
>
> 扫方涛，卷圆峤③，大洋番。天垂银汉，壮观江北与江南。借问
> 子胥何在？博望乘槎仙去④，知是几时还？上界银河窄，流泻到人间！

范学士题罢，高景山见了，大喜道："奇哉佳作！难比万马争驰，真
是玉龙戏水。"

不题各官尽欢饮酒。且说临安大小户人家，闻得是日朝廷款待
北使，陈设百戏⑤，倾城士女都来观看。乐和打听得喜家一门也去看
潮，侵早便妆扮齐整，来到钱塘江口，趱来趱去，找寻喜顺娘不着。

---

① 吴音楚管：吴、楚地方的音乐。胡笳 (hú jiā)：古代北方民族的一种乐器，
形似笛子。

② 五福：先秦《尚书·洪范》记载的五福为，"一曰寿，二曰富，三曰康宁，
四曰修好德，五曰考终命。"至汉代演变为，"长寿、富贵、安乐、好德、子孙众
多"。

③ 圆峤 (qiáo)：传说中的仙山。

④ 博望乘槎 (chá)：博望指博望侯张骞。传说张骞在出使西域时为寻找黄河
源头乘坐槎（木筏）到达了天河，遇到神仙织女。

⑤ 百戏：民间乐舞杂技表演的总称。

结末来到一个去处，唤做"天开图画"，又叫做"团围头"。因那里团团围转，四面都看见潮头，故名"团围头"。后人讹传，谓之"团鱼头"。这个所在，潮势阔大，多有子弟立脚不牢，被潮头涌下水去，又有豁湿了身上衣服的，都在下浦桥边搅挤教干。有人做下《临江仙》一只，单嘲那看湖的：

> 自古钱塘难比。看潮人成群作队，不待中秋，相随相趁，尽往江边游戏。沙滩畔，远望潮头，不觉侵天浪起。
>
> 头巾如洗①，斗把衣裳去挤。下浦桥边，一似奈何池畔②，裸体披头似鬼。入城里，烘好衣裳，犹问几时起水。

乐和到"团围头"寻了一转，不见顺娘，复身又寻转来。那时人山人海，围拥着席棚彩幕。乐和身材即溜③，在人丛里挨挤进去，一步一看。行走多时，看见一个妇人，走进一个席棚里面去了。乐和认得这妇人，是喜家的奶娘。紧步随后，果然喜将仕一家男女，都成团聚块的坐下饮酒玩赏。乐和不敢十分逼近，又不舍得十分夐远④。紧紧的贴着席棚而立，觑定顺娘，目不转睛，恨不得走近前去，双手搂抱，说句话儿。那小娘子抬头观看，远远的也认得是乐小舍人，见他趋前退后，神情不定，心上也觉可怜。只是父母相随，寸步不离，无由相会一面。正是：

> 两人衷腹事，尽在不言中。

却说乐和与喜顺娘正在相视凄惶之际，忽听得说潮来了。道犹未绝，耳边如山崩地坼之声，潮头有数丈之高，一涌而至。有诗

---

① 头巾如洗：在此指围观的人很多，非常拥挤，头巾像用水洗净一样受挤压掉落。

② 奈何池：佛教中地狱的恶水。

③ 即溜：行动机灵精细。

④ 夐远（diào yuǎn）：遥远。

为证：

> 银山万叠笔巍巍①，蹴地排空势若飞。
>
> 信是子胥灵未泯，至今犹自奋神威。

那潮头比往年更大，直打到岸上高处，掀翻锦幕，冲倒席棚，众人发声喊，都退后走。顺娘出神在小舍人身上，一时着忙，不知高低，反向前几步，脚儿打滑不住，溜的滚入波浪之中。

> 可怜绣阁金闺女，翻做随波逐浪人。

乐和乖觉②，约莫潮来，便移身立于高阜去处，心中不舍得顺娘，看定席棚，高叫："避水！"忽见顺娘跌在江里去了。这惊非小，说时迟，那时快，就顺娘跌下去这一刻，乐和的眼光紧随着小娘子下水，脚步自然留不住，扑通的向水一跳，也随波而滚。他那里会水！只是为情所使，不顾性命。这里喜将仕夫妇见女儿坠水，慌急了，乱呼："救人救人！救得吾女，自有重赏。"那顺娘穿着紫罗衫杏黄裙，最好记认。有那一班弄潮的子弟们，踏着潮头，如履平地，贪着利物，应声而往。翻波搅浪，来捞救那紫罗衫杏黄裙的女子。

却说乐和跳下水去，直至水底，全不觉波涛之苦，心下如梦中相似。行到潮王庙中，见灯烛辉煌，香烟缭绕。乐和下拜，求潮王救取顺娘，度脱水厄③。潮王开言道："喜顺吾已收留在此，今交付你去。"说罢，小鬼从神帐后将顺娘送出。乐和拜谢了潮王，领顺娘出了庙门。彼此十分欢喜，一句话也说不出，四只手儿紧紧对面相抱，觉身子或沉或浮，添出水面④。那一班弄潮的看见紫罗衫杏黄裙在浪中现出，慌忙去抢。及至托出水面，不是单却是双。四五个人，

---

① 巍巍（wéi wéi）：高大的样子。
② 乖觉：机警、机智。
③ 水厄：因水而生的灾厄。指溺死
④ 添（tǔn）：漂浮。

扛头扛脚，抬上岸来，对喜将仕道："且喜连女婿都救起来了。"喜公、喜母、丫鬟、奶娘都来看时，此时八月天气，衣服都单薄，两个脸对脸，胸对胸，交股叠肩，且是偎抱得紧，分拆不开，叫唤不醒，体尚微暖，不生不死的模样。父母慌又慌，苦又苦，正不知什么意故[①]。喜家眷属哭做一堆。众人争先来看，都道从古来无此奇事。

却说乐美善正在家中，有人报他儿子在"团鱼头"看潮，被潮头打在江里去了，慌得一步一跌，直跑到"团围头"来。又听得人说打捞得一男一女，那女的是喜将仕家小姐。乐公分开人众，挨入看时，认得是儿子乐和，叫了几声："亲儿！"放声大哭道："儿呵！你生前不得吹箫侣，谁知你死后方成连理枝[②]！"喜将仕问其缘故，乐公将三年前儿子执意求亲，及誓不先娶之言，叙了一遍。喜公、喜母到抱怨起来道："你乐门七辈衣冠，也是旧族。况且两个幼年，曾同窗读书，有此说话，何不早说？如今大家叫唤，若唤得醒时，情愿把小女配与令郎。"两家一边唤女，一边唤儿，约莫叫唤了半个时辰，渐渐眼开气续，四只胳膊，兀自不放。乐公道："我儿快苏醒，将仕公已许下把顺娘配你为妻了。"说犹未毕，只见乐和睁开双眼道："岳翁休要言而无信！"跳起身来，便向喜公、喜母作揖称谢。喜小姐随后苏醒。两口儿精神如故，清水也不吐一口。喜杀了喜将仕，乐杀了乐大爷。两家都将干衣服换了，顾个小轿抬回家里。

---

① 意故：缘故。

② 吹箫侣：《列仙传·箫史》记载箫史善吹箫，秦穆公以女弄玉妻之，为之作凤楼，教弄玉吹箫，龙凤随箫声而来。弄玉乘凤、箫史乘龙，夫妇一同仙去。连理枝：《搜神记》记载战国时宋康王门客韩凭的妻子貌若天仙，被康王霸占，夫妻二人相继殉情，其妻遗书请求合葬，宋康王不允，后两座墓上各长出一株大树，枝叶交错，又有雌雄两只鸳鸯，在树上栖息，相拥而鸣。

　　次日，到是喜将仕央媒来乐家议亲，愿赘乐和为婿，媒人就是安三老。乐家无不应允。择了吉日，喜家送些金帛之类。笙箫鼓乐，迎娶乐和到家成亲。夫妻恩爱，自不必说。满月后，乐和同顺娘备了三牲祭礼，到潮王庙去赛谢①，喜将仕见乐和聪明，延名师在家，教他读书，后来连科及第。至今临安说婚姻配合故事，还传"喜乐和顺"四字。有诗为证：

　　　　少负情痴长更狂，却将情字感潮王。

　　　　钟情若到真深处，生死风波总不妨。

---

　①　赛谢：酬报神明的恩赐而举行祭祀。

唐解元一笑姻缘

三通鼓角四更鸡①，日色高升月色低。

时序秋冬又春夏，舟车南北复东西。

镜中次第人颜老，世上参差事不齐。

若向其间寻稳便，一壶浊酒一餐斋。

这八句诗乃吴中一个才子所作。那才子姓唐名寅②，字伯虎，聪明盖地，学问包天。书画音乐，无有不通；词赋诗文，一挥便就。为人放浪不羁，有轻世傲物之志。生于苏郡，家住吴趋。做秀才时，曾效连珠体③，做《花月吟》十余首，句句中有花有月。如"长空影动花迎月，深院人归月伴花""云破月窥花好处，夜深花睡月明中"等句，为人称颂。本府太守曹凤见之，深爱其才。值宗师科考，曹公以才名特荐。那宗师姓方名志，鄞县人，最不喜古文辞。闻唐寅恃才豪放，不修小节，正要坐名黜治④。却得曹公一力保救，虽然免祸，却不放他科举。直至临场，曹公再三苦求，附一名于遗才之

---

① 鼓角：军队中用来发出号令或报时的战鼓和号角。

② 唐寅：明朝著名画家、书法家。1498年考中应天府乡试第一（解元），故称唐解元。科场不顺后醉心书画，成一代名家。绘画上与沈周、文徵明、仇英并称"吴门四家"，诗文上与祝允明、文徵明、徐祯卿并称"吴中四才子"，生性潇洒，曾自刻印"江南第一风流才子"。

③ 连珠体：古代文体的一种，作品每一句话都需要重复地使用某一词，辞句连续，互相发明，历历如贯珠，故称连珠体。

④ 坐名：指名。黜治：指人才的进退，官吏的升降。

末①。是科遂中了解元。

伯虎会试至京，文名益著，公卿皆折节下交，以识面为荣。有程詹事典试②，颇开私径卖题，恐人议论，欲访一才名素著者为榜首，压服众心，得唐寅甚喜，许以会元。伯虎性素坦率，酒中便向人夸说："今年我定做会元了。"众人已闻程詹事有私，又忌伯虎之才，哄传主司不公。言官风闻动本③。圣旨不许程詹事阅卷，与唐寅俱下诏狱，问革。

伯虎还乡，绝意功名，益放浪诗酒，人都称为唐解元。得唐解元诗文字画，片纸尺幅，如获重宝。其中惟画，尤其得意。平日心中喜怒哀乐，都寓之于丹青。每一画出，争以重价购之。有《言志》诗一绝为证：

> 不炼金丹不坐禅，不为商贾不耕田。
>
> 闲来写幅丹青卖④，不使人间作业钱⑤。

却说苏州六门：葑、盘、胥、阊、娄、齐。那六门中只有阊门最盛，乃舟车辐辏之所。真个是：

> 翠袖三千楼上下，黄金百万水东西。
>
> 五更市贩何曾绝，四远方言总不齐。

唐解元一日坐在阊门游船之上，就有许多斯文中人，慕名来拜，出扇求其字画。解元画了几笔水墨，写了几首绝句。那闻风而至者，其来愈多。解元不耐烦，命童子且把大杯斟酒来，解元倚窗独酌，

---

① 遗才：秀才参加乡试需先经过学道的科考录取，方能参加。未参加学道组织的考试，临时添补核准参与乡试的，称为遗才。

② 詹事：詹事意为执事，古代官名，为太子的属官，辅佐太子，明代时为预备翰林官的升迁所设，并无实职。

③ 言官：负责监督、进谏的官员。风闻：经传闻而得知。动本：向皇帝上书。

④ 丹青：丹为朱砂，青为石青，古人以此为颜料作画，代指绘画。

⑤ 作业：作孽，造孽。

忽见有画舫从旁摇过①，舫中珠翠夺目。内有一青衣小鬟，眉目秀艳、体态绰约，舒头船外，注视解元，掩口而笑。须臾船过，解元神荡魂摇，问舟子："可认得去的那只船么？"舟人答言："此船乃无锡华学士府眷也。"解元欲尾其后，急呼小艇不至，心中如有所失。

正要教童子去觅船，只见城中一只船儿摇将出来。他也不管那船有载没载，把手相招，乱呼乱喊。那船渐渐至近，舱中一人走出船头，叫声："伯虎，你要到何处去？这般要紧！"解元打一看时，不是别人，却是好友王雅宜②，便道："急要答拜一个远来朋友，故此要紧。兄的船往那里去？"雅宜道："弟同两个舍亲到茅山去进香③，数日方回。"解元道："我也要到茅山进香，正没有人同去，如今只得要趁便了。"雅宜道："兄若要去，快些回家收拾，弟泊船在此相候。"解远道："就去罢了，又回家做什么！"雅宜道："香烛之类，也要备的。"解元道："到那里去买罢！"遂打发童子回去。也不别这些求诗画的朋友，径跳过船来，与舱中朋友叙了礼，连呼："快些开船。"

舟子知是唐解元，不敢急慢，即忙撑篙摇橹。行不多时，望见这只画舫就在前面。解元吩咐船上，随着大船而行。众人不知其故，只得依他。次日到了无锡，见画舫摇进城里。解元道："到了这里，若不取惠山泉④，也就俗了。"叫船家移舟去惠山取了水，原到此处

----

① 画舫：装饰华丽的游船。

② 王雅宜：明代书法家，号雅宜山人，工篆刻，善山水、花鸟。

③ 舍亲：对他人称自己的亲戚的谦辞。茅山：位于江苏省，汉代有茅氏三兄弟隐居于此，后建三茅道观，后世称他们为三茅真人，故称山此山为三茅山，后简称茅山。道教上清派发源地，被道家称为"上清宗坛"。有"第一福地，第八洞天"之美誉。

④ 惠山泉：位于江苏省无锡市，水色透明，清醇甘冽。相传唐代陆羽评定了天下水品二十等，惠山泉被列为天下第二泉。

停泊，明日早行："我们到城里略走一走，就来下船。"舟子答应自去。

解元同雅宜三四人登岸，进了城，到那热闹的所在，撇了众人，独自一个去寻那画舫，却又不认得路径，东行西走，并不见些踪影。走了一回，穿出一条大街上来，忽听得呼喝之声。解元立住脚看时，只见十来个仆人前引一乘暖轿^①，自东而来，女从如云^②。自古道："有缘千里能相会。"那女从之中，阊门所见青衣小鬟，正在其内。解元心中欢喜，远远相随，直到一座大门楼下，女使出迎，一拥而入。询之傍人，说是华学士府，适才轿中乃夫人也。解元得了实信，问路出城。

恰好船上取了水才到。少顷，王雅宜等也来了，问："解元那里去了？教我们寻得不耐烦。"解元道："不知怎的，一挤就挤散了。又不认得路径，问了半日，方能到此。"并不题起此事。至夜半，忽于梦中狂呼，如魇魅之状^③。众人皆惊，唤醒问之。解元道："适梦中见一金甲神人，持金杵击我，责我进香不虔。我叩头哀乞，愿斋戒一月，只身至山谢罪。天明，汝等开船自去，吾且暂回。不得相陪矣。"雅宜等信以为真。

至天明，恰好有一只小船来到，说是苏州去的。解元别了众人，跳上小船。行不多时，推说遗忘了东西，还要转去。袖中摸几文钱，赏了舟子，奋然登岸。到一饭店，办下旧衣破帽，将衣中换讫，如穷汉之状，走至华府典铺内，以典钱为由，与主管相见。卑词下气，

---

① 暖轿：有帷幔遮蔽的轿子。

② 女从：女仆。

③ 魇（yǎn）魅：用邪道祈祷鬼神或诅咒来加害他人，受害者如被鬼怪附体一样精神错乱。

问主管道：“小子姓康，名宣，吴县人氏，颇善书，处一个小馆为生①。近因拙妻亡故，又失了馆，孤身无活，欲投一大家充书办之役②，未知府上用得否？倘收用时，不敢忘恩！”因于袖中取出细楷数行，与主管观看。主管看那字，写得甚是端楷可爱，答道：“待我晚间进府禀过老爷，明日你来讨回话。”是晚，主管果然将字样禀知学士。学士看了，夸道：“写得好，不似俗人之笔，明日可唤来见我。”

次早，解元便到典中③，主管引进解元拜见了学士。学士见其仪表不俗，问过了姓名住居，又问：“曾读书么？”解元道：“曾考过几遍童生④，不得进学，经书还都记得。”学士问是何经。解元虽习《尚书》，其实五经俱通的，晓得学士习《周易》，就答应道：“《易经》。”学士大喜道：“我书房中写帖的不缺，可送公子处作伴读。”问他要多少身价，解元道：“身价不敢领，只要求些衣服穿。待后老爷中意时，赏一房好媳妇足矣。”学士更喜，就叫主管于典中寻几件随身衣服与他换了，改名华安。送至书馆，见了公子。

公子教华安抄写文字。文字中有字句不妥的，华安私加改窜。公子见他改得好，大惊道：“你原来通文理，几时放下书本的？”华安道：“从来不曾旷学，但为贫所迫耳。”公子大喜，将自己日课教他改削。华安笔不停挥，真有点铁成金手段。有时题义疑难，华安就与公子讲解。若公子做不出时，华安就通篇代笔。

先生见公子学问骤进，向主人夸奖。学士讨近作看了。摇头道：

---

① 馆：办私塾教学。

② 书办：管办文书的下属。

③ 典中：府院。

④ 童生：明清科举制度规定，只有通过了县试、府试两场考核的学子才能成为童生，获得童生身份方有资格参加院试，院试中优胜者成为秀才（生员）。

"此非孺子所及，若非抄写，必是倩人。"呼公子洁问其由。公子不敢隐瞒，说道："曾经华安改窜。"学士大惊。唤华安到来出题面试。华安不假思索，援笔立就，手捧所作呈上。学士见其手腕如玉，但左手有枝指①。阅其文，词意兼美，字复精工，愈加欢喜，道："你时艺如此，想古作亦可观也②！"乃留内书房掌书记。一应往来书札，授之以意，辄令代笔，烦简曲当③，学士从未曾增减一字。宠信日深，赏赐比众人加厚。

华安时买酒食与书房诸童子共享，无不欢喜。因而潜访前所见青衣小鬟，其名秋香，乃夫人贴身伏侍，顷刻不离者。计无所出，乃因春暮，赋《黄莺调》以自叹：

> 风雨送春归，杜鹃愁，花乱飞，青苔满院朱门闭。孤灯半垂，孤衾半欹④，萧萧孤影汪汪泪。忆归期，相思未了，春梦绕天涯。

学士一日偶到华安房中，见壁间之词，知安所题，甚加称奖。但以为壮年鳏处，不无感伤，初不意其有所属意也⑤。适典中主管病故，学士令华安暂摄其事⑥。

月余，出纳谨慎，毫忽无私⑦。学士欲遂用为主管，嫌其孤身无室，难以重托。乃与夫人商议，呼媒婆欲为娶妇，华安将银三两，送与媒婆，央他禀知夫人说："华安蒙老爷夫人提拔，复为置室，恩同天地。但恐外面小家之女，不习里面规矩。倘得于侍儿中择一人见配，此华安之愿也！"媒婆依言禀知夫人。夫人对学士说了，学士

---

① 枝指：大拇指旁歧生出的第六指。
② 时艺：指应对科举考试的八股文写作。古作：与八股文相对应的古体文章。
③ 曲当：完全恰当。
④ 孤衾（qīn）半欹（qī）：衾：被子。欹：斜依，斜靠。
⑤ 属（zhǔ）意：意向专注于某人。
⑥ 摄：此处指代理。
⑦ 毫忽：极微小的一点点。忽、毫均为微小的度量单位。

道："如此诚为两便。但华安初来时，不领身价，原指望一房好媳妇。今日又做了府中得力之人，倘然所配未中其意，难保其无他志也。不若唤他到中堂①，将许多丫鬟听其自择。"夫人点头道是。

当晚夫人坐于中堂，灯烛辉煌，将丫鬟二十余人各盛饰装扮，排列两边，恰似一班仙女，簇拥着王母娘娘在瑶池之上。夫人传命唤华安。华安进了中堂，拜见了夫人。夫人道："老爷说你小心得用，欲赏你一房妻小。这几个粗婢中，任你自择。"叫老姆姆携烛下去照他一照②。华安就烛光之下，看了一回，虽然尽有标致的，那青衣小鬟不在其内。华安立于傍边，嘿然无语。夫人叫："老姆姆，你去问华安：'那一个中你的意？就配与你。'"华安只不开言。

夫人心中不乐，叫："华安，你好大眼孔③，难道我这些丫头就没个中你意的？"华安道："复夫人，华安蒙夫人赐配，又许华安自择，这是旷古隆恩，粉身难报。只是夫人随身侍婢还来不齐，既蒙恩典，愿得尽观。"夫人笑道："你敢是疑我有吝啬之意？也罢！房中那四个一发唤出来与他看看，满他的心愿。"原来那四个是有执事的④，叫做：春媚、夏清、秋香、冬瑞。春媚，掌首饰脂粉；夏清，掌香炉茶灶；秋香，掌四时衣服；冬瑞，掌酒果食品。

管家老姆姆传夫人之命，将四个唤出来。那四个不及更衣，随身妆束，秋香依旧青衣。老姆姆引出中堂，站立夫人背后。室中蜡炬，光明如昼。华安早已看见了，昔日丰姿，宛然在目。还不曾开口，那老姆姆知趣，先来问道："可看中了谁？"华安心中明晓得是秋香，不敢说破，只将手指道："若得穿青这一位小娘子，足遂生

①　中堂：正中的厅堂。
②　老姆姆：年老女仆。
③　好大眼孔：在此指眼界浅，没见识。眼孔，指眼界。
④　执事：负责主管具体工作。

平。"夫人回顾秋香，微微而笑。叫华安且出去。

华安回典铺中，一喜一惧，喜者机会甚好，惧者未曾上手，惟恐不成。偶见月明如昼，独步徘徊，吟诗一首：

徙倚无聊夜卧迟，绿杨风静鸟栖枝。

难将心事和人说，说与青天明月知。

次日，夫人向学士说了。另收拾一所洁净房室，其床帐家伙，无物不备。又合家童仆奉承他是新主管，担东送西，摆得一室之中，锦片相似。择了吉日，学士和夫人主婚。华安与秋香中堂双拜，鼓乐引至新房，合卺成婚，男欢女悦，自不必说。

夜半，秋香向华安道："与君颇面善，何处曾相会来？"华安道："小娘子自去思想。"又过了几日，秋香忽问华安道："向日阊门游船中看见的可就是你？"华安笑道："是也。"秋香道："若然，君非下贱之辈，何故屈身于此？"华安道："吾为小娘子傍舟一笑，不能忘情，所以从权相就①。"秋香道："妾昔见诸少年拥君，出素扇纷求书画，君一概不理，倚窗酌酒，旁若无人。妾知君非凡品，故一笑耳。"

华安道："女子家能于流俗中识名士，诚红拂、绿绮之流也②！"秋香道："此后于南门街上，似又会一次。"华安笑道："好利害眼睛！果然果然。"秋香道："你既非下流③，实是甚么样人？可将真姓名告我。"华安道："我乃苏州唐解元也，与你三生有缘，得谐所愿，

---

① 从权相就：采用变通的方法应对。

② 红拂、绿绮：红拂指红拂女。唐朝开国功臣、军事家李靖于隋末谒见越国公杨素时，杨素家婢红拂女在旁侍奉，见李靖气宇轩昂，内心倾慕，深夜私奔李靖，后与虬髯客结拜为兄妹，帮助李靖辅佐李世民建立唐朝基业。绿绮：相传司马相如作《玉如意赋》，梁王赐给其绿绮琴，在此借指看上当时穷困潦倒的司马相如，主动示爱，与其私奔，为维持生计，当垆卖酒的卓文君。

③ 下流：身份低微。

今夜既然说破，不可久留。欲与你图谐老之策，你肯随我去否？"秋香道："解元为贱妾之故，不惜辱千金之躯，妾岂敢不惟命是从！"

华安次日将典中帐目细细开了一本簿子，又将房中衣服首饰及床帐器皿另开一帐，又将各人所赠之物亦开一帐，纤毫不取，共是三宗帐目，锁在一个护书箧内①，其钥匙即挂在锁上。又于壁间题诗一首：

> 拟向华阳洞里游②，行踪端为可人留③。
> 愿随红拂同高蹈④，敢向朱家惜下流⑤。
> 好事已成谁索笑？屈身今去尚含羞。
> 主人若问真名姓，只在康宣两字头。

是夜雇了一只小船，泊于河下。黄昏人静，将房门封锁，同秋香下船，连夜望苏州去了。

天晓，家人见华安房门封锁，奔告学士。学士教打开看时，床帐什物一毫不动，护书内帐目开载明白。学士沉想，莫测其故，抬头一看，忽见壁上有诗八句，读了一遍，想："此人原名不是康宣。"又不知甚么意故，来府中住许多时。若是不良之人，财上又分毫不苟。又不知那秋香如何就肯随他逃走，如今两口儿又不知逃在那里？"我弃此一婢，亦有何难，只要明白了这桩事迹。"便叫家童唤捕人

---

① 护书箧：古时由皮或布做成的多层夹袋，常作出行时存放文书、拜帖等物之用。

② 华阳洞：在此指茅山的华阳洞，天然溶洞。

③ 可人：满意的人。

④ 高蹈：远游。

⑤ 朱家：秦汉之际的游侠，以任侠闻名。大量藏匿豪士及亡命之人。汉初项羽部下季布被刘邦追捕，卖身朱家为奴仆，后朱家通过夏侯婴向刘邦进言，赦免了季布。季布为人仗义，以守信著称。民间流传着"得黄金百斤，不如得季布一诺"的谚语。

来，出信赏钱，各处缉获康宣、秋香，杳无影响。过了年余，学士也放过一边了。

忽一日学士到苏州拜客。从阊门经过，家童看见书坊中有一秀才坐而观书，其貌酷似华安，左手亦有枝指，报与学士知道。学士不信，吩咐此童再去看个详细，并访其人名姓。家童覆身到书坊中，那秀才又和着一个同辈说话，刚下阶头。家童乖巧，悄悄随之，那两个转湾向潼子门下船去了，仆从相随共有四五人。背后察其形相，分明与华安无二，只是不敢唐突。家童回转书坊，问店主适来在此看书的是什么人，店主道："是唐伯虎解元相公，今日是文衡山相公舟中请酒去了①。"家童道："方才同去的那一位可就是文相公么？"店主道："那是祝枝山②，也都是一般名士。"家童一一记了，回复了华学士。学士大惊，想道："久闻唐伯虎放达不羁，难道华安就是他？明日专往拜谒，便知是否。"

次日写了名帖，特到吴趋坊拜唐解元。解元慌忙出迎，分宾而坐。学士再三审视，果肖华安。及捧茶，又见手白如玉，左有枝指。意欲问之，难于开口。茶罢，解元请学士书房中小坐。学士有疑未决，亦不肯轻别，遂同至书房。见其摆设齐整，啧啧叹羡。少停酒至，宾主对酌多时。学士开言道："贵县有个康宣，其人读书不遇，甚通文理。先生识其人否？"解元唯唯③。学士又道："此人去岁曾佣

---

① 文衡山：文徵明，号衡山居士，世称"文衡山"。明代画家、书法家，诗、文、书、画被称为四绝。与祝允明、唐寅、徐祯卿并称"吴中四才子"。

② 祝枝山：即祝允明，因长像奇特，自嘲丑陋，又因右手有枝生手指，故自号枝山，与唐寅、文徵明、徐祯卿并称"吴中四才子"。

③ 唯唯：恭顺谨慎，应而不置可否之貌。

书于舍下①，改名华安。先在小儿馆中伴读，后在学生书房管书柬②，后又在小典中为主管。因他无室，教他于贱婢中自择。他择得秋香成亲，数日后夫妇俱逃，房中日用之物一无所取，竟不知其何故？学生曾差人到贵处察访，并无其人。先生可略知风声么？"解元又唯唯。学士见他不明不白，只是胡答应，忍耐不住，只得又说道："此人形容颇肖先生模样，左手亦有枝指，不知何故？"解元又唯唯。

少顷，解元暂起身入内。学士翻看桌上书籍，见书内有纸一幅，题诗八句，读之，即壁上之诗也。解元出来，学士执诗问道："这八句诗乃华安所作，此字亦华安之笔。如何有在尊处？必有缘故。愿先生一言，以决学生之疑。"解元道："容少停奉告。"学士心中愈闷道："先生见教过了，学生还坐，不然即告辞矣。"

解元道："禀复不难，求老先生再用几杯薄酒。"学士又吃了数杯，解元巨觞奉劝。学士已半酣，道："酒已过分，不能领矣。学生惓惓请教③，止欲剖胸中之疑，并无他念。"解元道："请用一箸粗饭④。"饭后献茶，看看天晚，童子点烛到来。学士愈疑，只得起身告辞。解元道："请老先生暂挪贵步，当决所疑。"命童子秉烛前引，解元陪学士随后共入后堂。堂中灯烛辉煌。里面传呼："新娘来！"只见两个丫鬟，伏侍一位小娘子，轻移莲步而出⑤，珠珞重遮⑥，不露娇面。学士惶悚退避，解元一把扯住衣袖道："此小妾也。通家长者，合当拜见，不必避嫌。"丫鬟铺毡，小娘子向上便拜。学士还礼

---

① 佣书：受雇为人抄书，泛指为人做文札工作。

② 学生：读书人自谦的称呼。

③ 惓惓（quán quán）：恳切诚挚。

④ 箸（zhù）：筷子。

⑤ 莲步：古代妇女脚步的雅称。莲，三寸金莲之意。

⑥ 珠珞：珍珠串成的璎珞（用珠玉串成的装饰品）。

不迭。解元将学士抱住，不要他还礼。拜了四拜，学士只还得两个揖，甚不过意。

拜罢，解元携小娘子近学士之旁，带笑问道："老先生请认一认，方才说学生颇似华安，不识此女亦似秋香否？"学士熟视大笑，慌忙作揖，连称得罪。解元道："还该是学生告罪。"二人再至书房。解元命重整杯盘，洗盏更酌。酒中学士复叩其详。解元将阊门舟中相遇始末细说一遍，各各抚掌大笑。学士道："今日即不敢以记室相待，少不得行子婿之礼。"解元道："若要甥舅相行①，恐又费丈人妆奁耳②。"二人复大笑。是夜，尽欢而别。

学士回到舟中，将袖中诗句置于桌上，反复玩味。"首联道：'拟向华阳洞里游'，是说有茅山进香之行了。'行踪端为可人留'，分明为中途遇了秋香，担阁住了。第二联：'愿随红拂同高蹈，敢向朱家惜下流。'他屈身投靠，便有相挈而逃之意。第三联：'好事已成谁索笑？屈身今去尚含羞。'这两句，明白。末联：'主人若问真名姓，只在康宣两字头。''康'字与'唐'字头一般。'宣'字与'寅'字头无二，是影着'唐寅'二字，我自不能推详耳，他此举虽似情痴，然封还衣饰，一无所取，乃礼义之人，不枉名士风流也。"

学士回家，将这段新闻向夫人说了。夫人亦骇然，于是厚具装奁，约值千金，差当家老姆姆押送唐解元家。从此两家遂为亲戚，往来不绝。至今吴中把此事传作风流话柄。有唐解元《焚香默坐歌》，自述一生心事，最做得好。歌曰：

---

① 甥舅：泛指外戚关系，在此指女婿和岳父。
② 妆奁（lián）：古代女子梳妆打扮所用的镜匣。泛指女子出嫁男方的嫁妆。

焚香嘿坐自省己，口里喃喃想心里。

心中有甚害人谋？口中有甚欺心语？

为人能把口应心，孝弟忠信从此始。

其余小德或出入①，焉能磨涅吾行止②。

头插花枝手把杯，听罢歌童看舞女。

食色性也古人言，今人乃以为之耻，

及至心中与口中，多少欺人没天理。

阴为不善阳掩之，则何益矣徒劳耳。

请坐且听吾语汝，凡人有生必有死。

死见阎君面不惭，才是堂堂好男子。

---

① 小德：德行节操之小者，与上句的孝悌忠信等立身之本的大德相对应。

② 磨涅：磨，意指琢磨；涅，意为染黑，比喻经受考验。